제중원
박서양

제중원
박서양

초 판 1쇄 펴낸 날 2010. 1. 15
초 판 2쇄 펴낸 날 2010. 3. 15

지은이 이윤우
발행인 홍정우
편집인 이민영
디자인 공 희
발행처 도서출판 가람기획
등록 제17-241(2007. 3. 17)
주소 (121-841)서울시 마포구 서교동 465-11 동진빌딩 3층
전화 (02)3275-2915~7
팩스 (02)3275-2918
이메일 garam815@chol.com

ISBN 978-89-8435-295-7(03810)

이윤우
역사팩션

제중원
박서양

조선인 최초의 양의사
절망에서 꽃을 피우다

가람
기획

"하늘이 인재를 태어나게 함은 본래 한 시대의 쓰임을 위해서였다.
그래서 인재를 태어나게 함에는 고귀한 집안의 태생이라 하여
그 성품을 풍부하게 해 주지 않고, 미천한 집안의 태생이라고 하여
그 품성을 인색하게 주지민은 않는다."
─허균,《성소부부고》

1부 의사가 된다는 것

2부 의사로 산다는 것

3부 조선인으로 산다는 것

1부
의사가 된다는 것

삼일천하, 그 후

피맛이 났다.

비릿하고 시리기까지 한 느낌에 소년의 가느다란 등줄기가 요란스레 떨렸다.

"사……살려 주세요."

소년은 이마에서 흘러내려 입속으로 스며들던 피와 뒤섞인 흙을 간신히 조금씩 뱉어내며 목소리를 내기 시작했다.

"제발……"

비틀거리는 걸음으로 반촌에 거의 도착했을 때는 안개처럼 자욱한 구름이 온 하늘을 뒤덮고 있던 오후 무렵이었다. 소년은 피곤했고 얼른 몸을 누이고 깊은 잠속으로 빠져들고 싶었다. 언제나 아침이 되면 모든 것이 다 괜찮아지곤 했으니 예외가 있을 거란 생각 같은 건 하고 싶지 않았다.

그때 불현듯, 소년은 천둥일까 싶은 소리에 잠시 어깨를 움찔거렸다가 차마 표현 못할 두려움으로 머리를 감싸쥐고 땅에 납작 엎드렸다. 그날 온종일 무거웠던 하늘이 무게를 좀 덜려는 심산이었는지 눈 대신 약한 비가 조금 내리고 난 후였지만 구름은 쉬이 걷히지 않았다. 한겨울에 어울리지 않던 비 때문에, 또 한겨울에 어울리지 않던 따뜻한 날씨는 코끝을 아리는 알싸한 추위로 변해서 땅을 얼려 버렸다. 아마도 곧 비에게 순서를 빼앗긴 눈이 화풀이라도 하듯 사납게 내릴 터였다.

소년의 몸은 덜덜 떨리고 있었지만, 그것이 추위 때문은 아니었다. 이마의 찢어진 상처에서 흘러내리는 뜨거운 핏줄기에도, 계속 입속을 파고드는 살얼음이 섞인 까끌까끌한 흙에도 소년의 몽롱한 머리는 개운해지지 않았다. 소년은 차가운 땅에 머리를 박은 채 자기도 모르게 훌쩍이고 있었고 단 하나의 감각을 제외하고는 어떤 감각도 제 것 같지 않았다.

온몸을 두드리고, 후려치고, 찌르는 소리. 그 하나만이 지금 소년이 느낄 수 있는 모든 것이었다.

"으……아부지……아부지……."

하늘을 꿰뜨리는 듯한 그 소리가 세상을 조금씩 무너뜨리고 있는 것만 같았다. 멈출 기미를 보이지 않는 소리는 조금씩 더 소년의 곁으로 다가오고 있는 것 같았고, 재빨리 일어서 도망친다 해도 곧 따라잡힐 것만 같았다. 정체를 알 수 없는 괴물만큼, 형체가 보이지 않는 공포만큼 두려운 것이 존재하지 않는다는 것을 소년은 얼어붙은 땅에 엎드려 처음 배우고 있었다.

"이 새끼! 이 개놈의 새끼! 에미 애비 잡을 이 후레자식!"

소년은 따뜻하다 못해 뜨겁기까지 한 묵직한 손이 순식간에 자신을 안아 올리는 것을 느꼈다. 그 느낌은 몹시 익숙한 것이었고, 그래서 소년은 더욱 더 큰소리로 울었다.

"아부지……흑……아부지."

"……이 새끼……이……빌어먹을 새끼……."

아버지는 덜덜 떨리고 있는 아들의 작은 몸을 힘껏 안아들고 발걸음을 재촉했다. 아들을 바짝 겁먹게 한 총소리가 반촌 근처에서 계속 울리고 있었고, 커다란 덩치에 험악한 인상을 가진 그에게도, 무엇인지 알 수 없는 공포는 버티고 기다리기 어려운 것이었다.

무슨 일이 일어나고 있는 것인가? 분명 궁쪽에서 나는 소린데.

"서양이 이놈, 이 망할……새끼! 너 집에 가서 보자!"

아버지는 소년의 귀에 으르렁거리며 나지막이 속삭였다. 하지만 그 속삭임은 아들을 겁주기 위해서가 아닌 아들의 곁에 자신이 든든하게 버티고 있음을 알림으로 해서 아들의 떨림이 멈추기를 바란 그런 것이었다.

세상을 깨버릴 듯한 총소리가 사라질 듯 말 듯 끈질기게 그들을 뒤따르고 있었지만 그 때문에 걸음을 빨리 하진 않았다. 불행이란 놈은 발이 빨랐으니 도망치는 것이 언제나 부질없는 것임을 잘 알고 있기 때문이었다. 그 재빠른 불행은 지금 또 누구를 앞서 달려 맞아 줄 것인가.

갑신년 12월이었다. 불행이 누군가를 향해 내달리는 지금은.

"쯧……."

서양은 머리를 더욱 헝클어뜨려 얼굴을 가려보려 애썼다.

"됐다. 녀석아."

두툼하고 커다란 손이 헝클어진 머리를 헤쳐 엉망이 된 작은 얼굴을 드러나게 했고, 서양은 차마 그 손을 떼어내지도 못하고 고개를 숙였다.

"네 놈은 어째 한 번도 멀쩡한 얼굴인 적이 없구나. 휴, 마지막 한 번은 좀 말끔한 얼굴을 봤으면 했는데……."

서양은 뜨거운 열기가 느껴지는 손의 주인을 향해 얼굴을 들었다.

"마지막이라니요!?"

사내는 긴 코를 더 길게 늘어뜨리며 힘없이 미소를 지었다.

"어디……가세요? 혹시 출사하시는 거예요?"

"오늘은 책을 좀 덮자."

서양은 갑작스럽게 시큰거리는 콧날의 고통을 참아보려 입술을 살짝 깨물었다. 사내는 자신 앞에 놓인 책을 서두르지 않고 천천히 덮어, 크고 두툼한 손을 올려놓고는 떼지 않은 채 눈을 내리깔았다.

서양이 이 사내, 홍재우를 처음 만난 건 3년 전 열두 살 무렵이었다. 그는 성균관의 유생이었으며 서양과는 여덟 살의 차이가 있었고, 서양에게는 지옥보다 별로 나을 것이 없었던 지난 3년을 견디게 해 준 은인 중 하나였다.

3년 전은 서양이 어머니를 잃은 해였다. 느닷없었던 어머니의 죽음은 열두 살 소년에게 그저 충격적이었다고만 해서는 한참 부족한 부분이 있었다. 서양은 어머니가 죽었을 때, 자기 역시 죽었다는 것을 알았다. 자신이 살아도 산 게 아니고, 죽었어도 죽은 게 아니라는 걸 알게 되는 것은 열두 살 소년이 아닌 그 어떤 나이의 누구에게라도 감당하기 어려운 일일 것이다. 그런 서양을 위로하기 위해 성균관에서 하인으로 일하던 친구 영부가 유생들의 방에서 책을 한두 권씩 훔쳐다 주던 것이 시작이었다.

발이 재고 눈치도 빠른 영부는 책을 훔쳐 내는 것을 한 번도 들키지 않았다. 게다가 서양은 대충이라도 새로운 책을 훑어보는 것만으로 만족했으니, 책이 항상 곧 주인들의 방으로 돌아간 것도 그 '범죄'가 한동안 지속될 수 있었던 이유이기도 했다.

서양에게 또 이런 식의 위로는 묘한 것이기도 했다. 종아리에 멍이 가실 날이 없이 어머니를 원망하며 배워낸 글이었으니까.

어머니의 '죽음'을 훔친 책들을 통해 위로 받던 것에 조금씩 익숙해질 때쯤, 성균관 앞에서 영부를 기다리던 서양은 목덜미를 잡힌 채 발끝으로 걸어 나오던 벗을 보았다.

영부의 얼굴은 한껏 붉어져 있었고, 손에는 두어 권의 책이 꼭 쥐어져 있었으며 겁을 잔뜩 집어 먹었는지 눈물, 콧물이 범벅이 된 얼굴이었다. 서양은 그런 영부와 영부를 잡은 키 큰 사내를 보았고, 도망치지 않았다.

"아하……!"

영부의 목덜미를 쥔 손에 더욱 힘을 주며 서양의 앞에 멈춰 선 재우는 크게 웃었다. 아주 크게.

"네 놈이로구나!"

재우는 서양이 그의 앞으로 한걸음 내딛는 것을 보고는 눈을 소년의 머리 끝에서 발끝까지 훑어 내렸다.

"따라오너라!"

재우는 영부의 목덜미에서 손을 떼지 않고 앞장세우며 서양을 향해 말했다. 서양은 무작정 재우의 앞으로 뛰어가 납작 엎드렸다. 제발 친구를 용서해 달라고. 자신이 시킨 것이지, 이 물색없는 놈이 저지를 만한 일이 아니라고. 자기를 데려가서 얼굴에 도둑이라고 새겨도 좋고, 흠씬 매를 때려도 좋고 죽여도 좋으니 친구는 놔두고 자기를 잡아가라고 그렇게 울며불며 빌었지만 재우는 아무 말 없이 서양을 비켜 길을 재촉할 뿐이었다.

관아로 자신들을 끌고 가리란 서양의 짐작과 달리, 재우가 성큼성큼 긴 다리로 영부와 서양을 끌고 간 곳은 영부와 서양에게 낯설지 않은 반촌의 어느 집이었다. 과거철이 되면 유생들이 머물고, 가끔 성균관의 유생들이 나와서 술을 마시기도 하는 그런 곳이었는데 재우는 익숙하게 문을 열어젖히고 주인에게 왔다는 말도 하지 않고 빈방을 찾아 들어갔다.

작고 허름한 방에 들어서고 나서야 간신히 재우의 손에서 자유로워진 영부는 털썩 주저앉더니 무릎걸음으로 방 한구석에 몸을 잔뜩 웅크린 채 붙어앉아 서럽게 울기 시작했다.

"뚝 그치지 못할까!"

영부는 재우의 묵직한 일갈에 두 손으로 입을 틀어막았지만 눈물은 좀처럼 멈추지 않았고, 그 모습이 처량하고 또 너무 우스꽝스러워서 재우와 서양은 무심코 툭 터지는 웃음을 피식 웃었다.

"앉거라, 잡아먹지 않을 테니."

재우가 마르고 여윈 서양의 어깨를 잡아 앉혔던 그날로부터, '그렇게' 3년이었다. 반촌에 사는 아이, 가축을 잡는 아버지를 둔 아이가 글을 알고 책을 읽는다는 사실이 신기해서 책을 쥐어 주고 읽게 한 지가.

"유학을 간다."

"유학……이요?"

"그래, 일본으로 갈 거야."

"하지만……하지만……나리는 출사를 하셔야 되는 거 아닌가요? 그러려고 지금까지 태학에 계셨던 게 아니에요?"

"그냥 마음이 바뀌었어."

"하지만 일본은 역적들이 도망간 나라래요! 그런 나라가 오죽하겠어요? 그런데서 뭘 배우시려구요?"

재우는 고개를 절레절레 흔들며, 서양이 뭘 모르고 있음에 대해 말없이 언질을 주었지만 그 언질을 아이가 쉽게 알아차릴 리 없었다.

"이제 그만 싸워라. 아무도 싸움개를 길들이려고 하지 않는 법이야. 사람들과 어울려……살아야 하지 않겠느냐?"

"길들여지고 싶은 미음……없어요. 그들, 에게는요."

"네가 그들과 다르다고 생각하는 거냐?"

"아니오. 그들이 틀렸으니 고치고 싶을 뿐이에요."

"그건 네 생각일 뿐일 수도 있어."

"그러면 나리는 반인(반촌에 사는 사람들)이 자기들끼리 똘똘 뭉쳐서 사람들을 때리고 재물을 빼앗고 그게 당연히 주어진 것인 양 사는 게 옳은 거라고 생각하시는 거예요?"

"그저 나는 그들이 그렇게 밖에 살 수 없었다고 말하는 거야. 밖에 사는 사람들은 아무도 그들을 받아 주지 않으니까."

"그래서요? 계속 그렇게 반촌에서만 살아요? 그래서 백정이 아닌데도 백정으로 살고, 자식도 백정으로 만들고 그렇게 천년만년 계속 살아요?"

"녀석아, 그런 신분은 곧 없어질 수 있어. 개화당도 신분을 없애는 것에 대해 말했다고 내가 말해 주지 않았느냐?"

"그들은 역적이잖아요!"

3년을 계속 이어 온 논쟁을 마침내 끝내고 말겠다는 듯, 서양이 바짝 당겨 놓은 서안을 주먹으로 내리쳤다.

"저도 알아요. 불만이 있는 사람만 역적이 된다는 걸요. 저는 역적이 되겠다는 게 아니에요. 역적은 결국 목이 달아나죠. 그러면 아무것도 달라지지 않아요. 그래서 저는 반인들과 싸우는 거예요. 그들이 달라져야 반촌 밖으로 나가서 살 수 있을지도 모르니까요. 그래야 사람들이 받아들여 줄지도 모르니까!"

재우는 거의 항상 반인들과 싸우면서 하루하루를 보내는 서양의 거친 얼굴을 살폈다.

반인들이 난폭한 사람들이라는 것은 재우도 잘 알고 있었다. 그들은 백정이 아닌데도 나라에서 도축을 하도록 허락했다는 이유만으로 백정이 되어 살고 있었고, 반촌을 나가면 가장 천한 사람들에게조차 짓밟히기 일쑤였다. 혐오스럽고 구역질나는 사람으로 취급받는 것은 결국 반인들을 끼리끼리 똘똘 뭉치도록 만들었고, 그들로 하여금 난폭하고 거친 삶을 사는 것이 너무나 당연한 것으로 여기게끔 만들었다. 자신을 괴물 취급하는 사람에게 사람으로 다가가는 것을 포기한 그들은 괴물이 되어 괴물끼리 살기로 마음먹었고, 그 마음이 반촌의 세월 속에서 더께가 쌓이듯 점점 더 두텁게 쌓여 애초에 성균관의 일을 세습하며 돌보아 왔던 사람들이 살았던 반촌은 이제 백정마을이나 다름없는 취급을 받고 있었다.

이 작은 아이가 어떻게······.

재우는 자신이 열일곱의 나이에 처음 성균관에 입학했을 때 보았던 반인들의 모습을 다시금 끌어내어 아이의 얼굴에 입혀 보았다.

재우가 본 반인들은 확실히 여느 사람들과 달라 보였다. 그것은 성균관으로 오기 전부터 들어왔던 그들에 관한 이야기들에 막상 반인들을 보고 났을 때의 생경한 인상이 더해진 것임이 가장 큰 이유였겠지만 어쨌든 반인들은 다른 존재였고, 그 다름이 그들을 격리시키고 있음을 재우 역시 심각하게 생각해 본 적이 없었다.

　가장 다른 건 이 아이일거야.

　반인이라고 하기에 서양은 너무나 다른 아이였다. 이제 열다섯의 나이에 작고 왜소한 몸을 가진 아이는 가축을 도살하는 것을 거부했고 놀라운 집중력으로 빠르게 책을 읽어내고 받아들일 수 있었다.

　반인들은 반촌 밖의 사람들과 달랐고, 서양은 반인들과 달랐지만 사실 다른 어떤 이들과도 같지 않았다. 아이는 반인들의 괴팍함과 난폭함을 고쳐보겠다고 고집스럽게 굴었지만 천한 사람이 갖게 마련인 비굴함을 물인 양 푹 뒤집어쓰고 있기도 했다. 그러면서도 아이는 고집스럽지만 편협하지 않았고, 비굴했지만 비겁하지는 않았다. 아마도 이 다름 때문에 아이는 반촌을 박차고 나가거나 아니면 곧 죽을 것이었다.

　내가 이 아이를 버리는 걸까?

　재우가 일본행을 결정하면서 가장 마음이 쓰이는 것은 서양이었다. 고향에 있는 아내와 부모님보다도 더 그랬다. 그들은 재우의 모든 것을 이해해 줄 수 있는 사람들이었지만 서양은 그렇지 않았다. 세상의 모든 부조리를 작은 몸으로 그대로 받아내며 살아온 아이였으니 그런 아이에게까지 이해를 바랄 수는 없는 노릇이었다.

　만약 김옥균의 정변이 성공했다면 조선은 어떻게 되었을까.

　재우는 정변이 일어난 후 끊임없이 생각해 온 바를 다시 한 번 끄집어냈다. 개화는 불가피한 것이었고 재우도 모르지 않았다.

　서양에게 대학과 논어, 시경과 서경 등의 유교 경전과 함께 개화에 관한 책까지 읽게 했던 재우였다. 유교를 받드는 유생의 옷을 입었어도 신학문에 대한 갈증을 그 역시 갖고 있었던 것이다. 겉으로야 서양을 공부시키겠다는 의도였지만 그보다는 다른 누군가와 같이 그 목마름을 나눌 수 있었으면 하는 마음이 더 강했다. 성균관에도 신학문에 관심을 갖는 유생들이 없는 것은 아니었지만 그들은 어디까지나 종국에는 조정에 몸담을 목적이 가장 큰 자들이었다.

게다가 이처럼 혼란스러운 시기에 과거에만 매진할 수 있다는 것 자체가 유생들의 위치가 어디쯤인지 말해 주는 것이었다. 과거가 온갖 부정으로 가득 차서 돈이 없는 자, 연줄이 없는 자, 지위가 없는 자들은 과거를 치를 엄두도 내지 못하는 마당이었다.

재우처럼 일말의 기대를 갖는 사람들이 없는 것은 아니었지만 과거는 이미 가질 만큼 가진 자들이 조정으로 들어가는 형식적인 통과의례가 된 지오래였다. 가난하거나 몰락했다고 하기는 어려웠지만 재우 역시 과거를 포기할까 말까 하는 고민에서 헤어 나올 수는 없었다. 그런 와중에 만난 서양은 재우에게도 큰 위안이었다.

아직 어리고 신분도 너무 다른 서양과 마음을 나누고 생각을 나누는 일이 가능했다는 것을 다른 누군가에게 말한다면 거짓을 말하는 것이라고 할 수도 있겠고, 재우가 성균관에서 자신의 다른 처지를 절실히 깨닫지 못했다면 정말 불가능한 일이었을 수도 있겠지만 인연은 그런 식으로 이루어지지 않는다. 인연은 항상 불가능을 짝처럼 데리고 나타나 사람을 놀래키는 법이다.

불가능, 성균관을 나가 일본으로 가는 일에 얼마만큼의 불가능이 섞여 있을까. 그것은 얼마나 견고하고 단단한 벽의 모습으로 나타나 막아 세우려 들까. 김옥균의 정변이 성공했었다면…….

재우는 축 늘어진 어깨를 하고는 잔뜩 충혈된 눈으로 자신을 올려다보는 서양을 비껴 눈을 두며 다시 한 번 입속에서 혀를 굴려 들리지 않고 대답하는 사람도 없는 질문을 해보았다.

신분제가 타파되고, 본격적으로 개화가 이루어지면서 조선은 큰 변화를 겪게 되었을 것이다. 그 변화는 이 아이에게까지 찾아왔을지도 몰라.

재우는 손을 들어 서양의 봉두난발 위에 살짝 올려놓았다. 천하디 천한 백정임을 나타내고 증명하는 거칠고 헝클어진 머리카락. 백정의 신분증과 다름없는 그 머리카락 아래의 열기가 재우의 손을 따끔하게 찌르고 있었다.

"우리, 다시 만날 수 있어요?"

변성기를 코앞에 둔 소년의 새된 목소리에도 재우는 손을 떼어내지 않았다.

다시 만날 수도, 그렇지 못할 수도, 죽을 수도, 그렇지 않을 수도.

재우는 할 수만 있다면 서양에게 지금 자신이 가지고 있는 생각들을 모두 말해 주고 싶었다. 개화가 불가피한 시대를 사는 선비란 존재가 어떤 것인지, 지켜야 할 것이 있고 받아들여야 할 것이 있는 혼란스러움을 살아내는 것이 자신에게 어떤 의미인지, 정말 일본에는 대체 왜 가는 건지.

서양은 아랫입술이 붉은 기를 잃을 정도로 꽉 깨물며 자신의 머리에 얹혀진 재우의 손위에 마른 손을 올렸다. 자신이 가장 궁금해하는 한 가지를 재우가 소리 내어 말해 주기를 간절히 바라면서.

"어떻게, 마음은 정하셨습니까?"

샴페인잔을 높이 들어 얼굴 앞에서 빙글빙글 돌리던 알렌은 빙그레 미소를 지었다. 자신의 고국에서 두 달이 넘게 걸려야 도착하는 머나먼 타국에서 다시 샴페인잔을 들어 올리게 될 줄은 기대조차 못했기 때문인지, 딱 기분 좋을 만큼 나른했고 그만큼 씁쓸하기도 했다.

대체 이 샴페인으로 무엇을 축하하는 걸까? 나의 성공적인 조선 정착? 포크가 스물아홉에 전격적으로 미국 대리 공사가 된 것?

"글쎄요. 선교를 위해서는 지금이야 정부의 허락이나, 적어도 묵인 정도는 필요할 거고. 그게 분명 도움은 되겠지만, 혹시 나중에 짐이 되지나 않을지 모르겠습니다. 왕의 병원에서 일하는 의사라니."

알렌은 엷은 미소를 거두지 않은 채 고개를 흔들었다.

왕이 없는 나라에서 온 내가 왕의 병원에서, 왕을 위해 일해야 한다니.

"하지만 기회가 좋습니다. 왕의 제안을 받아들이지 않는다면 선생이 아무리 민영익을 살려냈다 해도 조선에서 발붙이기는 쉽지 않으실 겁니다. 다시 청나라나 미국으로 돌아가기도 뭐, 그렇잖습니까?"

알렌은 앞에 앉은 주조선미국 대리공사 포크(George C. Foulk)의 말을 곱씹으며 왕이 자신에게 했던 조심스런 제안에 대해서도 다시 한 번 떠올렸다. 한성에 병원을 하나 세웠으면 좋겠다는 왕의 말은 정말 '언질'의 정도에 불과했고, 모른 척해도 상관없을 만큼 간접적이면서 지극히 조심스러운 것이었다. 굳이 그런 제안을 자신에게 한 것은 지난해의 정변(갑신정변)에서 왕비의 조카인 민영익을 치료했던 인연 때문일 게 분명했고, 그것은 분명 예나아니오의 대답을 당장 원하는 그런 종류의 것은 아니었다.

"선교회 입장에서도, 또 우리에게도 좋은 일입니다."

포크는 말을 이으며 목이 타는지 거듭 샴페인을 잔에 따라내고 있었고, 알렌은 온몸을 퍼져 나가는 샴페인의 기운 때문인지 투명한 잔으로 또르르르 떨어지는 포크의 샴페인 소리 때문인지 모를 몽롱함에 침을 꿀꺽 삼켰다.

"쿵쿵쿵쿵!"

알렌과 그의 아내가 잠자리에 들었을 때였다. 대문을 두드리는 소리가 요란하게 들려왔고, 그 소리는 밖에서 정체모를 사람들의 외침소리에 뒤이은 터라 알렌과 아내를 겁먹게 했지만, 문을 두드린 후 알렌을 부르는 소리가 어느 외국인의 입에서 나온 것이라는 게 분명해지자 알렌은 품에 안긴 아내를 달래어 거실로 나갔다. 거실에는 주조선 미국공사관의 비서 스커더가 기다리고 있었는데, 그는 묄렌도르프가 그의 집으로 와서 죽어가는 사람을 살려달라고 한다는 소식을 갖고 온 참이었다.

알렌이 준비를 갖추고 밖으로 나가자 중무장한 수비병 50명이 그를 기다리고 있었고, 그들은 알렌을 에워싸 호위하면서 그의 길을 함께 했는데 그날이 바로 김옥균, 홍영식 등의 개화파들이 정변을 일으킨 날이었다. 알렌이 불안과 두려움으로 힘겹게 묄렌도르프의 집에 도착했을 때 그는 비로소 그날의 사건이 남긴 증거인 한 남자를 마주할 수 있었다.

"민영익이라고 합니다. 왕비의 조카로 아주 귀한 신분의 사람이지요."

묄렌도르프는 알렌을 맞아들여 누가 들을 것이 걱정인 모양인지 알렌의 귀에 바짝 입을 갖다 대고는 속삭였다.

"우정국 피로연에서 사건이 일어났습니다. 김옥균과 홍영식 등의 젊은 개화파 관료들이 그 중심이지요. 홍영식은 우정국의 총판직에 있는 사람이었으니 우정국에서 사건이 일어난 건 계획적인 것이 분명하다는 증거입니다."

알렌은 묄렌도르프의 뜨거운 입김이 귀를 간질이는 통에 온몸에 소름이 돋았지만 묄렌도르프의 불안한 눈이 닿는 곳을 따라 민영익을 보았다. 민영익은 오른쪽 눈두덩에 칼자국이 나 있었고, 목과 팔등에도 상처가 있었다.

"일본이 깊이 개입한 정황이 확실한 터라 조선에는 믿을 수 있는 의사가 하나도 없습니다. 선생 말고는 말이지요. 선생은 조선에 도착한 지 얼마 되지도 않았고 미국인이니까 확실히 믿을 수 있을 거라 생각했습니다. 지금은 일본 공사관의 의사도 믿을 수 없고, 조선 의원도 믿을 수가 없습니다. 사건을 일으킨 자들이 조선인이니까요. 칼에는 여러 번 맞았지만 다행히 치명적인 상처를 입진 않은 것 같고 피를 많이 흘리지도 않은 듯 보입니다."

알렌은 빠른 말투로 계속 말을 잇는 묄렌도르프의 목소리를 들으며 본격적으로 민영익을 살피기 시작했다. 묄렌도르프의 말이 맞았다. 자세히 보니 얼굴이나 목, 팔 외에도 등과 어깨, 넓적다리와 무릎까지 상처가 있었지만 다행히 동맥을 상하지는 않은 상태였다.

그랬다면 내가 오기 전에 벌써 죽어 버렸겠지.

알렌은 신속하게 더 이상 출혈이 없도록 명주실로 상처를 꿰매고 붕대를 감는 등의 치료로 급한 불을 꺼갔다. 민영익의 체온을 따뜻하게 했으며, 약을 주고 같은 양의 브랜디를 마시게 하기도 했다. 치료는 다음날이 밝아도 이어졌는데 상처가 많은 만큼 여러 차례의 봉합과 붕대를 감는 일이 추가로 더 이루어졌다.

"정말 일본이 개화파들을 도운 거였다고 합니다. 김옥균, 박영효 등이 창덕궁으로 가서 왕에게 사대당(보수파)과 청국군이 변을 일으켰다고 거짓으로 보고하고, 왕과 왕비를 경우궁(조선 23대 임금 순조의 생모 수빈 박 씨의 사당)으로 옮기게 했다고 하는데 경우궁이 규모가 작아 수비가 수월하기 때문에 옮기게 한 것 같습니다. 그리곤 일본군으로 하여금 궁을 호위케 한 다음, 청나라에 사대하는 보수적인 관료들을 차례대로 살해했구요."

알렌은 그때 잠시, 개화당이 정권을 잡았고 그들이 민영익을 죽이려 했다면 지금 민영익을 치료하려 애쓰고 있는 것이 자신에게 나쁜 상황을 불러오지는 않을까 잠시 걱정에 젖었었다.

하지만 개화당이 왕을 손안에 넣고 정권을 잡은 3일째 되던 날 청나라 군사들에 의해 쫓겨 가면서 알렌은 걱정을 덜어낼 수 있었고 그제서야 자신이 민영익을 치료하게 된 것이 얼마나 큰 기회였는지 새삼 느끼기 시작했다. 왕이 왕비의 조카이자 조선 정부의 관리인 민영익을 치료한 알렌의 노고를 치하하면서 알렌은 조선에서 빠르게 자리를 잡아 나갈 수 있었던 것이다.

조선으로 가라고 말해 준 사람에게 어떻게 고맙다고 해야 할지 도무지 모르겠을 정도였지.

"개화파들이 쫓겨 가고 나서 지금 일본보다 청나라가 조선에 대해 우위를 점하고 있는 건 당연히 알고 계시겠죠. 일본이 개화파를 도운 것 때문에요. 하지만 그런 상황인데도 조선은 다케조에 일본 공사가 본국으로 도망갈 당시 조선 백성들에 의해 불타 버린 공사관과 살해당한 일본인들에 대한 피해 보상을 내용으로 하는 조약을 맺을 수밖에 없었습니다. 막강한 무력을 지닌 일본을 당할 수가 없으니까요.

근데 왕은 일본뿐만 아니라 청나라도 믿지를 못하죠. 청나라가 조선을 삼키고 싶어 하는 것 또한 너무나 확실한 사실이거든요. 그래서 우리 미국이 일본이나 청나라 같은 나라와 달라 보이는 겁니다. 그는 우리와 친구가 되고 싶어 하죠. 우리 미국도 그렇고요. 아마 왕이 생각하기에 미국인 의사가 일하는 왕립 병원은 미국과 친구가 되기에 좋은 방법이었을 겁니다.

그런 마음인데도 왕이 선생에게 가벼운 언질밖에 줄 수 없었던 것은, 선생이 주도하고 왕이 허락한 것처럼 병원을 세워야 청나라와 일본의 의심을 사지 않기 때문이었을 거구요."

알렌은 진지한 표정을 짓고는 열성적으로 자신을 주시하는 포크의 눈을 보며 동의한다는 듯 고개를 살짝 끄덕여 주었다. 샴페인잔 너머로 보이는 자신과 비슷한 또래의 20대 후반 청년의 적당한 순진함과 알코올로 붉어진 건강해 보이는 얼굴이 마음에 들기도 했다.

"선교회에서 선생을 의사로 보낸 것이 아니라는 것은 잘 알고 있습니다. 선교에만 치중할 인원도 부족하겠지요. 하지만 조선은 타 종교의 포교를 엄격히 금지하고 있습니다. 그리고 굳이 그 법률을 어겨가며 투쟁해야 할 까닭도 없습니다. 병원에서 진료를 하면서 미국이 친구라는 것을 조선의 백성이 알게 되면 '친구'가 하는 말도 믿게 되지 않겠습니까?"

"예. 옳으신 말씀입니다."

병원을 이용한 선교라.

솔직히 알렌 자신도 자신의 의술이 그리 대단한 것이라 여기지는 못하고 있었다. 청나라와 달리 서양인 의사라는 존재가 조선같이 낙후된 나라에서 충분히 인상적일지도 모른다는 기대는 하고 있었지만 1년 반의 의학 교육과 조금 부족하다 느껴지는 경험을 이용할 마음까지야 갖지 못했던 것이다. 조선에 도착한 알렌을 미국 공사관에서 공사관의 의사로 임명해 준 것은 알렌이 조선에서 의사로 활동하려는 목적 때문이 아니라 선교 자체가 불법인 조선에서 정부에 내세울 자리가 꼭 필요했기 때문이었다.

알렌은 의사로 활동하기 위해서가 아니라 선교사로 조선에 온 것이었고 물론 의술을 선교에 활용할 수도 있었겠지만 의사로 주된 활동을 하려 마음 먹었던 적은 별로 없었다.

그러나 그럼에도 불구하고 알렌은 왕의 제안을 꼭 받아들여야 했다. 선교사 입장에서 왕립병원의 의사가 된다는 것은 조금 불편한 일인 게 사실이었지만 왕비의 조카이자 정부의 대신을 살려낸 훌륭한 의사라는 후광은 충분히 이용할 만한 가치가 있었다. 병원은 선교를 위한 간접적인 장소가 될 수 있을 것이고, 정부는 선교에 대해 차츰 너그러워질 것이며 알렌의 고국인 미국에게도 크게 도움이 되어 줄 수 있을 것이다. 그리고 무엇보다도 알렌 자신, 청나라에서 쫓기듯 빠져나온 그 자신에게 그 후광은 다른 누구, 무엇에게보다 더 밝은 미래를 약속할 것이 분명했다.

〈조선 국왕과 폐하의 정부를 위한 병원 설립안〉

최근의 소요 이래, 저는 몸에 박힌 총탄을 제거하거나 화기에 의한 상처를 치료하기 위해, 그리고 다른 이유로 아픈 사람들을 치료하기 위해 많은 조선인에게 호출되었습니다.

저는 제가 할 수 있는 일은 했습니다. 그러나 이들 가운데 많은 사람들은 저의 처소에서 멀리 떨어져 살고 있어 왕진을 가기가 어려웠습니다. 그것은 민영익 각하와 부상당한 청나라 군인을 치료하기 위해 저의 많은 시간이 투여되었기 때문입니다.

……

저는 미국 국민으로서 조선 국민을 위해 제가 할 수 있는 모든 것을 하려고 합니다. 만약 정부에서 약간의 시설들을 제공한다면 병든 사람들은 서양과학에 의해 치료를 받고, 부상당한 군인들도 돌볼 수 있는 장소가 생기는 것이므로 조선정부로서도 큰 이익이 될 것입니다. 그리고 이곳은 젊은이들에게 서양의 의학과 보건학을 가르치는 기관이 될 것입니다.

……

저는 기꺼이 정부의 관심 아래 병원의 책임을 맡으려고 하며, 저의 업무에 대한 보수는 없어도 됩니다. 필요한 것은 쾌적한 장소에 위치한 커다란 한옥 한 채와 1년 단위의 운영비가 전부입니다.

……

이 제안을 수락하신다면 여기에서 일할 다른 미국인 의사를 6개월 내에 구할 것이며, 우리는 보수를 받지 않고 함께 일할 것을 약속드립니다.

......

이 기관은 왕립병원이라고 부르게 될 것이고, 고통 속에 있는 국민들이 적절하게 치료받는 것을 보는 기쁨을 전하에게 안겨 드릴 것입니다. 또한 이로 인해 의심할 여지없이 백성들은 폐하에게 더욱 친근감을 느낄 것이며, 백성들의 사기는 올라갈 것입니다.

－1885년 1월 27일, 호레이스 알렌(Horace N.Allen)

제중원

새 병원의 이름은 광혜원廣惠院이었다.

널리 베푼다는 의미의 이 이름은 왕의 병원이 가질 수 있는 제법 적절한 이름이었고, 이미 없어진 지 3년째였던 혜민서惠民署나 활인서活人署(의약과 일반 서민의 치료를 맡아본 관청)처럼 백성을 구한다는 것과는 일맥상통하는 면이 있었는데, 조선에서 널리 베풀고 백성을 구할 수 있는 건 오직 왕뿐이었기 때문이다.

드디어 내일, 알렌이 병원설립안를 제출하고 3개월여 만에 새로운 왕립 병원이 문을 열 것이다.

백성들의 병원이었던 혜민서를 없애고 난 3년은 긴 세월이었다. 아무리 혜민서가 서민을 치료하는 데 유명무실해지고 종로와 구리개(을지로) 부근에 약방이 많이 생기는 등 민간의 의료가 발전한 탓이긴 했지만 백성을 위한 병원이 없다는 것은 왕의 가슴 한쪽을 누르는 큰 짐이었고 쉽게 소리 내어 말하지 못했던 근심이었다.

왕은 혜민서와 활인서에 주던 비용을 광혜원으로 옮기도록 명하면서 광혜원이 가진 의미를 더욱 분명하게 하기를 원했다. 비록 서양인이 서양 의학을 이용해 환자들을 치료할 병원이었지만 그것이 왕 자신의 병원이고, 혜민서와 활인서를 잇는 백성들을 위한 병원임을 조선 백성이라면 누구나 알게 되는 것이 왕의 바람이었던 것이다.

"오늘날의 변고를 차마 말할 수 있겠습니까? 어가(왕의 가마)가 두 번이나 피난을 하고 궁이 마침내 전쟁터가 되었으니, 이는 참으로 만고에 없던 변고입니다. 김옥균, 홍영식, 박영효, 서광범, 서재필 등을 속히 사로잡아 국문하여 법대로 처형하게 하소서."

그제도, 어제도, 또 오늘도 그랬다.

백성들과 나라를 위해 뭔가 하고 있다는 생각이 따뜻하게 머리를 감싸고 돌 즈음이면 불쑥 불쑥 솟아나는 불쾌감에 왕은 가슴을 움켜쥐며 깊게 숨을 내쉬어야 하는 순간을 피할 수 없었다. 왕의 대답은 한결같았다.

"난저의 화(禍)가 예로부터 무수히 많았지만 이번 다섯 역적의 변고는 역사에도 없는 일로 간담이 떨려 생각조차 할 수 없으니, 그들을 처분할 것이다."

신하들의 입에서는 그처럼 역적들을 하루빨리 사로잡아 죽여야 한다는 주장이 매일 매일에 걸쳐 수도 없이 떠올랐고 왕이 그들을 곧, 그리고 꼭 처분하고 말 것이라며 대답하는 식의 장면은 그 날로부터 5개월여가 지났어도 여전하고 익숙한 것이었다.

다만 변하지 않는 것이 있다면, 그들에 대한 왕의 증오가 아무리 익숙해진 것이었어도 그것은 증오와는 조금도 다른 모습으로 변하지 않았다는 것이다. 왕은 여전히 그들을 잡아 죽이고 말 것이라고 말하면서 턱에 단단히 힘을 주었고, 내뱉는 말 한마디 한마디는 굳게 찍어 박듯 단호했다. 그가 말하는 모든 것은 진실이었다. 간담이 떨려 생각조차 할 수 없고, 생각하기도 싫을 만큼 왕에게 그날의 변고는 끔찍한 것이었다.

날이 밝을 때마다 왕은 역적들에 대한 소식이 있는지, 혹시 그들이 사로

잡혀 끌려오고 있지는 않은지를 물었지만 그 질문에 대한 답은 그 누구도 할 수 없는 것이란 걸 알아서 왕은 자신의 앞에 안개처럼 깔리는 침묵에도 분노하지 않았다.

"너무 오래 걸린다."

혼잣말에 가까운 왕의 나지막한 목소리에 신하들은 머리를 더욱 깊게 조아렸다.

지옥 끝까지라도 쫓아가서 그놈들의 목을 따고 말리라!

왕의 말처럼 역적과 반란은 예전에도 많았다. 그래서 신하들과 왕의 주위를 지키는 자들은 왕이 대체 무엇 때문에 그토록 역적들에 대한 분노를 숨길 수 없어 하는지 충분히 이해하고 있지는 못했다.

개화?

왕은 김옥균 등이 개화를 명목으로 일본군을 끌어들인 것이 어떤 결과를 낳았는지 깨닫게 될 때마다 화를 억누를 수가 없었다. 개화당은 일본만 끌어들인 것이 아니었다. 반역자들과 일본을 끌어내기 위해 벗어나고 싶어서 안달을 했던 청나라를 끌어들일 수밖에 없었고, 결국 일본도 청나라도 더욱더 가까이 다가와 조선의 턱 끝에 칼을 들이밀고 있었다.

그 차가움이 소름끼쳐서 왕은 오소소 떨리는 몸을 어쩌지 못했다. 일본은 패악스럽게 고집을 부리는 아이처럼 오래전부터 조선을 노려왔고, 청국은 조선과의 형식적인 종속관계에서 '형식적'이라는 말을 떼어내고 싶어 했다. 그리고 무엇보다도 개화당이 개화를 위해 반역을 일으킬 수밖에 없었다는 사실에서 쉽게 유추될 수 있는 결론이 왕을 더욱 괴롭혔다. 그것이 바로 신하들조차 제대로 이해하지 못하는 개화당을 향한 분노의 진실이었다.

개화당은 왕이 개화를 전혀 이해하지 못하고 용납하지 않는 사람이라는 것을 세계를 향해 대대적으로 알렸다. 왕이 적극적으로 개화를 하지 않는다고 그들은 왕을 무능력한 보수주의자로 낙인찍히게 만들었다.

무조건 나라의 문을 활짝 활짝 열기만 하면 무엇 할까. 우리가 과연 우리

보다 앞서 있는 세계와 경쟁해서 살아남을 수 있겠는가. 그들이 우리를 주저 없이 먹어 치우지 않을 거라고 장담할 수 있겠는가.

개화당을 몰아낸 후부터 왕의 치욕은 하루가 지나고, 시간이 흐를 때마다 끝을 모르게 깊고 거대해져만 갔다. 역적들을 도운 일본은 뻔뻔스럽게도 일방적으로 조선의 책임을 물었고, 일본과 청나라 사이에 조선을 두고 맺어질 조약에 대한 회담이 벌어지고 있다는 소식도 들려왔다.

"조약은 조만간 이루어질 것 같습니다."

왕이 마지막으로 접한 소식에는 왕을 안정시킬 만큼 희망적인 것이라고는 눈을 씻고 찾아봐도 없었다. 벗어나고 싶었다. 적은 사방에 널려 있었고 친구라고는 찾을 수 없었다.

광혜원이 미국과 친구가 되는 데 얼마나 도움을 줄 수 있을 것인가.

광혜원은 왕이 개화에 대해 충분히 호의적인 생각을 갖고 있다는 것을 보여 주긴 할 것이었다.

허나 친구라.

미국과 친구가 되어 의지하는 것도 나쁘지 않은 생각 같았다. 그러나 끝내 어느 하나를 믿고 의지하는 것이 불가능하다면, 그 모두가 자신들이 그 어느 '하나'가 되어 조선을 먹어 치울 수 있을 것이라 기대감을 주는 것도 괜찮을 터였다.

누구든 '친구' 앞에서는 마음을 놓는 법이니까.

"기다리겠다."

신하들은 모두 왕이 다시 한 번 복수의 칼을 날카롭게 벼르고 있다는 것을 제각기 분명하게 깨달으며 한 몸이 된 듯 깊게 머리를 조아렸다.

***

통리교섭통상사무아문에서, '광혜원을 제중원으로 개칭하였습니다' 라고 아뢰었다.

−조선왕조실록 고종 22년(1885년) 3월 12일

홍영식의 집은 엉망이었다. 왕이 병원 설립을 허가하며 내어 준 집이 갑신년 정변을 일으킨 자들의 하나인 홍영식의 집이라는 것을 알았을 때조차 쉽사리 예상되어지지 않았던 모습이라 처음 홍영식의 집에 들어섰을 때부터 알렌은 말문이 막혔다.

서른이라는 젊은 나이에 홍영식이 가졌던 위세만큼 집은 넓고 컸다. 하지만 홍영식의 집은 그곳에서 여러 사람이 끔찍하게 죽어 나갔다는 사실을 떠벌리고 싶어 안달이라도 하듯 여기저기 피투성이였고 백성들에 의해 철저히 약탈까지 당한 터라 휑하고 기력을 잃은 모습이었다.

알렌은 조선 백성의 분노가 얼마나 컸는지, 개화를 원했던 젊은이들의 염원과 성급함이 얼마만큼 큰 것이었는지 이미 충분히 이해하고 있었다. 사건이 일어난 날에도, 조선이란 나라가 상처 입은 몸을 추스르는 동안에도 외국인인 알렌이 보고 느낄 수 있는 것은 생각보다 더 많았으니까. 백성들에게 그들은 왕에 대한 반역자, 그 이상도 그 이하도 아니었다. 왕의 분노는 곧 백성들의 분노였고, 그들이 끌어들인 일본은 그 옛날 왜국이라 불리던 일본이 조선을 침략했을 때의 왜놈들과 조금도 다른 사람들이 아니었으므로.

알렌은 천천히 홍영식 집의 기둥 하나하나를 쓰다듬 듯 만지면서 넓은 집을 거닐었다. 홍영식의 아버지가 홍영식의 아들과 자살을 했다는 얘기를 차라리 듣지 않고 왔으면 좋으련만. 할아버지는 울음을 삼켰을 것이고, 손자는 크게 울부짖었을 것이다.

반역자가 아니고서는 이렇게 응징을 당하지는 않지.

알렌은 홍영식의 집에 성난 외침과 함께 들이닥친 수많은 백성들의 얼굴 면면을 모두 기억하고 있을 커다란 대문 옆의 기둥에 마지막으로 손을 얹으며 홍영식과 그의 가족들에 대한 가여운 마음은 접어 두고 무엇보다 홍영식의 집이 환자들을 맞이할 수 있을 만큼 쾌적하고 따뜻한 병원으로 거듭날 수 있을지에 대한 걱정을 가장 크게 쟁여 두리라 마음먹으며 그의 집을 나왔다.

그런 걱정으로 병원을 개원하고 하루하루 보내기를 한 달하고 열하루, 알렌은 만족스럽다고 말할 만큼은 못 되어도 홍영식의 집이 더 이상 철저히 망가진 역적의 집이 아닌 병원으로서 자리를 잡고 익숙해지고 있다는 느낌에 한껏 흡족해하고 있었다. 거기에 덧붙여 병원설립제안서에 자신이 선교 본부의 지원을 받고 있음을 명기했으나 아무런 문제가 되지 않았다는 사실도 고무적이었다.

모두 주님의 도움이지.

"오늘은, 왕진을 안 가십니까?"

진료시간이 끝나고 조선에서 마감하는 또 다른 하루를 되뇌어 보며 일기를 끼적이고 있던 알렌에게 거칠고 서투른 모국어가 들려왔다.

"오늘은 일본 공관에 가야 합니다."

"아."

알렌은 자신의 통역을 맡고 있는 범석에게로 몸을 돌려 대답하고는 이내 덧붙였다.

"날로 영어가 느는군요."

범석은 작지만 긴 눈의 꼬리를 늘어뜨리며 수줍게 웃었다.

"내가 조선말을 더 잘하게 되고, 석도 영어를 더 잘하게 될 테니 이제 그 사이에 일본어가 낄 일은 거의 없다고 보아도 되겠죠?"

범석이 처음부터 영어를 할 수 있었던 것은 아니었다. 원래 범석은 일본어를 하는 통역관이었고, 알렌은 영어를 할 줄 아는 통역을 찾을 수가 없어서 궁여지책으로 영어를 할 줄 아는 일본인을 고용해서 조선으로 왔고, 일본인의 말을 통역해 줄 수 있는 사람을 조선에서 고용한 것이 바로 김범석이라는 사람이었던 것이다. 범석을 얻은 것만 보아도 자신이 얼마나 운이 좋은지를 증명하는 것이라는 생각을 알렌은 자주 했다.

언어를 배우는 데에는 탁월한 재능을 타고난 데다가 역관의 집안에서 태어나 언어를 쉽고 빠르게 배울 수 있는 특별한 비법까지 전수받은 범석에게 영어를 배우는 것은 크게 어려운 일이 아니었다. 더군다나 제중원에서 의학 조수도 겸하고 있는 범석은 제중원에서 지내고 있었기 때문에 이제 알렌은 크게 중요한 일이 아니고서는 일본인 통역과 범석을 함께 데리고 다녀야 할 일은 없었고, 요즘처럼 일본에 대한 악감정이 극에 달한 때에 그건 정말 다행스러운 일이었던 것이다.

"일본 공관에서 요즘 부쩍 닥터를 자주 찾으시는 것 같습니다."

"그러게 말입니다."

알렌은 범석에게 보였던 미소를 거두지 않고 일기 노트를 닫으며 말했고, 범석이 알렌에게서 뭔가 더 많은 얘기를 기다리고 있는 사람의 얼굴을 보였는데도 알렌은 싱긋 웃으며 더 이상 아무 말도 하지 않았다.

명색이 왕의 병원에서 일한다면서도 일본 공사관과 연 500달러를 받기로 하고 의료봉사를 약속했던 그를, 조선 사람인 범석이 어떻게 생각할지 염려스러웠기 때문이다.

"급한 환자는 없는 걸로 아는데, 맞습니까?"

일본과 관련된 얘기가 부담스럽다는 뜻이 분명한 알렌의 갑작스런 태도 변화에 범석은 움찔하며 고개를 끄덕였다. 알렌은 스물세 살인 범석보다 다섯 살 많은 스물여덟의 나이였지만, 제법 많이 벗겨진 머리에 동그란 안경까지 더해져서 서른이 훌쩍 넘어 보이기도 했다. 겉으로 보이는 노숙함 때문인지 범석은 알렌을 대하는 것이 더 어려웠다. 그 어려움이 그가 서양 사람이기 때문만은 아닌 것 같다는 것을 깨닫기까지는 그리 오래 걸리지 않았는데, 그것은 알렌이 때때로 보여주는 낯설고 차가운 태도 때문이었다.

알렌이 훌륭한 의원인지 어떤지, 범석은 잘 알지 못했다. 알렌이 범석에게 자신을 닥터라고 부르라며 멀게 느껴지는 태도로 말했을 때부터 서양의 의원은 조선의 의원과는 다른 부류인 것 같다는 것만 어렴풋이 눈치채게 되었을 뿐.

봉사라.

범석은 알렌이 입버릇처럼 내뱉던 봉사와 주님의 뜻이란 말을 거듭 생각했다. 그리고 그 봉사와 주님의 뜻이 자기 자신과 가족의 안락한 생활까지 버리라는 뜻은 아닐 거라는 생각이 들었다. 알렌 같은 선교사들은 조선에 와서 낡았다는 구실을 붙여 몰락하거나 쫓겨난 양반들의 집을 싼값으로 사들였다. 그렇게 구한 집을 거의 돈 들이지 않고 수리를 해서 유럽식으로 호화롭게 꾸미고 산다는 것은 이제 비밀도 아니었고, 알렌 역시 오로지 봉사의 정신 하나로 배부른 것을 느끼는 사람은 아닌 것 같았다.

범석의 머릿속을 부유하는 생각을 알 리 없었던 알렌은 다시 범석에게 웃어 보이며 조끼 주머니에서 회중시계를 꺼내어 시간을 읽었다. 범석의 귀에 알렌의 회중시계 뚜껑이 닫히는 틱 하는 소리가 경쾌하게 들렸고, 곧이어 알렌은 사무실 한쪽에 점잖게 놓여 있던 왕진가방으로 손을 뻗어 책상위에 올려져 있던 청진기를 반으로 접어 조심스럽게 집어 넣었다.

"이봐, 멈추라고! 멈추지 못해!"

어머니를 생각할 때마다 항상 머리가 지끈거렸다. 어머니의 머리를 때린 육모방망이는 그때처럼 빙글빙글 위협적으로 몸을 돌리며 주변을 어슬렁거리고 있었고, 이제 그 방망이를 한 손으로 잡을 수도 있을 것 같은 날들이 이미 한참을 지났건만 서양은 방망이로 손을 뻗을 수도, 손가락 하나 까닥하는 것조차 할 수가 없었다.

어쩌다 그렇게 된 걸까.

서양은 아버지의 억센 어깨에 둘러업힌 채 아버지의 등에 쿵쿵 머리를 부딪치고 있었다. 아버지의 등은 땀에 흠뻑 젖어 뜨겁고 역한 냄새를 풍겼으며 서양의 가는 다리를 힘껏 안아 쥔 팔의 힘은 한 발 한 발 걸음을 옮길 때마다 더 커지는 것 같았다. 다리가 아팠다. 아니, 얼굴인가. 아니 아니, 서양은 온몸이 아팠고, 그것은 서양 자신 때문이었다.

이날, 간신히 집을 찾아 들어와 쓰러져 버린 열다섯 살짜리 아들을 내려다보며 아버지는 무슨 생각을 했을까. 서양은 아버지의 널찍하고 강한 등이 머리를 때리는 동안 그것이 가장 궁금했다.

서양은 피를 많이 흘렸다. 왼쪽 팔이 좀 부러진 것 같았고, 세게 짓밟힌 오른쪽 발목은 퉁퉁 부어올라 있었다. 아들이 그런 만신창이가 되어 집을 찾아 들어온 것이 처음이 아니었으니 아버지가 놀라지는 않았을 것이라 서양은 짐작했지만 그렇게 곧 숨이 넘어갈 정도로 정신을 잃은 적은 여태껏한 번도 없었기 때문에 아버지의 행동은 여느 날과 분명 다른 데가 있었다. 서양은 숨을 가쁘게 몰아쉬며 몽롱해지는 정신을 붙들어 보려 애쓰고 있었다. 여느 때 같았다면 아버지는 흠씬 두들겨 맞은 서양을 다시 한 번 두들겨패고 동네가 떠나가라 욕을 하면서 아들을 방에 쑤셔 넣었겠지만 이날만은 달랐다.

아버지는 쓰러져 있는 서양의 옆에 쪼그려 앉아 한참을 그르렁거리며 숨을 들이마시고 뱉었다. 그리고 눈물.

그래 눈물이었어.

서양은 자신의 얼굴로 떨어진 한두 방울의 물이 눈물이었을 거라고 확신했다. 그렇게나 뜨겁고 동시에 시리기까지 한 물은 세상에 없을 테니까. 아버지는 끙 소리도 내지 않고 집 마당에 널브러져 있던 서양을 가볍게 어깨에 둘러업었다. 작고 마른 아들은 나이든 아버지의 어깨 위에서도 거의 무게가 느껴지지 않았고, 아버지는 거친 손등으로 세게 눈물을 닦고 집 밖으로 걸음을 옮기기 시작했다.

'아부지, 어디로 가는 거예요?'

서양은 바짝 마른입을 오물거리며 아버지에게 묻고 싶었지만 제대로 말이 나오지 않았다. 금방이라도 죽을 것처럼 의식이 점점 희미해져 갔고 아버지의 뜨거운 등에서 솟아나던 땀은 이제 너무 차가웠다. 아버지가 문득 멈춰선 것이 느껴졌다. 그는 곧 아들을 움켜쥔 양손 중 왼손을 들어 어느 집 문을 있는 힘껏 세게 내리쳤다. '이보시오! 문 좀 여시오!' 라고 소리치면서.

빠끔히 문을 연 제중원의 문지기는 문 사이로 바싹 마른 얼굴만 내밀고 짜증을 섞어 외쳤다.

"진료 시간은 끝났소! 더 이상 환자를 보지 않는단 말이오!"

수많은 짐승들의 단단한 몸에 칼을 내리 꽂으며 다져진 어깨를 가진 반촌의 백정 금음산에게 문지기를 밀고 들어가 제중원 안으로 발을 들여놓는 것은 조금도 어려운 것이 아니었다. 그리고 그렇게 외문을 지나고 나자 금음산의 어깨위에 얹어진 피투성이 아이의 모습 때문에 내문을 넘는 것도 어렵지 않았다. 외문지기의 외침에 막 달려 나오던 내문지기는 건장한 체구의 몸에 무신경한 눈으로 쏘아보던 금음산과 그의 어깨 위에 올려진 피투성이 아이의 모습에 놀라, 툭 불거진 눈을 크게 뜨고 있기만 할 뿐 아무것도 하지 못했기 때문이었다.

금음산은 제중원 여기저기를 헤매 돌다가 결국 알렌과 범석이 어리둥절한 얼굴로 서 있는 사무실의 마루 앞에 이르러서야 묵직한 다리를 곧추 세웠고, 곧바로 서양을 던지듯 내려놓았다.

"이게 무슨!"

금음산은 서양인 의사의 당황에도 아랑곳 않고 반촌 밖에서는 좀처럼 내지 않던 큰 목소리를 내어 말했다.

"이대로 죽게 하던지 살려서 밑이라도 닦게 하던지 마음대로 하시오. 이 새끼 조만간 이러다 여지없이 죽어 넘어질 거니까, 살리려거든 남는 밥 덩어리나 던져 주고 얼어 죽지만 않을 데서 재우시오. 당신네 나라에도 개새끼는 있을 거 아니오. 머리가 쓸 만한 놈이니 재주도 좀 가르칠 수 있을 거요."

알렌이 간신히 무슨 말을 하려 입을 벌렸지만 금음산은 망설임 없이 돌아섰다. 어찌 보면 망설임이 너무 짙어질까 두려워 보이는 몸짓이기도 했다.

"대체 저자는!"

"백정이군요."

범석은 알렌이 마치 금음산의 직업을 물은 것인 양 대답했다. 알렌은 너무 놀라 금음산의 넓은 등만 바라보고 서 있었고, 범석은 놀라움 때문이 아닌 다른 이유로 등 뒤에 얽어 쥐고 있던 손을 마주 잡고는 고개를 한쪽으로 내려뜨렸다.

자식을 버리고 가는 아버지의 모진 걸음치고는 너무 서글퍼 보이는군 그래.

금음산은 제중원의 문을 나와 걸음을 빨리 했지만, 결코 뛰지 않았다. 그를 잡고자 한다면 충분히 잡을 수 있을 만큼 빠르긴 했지만 좁은 보폭이었다. 아들이 벌떡 일어나 자신을 잡아 돌려 세울 것만 같은 마음은 불안이었고, 또 희망이었다.

이럴 생각은 아니었다. 이렇게 아들을 버리고 다시 보지 않을 것처럼 돌아서는 날이 있을 거라는 생각은 꿈에도 해본 적이 없었다.

의원의 딸이었던 과거를 잊지 못한 서양의 어미는 자신의 아들이 천한 백정의 이름을 갖는 걸 원치 않았다. 그녀는 조금이라도 아들에게 온전한 핏줄도 가지고 있음으로 자신의 처지와 결국 자신이 물려줄 수밖에 없었던 처지 모두를 위로하고 싶어 했다. 그런 어미 때문에 서양은 왕까지도 갖게 마련이던, 오래 살라는 의미의 천한 아명조차 가진 적이 없었다.

박서양朴瑞陽 이름은 아들에게 잘 어울렸다. 하지만 그렇게 별스런 이름을 갖게 된 뒤부터 아들은 더 이상 아들이 아니었다.

한자로 뜻을 가진 이름을 갖다니! 상서로운 태양이라니!

그 낯설음이 싫어 세살 터울로 태어난 둘째 아들에겐 기어이 자신 같은 반인이 가질 만한 이름을 지어 주었건만, 낯익음과 친근함을 바랐던 것이,

별스러움과 낯설음에서 물러나려 했던 것이 화근이었던지 험한 이름의 아들이 가졌던 명줄의 길이는 고작 아홉 해의 짧은 것이었다.

이름이 그놈을 망쳤어!

자신은 반인일 뿐 백정이 아니라고, 짐승을 도살한다고 모두 백정인 건 아니라고 자신과 아들을 세뇌하듯 끊임없이 말해 왔지만 반인의 삶이 백정의 그것과 다르지 않다는 것을 그가 몰라서 그런 게 아니었다. 아들이 정말 그렇게 유별나게 자라기를 바라서 그런 것도 아니었다.

기어이 곧 죽을 것처럼 하얗게 질린 얼굴로 집 마당에 드러누워 버린 아들을 보면서 금음산은 아내와 죽은 막내아들을 다시 보았다. 자신과 너무나 다르지만 하나밖에 남지 않은 핏줄인 아들을 보면서 이 아들이 금방이라도 죽어서 자기 어미와 동생처럼 아버지의 기억 속을 맴돌게 될 것 같은 무서움에 금음산은 다리에 힘이 빠졌다.

얼마 전 썩어 들어가는 팔을 아픔도 없이 잘라내고도 살았다는 반촌 사람의 얘기가 그를 일으켜 세웠고, 제중원의 양이(서양 오랑캐)가 그 반인을 살려냈다는 것까지 잊지 않아 다행이라 여기며 어디로 가야할지를 정했다.

아들은 살 것이다. 금음산은 그렇게 믿을 것이다. 아내가 죽고도 어딘가에 아내가 살아 있을 거라고 믿고 살았던 것처럼, 금음산은 금방이라도 죽을 것 같던 아들의 희미하고 탁한 눈을 모두 잊어버리고 말 것이라고 다짐했다.

반촌에서는 다르다는 것이 틀린 것이었다. 틀린 것은 눈에 띄는 것이었고, 눈에 띄는 것은 위험한 것이었다. 산다는 게 중요했다. '어떻게' 사느냐보다, '어떤 사람이 되어' 사는 것보다 그저 살아 숨 쉴 수 있다는 게 가장 중요했다.

아내를 살리지 못해 아들을 망쳤고, 아들이 죽는다면 또 어떤 것을 망쳐 버릴 거였다. 반촌을 나가서야 비로소 멀쩡히 살 수 있다면, 반촌에 있는 것이, 가축을 도살하는 칼을 쥔 채 끈적하고 뜨거운 피를 묻히는 것이 아들을 죽인다면, 그가 아들을 버려서 아들이 살 거라면 그는 그렇게 할 거였다.

***

'속국의 내치와 외교에는 간여하지 않는다는 게 청국이 가진 원칙이 아니었나?!'

우뚝, 원세개는 멈춰 섰다.

절대 쉽지 않겠다는 생각에 신경이 날카로워졌으면서도 그는 감정을 드러내지 않는 무표정한 얼굴로 턱을 세우고 궁을 가로질러 막 광화문 밖으로 나온 참이었다. 원세개를 보자마자 가마꾼들이 바짝 긴장하는 것이 느껴졌지만 원세개는 한동안 움직이지 않았다.

'세관은 이미 귀국의 것이나 마찬가지다. 인사권에 수세권까지 안겨 줬지 않나. 귀국의 상인들은 이미 세기도 힘들 정도로 많이 조선에 들어와 있고 밀수선은 한강까지 들어오고 있다. 그래도 부족하다 말하고 있는 건가, 지금?'

원세개는 목소리를 낮춰 자신을 채근하던 왕의 순한 얼굴을 좀처럼 잊기 어려웠다.

그래, 자기도 한 나라의 왕이다 그건가?

원세개는 벌써 몇 번을 왕과 만나는 동안 그가 그런 표정을 짓고, 그런 말투로 말을 할 수 있는 사람이라는 것을 한 번도 상상해 본 적이 없었다. 청국을 대표해서 조선으로 온 그를 조선의 왕인 그가 감히 다그칠 수도 있을 거란 생각도 해본 적이 없었다.

그를 얕보지 말라는 얘기는 여기저기서 들었었다. 하지만 조선에 와서 보고 듣게 되는 얘기들은 왕의 얼굴에서 풍기는 순하고 물렁물렁한 인상과 별로 다르지 않은 것들뿐이었다. 그는 항상 웃는 낯이었고, 원세개가 원하는 것은 무엇이든 들어주겠다는 태도로 지내는 데에 불편함은 없는지 주의 깊게 물으며 호의를 드러내기에 주저함이 없었다.

처음에는 아버지 대원군의 손에 놀아나다가 이제는 아내인 왕비의 손에서 헤어나지 못하는 허수아비 왕. 바로 그것이 왕을 둘러싼 소문이자 원세개가 의심할 바 없이 진실이리라 굳게 믿었던 사실이었다.

그런데, 틀렸다. 거의 모든 것이 왕과는 맞지 않는 것들뿐이었다. 그는 똑똑했고, 많이 알았으며 소심한 것 같지도 않았다. 그런 부분을 차츰 깨달으면서 원세개는 조선이 제왕 교육에는 확실하다더니 그 탓인 모양이지, 하고 대충 넘겨 버렸었는데 이제는 그 모든 게 교육 탓이라면 정말 대단한 교육인 모양이군 하는 생각까지 들고 있었다.

부족하냐고? 암, 그렇고말고.

청나라는 그저 말뿐인 종속관계를 넘어서 조선을 갖고 싶었고, 지금이 가장 좋은 기회에 안착해 있는 것이라 믿고 있었다. 청나라는 반드시 조선을 손에 넣어야 했고 사실 이것은 일본이나 다른 서양 나라들처럼 그저 이익을 위해서라기보다는 생존의 문제이기도 했다.

아편전쟁(1840~1842년 아편 문제를 둘러싼 청나라와 영국 간의 전쟁)이 또 일어나지 말라는 법이 없었고, 아편전쟁이 조선에 일어나지 말라는 법이 없었으며, 그 전쟁의 승리자가 영국 같은 서양 나라들이 아닌 청나라가 되지 말라는 법이 없었다.

결코 자발적일 수 없었던 개방으로 청나라는 아직도 몸살을 앓고 있었고, 그것으로 원세개의 고국은 한 가지를 절실히 깨닫게 되었다. 아직 청나라 자신이 '열강'의 위치에 설 수 있는 기회가 있으며, 그 기회는 상대가 철저히 약해졌을 때 큰 위력을 발휘한다는 것을.

조선은 지금 한껏 약해져 있었다. 전쟁의 역사 속에서 자중지란自中之亂만큼 가장 큰 패배의 원인은 찾아볼 수 없을 텐데, 조선이 바로 그 자중지란의 한가운데에 있었던 것이다.

개화, 혹은 수구. 보수, 혹은 진보. 그리고 왕과 왕비, 혹은 대원군.

원세개는 지금 조선에서 옛것을 지켜야 한다고 부르짖는 보수층만 공략하면 모든 게 청나라의 뜻대로 될 거라고 여겼다. 그들은 자신의 신분, 재산, 자자손손 누리던 그 모든 혜택들을 지키기 위해서라면 중국을 사대하던 풍습을 버리지 못할 것이다. 옛것을 지켜야 한다고 주장하는 대부분의 사람들은 그 옛것이 세상에서 가장 옳고 훌륭한 것이라고 믿어서가 아니라, 그것이 없으면 누구든 오늘까지는 노련하고 연륜 있으며 가문까지 그럴듯한 사람으로 숭배하던 자신을, 내일이면 고루하고 정신 나간 늙은이로 치부하고 말 것임을 알아서다. 가장 큰 적은 왕이었다.

왜 그걸 몰랐을까. 왜 진작 알아채지 못했을까. 이이제이以夷制夷, 적을 이용해 또 다른 적을 잡게 하는 방법. 나의 적은 왕. 그렇다면 왕의 가장 큰 적은 누구일까?

*** *

툭툭, 소리는 점점 가까워졌다.

입원실을 채운 환자들의 소소거림도 들려오지 않는 제중원 깊은 곳, 뒤뜰을 향해 가고 있던 범석은 발을 멈췄다 귀를 기울이고, 다시 멈췄다 귀를 기울이는 것을 반복하며 외롭고 퉁명스럽게까지 들리는 소리에 점점 더 가까워졌다.

"왜 돌아가지 않지?"

소리가 멈췄다. 툇마루에 앉아 땅을 차며 먼지를 일으키고 있던 서양의 다리가 할 일을 잊은 듯 멍하니 허공에 멈춰 섰다.

"왜 쫓아내지 않는데요?"

서양은 잔뜩 움츠리고 있던 어깨를 다리 쪽으로 잡아 내리고는 고개도 들지 않은 채 대답했다. 범석에게서 따뜻한 말 따위를 기대한 것은 아니었지만 왜 나가지 않느냐는 말 또한 기대와는 거리가 먼 것이었다.

"닥터의 속은 알 수가 없고, 그가 쫓아내려 하지 않으니 나야 별 수 없는 일이지."

"쳇, 닥턴지 닭똥인지."

서양의 투덜거림과 동시에 풋, 하는 소리를 내며 범석이 서양의 옆에 엉덩이를 걸쳐 앉았다.

"쫓아내면 쫓겨날 거예요."

오랫동안 버릇처럼 반인들이 아닌 사람들에게 주눅이 들어 살아온 버릇 때문인지 서양은 범석 쪽으로 눈도 돌리지 못하고 어깨를 한껏 움츠렸다.

"그렇겠지."

범석은 서양의 작고 마른 등으로 조용히 눈길을 주다가 아이의 얼굴을 잡아 자신의 눈앞으로 바짝 갖다 대었다.

"왜, 왜요. 나리!"

"그나저나 네 놈은 대체 누구한테 그렇게 얻어맞았던 거냐?"

서양은 범석의 날카로운 눈을 도지히 미주보지 못하고 한쪽으로 눈동자를 굴리며 뭐라 뭐라 중얼거렸다.

"크게 말해라, 이놈아!"

"젠장, 나리는 백정들이 난폭하다고 하더라는 말 같은 건 들은 적이 없다는 거예요?"

서양은 범석의 손을 있는 힘껏 때려 얼굴에서 떼어내고는 일어나 얼굴을 어루만졌다.

한 달이라는 시간이 상처는 낫게 해 주었어도 기억까지 낫게 하는 건 아니었기에 여전히 얼얼하게 느껴지는 부분이 있었다.

"그래서 백정이기 때문에, 백정은 난폭하기 때문에 난폭하게 굴다가 그렇게 됐다는 거냐? 네놈이 봇짐장수의 등짐이라도 뺏으려 했다는 거야?"

서양은 범석이 빙글거리며 말하는 투에 욱해서 저도 모르게 주먹을 움켜쥐었다.

"주먹을 휘두르는 것은 네놈 맘이겠지만 너도 네놈 손이 그런데 쓰기 좋게 생겨 먹은 건 아니란 걸 알긴 알겠지?"

범석이 마루에서 몸을 일으켜 서자, 서양은 한 발 물러났다. 자신의 체구와 힘을 생각하며 싸움을 벌이고 말고를 결정한 적이 없을 만큼 소년은 무모한 데가 있었지만, 반촌 밖에서 반인이 아닌 사람에게 덤벼드는 건 다른 문제였다.

이건 개가 주인에게 덤벼드는 것만큼 어려운 거지.

서양은 한 발 더 물러나 돌아서 달리며 소리쳤다.

"나리가 뭔데 그래요! 아무것도 아니면서!"

냅다 꽁무니를 빼고 달아나는 서양을 보며, 범석은 저도 모르게 허허거리는 너털웃음을 웃었다. 그 웃음은 서양에게서 눈길을 거두기 힘든 묘한 감정을 조금은 덜어내게 해 주었기에 더욱 편한 그런 것이었다.

서양 같은 아이들은 제중원에 이미 여럿이 있었다. 그들은 제중원에 들어온 방식이나 처지, 신분 같은 것이 서양과 조금씩 다를 뿐 그 나이 또래의 비슷비슷하게 보이는 아이들이었다. 아이들은 물을 긷고 심부름을 하고 불을 때며 제중원에 머물렀고, 신경 써서 보지 않는다면 존재자체도 쉽게 알아차릴 수 없을 만큼 일상적인 데가 있었다.

그런데 범석의 눈에 서양은 달랐다. 그 남다름이 서양의 얼굴에서 범석이 때때로 알아차리게 되는 왠지 모를 낯익음 때문이라는 것은 무척 기이한 일이었지만 말이다.

"손이 아깝군요. 짐승의 피를 묻히기엔 아까울 정돈데."

범석은 알렌이 서양의 손을 보며 혼잣말처럼 내뱉던 말을 생각하며 자신의 손을 이리저리 뒤집어 천천히 살폈다. 알렌의 말 때문일까, 그저 조금 더 희고 조금 더 가늘고, 조금 더 긴 것처럼 보이기만 했던 서양의 손이 정말 백정의 것이라 하기엔 아깝게 느껴지는 것만 같았다.

만남

"으아아아! 싫어! 싫어! 싫어!"

너무나 고요해서 오늘은 쉽기만 할 것 같은 예감이었다. 물론 누군가 병실 문을 벌컥 열어젖히고는 서양을 넘어뜨리며 날카로운 소리를 내지르기 전까지는 그랬다는 얘기다.

"비켜요!"

서양은 병실 앞 마루에 누워 두 손으로 자신의 몸을 짓누른 자세로 멍해진 눈을 껌뻑거리고 있는 소녀에게 소리쳤다.

소녀는 잠에서 막 깬 사람처럼 소스라치며 후다닥 몸을 일으켰다.

"미, 미안해……아, 아, 아……나 너 알아!"

소녀는 손가락을 곧추세우고는 서양을 향해 또 다시 소리쳤다. 서양은 소녀가 내리누른 가슴을 어루만지며 마른기침을 하고는 간신히 말했다.

"뭐, 뭐라……구요?"

"너, 백정이지? 그렇지? 제중원에 백정이 있다더니, 그게 너지?"

"그래서요, 백정 처음 봐요?"

서양은 소녀의 번듯한 차림새와 값비싸 보이는 댕기를 홀끔거리고 나서 소녀가 자신과 몹시 다른 처지란 것을 알았으면서도 소녀의 눈을 똑바로 쳐다보고 퉁명스럽게 대답했다. 소녀의 동그랗게 뜬 눈과 동글동글한 모양의 코끝에 어찌된 일인지 마음이 풀어졌기 때문이었다.

"나는……처음 봐, 진짜."

소녀는 값비싼 댕기를 가슴 앞으로 잡아 쥐고는 웅얼거렸고, 서양은 조금은 기가 죽은 소녀의 모습에 미안해져서 허리를 깊게 숙여 인사하고는 애초의 목적지였던 병실로 걸음을 옮기면서 소녀에게 말했다.

"근데 거기 피, 묻었어요. 치마에."

"피? 피? 어디, 어디?"

소녀는 필쩍 뛰면서 치마를 두 손으로 잡아 들어 올렸다.

"이거 어쩌지? 어쩌지?"

"뭘 어째요? 집에 가서 몸종한테 빨아달라고 하면 되겠죠!"

"하지만 나……이거 너무…….'"

서양의 퉁명스러운 말투 때문인지, 소녀의 치마를 조금 더럽힌 피 때문인지 몰라도 소녀는 금방이라도 울음을 터뜨릴 것처럼 얼굴을 일그러뜨렸다.

여자 아이를 어떻게 대해야 할지 배운 적도, 경험도 없었던 서양은 이 소동의 한가운데에서 그저 내빼고 싶은 마음뿐이었지만 차츰 붉어지는 소녀의 눈을 보고 있자니 발을 떼어내는 게 쉽지 않았다.

"괜찮아요, 아가씨. 별거 아니에요. 저는 여기서 매일 매일 묻히는 게 피고 고름인데요, 뭐. 그냥 씻어내고 빨아내면 다 괜찮아져요."

소녀는 정말이냐고 묻듯 서양의 얼굴을 빤히 쳐다보았고, 서양은 가렵지도 않는 뒷머리를 벅벅 긁으면서 소녀의 분홍빛 치마의 붉은 핏자국으로 눈을 내렸다.

"나, 이거 정말 못하겠어."

"뭘요?"

"아픈 사람들 도와주는 거."

서양은 소녀의 힘없는 목소리를 들으며 소녀의 정체가 무엇일지에 대해 기억을 더듬어 보았다. 그는 환자들을 돌보며 간호해 줄 기생들이 오기 전까지만 선교회 쪽의 사람들이 도움을 주기로 했다는 얘기를 들은 것을 곧바로 떠올렸고 그 사람들 중 하나가 이 소녀일 것이라 단정 지었다. 하지만 서양의 눈에 자신보다 조금 어리게 보이는 소녀는 환자들을 돌보기에는 너무 여리고, 또 너무 빛나 보였다.

"못하겠으면 그냥 가도 되요. 아무도 잡지 않을 거예요."

"하지만 그 사람이 싫어할 거야."

"그 사람이 누군데요?"

"내……정혼자."

아, 서양은 탄식처럼 외마디의 소리를 뱉어내고는 입을 다물지 못했다. 소녀의 나이에 정혼이나 혼인은 그다지 낯선 것이 아니었는데도, 그랬다.

"그 사람이 이걸 원하고, 나는 그 사람 마음에 들어야 해."

서양은 알았다는 듯 굳게 입을 닫고 보일 듯 말 듯 고개를 끄덕였다.

"근데, 근데……피는 너무 붉고, 사람들은 손대기만 해도 고함을 질러. 너무 아파서 모두 다 나 때문인 것 같애."

서양은 할 수 있는 한 재빨리 머릿속을 뒤져 뭔가 할 말을 찾아보았지만, 잔뜩 의기소침해져 있는 소녀에게 할 수 있는 그 어떤 말도 발견해내지 못했다.

제중원에 오고 나서 조금이나마 운신을 하게 되자 알렌이 가장 먼저 시킨 일이 바로 환자들을 돕는 일이었는데, 서양 자신도 아픔을 호소하는 사람들에게 느끼는 당혹스러움은 시간이 흐르고, 경험이 쌓여도 도저히 줄일 수 없었기 때문이었다.

소녀의 당혹스러움을 위로할 길은 없었다. 그것이 그저 자연스러운 일이고, 어찌할 수 없는 일이라고 말하는 것도 내키지 않았다.

"나 이거 계속할 수 있을까?"

"그건……."

"근데 넌 몇 살이니? 열둘, 열셋?"

"열다섯이요!"

"와, 나보다 한 살 많은데…… 너 되게 작구나?"

소녀는 자신보다 한 뼘은 작은 서양과 키 차이를 셈해 보듯 손가락을 크게 늘려 자신과 서양 사이로 세워보다가 험악한 표정을 짓는 서양을 보고는 얼른 뒤로 손을 감췄다.

"미안, 기분 나빴니?"

"그냥 되게 기억력이 안 좋은가 보다 싶네요."

"누가, 내가? 왜?"

서양은 다시금 소녀의 피 묻은 치맛자락으로 손가락을 세워 가리켰다.

흥. 고생에 고자도 모르게 생긴 계집애 같으니.

"ㅇㅇㅇㅇ……."

소녀는 또 다시 모든 상황을 잊고 자신의 옷을 더럽힌 핏자국에 몰입한 얼굴로 눈물을 터뜨릴 태세를 갖췄다.

"아, 그만요! 아휴, 내 키 재볼래요? 얼마나 작은지? 어떻게 해 줄까요? 예?"

서양은 안 그래도 헝클어진 자신의 봉두난발을 신경질적으로 흐트러뜨리고 자신에 발끝에 눈을 고정시키고 있는 소녀 주위를 뒷간이 급한 사람처럼 제자리걸음을 하며 안절부절못했다.

왜 아무도 여자 아이가 울면 어떻게 해야 한다고 가르쳐 주지 않은 걸까.

소녀가 운다는 사실 하나만으로 손바닥에는 축축하게 땀이 맺히고 입이 바짝바짝 말랐으며 정말, 정말 뒤가 마려 오는 것 같았다.

나는 잘못한 게 아무것도 없어. 이 아가씨가 우는 건 절대 내 탓이 아니라고!

속엣말을 지껄이며 아무리 잘잘못을 따져 보아도 정체를 알 수 없는 죄책감은 도무지 사라지질 않았고, 소녀는 여전히 고개를 들지 않고 있었다.

우는 걸까? 우는 거겠지. 아, 어쩌지 어쩌지. 도망칠까. 누가 날 좀 구해 줬으면!

"태린 아가씨!"

서양은 그때, 알렌이 항상 말하는 기도라는 게 바로 이런 거구나, 하는 번개 같은 깨달음에 멍한 기분이 되었다.

"어, 나리……."

소녀는 아직 붉어진 눈을 하고 있었지만 고개를 들었고, 흠흠 목을 가다듬으며 말을 끄집어낼 준비도 하고 있었다. 서양은 자신을 구해 준 사람을 보려 얼굴을 돌렸고, 늘 그랬듯 허리를 굽힐 준비도 하고 있었다.

그는 자신보다 서너 살은 많아 보이는 인상 좋은 젊은이가 제중원 마당을 천천히 가로지르는 것을 보았다. 그리고 그가 이깨를 덮을 만큼 키다란 갓을 쓰고 있는 양반이며 자신이 그의 이름을 알고 있음도 기억해 냈다.

박남열.

그는 제중원에서 범석과 같은 조수로 일하고 있는 사람이었다. 범석이 알렌의 통역을 맡고 있고 의술을 배우려는 목적보다는 영어를 더 잘 배우기 위해서 조수일을 병행하고 있다고 한다면 박남열은 다른 처지였다. 그는 늘 잘 모르는 사람이 보기에도 낡아 보이는 중치막(조선시대 선비 계급에서 착용한 겉옷)을 걸치고 다녔다.

나라에서 중치막이나 도포 등 소매가 넓은 옷을 금지하고 소매가 좁고 단출한 두루마기를 입도록 하긴 했지만, 아직도 많은 양반들이 예전 옷을 그대로 고집하고 있었는데 그것은 그런 옷이 사치스럽고 불편하긴 해도 보통 사람이 우러러보는 옷이었기 때문이다.

하지만 박남열의 중치막이 풍기는 분위기는 사뭇 달랐다. 그의 옷은 마치 두루마기를 입고는 싶지만 입을 형편이 못되어 대대로 가문의 남자들이 입던 옷을 계속 수선해서 입을 뿐이라고 자조하는 분위기를 풍기고 있었다.

박남열은 넓은 이마에 맺혀 있는 땀을 조금 너덜거리는 소매로 닦아내며 서양과 태린의 앞에 섰고, 서양은 재빨리 허리를 잔뜩 굽히고는 조금 뒤로 물러났다.

"어이구, 자꾸 나리라고 부르시면 제가……허허……."

박남열은 거듭 이마의 땀을 닦아내면서 마루위에 선 태린을 올려다보았다. 굽힌 허리를 펴지도 않고 선 서양에게는 잠깐 의아한 눈길을 주었을 뿐이었다.

"그치만 나리와 저는 신분이 다른데."

"부부일심동체라 하지 않습니까. 우리가 혼인을 하면 아가씨도 제 신분을 가지게 되실 텐데요, 뭐."

"그래도 지금은……."

그는 크게 웃으며 태린의 말을 막으려는 듯 손을 휘저었다.

"그나저나 너무 힘에 부치는 일을 하시는 건 아닌지 모르겠습니다. 그래도 아가씨가 선교회를 돕겠다고 해 주셔서 제가 얼마나 기뻤는지 모르실 겁니다. 선교회로부터 많은 가르침과 도움을 받고 있는 저로서는 제 안사람이 되실, 아가씨가 기꺼이 저를 따라 주신다는 것이 정말 자랑스럽고 뿌듯한 일이거든요."

박남열은 '안사람'이란 말이 주는 어감이 상당히 즐거운 듯 헤헤거리며 얼굴을 붉혔다.

"근데 어디, 가시는 겁니까?"

"아, 예, 옷이 좀 엉망이 돼놔서."

"이런!"

그는 태린의 피 묻은 치마를 보고서, 그녀가 치마를 풀어 던져 버리기라도 한듯 화들짝 놀라 시선을 허공으로 옮기고 다시 거듭 얼굴의 땀을 닦아내며 거친 숨을 몰아쉬었다.

"그럼 저는 이만, 좀 가 보아야. 저쪽으로 아니, 저쪽이군요. 다음에 또."

박남열은 주춤주춤 물러서며 이쪽저쪽으로 팔을 뻗어 허우적거리다가 도망치듯 사라져 버렸다.

'그 자는 피를 무서워해.'

서양은 범석이 지나가는 말처럼 박남열에 대해 했던 얘기를 기억해 내고는 저런 자가 어떻게 의술을 익히겠다는 걸까, 들리지 않게 혀를 찼다.

"휴……."

서양은 한숨으로 인사하듯 꽁무니를 빼는 정혼자의 뒷모습을 쫓고 있는 태린의 옆얼굴을 살피며 또 우는 건 아닐까 걱정스런 마음이 되었다.

그러나 걱정과 달리, 태린은 설핏 미소를 지으며 서양을 돌아보았다.

"우리 아부지 농사꾼이다."

태린은 무슨 소린지 알아들을 수 없다는 듯 눈살을 찌푸리는 서양에게서 눈을 돌려 사람 좋은 정혼자가 사라져 버린 긴물 모퉁이를 보았다.

"그야 뭐, 농사꾼치고는 돈이 많지만 그래도 쉽지 않은 것 같아. 내 것이 아닌 것 같은 옷을 입어야 한다는 건."

푹 잠긴 목소리로 웅얼거리던 태린은 급한 볼일이 생각난 사람처럼 댓돌 위로 내려와 무척 고와 보이는 빛깔의 신을 꿰어 신었다.

"미안했어. 아, 근데 너 이름이 뭐니?"

소녀는 살짝 치마를 추켜올리며 신을 신은 매무새를 이리저리 살피면서 물었다.

"서양이요. 박서양."

"서양? 저……내가 잘 몰라서 그러는데, 니 이름 백정 이름 같진 않다. 한자 이름이지, 그치?"

서양은 그저 대수롭지 않다는 듯 어깨를 으쓱하고 말았다. 늘 듣는 얘기였고, 새로울 것도 없는 반응이었으니까.

"근데, 잘 어울린다. 너랑."

"예?"

"정말 잘 어울려. 딱 너 같애, 이름이."

소녀는 서양이 뭐라 딱 대꾸할 말을 제대로 찾을 여유도 주지 않고 돌아서 가 버렸다.

서양의 이름을 들은 사람들은 언제나 주제넘다느니, 돼지목에 진주라느니, 이름을 고쳐 붙이라는 말이나 해 줄 뿐 그 누구도 태린처럼 어울린다고 말해 준 사람이 없었다. 아니, 딱 한 명 그의 어머니를 제외하고는 그랬다는 얘기다.

태린, 농사꾼의 딸.

이제 서양은 세상에서 딱 하나 확신할 수 있는 게 생겼다는 걸 알았다.

여자가 어떤 종류의 사람들인지 아직은 잘 모르겠지만, 그들이 사람의 마음을 위로하는 법 하나는 제대로 아는 사람들인 것 같다는 생각이 바로 그거였다.

아버지는 나를 버렸다. 나를, 버렸다.

"그간 고생이 많으셨습니다."

청나라에 납치당한 지 3년, 아버지는 많이 늙어 있었다. 늙고 초라해진 모습에 안쓰러움을 느끼기보다 다시 보지 않았으면 좋았을 걸 하는 후회가 죄책감을 불러일으킬 만큼 그렇게.

대원군의 귀환에 기쁘기 그지없다며 신하들 앞에서 공공연히 그렇게 말해 왔지만, 아버지를 맞으러 남문으로 행차한 왕은 대원군을 똑바로 볼 수도 없었다. 대원군은 아들의 겉치레에 불과한 말에 희미하게 웃으며 아들의 눈을 빤히 들여다보았다. 속내를 알 수 없는 것이 어쩜 그렇게나 자신을 꼭 닮아 있는지, 대원군의 가슴에서는 옅은 한숨이 조금씩 토해져 나왔다.

다시 싸우게 될 것이다.

대원군이나 고종이나, 그들의 앞 머지않은 곳에 3년의 세월도 무색할 만큼 여전해 보이는 전쟁터가 있다는 것을 눈치채고 있었다.

준비된 전장으로 나가지 않을 수 없는 장수의 심정이 이토록 처참할까.

빠져나올 수 있으리란 희망이 조금씩 버려질 때 쯤, 3년의 세월을 끝내게 한 것은 그 세월 속에 대원군을 가둬 버렸던 청국 자신이었다.

곧이곧대로 말을 듣지 않았던 왕은 청나라에게 큰 골칫거리였고, 청나라로부터 독립을 원하는 목소리가 조선에서 점점 커져가는 것도 부담스러운 일이었다.

결국 왕과 왕비를 견제할 수 있는 것은 대원군밖에 없다는 결론이 급하게 내려졌다. 애초에 왕과 왕비가 청나라와 결탁함으로 해서 대원군을 납치했던 것인데 결국 이제 또 그 반대의 경우가 생겨 버린 것이다.

3년의 세월에도 여전히 조선에는 대원군을 잊지 않고 그를 지지하는 사람들이 있었고 그들은 대원군이 주장하는 거라면 무엇이든 따를 준비도 되어 있있다.

대원군은 왕의 아버지이고, 왕비의 시아버지이며 청나라를 미워했지만 평생을 가도 아들과 뜻을 같이하는 일은 더 이상 없을 거였고, 그런 그를 왕의 가장 큰 적으로 삼아 왕을 꺾어 보겠다는 원세개의 계책은 확실히 그럴 듯한 구석이 있었던 것이다.

"너 때문에 우리가 살 것이다."

열두 살의 나이에 느닷없이 왕위에 올라야 한다고 하면서 아버지는 말했었다. 마치 아들이 왕이 되지 않는 것이 아들을 둘러싼 모든 것을 죽게 하기라도 한다는 듯이.

왕의 자리는 겁나는 것이었다. 하지만 원하는 모든 것을 갖게 되고 자신을 둘러싼 모든 존재가 자신에게 머리를 숙인다면 두려움은 곧장 어린 왕이 가질 법한 허세로 변하기 마련이었다. 허세와 오만, 거기에 아버지를 향한 절대적인 믿음에 취해 왕은 왕이 어떤 자리인지 왜 그 자리를 절대로 공유하지 못하는 것인지 전혀 알지 못했었다.

아버지의 눈빛, 예순여섯의 노회하고 적당히 비열한 정치가인 대원군의 모든 것은 이제 그의 반절 정도의 나이에 이른 서른넷의 왕을 기죽게 하기에 충분했지만 기죽게 하는 두려움만큼 무언가 빼앗겼다는 분노와 반발심 또한 작지 않은 것이었다.

아버지는 나를 이용했지.

권력의 문제가 아니었다. 권력만큼 사사롭고 또한 그렇지 않은 것도 세상에는 흔치 않을 테지만 사사롭거나 그렇지 않거나 하는 문제는 더 이상 염두에 놓여 있지 않을 정도로 아버지와 아들의 관계에는 익숙할 만큼 당연한 전쟁이 단단히 못 박혀 있었다.

싸워야 한다면 싸울 것이다.

모르는 자들은 자신의 가문인 민 씨 일파를 등에 진 왕비가 왕을 조종하고 왕은 왕비의 손안에서 놀아날 뿐이라고 믿고 있었지만 대원군은 그들이 틀렸다는 것을 지적해 주지 않았다. 그들은 너무나 모르기 때문에 그것이 왕의 나약함에 관한 증거라고도 믿고 있었겠지만, 왕을 나약하다고 믿는 자들을 상대하는 왕에게 그들의 믿음은 적들이 그에게 멋도 모르고 제공한 강한 무기였음을 대원군이 잘 알고 있었기 때문이었다.

자신의 적이 숨기고 있는 무기에 대해 떠벌일 정도로 대원군은 치사하지 않았다. 그는 정정당당한 전쟁이란 것이 세상에는 존재치 않는다고 굳게 믿는 사람이기도 했지만, 맞수를 상대하는 것이 대장부에게 어떤 의미인지에 대한 믿음 또한 확고한 자이기도 했다.

대원군은 얼굴에 담뿍 미소를 담고 자신의 손을 부여잡은 아들의 뜨거운 손을 마주잡으며 자신이 아들에게 물려준 것이 진정 무엇인지를 그제서야 절실하게 깨닫고 있었다.

오후 무렵이었다. 여름의 끝자락에 서서도 꺾일 줄 모르는 더위는 후끈했고, 길을 지나는 사람들은 땅에서 솟아나는 열기로 희미하게 비틀거리는 유령처럼 보였다.

돌아가라는 말을 분명히 알아들었는데도 거대한 집들이 서슬 퍼렇게 줄지어 선 북촌을 서성이고 있었던 이유가 무엇인지 도무지 알 수 없다고 갸우뚱거리며 서양은 걸음을 빨리했다.

저게 뭐지?

제중원의 진료시간이 끝나자 알렌은 범석을 대동하고, 서양에게 가방을 들려 주며 왕진길에 나섰었다. 전 참판댁이라는 집의 커다란 대문에 이르고 나자 알렌은 서양을 흘끔거렸다.

왕진을 요청한 대단한 집안의 사람들은 서양이 자신들의 집 대문을 넘는 것을 언제나 마뜩치 않아 했다. 알렌에게 문을 열어 주는 청지기들은 하나같이 서양을 보며 말했었다. "저놈은 들어올 수 없소"라고.

알렌은 범석에게 서양이 머리를 좀 묶고 백정임을 드러내지 않으면 어떠냐고 말했었나. 말하시 않으면 서양의 신분을 아무도 모를 덴데 꼭 지렇게 신분을 대놓고 드러내야 하겠느냐고.

"당치도 않은 말씀입니다. 조선의 백성들은 백정처럼 천한 신분에 굉장히 민감합니다. 양반들이 평민들에게서 느끼는 위협과 비슷하지요. 이미 조선에 양반은 너무 많습니다. 대부분 평민들이 신분을 사서 양반이 된 경우지요. 소수만의 특권이라 믿었던 신분을 하루아침에 천하게 여겼던 사람들과 공유하게 된 양반들의 심정이 어떻겠습니까?

평민들도 그렇습니다. 그들 또한 양반들에게서 받은 멸시와 차별을 고스란히 백정같이 천한 신분의 사람들에게 되갚습니다. 그들은 백정이 자신들과 동등해질 수도 있다는 것에 대해 두려움을 갖고 있지요. 제중원을 자세히 살펴보십시오. 제중원에는 주사처럼 양반의 신분을 가진 사람도 있고, 저처럼 중인의 신분을 가진 사람, 그리고 노비와 평민도 있지요. 그들이 다 같다고 보십니까? 제중원 사람들에게 서양은 어쩌다 굴러 들어온 천것에 지나지 않습니다. 절대 자신들과 같은 처지라고 여기지 않지요. 제중원의 노비들조차 서양이 백정의 신분을 감추고자 한다면 절대 가만있지 않을 겁니다."

덧붙여, 범석은 사대부가에서 서양을 들이지 않는 이유가 서양의 신분 때문만은 아니라고 말했다.

"그들이 굳이 직접 오지 않고 왕진을 요청하는 것은 물론 일반 백성들과는 함께 치료받기 싫다는 것 때문일 겁니다. 하지만 그들이 닥터를 필요로하는 이유는 따로 있습니다."

조선인들, 특히 양반들은 외상을 천한자의 병이라고 생각했다. 자신처럼귀한 사람이 천한 사람들만 걸린다는 외상으로 고통 받는다는 것을 공공연히 알리고 싶어 할 양반은 아무도 없었다. 때문에 어쩔 수 없이 알렌과 알렌의 말을 통역할 범석은 받아들였으되 굳이 천한 백정을 들여 자신의 병에 대해 소문을 낼 가능성을 가진 사람을 더 늘리고 싶은 마음은 없었던 것이다.

오늘도 그랬다. 혹시나 하고 알렌의 왕진가방을 꼭 끌어안고 서서 알렌곁에 바짝 붙어 있었지만, 자기 집인 양 기세가 등등했던 청지기는 조금의머뭇거림도 없이 서양을 손가락으로 가리켰다. 처음 있는 일도 아니었으니꼭 아쉬움이 남아서만은 아니었는데도 오늘따라 서양의 발길은 좀처럼 제중원으로 향하려 들질 않았다.

이런 구경을 하려고 그랬었나?

서양은 사람들이 웅성거리며 잔뜩 모여든 모습이 가까워지면서 가슴이둥둥 울리는 것이 기분 좋았다. 사람들이 구경거리에 정신이 팔려 있으니백정새끼는 저리 꺼지라고 내쫓기기까지는 조금 더 시간을 얻을 수 있을 것이다.

"아으……"

사내의 입에서 새어 나오는 소리는 묘했다.

그는 우는지, 어쩌는지 도무지 알 수 없는 표정을 하고는 꼼짝도 하지 못하고 있었는데, 누가 보아도 북촌에 잘 어울리게 입성도 좋고 환한 얼굴의 젊은 선비라 할 만한 사람이었다.

아직 소년티가 남아 있었던 그는 제법 오래 한 자세로 서 있었는지 망건 밑으로 흥건하게 땀을 흘리고 있었는데, 그게 땀인지 눈물인지 구별이 안 될 정도로 얼굴은 몹시 엉망이 되어 있었다. 사람들의 눈은 북촌의 명문가 자제일 듯싶은 선비와 그의 발밑에 누워서 꿈틀거리고 있는 반백의 사내를 번갈아 떠돌고 있었다.

사내는 작은 체구였지만 단단한 몸을 가졌고, 낡을 대로 낡은 패랭이는 사내의 머리에 눌려 한쪽이 찌그러진 채였으며 사내가 등에 메었을 봇짐 역시 사정은 비슷해 보였다.

반백의 사내는 벌게진 얼굴로 옥빛이 선명한 선비의 태사혜(사대부들이 평상복에 신었던 신발)의 앞코에 손을 얹고 있었는데, 그것이 바로 사람들을 가장 궁금하게 만드는 이유였다.

땅에 드러누워 있던 사내는 곧 죽을 것 같았다. 힘이 좋아 보이긴 했지만 분닝 열이 잔뜩 오르는 듯 붉어진 얼굴로 땀을 흘리면서도 몸을 계속 떨고 있었고 눈도 제대로 뜨지 못하고 있었으니 사내가 크게 아픈가 보다고 생각하는 건 너무 당연했다.

곧 죽어 넘어갈 것처럼 한껏 약해진 사내가 선비의 신에 손을 얹고 있는데도 선비는 그 자세로 움직이지 않고 있었다. 사내의 손을 떼어내기 위해 굳이 힘을 줄 필요도, 허리를 숙일 필요조차 없었다. 발을 들어 가볍게 떼기만 하면 될 일이었는데도 선비는 움직이지 않았다.

"대체 뭐하는 거요?"

"오금이라도 지렸나?"

"저치는 봇짐장순가? 그렇지?"

"북촌에도 반편이 있었네, 그려!"

두 남자를 둘러싼 사람 중에 짓궂은 몇몇 사람들이 던진 말 때문에 사람들은 왁자하게 한바탕 웃어 젖혔고, 그 때문에라도 선비가 무슨 반응을 보일 것이라 기대했지만 선비는 여전히 그대로 서 있었고 조금 전과 다른 것이 하나 있었다면 두 눈을 질끈 감아 버리고 말았다는 것뿐이었다.

"누가 좀 도와줘요!"

선비에게서 사내의 손을 떼어낸 것은 서양이었다. 서양은 사람들 사이를 헤치고 들어가 반백의 사내를 들어 팔 한쪽을 어깨에 둘러메었고, 서양의 작은 체구로는 감당할 수 없었던 사내의 나머지 팔 한쪽을 누가 감당해 줄 것인지 사람들의 얼굴을 쳐다보고 있었다.

서양은 다시 한 번 도움을 청하려 입을 열었지만 사람들이 서양에게 들으란 게 분명한 의도로 외치는 말들에 목이 콱 막혔다.

"뭐야, 백정새끼 아냐?"

"제 놈이 뭔데 나서고 지랄이야?"

"망조가 들어도 단단히 들었구만!"

어째서 이럴까. 아픈 사람이 있고, 괴로워하는 사람이 있는데 그런 사람을 돕겠다고 나서는 게 뭐 어떻다고 이러는 걸까.

서양은 눈이 화끈거리고 속이 울렁거렸다. 어깨에 둘러져 있는 사내의 팔은 점점 무거워졌고, 반촌에서는 쉽사리 느끼지 못했던 막막한 두려움에 다리는 부들부들 떨리기 시작했다.

왈칵 흘러넘치는 눈물 때문에 희미해진 시야 사이로 검은 그림자가 진하게 비치고 곧, 점점 무거워져만 가던 어깨가 홀가분하게 가벼워졌다. 서양은 소매 끝으로 재빨리 눈물을 닦아내고는 자신의 어깨를 가볍게 한 그림자의 정체를 보았다. 날렵한 체구, 중간 정도의 키, 낡았지만 넓은 갓, 그리고 날카롭게 돌아보는 매서운 눈빛. 서양은 그 사내가 자신이 둘러멘 사내를 어디로 데려가야 하는지 묻고 있다는 것을 알아차렸다.

"제중원으로, 제중원으로 가요! 저쪽이에요!"

서양이 침을 꿀꺽 삼키고는 앞서 걸어 나가는 사내의 뒤를 따르려 발을 옮겼을 때, 누군가 그의 가는 팔을 세게 잡았다. 서양은 잡힌 팔이 너무 아파 소리를 지르려다 눈물을 가득 채운 눈으로 자신을 쳐다보고 있는 선비를 보았다.

선비는 아무 말도 하지 않았다. 뭐라 할 말이 있는 것 같았지만 어떻게 말해야 좋을지 도무지 알 수 없어 하는 것 같았다.

서양은 선비의 팔에 손을 얹었고, 말했다.

"제중원으로 오세요. 박서, 아니 그냥 백정을 찾으세요."

서양의 팔과 함께 선비의 팔이 힘없이 떨어졌다.

'총리교섭통상사의'

총리. 교섭. 통상. 사의.

고작 스물일곱의 나이에 거추장스러운 이름을 주렁주렁 달고 있는 원세개는 지리하고 쓸데없는 잡담으로 시간을 낭비할 생각은 없다는 듯 툭 말을 던졌다.

"묘인덕이 왜 그렇게 되었는지 모른다고는 못하시겠지요?"

대원군은 멈칫, 찻잔으로 뻗었던 손을 당겨 무릎위에 놓았다.

입이 바짝 바짝 말라 향긋한 차 한 모금이 그 어느 때보다 간절했으나 대답을 바란 건 아니었다는 듯 두 손으로 받쳐 든 찻잔으로 눈을 떨어뜨리는 원세개에게 부들부들 떨리는 손을 보여 주고 싶지는 않았기 때문이었다. 지금 이 순간처럼 자신의 늙음이 절실하게 깨달아졌던 적도 없었다고 생각하며 대원군은 마른입을 달싹거리고 원세개를 응시했다.

"아라사와의 밀약이라니요. 대체 그게 조선에게 가져다준 게 뭡니까?"

원세개는 미소를 머금은 채 도저히 못 말리겠다는 듯 고개를 두어 번 흔들었다.

"그게 무슨 말씀이오? 사마께서는 지금 얼마 전에 비준한 조약에 대해 말씀하시는 거요?"

"못 당하겠군요. 끝까지 잡아떼시니. 그 밀약은 이제 밀약이라고 할 수도 없습니다. 모르는 사람이 없으니까요. 합하께서는 목인덕이 해임된 것이 어떤 이유 때문이라고 하실 겁니까?"

대원군은 반쯤 눈을 감고 목인덕의 동그란 안경과 조선의 여느 관리들처럼 관복을 차려입고 허리를 숙여 인사하던 모습을 떠올리며, 그는 지금 어디서 무엇을 하고 있을까를 생각했다.

목인덕, 즉 묄렌도르프는 청나라의 실력자 이홍장의 추천으로 조선에 오게 된 독일인이었다. 묄렌도르프가 그런 식으로 조선에 오게 되었다는 사실은 그가 청을 위해 일할 것이라는 약속 같은 것이 존재할 거라는 추측을 충분히 가능케 했지만 묄렌도르프는 청나라가 견제하는 러시아와 조선의 수호통상조약을 주선하면서 청나라의 의심을 사기 시작했다.

조약의 내용이야 독일과 영국 같은, 다른 서양 열강들과 맺었던 것들과 별로 다를 바가 없었지만, 청나라가 러시아를 극도로 경계하고 있다는 게 진짜 문제였다. 그런 상황에서 묄렌도르프는 급기야 조선과 러시아의 밀약을 맺도록 주선했다는 소문의 한가운데에 서게 되었던 것인데, '일본과 청이 개입할 경우 조선은 러시아에 보호를 요청한다'는 게 밀약의 내용이라는 소문은 청나라로 하여금 그것이 단순히 소문이라 해도 그대로 넘겨서는 안된다는 위기감을 갖게 했다. 그런 위기감은 곧장 묄렌도르프를 해임케 하는 보복으로 드러났고 청나라가 조선과 러시아가 가까워지는 것을 얼마나 꺼려하는지를 단적으로 입증하는 것이기도 했다.

하지만 밀약은 말 그대로 밀약, 비밀이었다.

원세개는 드러내 놓고 확신하며 대원군을 몰아붙였지만 대원군은 그 어설픈 장단에 놀아나 주고 싶은 마음은 없었기에 지난해 체결되고 올해에 비준되었던 통상조약에 대해 말하며 밀약에 대해서는 들어 본 적도 없다는 듯 시치미를 떼고 있는 것이다.

"아라사는 우리의 적입니다. 우리 청과 조선은 부자의 나라이니 청의 적이라면 조선에게도 적이 아닙니까? 적과의 밀약이라니 이게 말이 된다고 생각하십니까?"

"우리는 그저 우호적인 관계에 있는 나라와 나라일 뿐이오. 중국과 조선은 대대로 형식적인 관계만을 가지고 있었음을 사마께서 모르신다고 하는 거요?"

원세개는 아무 대꾸도 하지 못하고 대원군을 쏘아보았다.

'형식적인' 종속관계라는 말은 조선으로 하여금 중국에 사대하고 조공을 바치게 만들었지만 이제는 형식적이라는 말을 빼버리고 싶어 하는 청나라가 자신들의 뜻대로 조선의 외교와 내정을 간섭하는 것을 어렵게 만드는 발등의 도끼가 되어 있었다.

대원군은 나라는 크지만 그 속은 더없이 작을 수 없다며 혀를 찼다. 청나라에서의 세월도 그랬고, 조선에 돌아와서 만나는 중국인들마다 넓은 땅이 넓은 마음을 갖게 해 주는 건 아니라는 확신만 더 키워 주고 있었다.

청나라 역시 조선처럼 서양의 무력에 굴복해 억지로 나라의 문을 열었으면서, 그 굴욕과 치욕이 어떤 것인 줄 그렇기니 잘 알면서 어떻게 서양인들이 했던 그대로 작은 나라를 잡아먹지 못해 안달을 하는 건지 대원군은 좀처럼 이해할 수 없었다.

"이렇게 나오시면 합하에 대해서 도저히 확신할 수 있는 길이 없습니다."

팔짱을 끼며 고개를 절레절레 흔드는 원세개를 대원군은 불쾌한 얼굴로 노려보았다.

"대체 무엇을 확신한단 말이오!"

"우리가 과연 같은 뜻을 가지고 있는 사람들인지 말입니다!"

원세개는 왜 믿을 만한 자국인 통역을 데리고 오지 못했는지 짜증스러워졌다. 그 때문에 말을 돌려서 밖에 할 수 없는 것이 답답하고 자신과 어울리지 않는 것 같았다.

대원군은 나중에 떠올리면 부끄러워할 게 분명한 행동이었지만, 낯빛을 붉히며 무심결에 얼굴을 돌렸다. 물론, 원세개의 말에 숨은 뜻을 대원군은 너무나 잘 알고 있었다. 그리고 원세개와 뜻을 같이한 그 일에 대해서 마음을 고쳐먹을 생각도 하지 않고 있었다.

하지만 자다가도 벌떡 벌떡 일어나 자리끼를 들이켜고 나서야 마음을 안정시킬 수 있을 정도로 불안하고 부끄러워서 견디기 힘들었다.

어찌 부끄럽지 않을 수 있겠는가. 왕에게 반역하고, 아들을 배신하는 일을 꾸미고 있는데!

"말라리아인 거 같군."

"What?"

정말 무심코 뱉어진 말이었다.

서양은 두 손으로 입을 세게 막았고, 어리둥절한 표정으로 서양을 보는 알렌과 범석을 번갈아 올려다보며 잔뜩 울상을 지었다.

"이 아이가 지금 뭐라고 한 겁니까?"

알렌은 이해할 수 없다는 듯 서양을 손가락으로 가리켰다.

"what이라고 한 것 같은데요."

"너, 그게 무슨 말인지 아느냐?"

서양은 범석이 알렌의 말을 통역해 주기도 전에 대답했다.

"그냥, 뭐냐……는 말 아닌가요? 뭐라고? 무엇이라고? 뭐 그럴 때 쓰는 말."

범석의 말을 들은 알렌은 별안간 크게 웃음을 터뜨려 범석과 서양을 놀라게 했다.

"하하하하! 알아듣는군! 맙소사!"

"어떻게……알았느냐?"

범석은 힘겹게 더듬거리며 물었다. 아이는 제중원에 온 지 불과 3개월 여 만에 알렌의 간단한 말을 의도하지 않고도 알아듣고 있었다.

"몰라요, 저도. 그냥 어쩌다보니."

"관찰력이 좋든가, 기억력이 좋든가, 호기심이 많든가…… 그 셋 다 모두 나쁘지 않군."

범석은 더 이상 혼잣말 같은 알렌의 말을 서양에게 전하지 않았다. 알렌이 곧이어 뚫어져라 서양을 보며 낮은 목소리로 한 말 또한.

"아이의 아버지 말이 맞았군요. 재주를 가르칠 수도 있겠어요."

처음에는 알아보지 못했다. 영락없이 입성 좋은 북촌의 선비로 보였던 사내는 불과 3일 후 도포도 걸치지 않고 머리에 망건도 두르지 않은 채 쉽사리 알아보기 어려운 모습으로 제중원 앞을 서성거리고 있었다.

"그 사람은, 살았느냐?"

목소리 또한 소년티를 벗은 지 얼마 되지 않는, 가는 소리가 간혹 섞여 있던 선비를 서양은 간신히 알아보았다. 제대로 차려입었을 때는 자신보다 네댓 살은 위일 거라고 여겼는데, 이리 보니 많아봐야 한두 살 많은 정도로밖에 보이지 않았다.

"들어가 보셔도 되요."

제중원의 열린 문을 가리키는 서양을 보지도 않고 선비는 고개를 천천히 가로저었다.

"괜찮아. 살았다면, 됐어."

선비는 서양이 그를 처음 본 그날처럼 한동안 움직이지 않았다.

"네가 나를 잊었으면 좋겠다."

선비가 마침내 머리를 들어 한 말이 그것이었고, 서양은 왜냐고 묻지도 않고 선비에게서 눈을 떼어 내렸다.

"누구니?"

"저도 몰라요."

코와 입을 막았던 헝겊을 목으로 잡아 내리며 다가온 태린이었다. 서양은 머뭇거리며 대답한 뒤 주위를 재빠르게 둘러보았다.

같은 공간에 있다 해도 신분이 다른 처녀와 나란히 서서 이야기를 주고받는 것은 어느 누구의 눈에 띄어도 좋을 것이 없었다.

"이제 좀 괜찮나 봐요, 아가씨?"

서양은 주변에 아무도 없음을 확인하고도 한 발 물러나 허리를 조금 숙인 후에야 태린에게 말을 건넸다.

"휴, 난 여기 몸종도 안 데려와. 가마도 멀찌감치 내려."

"왜요?"

"그냥, 여기서의 기억을 고스란히 가져가게 될까 봐 그런 거 같애."

이미 다른 이들이 느끼는 아픔에 익숙해지는 것이 얼마나 고된 일인지 터득하고 있던 서양에게 태린의 잠긴 목소리는 자신이 낼 법한 목소리이기도 했다. 하지만 거짓말이라고 해도 위로는 언제나 큰 힘을 발휘한다는 것도 서양이 터득한 것 중의 하나였다.

"여기는 아픈 사람이 있는 곳이지만, 아픈 사람들이 나아서 나가는 곳이기도 해요."

서양이 조곤조곤한 말투로 해 준 위로에 태린은 저도 모르게 서양의 머리로 손을 뻗었다. 그의 위로가 고맙기도 했고, 기특하기도 했기 때문이었는데 쉽게 닿을 거리에 있던 태린의 손을 서양은 짝 소리가 날 정도로 크게 쳐 내 버렸다.

"왜, 왜 그래!?"

태린은 얼얼해진 손을 가슴으로 끌어 모으고는 펑도는 눈물을 어찌할 수 없는지 아랫입술을 깨물었다.

"다시는, 다시는……그러지 마세요."

서양은 더듬더듬 물러서며 들릴락 말락한 소리로 힘없이 중얼거렸다.

"대체 내가 뭘 어쨌다고!"

태린은 억울함이 잔뜩 묻어나는 물기 짙은 음색으로 소리를 내질렀고, 서양은 뭔가 말을 하려는 듯 입을 뻐끔거렸지만 아무 소리도 내지 못하고 돌아서서 달아나기 시작했다.

"나 여기 오래 안 있을 거야! 그때 가서 미안하다고 해봤자 들어줄 사람 없다고! 이 멍청한 백정 녀석⋯⋯아."

태린은 서양의 뒷모습이 새벽녘의 안개가 쨍쨍한 햇빛에 순식간에 사라지듯 모습을 감추는 것을 도저히 믿기 힘들다는 얼굴로 보고 있었다.

"못되 처먹기는! 역시 천것이라."

태린은 저도 모르게 주워 올린 말에 입을 틀어막으며 혹시 누가 듣진 않았는지 주위를 둘러보았다. 하지만 결국 신경 쓰이는 건 자기 자신이었다.

다른 사람이 못 들었어도 나는 들었잖아.

서양이 천것이라거나 그 신분 때문에 정말 상대 못할 정도로 천한 사람이라고 생각해 본 적은 단 한 번도 없었다. 서양이 다른 이와 다른 것은 사실이었지만 그것은 그저 다르다는 것뿐 나쁘다는 말은 아니었으니까. 그저 작고 똘똘해 보이는 데다 친절하게까지 굴기에 고마운 마음이 들었던 것뿐이고, 아버지도 늘 그녀에게 그렇게 해 주었나.

곱게 빗어 넘긴 머리를 반드시 흐트러뜨리고 말겠다고 작정한 사람처럼 그렇게. 세상에 그처럼 웃긴 게 없다는 듯 배를 잡고 웃어대며, 그렇게.

내 무엇이 그 애를 화나게 한 것일까.

태린은 잔뜩 붉어진 얼굴로 날 듯이 달아난 서양을 생각하자 얼굴이 화끈거리는 것 같았다.

다음에 미안하다고⋯⋯해야지. 뭐 때문에 기분이 상했는지도 물어보고.

아, 아부지 보고 싶다.

태린은 막 밭매기를 끝내고 일어선 아낙처럼 발목이 드러나도록 조여 맨 치마를 툭툭 털고는 볼 때마다 끈적이는 눈길로 말을 건네는 문지기 딱쇠를 애써 무시하며 문을 나섰다.

"아가씨!"

"와, 아저씨! 여기 웬일이에요? 그리고 나 그렇게 부르지 말랬죠?"

태린은 제중원 문 앞에서 서성거리고 있던, 조금 작은 키에 다부진 몸을 한 사내의 팔을 잡아 흔들며 깔깔거리는 웃음을 웃었다.

태린의 아버지 또래 정도로 보이는 남자는 단정하게 두루마기를 차려입고 작은 갓을 쓰고 있었다.

"이런, 이런. 또 장옷은 어따 팔아 드셨나?"

"에이, 왜 그래요. 피차 다 알면서. 아저씨도 그런 옷이며 갓 불편하지 않아요?"

"불편하다고 단정한 걸 포기해서야 쓰나. 게다가 곧 양반가 며느리가 될 사람인데, 이렇게 천둥벌거숭이처럼 하고 다녀서 되겠어? 박 선비가 보면 뭐라 하겠냐, 이것아! 혼인이고 뭐고 다 집어치우자고 하지 않겠어?"

"이게 뭐 어때서 그래요? 장옷만 없을 뿐이지 단정하게 차려입은 건데."

"그래, 니가 찢어지게 가난한 농군의 딸이라면 어이구, 그런 집 딸이 참 옷 잘 입었네 하겠지. 하지만 파주 만석꾼 오치근의 딸에 전 판서 반남 박씨댁 며느리라면 아니지. 절대 아니야. 이 깡똥하게 짧은 치마는 또 대체 어떻게 한 거냐."

"그만 좀 해요, 아저씨! 내가 제중원에 옷자랑 하러 다니는 거 아니잖아요. 나는 환자들을 돌보러 온 사람이라구요!"

"어이구, 참이나! 환자가 너 때문에 더 아프다고 하지는 않든?"

태린은 잔뜩 약이 오른 얼굴로 사내를 흘겨보았다. 아버지의 절친한 친구이자 평생을 같은 집에서 살아온 청지기 권순재.

태린은 마침 아버지가 너무 보고 싶던 차에 아버지 같이 여겼던 사람을 만나게 되어 펄쩍 뛸 듯이 좋았는데 이래저래 타박만 받게 되자 좋아졌던 기분이 피식거리며 사그라지는 것 같았다.

"에이, 무슨 청지기가 이래. 다시 아가씨라고 불러요!"

"하하하!"

"어서요, 어서!"

"알았다. 내가 잘못했다. 그래도 이러면 안 되는 거야. 느이 아부지 평생 소원이 뭔지 제일 잘 아는 니가 아니냐."

"차라리 양반족보를 사는 게 더 빠르지 않겠어요?"

"느이 아부지는 양반 같은 거에 욕심 없어. 하루 한 끼 온전히 먹기도 힘든 집에서 이름만 대면 다 아는 만석꾼이 되었으니 그걸로 넘친다고 하지. 다만, 너만은 돈만 많은 졸부 딸 소리 듣지 않게 하고 싶은 거야."

농군 아버지. 아직도 아침, 저녁으로 넓디넓은 논밭을 돌고 두 가지 이상의 반찬은 상에 올리지도 않으면서 딸에게는 세상 전부를 사 주고 싶어 하는 아버지.

"하지만 나도 아부지 딸인데 뭐 다르겠어요? 아부지는 가난에서 벗어나고 싶어 하기라도 했지만 나는 그런 욕심도 없다구요. 그냥 착한 남자 만나서 조용하게 살고 싶을 뿐이에요."

"그래, 박 선비가 바로 그 좋은 사람 아니냐."

태린은 큰 한숨을 직게 나누이 쉬며 킨순제의 눈치를 보았다.

아무도 내 마음을 몰라.

박남열은 물론 좋은 사람이었다. 상냥하고 자상하며 태린의 낮은 신분을 무시하지도 않고 몰락해서 농군의 딸을 아내로 맞아야만 하는 상황에도 피해의식 같은 것조차 없었다.

그런 남자를 어디서 만나겠어. 제 아내를 뭣같이 보는 남자들도 수두룩하다던데.

하지만 태린은 아직 열네 살이었다. 결혼하기에 아주 어린 나이는 아니지만 사랑을 꿈꾸기에도 부족하지는 않은 나이. 박남열을 보면 항상 긴장이 됐다. 그런데 그것은 그저 어렵고 낯선 기분 때문이었지, 설렘이나 애정 때문은 아니었던 것이다.

"어서 가자. 이모님이 잘해 주시지?"

"예. 그럼요."

"언제까지 제중원에 나가야 할 것 같으냐?"

"아마도 혼인하기 전까지는 그래야 할 것 같아요."

"박 선비는 아직 유학을 갈 생각이고?"

"예. 아마 혼인하면 바로."

"그래, 치근이가 많이 서운해 하겠구나. 니가 빨리 집으로 돌아오기만 기다리는데."

태린은 아버지의 이름을 친근하게 부르는 권순재를 보며 친구의 청지기로 사는 것은 어떤 걸까 생각해 보았다.

아무리 둘도 없는 친구라지만, 권순재는 아내가 죽고 자식도 없이 외롭게 사는 처지였다. 물론 태린의 아버지도 일찌감치 아내를 잃긴 했지만 그들의 처지를 비슷하다고 할 수는 없었다. 너무 다른 위치에 있는 친구가 갖는 거리감이란 과연 얼마만큼이나 될까.

"다시…… 돌아올 거라고는 하지?"

"그럼요. 꼭 돌아올 거예요."

"그래, 그래야지."

순재는 쓸쓸함과 다행스러운 마음이 반반쯤 섞인 듯 보이는 미소를 지으며 태린의 가마가 기다리고 있는 곳으로 길을 앞서 걸었다.

"근데, 아저씨. 백정이 정말 그렇게 천해요?"

"그렇지 천하고말고."

"아저씨가 보기에도 그런 것 같아요?"

"그게 무슨 말이냐?"

순재는 우뚝 걸음을 멈추고, 미간을 좁히며 물었다.

"그러니까, 백정이 그렇게 대접 받아도 당연해 보이냐고요."

"아니다. 그렇지 않아. 칼을 쓰고 사람 대접을 못 받아서 험하게 구는 자들도 있지만 안 그런 사람들이 더 많지. 그냥 잘못 타고난 거야. 느이 아부지처럼 말이다. 그리고 너처럼."

"나랑 우리 아부지요?"

"그래, 느이 아부지는 지금도 대단하지만 얼마든지 더 큰일을 할 수 있는 사람이고, 너도 남자로 태어나 공부를 많이 했으면 그냥 그런 사람으로 만족하고 살진 않았을 거야."

태린은 쉽사리 동의하는 표정은 아니었지만 굳이 반박하지 않았다.

"나도 그런 사람 하나 봤어요."

"응? 어떤 사람?"

"잘못 태어난 사람이요."

순재는 얘가 여태 이 말을 하고 싶어 했구나 하는 얼굴로 빙긋이 웃으며 태린을 보았다.

땅 한 뙈기 갖지 못한 농사꾼으로 시작해서 만석꾼 소리까지 듣게 된 태린의 아버지야말로 잘못 태어난 사람 중 하나였고, 그건 그 자신도 정말 잘 알고 있는 것이라서 오치근은 외동딸만큼은 그런 한을 만들고 싶지 않아 모든 걸 감수하고 있었다.

양반 족보를 사서 자신과 딸을 동시에 양반 신분으로 만들 수도 있었겠지만, 그는 딸을 정말 진짜 양반으로 만들고 싶어 했다.

박남열은 몰락 양반이었다. 전 판서댁이라고는 하지만 할아버지의 할아버지 때의 일이었고, 그 이후로는 조상의 덕으로 겨우 낮은 음관직을 전전하다가 옛 영광과 자존심 말고는 아무것도 남지 않게 된 집안이었다.

그런 집안에서 자존심을 꺾고 평민의 딸을 며느리로 맞기로 결심한 것은 물론 돈 때문이었고, 그들이 은근히 태린을 무시하고 있다는 것도 눈치챌 수 있는 일이었지만 오치근은 사위될 사람이 태린을 정말로 아껴 줄 마음을 먹고 있다는 것 하나만으로 모두 괜찮을 거라며 자위하듯 순재에게 말하곤 했다.

"그래, 별수 있나. 다음에는 바로 태어나길 바라야지."

Doctor

"Hey, Yang! come here."

내문을 넘어서자마자 서양은 알렌과 마주쳤다.

알렌은 거의 호들갑스럽게까지 보일 정도의 손짓으로 급하게 서양을 불러 앞서 걸었고, 닥터 헤론과 범석이 기다리고 있는 수술실 앞으로 그를 바쁘게 이끌었다.

"또, 이 아이입니까?"

서양은 헤론이 자신을 가리키며 'boy'를 힘주어 말하는 것을 듣고 어깨를 움츠렸다.

두 달 전 알렌을 돕기 위해 제중원에 온 닥터 헤론은 서른 남짓의 날카롭고 반듯한 인상을 풍기는 사람이었다. 그는 알렌과 번갈아가며 제중원의 환자들을 돌보았는데 알렌과는 뭐가 맞지 않는지 사사건건 목소리를 높이는 일이 매우 잦아 알렌과 헤론이 한자리에 있을 때면 늘 주위 사람들을 긴장시켰다.

"다리 절단술을 할 거야."

알렌은 헤론에게 눈을 찡긋하고는 서양에게 말했다.

"제발, 닥터."

알렌은 please를 모국어 말하듯 당연하게 뱉어내는 서양을 보며 흥겨운 듯 박수를 쳤다.

"보십시오. 닥터 헤론, 나나 석이 전혀 가르치지도 않았는데 이 아이는 이렇게 영어를 합니다. 물론 조금만 어려워져도 알아듣지 못하지만 타국어를 하는 데 조금도 낯설어 하지 않고 긴장조차 없어요. 완벽한 응용력 아닙니까? 짐승의 피를 뒤집어쓰기에는 너무나 아까운 머리지요!"

"그래서요? 이만큼 머리 좋은 아이가 조선에 이 아이 하나뿐이랍니까? 닥터 알렌은 그런 아이만 있으면 무조건 수술실로 데리고 들어가실 겁니까?"

"생각을 해보세요, 닥터 헤론. 나는 조선 왕에게 학교를 세워 조선인들에게 의학을 가르치겠다는 약속도 했습니다. 그리고 그렇게 되면 우리에게도 좋은 일이구요. 미개한 나라의 무지한 사람들에게 미국의 우월성을 가르치는 일이 선교를 하는 데 있어서 큰 도움이 되지 않겠습니까? 더더군다나 조선에서 가장 천하다는 백정을 의사로 만들어 주면 그게 어떤 결과가 되어 우리에게 돌아오겠습니까? 조선인들은 우리를 존경할 겁니다!"

알렌은 서양을 잡아끌어 소년의 여린 어깨를 세게 움켜쥐고는 목소리를 높였다. 그의 흥분한 말은 너무 빨라, 범석조차도 쉽게 알아들을 수 없을 정도였다.

"하지만 이 아이는 의사가 되는 걸 원치 않습니다. 몇 번이나 수술실에서 뛰쳐나가지 않았습니까?"

헤론의 말을 알아들은 범석의 눈이 커졌다.

닥터가 된다? 서양이?

"그건 그저 아이가 가진 두려움 때문입니다. 이제 고작 열다섯인데 당연하지 않습니까?"

"글쎄요. 아이에게 물어나 보셨습니까? 정말 의사가 되고 싶은지?!"

알렌은 말문이 막히는지 꿀꺽 소리를 내며 침을 삼켰다. 자신의 의도는 당사자인 서양뿐만 아니라 거의 항상 자신의 곁을 지키는 범석조차 모르는 것이었다.

처음에는 그저 서양의 아버지, 금음산의 말처럼 버려진 개를 맡아 기르듯 하는 심정이었다. 아니 어쩌면 주님이 내려주신 어린 양을 기른다는 생각도 한 번쯤은 했을 것이다.

게다가 일손은 항상 부족했으니 급료는 바라지 않고 그저 먹고 자는 것에만 만족하는 서양의 존재는 전혀 손해 볼 게 없는 장사이기도 했다.

하지만 가장 큰 이유는 사실, 그 자신조차 막연하게 인정하고 있는 '욕구' 때문이었다. 손에 쥐어지는 것이 없는 선교사라는 이름뿐인 허울은 알렌에게는 그닥 맞지 않는 것이었고, 우연 때문이든 무엇 때문이든 왕립 병원의 의사 자리는 그에게 자신이 할 수 있는 일들이 더 많이 있을 거라는 생각을 더욱더 부추기게 되었던 것이다.

"백정에게 뭔가를 가르친다는 것이 전하를 기쁘게 하지는 않을 겁니다."

알렌은 한 번도 범석의 앞에서는 지어 본 적이 없는 심술궂은 표정으로 범석을 노려보았다. 왕의 호감, 알렌이 겨냥하고 있던 목적을 그가 정확하게 알아챈 것이 당혹스럽기 그지없었다.

"이봐요, 석. 나는 왕을 기쁘게 하기 위해 그러는 게 아닙니다. 조선에도 나 같은 의사는 필요하지 않겠습니까? 조선의 의사들은 모두 야만적입니다. 그들이 의학에 대해서 아는 게 뭡니까? 내가 민영익을 살릴 동안 그들은 한 게 아무것도 없었습니다. 이런 내가 조선인을 가르쳐 의사로 만들어 주겠다는데 그게 잘못된 겁니까?"

"잘못된 건 없습니다. 다만, 닥터가 가르치려고 하는 사람이 백정이라는 데에 문제가 있다는 거지요. 조선에서 백정은 더없이 천하고, 천한 사람은 배울 필요가 없습니다."

"바로 그것이……!"

'왕을 기쁘게 할 겁니다.'

알렌은 차마 뒷말을 잇지 못하고 적대적으로 자신을 쏘아보고 있는 혜론과 잔잔하지만 흔들리지 않는 눈빛으로 자신을 응시하고 있는 범석을 보고 있었다. 그러다 문득 잊고 있었던 서양을 찾아 몸을 돌렸을 때였다.

"이게 무슨 짓이냐, 무엄한 놈!"

세 사람은 우렁찬 목소리가 울려 퍼지는 쪽으로 일제히 몸을 돌렸다.

그들의 눈에 들어온 것은 수술실과 머지않은 마루에 기우뚱한 채 아랫사람인 듯 보이는 남자에게 의지해 서 있던 노인과 바닥에 머리를 바짝 조아린 채 엎드려 거듭 용서를 빌고 있던 서양, 그리고 서양을 내려다보며 금방이라도 발길질을 할 기세로 보이는 서양 또래의 소년이었다.

도망쳐 뛰어나가던 서양이 마루에 서 있던 노인을 미처 보지 못했던 것이다.

"죽을 죄를 지었습니다, 어르신! 제발 용서해 주십시오!"

알렌과 혜론, 범석이 허둥지둥 다가가자 노인을 부축하고 있던 남자가 다시 큰소리로 외쳤다.

"이게 무슨 짓이오! 이런 어처구니없는 일을 당하려고 합하께서 친히 행차하신 게 아니란 말이오!"

알렌과 혜론의 눈이 재빨리 범석의 입을 찾아 돌아갔다. 두 외국인은 이 40대의 다부진 체구를 가진 남자가 고래고래 지르는 소리는 전혀 알아들을 수 없었지만 그들 주위를 떠돌던 공기의 흐름은 놓치기 어려울 만큼 미묘한 뭔가로 어지럽혀 있었다.

"합하!"

충격으로 멍해졌던 범석은 알렌과 혜론의 시선은 아랑곳없이 냉큼 서양 곁에 서양처럼 납작 엎드렸다.

"허허, 이거 참. 그만하거라. 상적아. 이렇게 거한 인사를 받으려고 걸음을 한 것이 아닌데."

여전히 헤론과 알렌은 어찌 돌아가는 사정인지 전혀 알 수가 없었다.

대체 이 노인이 누구이길래?

"대원군 합하십니다!"

"누구라고요?"

"전하의 아버님이시라구요!"

"이런!"

알렌은 조선을 떠도는 온갖 무성한 소문의 주인공을 앞에 두고 있다는 사실에 놀라 대원군에게 깊이 허리를 숙이고는 여전히 무슨 말인지 알아듣지 못하고 뻣뻣이 서 있는 헤론의 팔을 잡아 다시 함께 허리를 숙였다. 알렌은 허리를 숙인 채로 고개도 들지 못하고 지금 벌어진 상황을 파악하기 위해 차근차근 어지러운 생각을 풀어내기 시작했다.

헤론과 알렌 등이 큰소리로 격론을 벌이는 와중에 대원군이 나타났다. 그가 과연 언제부터 서 있었고 얼마나 들었을까.

물론 알아들을 수 있는 말은 없었겠지만 두 사람이 적대감을 가지고 소리 높여 자신의 주장을 펼치고 있었다는 것은 충분히 눈치챌 수 있을 터였고 대원군은 두 사람이 공유하고 있는 문제에 대해 물을 수 있는 위치에 있는 사람이었던 것이다.

서양은 바들바들 떨며 머리도 들지 못하고 있었다. 무조건 도망쳐 나가야 한다는 생각에 빠져 있던 상황이라 앞을 볼 겨를이 없었고, 대원군의 뒤편 마루 아래에 서 있던 태린에게 눈이 팔려 더더욱 아무것도 볼 수가 없었다.

부딪치는 순간 언뜻 큰 갓과 화려한 빛깔의 옷만 보고는 그저 어느 사대부가의 노인이거니 생각한 게 전부였는데 대원군이라니, 왕의 아버지라니!

서양은 관자놀이를 흐르는 식은땀 줄기의 간지러움을 느끼며 눈을 질끈 감았다.

조선의 방방곡곡을 떠도는 대원군에 관한 소문은 그가 그저 죽을 때가 다 된 늙은이가 불과한 사람이 아니라는 것을 잘 알려 주었다.

아들을 왕좌에 앉힌 장본인, 왕을 조종했던 실권자, 왕과 왕비에 대적할 수 있는 유일한 사람.

누군가는 대원군이 언젠가 아들의 왕위를 빼앗을 수 있을 거라고도 했다. 그만큼 대원군은 늙어가는 몸을 간신히 놀리는 사람이 아니라 때를 기다리는 노련한 용의 모습으로 사람들의 입과 입을 떠돌아다녔던 것이다.

"할아버님, 이 천것을 그냥 용서하실 겁니까?"

대원군의 곁에서 매서운 눈빛으로 서양을 노려보는 또래의 소년은 많은 나이차에도 불구하고 대원군과 많이 닮아 있었다.

"됐다. 고의로 그런 것도 아닌데 이럴 거 없다."

대원군은 소년을 부드럽게 밀어내고 팔을 뻗어 서양의 팔을 잡았고, 서양은 대원군의 가늘지만 힘 있는 손에서 느껴지는 열기에도 선뜻 눈을 뜰 수가 없었다.

"어서 일어나거라, 얼굴을 좀 보자. 아이야."

"아……아닙니다. 천한 놈의 얼굴을 어찌……."

서양의 목소리가 잔뜩 일그러진 채 드문드문 쇳소리를 내며 더듬더듬 빠져나왔다.

"정말 내가 화를 내는 걸 보고 싶은 것이냐?"

"아닙니다. 아닙니다. 이놈은 그저!"

대원군은 심복 상적에게 눈짓을 해 서양을 일으켜 세우도록 하고 알렌과 헤론에게 몸을 돌려 크게 미소를 지었다.

"반갑소, 나 이시백(대원군 이하응의 자)이오."

서양의 팔을 잡아 끌어올리던 상적과 범석은 알렌에게 악수를 청하며 자신의 자를 말하는 대원군에게 깜짝 놀라 얼어붙어 버렸다.

"서양에서는 이렇게 손을 잡으며 인사를 한다지요?"

대원군은 얼떨떨한 얼굴의 알렌이 간신히 내민 손을 힘 있게 잡아 흔들고는 헤론에게로 다시 손을 내밀어 잡았다.

"이거 조용히 들렀다 가려 했는데 폐를 끼치게 된 건 아닌지 송구스럽소이다."

대원군이 자신의 자를 대며 소개를 했다는 사실에 여전히 놀라 있던 범석이 더듬거리며 말을 전하자 알렌은 두 팔을 들어 크게 휘저으며 거듭 No, No를 연발했다.

"헌데."

대원군은 눈을 반달로 만들어 촘촘한 주름이 깊어진 눈으로 일어서도 몸을 반으로 접고 있는 서양을 찬찬히 훑어 내리면서 말을 이었다.

"좀 전에는 무슨 일로 두 분이 목소리를 높이셨던 거요?"

노인의 뒷모습은 쓸쓸해 보였지만 초라해 보이지는 않았다.

어떻게 뒷모습에서조차 그 신랄함이 느껴지는지, 뒤를 따르는 알렌은 고개를 갸웃하며 거리를 둔 채로 걷고 있었다.

"아까 그 아이는……."

대원군이 미처 말을 끝내지 못했다는 아쉬운 어조로 다시 돌아섰다.

"아비가 버렸다고 했지. 그 아이도 그러든가? 제 아비가 자기를 버렸다고?"

대원군은 직접 범석에게 물었고 범석은 허리를 깊게 조아리며 한껏 목소리를 낮추어 답했다.

"그건, 잘 모르겠습니다. 자기가 버려졌다고 생각하는지는 잘."

대원군은 희미하게 해질녘의 붉은 기미를 보이고 있는 하늘을 올려다보며 깊은 한숨을 내쉬었고, 알렌은 처음 만나게 된 왕의 아버지가 제중원을 찾은 때가 참 묘하다는 생각에 몰두해 있었다.

무슨 일로 목소리를 높였던 것이냐는 대원군의 질문에 알렌은 헤론과 의견 충돌이 있었을 뿐이라며 얼버무렸지만 대원군은 여전히 대답을 기다리듯 알렌의 얼굴에서 시선을 떼지 않은 채 희미한 미소를 지었다.

범석은 아무 말도 하지 못하고 알렌을 쳐다보기만 했고, 알렌은 저도 모르게 얕은 숨을 뱉어내고는 그 한숨을 대원군이 눈치채지 못했으면 하고 마음을 졸이며 범석에게 말했다.

"이 아이가 백정이라고 하세요. 서양의 의술을 가르칠 거라고도요. 그래서 의견 충돌이 있었던 거라고요."

범석은 늘어진 눈두덩이 밑에 번득이는 눈을 빛내는 대원군의 서슬에 잠시 숨이 막혔다. 왕과 비슷한 듯 보이지만, 나이가 먹어도 전혀 무뎌지지 않은 날카로움은 대원군을 처음 본 범석에게도 그대로 전달되고 있었다.

범석의 말을 들은 대원군은 조금 놀란 듯 눈을 치켜떴지만 하얗게 센 수염을 쓰다듬을 뿐 이렇다 할 말을 하지 않았다.

알렌은 익히 들어왔던 것과는 대원군이 조금 다르다는 생각이 들었고, 직접 보니 소문이고 뭐고 전혀 어떤 사람인지도 모르겠다는 갑갑한 마음만 더해졌지만 대원군에게 삼추고 거짓을 말하는 것이 얼마나 나쁜 결과를 가져올 수 있을지에 대해서는 어렴풋이 짐작을 할 수 있었다. 더 이상 질질 끄는 것 역시 대원군 같은 사람 앞에서는 상황만 더 나쁘게 만들 뿐일 것이다.

"아이의 아버지가 병원에 아이를 버리고 갔습니다."

그걸로 끝이었다. 대원군은 병원을 둘러보고 싶다는 말로 이만 화제를 돌리고 싶다는 의사를 표시했고 알렌은 이것이 좋은 신호인지, 아니면 그 반대인지를 헤아려 볼 사이도 없이 대원군을 안내해 제중원 이곳저곳을 돌아야만 했다.

대원군은 제중원에 오래 머물지 않았고, 병원을 둘러보면서 뭔가 깊은 생각에 빠져 있는 듯 알렌의 설명에 가끔 미소를 지어 보일 뿐 질문도 하지 않아 알렌의 불안감을 가중시켰다. 알렌은 자신이 백정을 데리고 서양의학을 가르치려고 하는 것이 정말 조선의 질서를 깨려는 것으로 받아들여지게 될까 두려워서 숨을 쉬는 것조차 힘들어지기 시작했다.

이렇게 빨리 제중원 밖의 누군가에게 서양을 가르치려는 것이 알려지는 것은 원치 않았던 일이었다.

"다만."

알렌은 대원군의 잔잔한 어조가 턱을 잡아 끌어올리듯 고개를 들었다.

"선생께서 그 아이를 언제까지 보살펴 줄 수 있을지 의문이오. 그 아이도 언젠가는 혼자 서야 할 텐데 선생이 가르친 그 학문이 독이 되지는 않겠소?"

알렌은 범석에게 말을 전해 듣고도 한동안 아무 말도 할 수 없었다.

그렇다면 대원군은 백정을 가르치는 것에 대해 탓하자는 것이 아니라는 얘긴가?

대원군은 아무런 말도 하지 못하는 알렌에게 빙긋이 웃어 보이고는 처음 만났을 때처럼 다시 손을 내밀었다.

"기회가 된다면 또 봅시다."

"재미있을 거야."

처음 수술실에 들어가던 날, 알렌은 그렇게 말했었다.

그러나 확실히 알렌이 생각하는 재미와 서양이 생각하는 그것에는 커다란 차이가 있었고, 서양은 알렌이 누워 있는 환자 앞에 치켜든 칼이 번쩍하는 순간조차 견디지 못해 수술실을 뛰쳐나왔다.

제중원에서 지내며 환자를 돌보아야 하는 일은 괜찮았다. 어쨌든 밥값은 해야 했고, 사람들의 시중을 드는 일이나 물을 긷고 불을 때고 심부름을 하는 일까지 서양이 힘들다고 느끼는 일은 하나도 없었으니까.

하지만 알렌 같은 서양의사에게 더 가까이 다가가는 일은 달랐다. 조선 사람들은 알렌 같은 서양의사를 가리켜 사람백정에 불과하다 말하고 있었고, 서양의 생각 역시 사람들과 다르지 않았다.

알렌과 헤론 같은 자들은 '양이'였고, 서양 오랑캐와 조선 사람들은 엄연히 다른 종류였다. 그들이 사람을 째고 자르고 하든 말든 그건 그들이 서양인이었기에 할 수 있는 일이었을 것이고 서양은 달랐다.

"으으으……."

서양은 아버지 금음산이 그의 앞에 던져 주었던 피투성이의 묵직한 칼을 떠올리며 부르르 떨었다. 아버지는 아들이 그 칼을 잡고 자신의 뒤를 잇기를, 자신을 따라 자신의 그림자가 되기를 희망했지만 서양에게 금음산이 바란 그 모든 것은 공포 그 자체였다. 누군가가 피나 칼이 무서운 것이었냐고 물으면 서양은 거침없이 머리를 저어 부정할 것이다.

왜 사람들은 피나 칼이 가장 무서운 것이라고만 생각할까.

서양은 그것들이 사람들에게 어떤 미래를 만들어 주는지 알기 때문에 그것에서 공포를 느꼈다. 좋은 것은 하나도 없었다. 하루 세 끼 밥을 먹으며 등 따뜻한 집에서 자고 하는 것들은 결코 좋은 것이라 말할 수 없었다. 백정은 심승을 잡는 사람이 아니었다. 백정 또한 다른 종류의 짐승이었고, 그들은 자신의 천직이나 운명에 기댄 채 짐승의 목숨을 취하지만 그것은 백정이 아닌 다른 이들에게는 그저 한 짐승이 다른 짐승을 죽이는 것 말고는 아무것도 아니었던 것이다.

백정새끼. 백정놈. 백정꼬맹이.

제중원의 모든 사람들이 자신을 그렇게 불렀다. 자신의 이름에 대해 궁금해하는 사람조차도 없었다. 길을 떠도는 더러운 개새끼의 이름을 아무도 궁금해하지 않듯, 그들은 자신들이 내키는 대로 서양을 불렀다.

거기에 이제 사람백정이라는 이름까지 더하라고?

조선에서 다르다는 것만큼 고통을 주는 일은 없었다. 같은 신분의 사람들 사이에서 달랐기 때문에 받았던 고통을 그 사람들을 떠나서까지 겪을 수는 없었다. 차라리 천하기 때문에 밟히는 것이 나았다. 차라리 다르지 않고 '틀린' 존재가 되는 것이 좋았다.

"정말 헉, 헉. 서양의학을 배울 거니?"

서양을 찾아, 제중원을 뛰어다녔는지 태린은 턱끝까지 올라온 숨을 뱉어내며 물었다. 한참 찾았다느니 같은 말부터 꺼내지 않는 것을 보면 정말 그게 궁금했던지, 아니면 찾아다녔다는 것을 서양이 몰랐으면 하는 게 분명했다.

"잘……모르겠어요."

마음이 어지러울 때마다 찾던 뒤뜰 쪽마루에서 벌떡 일어난 서양은 비스듬히 돌아서서 우물거렸다.

"너, 아까 도망치려던 거잖아, 그렇지?"

서양은 순식간에 시뻘게진 얼굴을 하고는 눈치채기 힘들 정도의 고갯짓으로 답했다.

"의술이 배우고 싶은 게 아니야?"

의술이 배우고 싶냐고?

서양의 눈에 힘이 들어갔다. 아무도 그에게 의술이 배우고 싶냐고, 서양의학을 배우고 싶냐고 물었던 사람이 없었다.

어떻게 그럴 수가 있지?

"의술이 배우고 싶은 거면 의원에게 배울 수도 있지 않아? 의원은 많잖아."

희번득 태린을 올려다보는 서양의 눈길에 태린은 목을 가슴께로 잡아내리며 손을 뒤로 돌려 깍지를 꼈다. 저번 날 서양의 머리를 만지려 했을 때 손을 아프게 때렸던 그 순간의 분위기가 지금과 비슷했었다.

"의원들에게는 아무것도 배우지 않아요!"

"니가……백정이라서?"

태린은 여전히 깍지 낀 손을 풀지 않고 멈칫거리며 반문했다.

서양은 화가 난 것도 같았고 멍하니 다른 생각에 빠져 있는 것 같기도 했다.

어머니는 의원의 딸이었다. 외할아버지가 어떤 의원이었는지는 모르지만 아마도 거의 모든 마을에 별처럼 많은, 흔하디 흔한 의원이었을 것이다.

서양의 어머니 박 씨는 아버지에 대한 얘기를 별로 하지 않았다. 그저 좋은 사람이었다는 말이 아버지에 대한 얘기 중 전부였는데, 그 외의 얼마 안 되는 얘기도 다 비슷비슷한 것이었다.

그 좋은 사람이라는 말속에 얼마나 많은 뜻이 들어 있는지 그녀는 알고 있었을까.

서양에게 성씨를 남겨 준 할아버지는 서양의 상상 속에서 항상 웃고 있었다. 어머니와 비슷한 눈을 내려뜨리고, 비슷한 입술을 끌어올리며 웃고 있었다. 하지만 그 좋음이라는 것이 자식을 백정에게 팔리듯 시집가게 하고 백정 아들을 낳게 하는 것에 불과하다면 그는 결코 좋은 사람이라고 할 수 없을 것이다.

어머니 박 씨와 서양의 동생은 열하루의 간격으로 세상을 떠났고, 그들의 죽음에는 의원들의 무능함과 욕심이 소름끼치도록 적나라하게 얽혀 있었다.

동생은 태어날 때부터 아팠다. 아이는 비쩍 말라 있었지만 쉬이 세상 밖으로 나오지도 못했는데, 그렇게 힘겹게 나오고 나서 울음도 시원하게 울지를 못했다.

박 씨는 의원 아버지에게 배웠던 모든 지식을 동원해 직접 약초를 캐겠다며 산을 헤매고 별처럼 많은 의원들을 찾아다니며 막내아들을 살찌게 하고 크게 울게 만들기 위해 애썼지만, 아들의 병은 그 무엇이다 라고 말할 수 없는 그런 것이었다.

서양의 동생은 그냥 병 그 자체였다. 아프지 않고 불편해하지 않는 날이 드물어 서양은 동생과 뛰어다니며 놀았던 기억도 없었다. 동생의 명을 늘일 방법은 그가 그저 병을 이겨낼 만큼 강해지는 방법밖에 없었지만 몸을 보해 준다는 약들은 너무 비쌌다. 어머니는 그래서 죽었다. 약이 비쌌고, 그런 비싼 약을 선뜻 내줄 의원이 조선에는 아무도 없어서.

아버지 금음산은 처음이자 마지막일 것을 다짐하며 아들의 과거 급제를 축하해 잔치를 한다는 집을 찾아서 소를 잡았다. 그 소를 잡고 나면 둘째 아들에게 먹일 수 있는 비싼 약을 사들일 수 있을 것이었다. 그 약을 아들이

먹을 수 있는 날이라야 기껏 사흘 정도에 불과할 테지만 사람일은 알 수 없고, 사람의 명도 그러하니 기대를 거는 것이 뭐 어떠랴 하는 마음이었다. 아무것도 먹이지 못하고 자식을 보내는 부모의 마음보다는 나을 터였다.

서양이 아버지의 뒤를 따라 들어간 집은 컸다. 소가 백정을 보고, 그가 든 칼을 보고 겁에 질려 울부짖는 소리가 다 닿지도 못할 만큼 그렇게 컸다.

열두 살이라고 해도 기껏해야 아홉 살 정도로밖에는 보여지지 않는 작은 체구의 아들을 돌아보면서 금음산은 부끄러운 그림자를 보듯 뜨악한 표정을 했었다.

서양은 머지않아 보는 것만으로도 그의 턱을 덜덜 떨리게 만들 커다란 칼을 둘도 없는 보물을 안듯 소중하게 품에 안고 서서 두려움으로 새카맣게 변한 아버지의 얼굴을 살폈다.

언제나 칼을 들고 선 아버지의 얼굴은 당당함으로 빛났었는데 그날은 뭔가 달라도 한참 달랐다. 그 당당함은 익숙함과 노련함으로 만들어지는 것이었지, 무기를 쥐고 다른 이의 목숨을 쥐락펴락하는 자의 그것은 아니었기에 서양은 아버지가 짐승을 죽이는 사람이라고 생각한 적이 한 번도 없었는데 그날만큼은 서양의 눈에 금음산이 꼭 처음으로 사람들이 꽉 들어찬 형장에 들어서는 도부수(망나니)처럼 보였다.

그러나 평소와 다른 일이 생길까 염려는 부질없이, 아버지는 재빨리 일을 끝냈고 반촌 집에 도착해 다리를 뻗기가 무섭게 군관과 포졸들이 들이닥쳤다. 허가받지 않은 도살을 하고서 백정이 살아남을 수 있는 방법은 없어 서양은 아버지를 데려가려던 포졸들의 다리를 잡고 늘어졌고, 어머니는 아버지의 앞에 두 팔을 벌리고 방패인 양 버티고 섰었다.

그때 어머니의 머리를 향해 포졸의 육모방망이가 날아들었다. 다리를 잡고 늘어진 서양의 등을 거세게 내리친 다음 들어 올려진 방망이였다. 그렇게 어머니가 죽었고 군관과 포졸들은 그냥 돌아갔다. 국법에 의하지 않은 사사로운 처벌도 용서받을 수 없는 것이었는데 무고한 사람을 죽였으니 그들은 당황한 기색을 진하게 비추고는 한 번만 눈감아 주겠다고 인심 쓰듯 말하고 어머니가 누워 있는 옆에 침을 뱉어내고는 떠나갔던 것이다.

금음산은 도살을 하고 받지 못한 돈을 받으러 가지도 않았다. 아내가 죽었다는 충격과 슬픔과 그리움에 정신을 차리지도 못했을 때 막내아들까지 죽었으니 돈이고 뭐고 아무것도 필요가 없어졌던 탓이었다.

사람은 그렇다. 불행의 원인을 찾아 그 처음으로 길을 잡는다. 아버지가 허가받지 않은 도살을 했기 때문에 포졸들이 찾아왔다. 동생이 아팠기 때문에 약이 필요했고, 의원들이 동생에게 비싼 약이 필요하다 했기 때문에 돈을 구해야 했다. 어머니 박 씨가 금음산과 혼인하지 않았다면 동생과 서양은 태어나지 않았을 것이다. 외할아버지가 의원으로서 밥이나 간신히 먹을 줄 알았지 치부해 놓은 재산이 없었기 때문에 딸을 백정에게 시집가게 했고, 그래서……그래서……서양 형제가 태어났던 것이다.

그리고…….

그……자신이 백성이 되어도 자식만은 백정으로 만들지 않겠다는 어머니의 그 돌처럼 단단했던 다짐이 서양을 이렇게 백정도 아니고 그 어느 누구도 아닌 사람으로 만들어 놓았다.

서양도 알고 있었다. 그게 어떻게 의원들의 잘못이겠는가. 하지만 원망해야 할 사람이 꼭 필요했고 서양은 의원들을 포함한 거의 모든 사람들을 원망했다. 군관과 포졸들, 할아버지, 아버지, 의원들, 도살을 하게 했던 집의 주인, 과거에 급제했다는 집주인의 아들. 심지어는 짧은 평생을 병으로 앓기만 하다가 죽어 버린 동생마저도 원망했다. 원망하고 또 원망하면서 어머니가 없는 하루하루를 견뎠다.

나더러 대체 어쩌라고!

기회

노자안지老者安之, 노인을 편안하게 하다.

사랑채의 이름을 노자안지에서 따와 노안당이라 지었을 때만 해도 이보다 더 좋은 이름은 없는 것 같았다. 아들을 왕위에 올렸을 때만 해도 대원군은 이미 마흔이 넘은 나이였고 10년이 넘는 세월을 권력의 중심에서 살았으니 대원군은 자신이 운현궁에서 편안하게 노년을 보내다가 죽을 줄 알았었다. 스승으로 모시던 완당 선생(추사 김정희)의 글자를 하나씩 모아 붙인 현판이 이다지도 낯 뜨거울 날이 올 거라고는 한 번도 생각해 본 적이 없었다. 10여 년은 강산만큼 사람도 수없이 변하게 하는 세월이었는데도 그랬다.

대원군은 뜨끈뜨끈하게 불을 지핀 아랫목의 기운이, 깊어가는 가을의 으슬거림과 가슴속에서 휘잉 우는 소리를 내는 찬바람까지 가라앉혀 주기를 덧없이 기대하면서 허벅지 밑으로 손을 쑤셔 넣었다.

"공부에는 진전이 있느냐?"

준용이 기민한 눈을 들었다.

"어제보다 오늘 더, 몸과 마음을 다할 따름입니다."

대원군은 애써 흡족한 표정을 짓고는 손자에게 미소까지 보이려 했지만 쉽지 않았다.

준용은 큰아들 재면의 아들이었다. 올해 나이 열여섯에 동몽교관(한성의 사학과 각 지방에서 학동들을 가르치던 종9품의 관직)의 직에 있었지만 동몽교관이라는 것이 종친에게 주는 이름뿐인 자리에 불과해 과거를 보지 않을 수 없어 준용은 공부에 매진하고 있는 중이었다.

물론, 과거에 떨어지지는 않을 것이다. 왕과 가깝지만 그래서 더욱 왕의 자리를 위협하는 것이 종친의 자리인지라 왕은 종친을 보듬으면서도 내치지 않으면 안 되었다. 그러니 왕은 조카인 준용을 어느 정도까지는 가까이 오게 해 줄 테지만 선을 넘는다 싶으면 주저 없이 밀어내 버릴 것이다.

왕이 얼마나 조카를 너그러이 봐줄 것인가.

대원군은 왕이 아직 신사년을 잊지 않고 있을 거라고 믿어 의심치 않았다.

신사년(1881년)에 대원군의 서사 이재선을 왕으로 추대하고자 하는 역모가 있었고, 사건은 이재선이 사약을 받고 역모를 꾸몄던 자들이 갈가리 찢겨 죽으면서 마무리되었지만 그 배후에 대원군이 있음을 모르는 사람은 없었다. 대원군의 서자와 대원군을 추종하던 자들이 벌인 일이었는데 어찌 대원군이 아무것도 몰랐을 거란 순진한 생각을 할 수가 있겠는가.

준용의 나이 열여섯. 왕이 어좌에 올랐던 열두 살보다 네 살이나 많은 나이였고, 얼결에 왕위에 오른 왕보다 더욱더 준비가 잘 되어 있기도 했다.

조선에서 그보다 더 위협적이라 말하기 어려울, 대원군과 열여섯 살짜리 조카를 바라보는 왕의 마음은 어떤 것일까. 대원군은 제 아비보다 오히려 왕을 더 닮은 얼굴을 빛내고 있는 손자에게서 기어코 무언가 발견하고 말겠다는 듯 이글거리는 눈으로 준용이 민망함을 견디지 못해 고개를 돌릴 때까지 쏘아보았다.

예민해 보이는 눈길, 정직해 보이는 코에 완고하고 고집스러워 보이는 입술과 전체적으로 곱게 자란 인상을 풍기면서도 신경질적이지 않은 얼굴. 대원군은 준용의 얼굴을 보면서도 그의 늙고 침침해지는 눈에 들어오는 그 얼굴이 준용의 것인지, 아니면 수없이 보고도 항상 낯설었던 왕의 것인지 알수 없어 막막함을 느끼며 눈을 내렸다.

이 아이가 또 한 번 나의 기회가 되어 줄 수 있을 것인가.

대원군은 기회란 것이 어찌하여 항상 피투성이의 모습으로 나타나 끈끈하고 미끌거리기까지 해서 구역질나는 자신을 부여잡으라고 강요하는 것인지 이해할 수 없다고 생각하며 머리를 흔들었다.

궁에서 나온 가마를 막 돌려보낸 참이었다. 알렌이 가마는 필요 없다고, 직접 알아서 가겠다고 말하며 손을 저었을 때 가마와 가마꾼들을 인솔해 온 젊은 관리는 미간을 찌푸리고 무슨 말인가를 하려 했지만 곧 벌컥하는 큰소리를 내지르고 가마꾼들에게 손짓하며 다시 돌아섰다.

아마도 그는 알렌에게 왕의 호의가 어떤 것인 줄도 모르는 멍청이라고 말하고 싶었는지도 모르겠다.

"양에게 상투를 틀어 주고 갓을 씌우세요. 옷도 석처럼 입혀 주고요. 신발이랑. 아, 어쨌든 석이 입은 것처럼 그렇게요."

가마가 가마꾼들에 의해 들썩이면서 멀어져 가는 것을 지켜보던 알렌과 범석은 날카로운 소리라도 날 것처럼 거세게 눈빛을 부딪쳤다.

"제가 말씀 드리지 않았나요, 닥터?"

"아니요. 지금 안 듣겠습니다. 석이 해 주는 얘기들은 모두 제게 도움이 되는 말들이지만 오늘은 안 듣고, 기억하지 않겠습니다."

"닥터! 닥터는 지금 서양이를 늑대들이 우글거리는 한복판으로 던져 넣는 겁니다!"

"만약 양이 계속 한입거리밖에 안 되는 토끼로 남아 있다면 그렇겠지요. 그러나 내가 그 아이를 늑대로 바꾸겠다면 어떻게 되겠습니까?"

"그러면 닥터는 토끼가 늑대의 삶을 부러워한다고 생각하는 겁니까? 늑대는 범을 부러워하구요?"

"그렇게 말하지 마세요, 석. 우리는 지금 사람에 대한 얘기를 하는 겁니다."

범석은 늘어뜨린 양손을 잠깐 꽉 쥐었다 펴고는 문을 넘어서서 제중원으로 들어갔다. 알렌이 서양을 망치고 있다는 생각은 여전히 떨쳐낼 수 없었지만, 서양이란 아이에 대해 확신할 수 있는 것이 아무것도 없다는 것이 범석을 혼란스럽게 만들었다. 백정을 가르친다는 것이 그에게 상처가 되는 일이 될 거라는 걸 범석은 여전히 확신하고 있었다.

하지만 서양이 꼭 배워야 하는 사람이라면 어쩌지? 내가 그 아이의 인생에 펼쳐진 길을 가로막고 있는 거면 어쩌지?

알렌은 조선에서 살면서 배운 게 있었다. 무슨 일에든 인상 깊은 증거가 필요하다는 게 바로 그것이었나. 민영익을 치료해 냄으로 인해 왕에게 깊은 인상을 남기고 왕립 병원의 중심에 보란 듯이 서 있을 수 있었지만, 제중원에서 엎드려 있는 것만이 알렌의 목표는 아니었고 이러고 있는 것만으로는 그 강렬한 인상을 유지하는 데에 어려움이 있었다.

왕은 색다른 것, 특별한 것에 열광했다.

하긴 누군들 그렇지 않으랴. 그래서 순교자가 필요한 거지.

왕에게 깊은 인상을 주기 위한 백정의 교육, 더 나아가 조선 젊은이들의 교육에 대해 생각하다가 불현듯 알렌은 서양에게도 그런 것이 필요하다는 것을 깨달아 버렸다.

서양이 무조건 도망치는 이유를 알렌은 그저 두렵기 때문이라고만 생각했지만 그게 아니었다. 서양은 의술에 대해 두려움을 극복해서 배워야 할 만큼의 매력을 전혀 느끼지 못하는 것이 분명했다.

물론 마취를 하는 일이나 키니네 같은 효과 빠른 약을 조선인들은 무척 신기해했다. 하지만 안타깝게도 알렌조차 기존 조선의 의술보다 월등해서 꼭 배우고 싶은 특별함이 서양 의학에 있는지에 대해서까지는 확신하지 못하고 있었고, 해부학 같은 것이 백정에게 인상 깊을 이유도 없었다.

서양 의학은 기적이 아니었다. 그것은 그저 무궁무진한 발전의 가능성을 지니고 있는 과학의 한 분야에 불과한 것이었고 두려움에 가득 차 있는 사람에게 그에 대한 매력을 가르쳐 주기는 정말 어려운 분야이기도 했다.

의술 그 의외의 것. 의학으로 얻을 수 있는 그 무엇. 의사가 되면 이룰 수 있을 그 무엇!

오늘은 서양이 그 '무엇'에 관해 감명 깊게 깨닫는 날이 될 것이다.

알렌은 푸푸 입으로 숨을 뱉으며 바짝 조여 맨 나비넥타이의 매듭 부분을 살짝 잡아당겼다. 숨이 부족했던 건지 가슴 한 쪽이 너무 뻐근했다.

꼭 필요한 일이야.

알렌은 그러면서도 갑신년의 정변 때 난자당한 민영익을 앞에 두고 앉았을 때처럼 잠시 머리가 지끈거리기도 했다. 큰 대가를 얻으려면 그에 걸맞는 크기의 모험은 꼭 필요한 것임을 알렌만큼 잘 이해하는 사람은 거의 없었다.

서양과 범석이 외문에 이르자, 외문을 지키는 딱쇠의 곁에 알렌이 서 있는 것이 보였다. 범석과 똑같이 차려 입었지만 서양은 범석같이 보이진 않았다.

범석의 옷은 컸고, 갓이 거추장스러운 서양은 계속 갓으로 손을 뻗어 만지작거렸으며 범석의 신 또한 너무 커서 발을 들어 옮기는 것조차 몹시 버거워 보였다.

실망스럽다는 듯 알렌이 머리를 흔들자 서양은 눈물이 날 것 같았다. 옷을 입고 갓을 쓴 채로 제중원을 나오는 길에서 제중원의 사람들이 내쏘는 날카로운 시선에 이미 서양의 가슴은 고통스럽게 후벼 파져 만신창이가 되어 있었다.

"저, 못 가겠어요."

먼저 대문을 넘어서는 서양과 범석을 돌아보는 알렌을 향해 서양은 조그만 소리로 말했다.

"다시 반촌으로 돌아가고 싶은 거냐?"

"그건."

"네 아버지가 왜 너를 제중원에 던져 놓고 돌아섰다고 생각하는 거냐?"

서양은 사람들의 눈빛 때문에 얼굴이 타버리기라도 할 듯 뜨끈뜨끈해진 얼굴을 두 손으로 가렸다.

"그건 아마도 네가 거기에 어울리는 사람이 아니라서였을 거다."

알렌이 그 어떤 말로 자신을 설득해도 서양은 꿈쩍도 할 수 없을 거라고 확신했다.

"우리 약속하자. 오늘이 마지막이다. 오늘 네가 내게서 도망치지 않고 내가 하자는 대로만 한다면 네가 어떤 선택을 하든 더 이상 너에게 그 어떤 것도 강요하지 않겠다."

서양은 얼굴에서 손을 떼어냈지만 알렌을 보지 않았다.

"무서워요, 나리."

서양은 범석에게 울먹이며 말했다. 알렌이 주는 어떤 약속도 서양을 사람들이 넘치는 길로 잡아끌 수는 없어 보였다. 범석은 서양의 어깨에 손을 얹고 한동안 소년의 커다란 눈동자를 응시했다.

"딱 하루야. 하루만 반촌 출신의 백정이 아닌 사람으로 거리를 나서는 거지. 그래보고 싶지 않았니? 이게 네 인생의 마지막 기회일 수도 있어. 네가 아닌 너로 살 수 있는 마지막 기회일 수도 있단 말이지."

알렌의 놀란 눈이 번득였다.

시종일관 서양에 대한 알렌의 생각을 반대만 해 오던 범석이었으니 알렌은 당연히 범석이 무서움에 떠는 서양을 부추기기만 할 거라고 생각했기 때문이다.

"기회."

서양은 땅으로 눈을 내리고는 조심스럽게 기회란 말을 중얼거려 보았다. 아마도 백정과 가장 어울리지 않는 말이 있다면 바로 기회라는 말일 거라고 생각하면서.

처음이었다. 거리 한가운데를 따라 걷는 것도, 더러운 개똥 피하듯 자신을 흘겨보며 피하는 사람이 없었던 것도, 빳빳하게 허리를 펴고 큰 걸음으로 걸어 보았던 것도 모두, 모두 처음이었다.

물씬 물씬 누르스름한 가을의 노곤한 빛을 여기저기 뿜어내고 있던 거리는 땅만 보며 걷던 거리와 사뭇 달랐다.

혐오와 거리낌, 그리고 일말의 경멸도 섞이지 않은 낯선 사람들의 눈을 보는 것은 새로 태어나는 기분이 이와 비슷할까 여겨질 만큼 환희에 가까웠다.

"제가, 여기 있네요. 여기 제가, 사람으로 서 있네요."

빠른 걸음으로 앞서가는 알렌의 등을 보며 서양은 문득 멈춰 서서 띄엄띄엄 말했다.

범석은 말없이 서양의 등을 두드려 주며, 서양이 여태껏 그랬던 것처럼 거리를 둘러보았다. 그는 너무 익숙하고 당연해 새삼스럽지도 않은 풍경이 서양의 눈에는 어떻게 보일지 조금이라도 공감할 수 있다면 좋겠다는 생각을 하면서 서양의 얼굴을 살피는 것이 너무 민망해 멀리 눈을 옮겨 알렌의 뒷모습을 쫓았다.

저 사람은 어디까지 가는 걸까. 어디까지 이 아이를 데리고 가려는 걸까.

"우리는 건춘문으로 들어갈 거다. 궁의 동쪽에 있는 문으로 봄을 세운다는 뜻의 이름을 가졌지."

알렌은 기분이 좋아 보였다. 약간 우쭐거리는 듯한 분위기도 느껴졌고 마치 조선에 여행 온 손님에게 자신의 빠삭한 지식을 전수해 주지 못해 안달이라도 난 사람처럼 보이기도 했다.

서양이 궁을 처음 보는 것은 아니었다. 반촌이란 곳이 실제로 창덕궁, 창

경궁과 지척에 위치한 곳이기도 하니 궁을 본 적도, 언젠가는 왕의 행차를 본 적도 있었다.

다만 그 모든 것을 보는 데에 있어서 거리를 두어야만 했던 점이 지금과 크게 다른 것이라 할 수 있을 텐데 서양은 이전까지 궁이나 왕이라는 존재에 대해 실제라고 느껴 본 적이 한 번도 없었다. 그 모든 것들은 한 발 가까이 다가가면 흔적조차 남기지 않고 사라질 법한 신기루 같은 것들이었다. 그런데 이렇게 가까이 다가왔는데도 사라지지 않고 온전히 손대면 닿을 만한 곳에 있다는 게 서양은 도무지 믿기질 않았다.

"나는 호레이스 알렌이라 하고 제중원의 의원이오. 전하의 호출을 받고 뵙고자 왔소."

책임자로 보이는 군관이 콧등에 잔주름을 잡으며 짜증스러운 말투로 물었다.

"왜 가마는 없는 거요? 가마가 보내졌을 텐데."

범식의 말을 전해 들은 알렌은 손바닥을 위로 하고 어깨를 으쓱하며 그게 뭐 대수로운 일이오? 하는 태도를 보였지만 조선의 군관이 그걸 알아들을 리 없었다.

"젠장, 이 양놈이 뭐라 하는 건가?"

군관은 알렌이 못 알아들을 거라 여기며 작은 소리로 구시렁거렸지만 다른 건 몰라도 조선인들에게서 가장 많이 들었던 양이, 양놈이란 말을 알렌이 못 알아들을 리 없었다.

알렌은 군관의 말을 다 알아듣지는 못했지만 호의적이지 않은 말투와 그 말에 섞여 있는 양놈이라는 단어 때문에 불쾌한 기색으로 소리를 높였다.

"너무 지체되는 것 아닙니까? 전하를 빨리 뵈어야 하는데요!"

"기다려 보시오! 궁이 무슨 작은집 안방이라도 되는가, 오기만 하면 버선발로 뛰어나와 맞아 주게?"

군관은 코웃음을 치며 문 안쪽으로 사라져 버렸고, 알렌은 대체 작은 집

안방이란 말이 무슨 말이냐고 물었다. 범석이 '첩의 집' 이라는 의미라고 답해주자 조금 재미있어 하는 눈치였다.

"들어오시오!"

재동의 제중원에서 건춘문까지 오는 동안의 시간만큼이나 기다린 후 드디어 들어오라는 말을 듣게 되었다. 알렌은 서양을 돌아보며 찡긋 눈을 깜박거렸고 범석만 남기고 알렌에 이어 서양이 문 안쪽으로 발을 옮기려 할 때였다.

"잠깐, 이 사람은 들어갈 수 없소!"

군관은 잘 벼려진 칼이 숨어 있을 칼집으로 서양을 막아섰다.

"이 사람도 들어가야 합니다. 내 통역이란 말이오."

"궁에도 통역은 있소!"

"그들이 온전히 내 말을 전하지 못하기에 이 자가 필요한 거요."

"이 자는 허락받지 못했소. 게다가 이 차림으로 전하를 뵙겠다니, 무례도 정도가 있는 거요!"

서양은 갓에 손을 얹어 보고 옷도 내려다보았다.

이 차림이 무례라고?

갓은 반짝거렸고 옷은 낡고 찢어진 데 하나 없이 깔끔하게 세탁되어 있었다. 서양은 평생 이렇게 번듯하고 좋은 옷은 입어 본 적도 없었는데 군관은 그의 옷차림이 형편없다고 타박하고 있었다.

"나는 민영익이란 사람을 살린 사람이오! 그 사람 이름 들어본 적 없소? 겨우 이 정도 일로 내 통역을 들어가지 못하게 하다니 전하가 이를 아시면 잠자코 계시지 않을 거요!"

알렌은 평소보다 분명 과장된 태도를 보이고 있었다.

그는 한낱 외국인 의사에 불과했고 한 나라의 왕이 살고 있는 궁을 지키는 금군에게 함부로 대할 수 있는 위치의 사람이 아니었는데도 그랬다.

정말 지나치군.

범석은 알렌과 군관을 번갈아 바라보며 걱정스러운 낯빛을 보이는 서양이 지금 알렌에게서 무엇을 보고 있을지 궁금했는데, 확실한 건 범석이 알렌을 보는 것처럼 보고 있지는 않을 거란 사실이었다.

알렌이 대단해 보일 것이다, 아마.

금군에게 큰소리를 치며 조금도 기죽지 않는 당당한 모습으로 보이겠지.

군관은 약간 피로한 기색을 비추며 아직 앳되 보이는 군졸에게 귀엣말을 했다.

"기다리시오. 전하께 직접 여쭤 보면 그대도 더 이상은 뭐라 할 수 없겠지."

한 걸음, 두 걸음, 세 걸음……

서양은 도저히 들지 못하고 땅에 떨어뜨린 눈으로 걸음수를 세어 나갔다. 아무것도 생각할 수 없었다. 걸음조차 세지 않는다면 그냥 주저앉아 버릴 것만 같았다.

키를 훌쩍 넘는 물에 빠져 죽음의 순간만을, 혹은 누군가 손을 잡아 빼내어 줄 순간만을 기다리는 기분이 이러할까. 귀는 먹먹했고, 머릿속에는 온통 왕은 너를 죽일 거야. 아냐 그렇지 않아! 하는 말들이 치열하게 전투를 벌이고 있었다.

궁은 미로 같았다. 거대하면서도 위협적으로 보이는 건춘문을 들어서자 멀찌감치 우뚝 솟은 근정전의 옆모습과 오른쪽 길로 들어서서는 짙은 가을빛을 뿜어내고 있는 백악산(북악산)이 병풍처럼 버티고 선 모습까지가 대충 위치를 가늠할 수 있는 실마리의 전부였다.

왼쪽, 오른쪽, 작은 문, 조금 큰 문 등을 지났던 자잘한 길들과 수많은 건물들은 기억해 두려는 노력조차 우스울 정도로 복잡했다.

알렌과 서양을 안내해 들어왔던 군관은 작지만 유난히 아름다운 문에 이르러 광대뼈가 높이 솟고 입이 큰 내관에게 그들을 인계하고는 가 버렸고 내관은 알렌을, 그리고 서양을 한 번씩 보고는 말도 않고 돌아서서 걷기 시작했다. 따라오라는 뜻이었다.

집경당集慶堂.
서양은 미로 속을 헤매다 드디어 다다른 목적지의 현판을 속으로 읽어 보았다.
경사가 모이는 곳이라.
건물은 소박했다. 기단은 높았고 서양의 한걸음으로는 좀 버거운 계단을 4개나 올라야 했으며 화려한 단청에 붉게 칠해진 기둥으로 치장된 건물이었지만 궁에는 더 화려하고 큰 건물이 많았다. 그에 비해 집경당은 왕이 기다리고 있는 곳이라고 쉽게 믿어지는 곳은 아니어서 서양은 조금 의아했다.
이게 실제로 가능한 일일까. 이곳에 정말 전하가 계실까.
집경당의 주변에는 많은 사람들이 허리를 숙인 채 움직이는 게 뭔지도 모르는 것처럼 서 있었다.
내관들, 궁녀들, 금군들.
이것은 분명 이 안에 조선의 그 누구보다 높고 중요한 사람이 있다는 증거일 수도 있었지만 세상에서 가장 지독한 거짓말일 수도 있었다.
서양은 소매에 넣고 가슴께로 바짝 당긴 손을 아프게 꼬집어 보았다.
맙소사, 정말 꿈인가.
아무런 아픔도 느껴지지 않았다.

"어서 오시오. 선생."
서양은 알렌의 뒤에 바짝 붙어 집경당 안으로 들어서면서 들리는 낮고 묵직한 목소리에 머리털이 곤두섰다.
고개도 들지 못해 보이는 거라고는 반들반들한 마룻바닥뿐이었는데도 서양은 알 수 있었다. 꿈에서조차 듣는 게 불가능하리라 믿었던 왕의 목소리를.

왕의 말에 이은 역관의 감정 없는 목소리가 또 한 번 알렌에게 똑같은 인사를 건넸고, 알렌은 왕에게 깊이 허리를 숙여 그 자신이 할 수 있는 예의를 다하고는 뒤꿈치를 들고 사뿐사뿐 다가온 내관의 안내를 받아 화려하지만 왕의 어좌보다는 조금 낮은 의자에 엉덩이를 내려놓았다.

집경당의 내부는 겉모습과는 사뭇 달랐다. 화려하고 아름다운 비단이 문에 치렁치렁 매달려 있었고 섬세하면서도 위엄을 갖춘 어좌와 그 옆에 요염하지만 기품 있는 모양으로 서 있는 탁자, 탁자 위에는 지상에 내려앉은 별인 양 광채를 내뿜고 있는 찻잔이나 술병인 듯 보이는 자기와 유리 같은 것들이 빈틈없는 반듯한 모양새로 놓여져 있었다.

집경당의 바깥과 비슷한 게 있었다면 왕을 둘러싼 여남은 명의 신하들과 휘장 뒤에 허리를 굽히고 서 있는 역관과 내관들이 움직이지 않고 각자의 자리를 꼿꼿이 지키고 있는 것뿐이었다.

서양은 누가 시키지도 않았는데 왕과 가장 멀리 떨어졌다고 믿어질 만한 곳에 납작 엎드려 가능한 한 몸을 작게 만들었다.

"전하, 제 조수입니다."

알렌은 왕의 질문을 받기 전에 미리 선수를 치듯 그를 소개했다.

"아, 조수라. 조수가 있다는 말은 들었는데 선생이 데리고 온 적은 처음이군. 아끼는 자인가 보지?"

"예. 그렇습니다."

"그래, 어느 가문 누구의 자제인가?"

서양은 바닥을 짚은 두 손 사이로 더욱 더 깊이 얼굴을 묻었다.

가문이라고? 백정에게 그런 게 있을 리가.

"이…… 자는 반촌에서 왔습니다."

알렌은 자못 당당한 태도를 가장해 대꾸했지만 긴장으로 입이 바짝바짝 마르고 있었다.

"반촌? 그게 무슨 말인가, 태학(성균관) 출신이라는 말인가?"

"그게 아니라 이 자는 반촌에서 가축을 도살하는 자의 아들입니다."

순간 왕을 병풍처럼 둘러싸고 있던 관리들과 내관들, 그 앞에 무릎 꿇어 있던 몇몇 노회한 벼슬아치들이 기다렸다는 듯 웅성대기 시작했다.

"그만, 아직 다 듣지 못했다!"

고종은 크게 팔을 들어 위엄 있게 외쳤다.

"무슨 말인지 이해할 수가 없군. 지금 그 자가 백정이라는 말을 하고 있는 건가?"

"그렇습니다. 전하."

"대체 이 얼마나 무엄한 짓이란 말이오! 천하디 천한 백정을 전하가 계시는 곳까지 끌어들이다니!"

"저 차림은 뭐랍니까! 누가 천것에게 갓을 쓰고 두루마기를 입게 했답니까!"

"백정은 반촌에만 머물 수 있소! 아무리 외국에서 왔기로서니 그걸 모른다고 발뺌할 셈이오!"

신하들은 목청껏 소리를 높이고 싶지만 왕의 앞이라 그러질 못하고 숙인 얼굴에서 눈만 들어 꽉 잠긴 목소리로 한마디씩 보태고 있었다.

"그만! 그만들 해라!"

왕은 또 다시 손을 들어 신하들의 입을 막았지만 처음 알렌을 맞이하던 때와는 눈빛이 사뭇 달라져 있었다.

"설명해 보시오, 선생."

알렌은 목이라도 벨 것처럼 날카로워진 왕의 목소리 때문에 등줄기에 땀이 솟았다.

"용서해 주십시오. 전하. 제가 가르치는 조수의 총명함을 전하께 보여 드리고 싶은 마음에 이런 무례를 저질렀습니다."

그때 문득 왕은 손가락으로 턱을 어루만지며 마치 수염을 쓰다듬는 듯 보이는 나른한 얼굴을 했다.

"그래, 그래. 이제 기억이 난다. 대원군이 사나흘 전에 왔을 때 저 아이에 대해 말을 하고 갔었다. 그렇지 않으냐?"

왕은 그때 그 자리에 있었던 승지를 찾아 동의를 구하는 듯 쳐다보았고, 승지는 한발 앞으로 나와 허리를 숙이며 답했다.

"그러하옵니다. 전하."

"제중원에서 어떤 아이를 보았습니다."

"아이라구요?"

왕은 미간에 깊은 주름을 만들며 아버지가 하려는 말이 무엇인지 헤아려지지 않는다는 티를 냈다.

"올해 열다섯이고 백정입니다. 알렌이 그 아이에게 서양의학을 가르치고자 한다더군요."

"예? 백정을 가르친단 말입니까?"

"아이의 아비가 제승원에 아들을 버려두고 갔답니다."

무슨 말인가를 하려던 왕은 대원군의 표정을 보고는 입을 다물었다. 육십이 넘은 나이에도 초라함이나 후회 같은 것은 보이지 않았던 대원군의 얼굴에서 불현듯 열패감을 읽었던 탓이었다.

"전하도 그리 여기십니까? 제가 전하를……버렸……다고?"

왕은 입에 힘을 주고 아버지를 노려보았다.

지금, 무슨 말을 하고 싶으신 겁니까?

"그렇게도 여겼지요. 허나 지금은……조금 다르게 생각합니다."

왕은 한쪽 입술을 들어 올리며 빈정거림이 묻어나는 말투로 대꾸했다.

"나를……이용했다고요."

대원군은 번쩍 고개를 들어 아들을 올려다보았다. 아들은 비스듬히 앉아 대원군의 일거수일투족도 놓치지 않겠다는 치밀함이 엿보이는 얼굴로 아버지를 내려다보고 있었고, 아버지는 머리를 숙이면서 아직도 아들이 왕이라는 사실을 잊는다며 자신의 어리석음을 탓했다. 왕위에서 보낸 20여 년의 세월이 아들을 어떻게 만들지 예상 못한 것도 아니었는데.

"아마도 그 아비는 아들이 더 나은 미래를 갖기를 바랐기 때문에 그랬을 겁니다."

왕은 눈을 치켜뜨고 입에 더욱 힘을 주었다.

"더, 나은, 미래, 라고 하셨습니까?!"

대원군은 눈꼬리를 늘어뜨리고 왕을 올려다보며 고개를 끄덕였다.

자신의 말에 대한 확신이 지나쳐 다시 확인하려 드는 상대를 민망하게까지 하는 흔들리지 않는 태도였다.

아들의 더 나은 미래를 바랐기 때문에 아비가 버린 아이.

왕은 무엇을 보는지 알 수 없는 눈으로 서양의 머리꼭지에 시선을 두고 있다가 대원군의 확고했던 목소리를 털어내려는 듯 헛기침을 했다.

저 아이도 그렇게 생각할까? 아비가 그래서 버렸다고?

"얼굴을 보여라."

왕은 꽉 막힌 목소리로 말했다.

"양, 어서. 머리를 들어."

왕의 목소리와 알렌이 알아들을 수 있도록 역관이 말하는 목소리, 그리고 서양의 귓속을 파고드는 알렌의 목소리까지 서양에게 머리를 들어 얼굴을 보이라는 말이 비처럼 쏟아졌지만 속수무책이었다.

서양은 굽혔던 팔을 간신히 펼 수 있었을 뿐 머리까지 들 수는 없었다.

툭, 툭. 자신의 가는 팔 사이로 두어 방울의 물이 떨어지는 소리가 났고 서양은 그것이 두려움이 만든 눈물인지, 극한의 긴장이 뽑아낸 땀인지 알 수 없었다.

머리를 들라고? 얼굴을 보이라고?

이 순간 서양이 할 수 없는 단 한 가지가 있었다면 바로 그거였다.

"전하, 이 아이가 감히 황송한 마음에 머리를 들 수 없는 것 같습니다."

조바심 때문인지 흔들거리는 듯 했던 알렌의 목소리는 곧 역관의 건조한 목소리로 바뀌어 높은 천장을 울렸고, 왕을 둘러싼 신하들은 크게 모욕이라도 당한 듯 불쾌한 기색을 드러냈다.

"이런, 이런, 이리 무엄할 데가 있나!"

"그런 무례를 범하고도 네가 살아남을 성 싶으냐?"

"네 놈이 죽고 싶어서 환장을 한 게 분명하다!"

세상에 이런 지옥이 또 있을까.

서양은 이 안에 있는 모든 사람들이 자신을 죽이고 싶어 한다고 느꼈다. 백정이란 증오와 혐오 속에서 사는 자들이지만 이렇게 아무것도 못하고 사지로 들어서는 일은 그들에게도 흔치 않았다.

"괜찮다. 아이야. 그저 얼굴이 보고 싶을 뿐이다. 아무도 네게 해코지하지 않을 거다."

한 번만, 딱 한 번만이야. 전하기 이렇게까지 말씀히시는데 기역힌다면 나는 정말 여기서 죽는 수밖에 없어.

왕을 똑바로 보면 큰일 난다는 얘기를 어디서 들은 기억이 있어 서양은 눈을 질끈 감았다. 손과 팔에 단단히 힘을 넣는데 땀으로 푹 젖은 손바닥이 마룻바닥에 미끄러져 듣기 싫은 소리가 났고, 서양은 에라 모르겠다 감은 눈을 뜨지도 않고 고개를 번쩍 들었다.

사람들의 웅성거리는 소리가 다시 들려오기 시작했고, 고개를 너무 들어 거의 뒤로 젖혀진 채였기 때문에 뒷목이 아파왔다.

"하하하……."

꼭 감은 서양의 눈 대신 민감해질 대로 민감해진 귓속으로 왕의 웃음소리가 파고들었고, 이어 여전히 따뜻하게 데워진 왕의 목소리가 덧붙여졌다.

"눈도 떠야지……."

서양은 펼쳐진 손가락을 끌어 모아 주먹을 단단히 쥐고 왼쪽부터 눈꺼풀을 천천히 벗겨내기 시작했다. 너무 세게, 오래 감고 있었던 탓인지 잠시 눈앞이 하얗고 흐릿하게 보였지만 이내 사람들의 얼굴이 윤곽을 되찾으며 눈안으로 들이차고 있었다.

전하!

한가운데에 왕의 모습이 보였다. 왕은 처진 눈을 늘어뜨리며 미소를 짓고 있었고 걸치고 있는 붉은 용포는 눈이 부실 만큼 강렬한 빛깔을 자랑하고 있었다. 서양은 다시 잽싸게 머리를 숙이고 엎드렸다. 가능하다면 바닥을 파서 그 안으로 숨고 싶은 마음뿐이었다.

내가 전하를 뵙다니. 내가 임금님을 보다니!

어떤 백정도 이리 왕을 가까이서 보는 걸 허락받은 적은 없었을 것이다. 한성에서 백정이 반인이라는 이름으로 반촌에 사는 것을 허락받았을 뿐, 백정은 임금님이 계시는 한성에 발을 들여놓는 것조차 허락받지 못한 사람들이었다. 그런 자들 중 대체 어느 누가 임금님의 얼굴을 볼 수 있었을까. 서양은 이 순간 죽어도 좋다고 생각했다.

임금님을 보아 죽을지도 모른다고 생각했는데, 이제는 죽어도 좋다고 생각하고 있었던 것이다.

아버지는 내 말을 믿을까. 영부는 믿어 줄까. 홍재우 나리, 그 분은 믿어 주실까?

서양은 자신이 그동안 알아왔고, 좋아했던 사람들을 하나하나 떠올리며 그들이 도저히 못 믿을 일의 한가운데에 자신이 앉아 있다는 걸 자신조차 믿을 수 없어 하고 있었다.

"저 아이가 얼마나 아는지 말해 보겠소?"

왕은 화려한 어좌에 몸을 깊숙이 묻으며 알렌을 향해 물었다.

"전하, 이 아이는 저나 통역이 가르쳐 주지 않았는데도 웬만한 영어를 별어려움 없이 알아듣습니다."

"그래?"

고종은 휘장 뒤에 서서 한 번도 고개를 들지 않고 있던 역관 쪽으로 살짝 얼굴을 돌렸다.

"말을 걸어 보라."

서양은 더럭 겁이 났다. 알렌이 하는 말을 어느 정도 알아듣는 건 사실이었지만 그게 어느 정도의 수준인 건지는 잘 모르고 있었기 때문이었다.

"제중원과 제중원에서 네가 배우고 있는 것들에 대해 말해 보아라."

서양은 역관이 단조로운 영어로 건네는 질문을 받고는 숨이 멎는 것 같았다. 아무것도 생각이 나지 않았다. 평소에는 애쓰지 않아도 알렌의 말을 쉽게 이해할 수 있었는데 지금은 그렇지가 않았다. 아무리 집중을 하고 곱씹어 보아도 저만치서 멈춰 선 질문은 손에 잡힐 듯 둥실둥실 떠 있을 뿐 다가올 기미도 보이지 않았다.

"뭐하는 게냐. 대답을 하지 않고."

금방이라도 눈물이 뿜어져 나올 것처럼 눈가가 따끔거리고 코끝이 쓰려왔다. 알렌은 아랫입술을 깨문 채 고개만 절레절레 흔들고 있는 서양을 보며 얼굴빛이 파랗게 질리기 시작했다. 그는 왕에게 얼굴을 돌렸지만 뭐라 변명해야 할지 갈피도 잡을 수 없었다.

"다시 물어보아라."

왕은 서양이 곧 숨이 넘어갈 것처럼 겁을 먹고 있다는 것에 대해 모르지 않았기에 역관에게 다시 명을 내렸다. 저 작고 볼품없지만 눈빛 하나만큼은 아득해 보이는 아이가 무엇을 할 수 있을지 몹시 궁금했다.

"제중원과 제중원에서 네가 배우고 있는 것들에 대해 말해 보아라."

다시 질문이 들렸고, 서양은 이번에는 역관이 잠깐 눈을 들어 자신을 노려보는 것 같은 착각이 들었다. 하지만 이번에도 마찬가지였다. 아무것도 알아들을 수 없었다. 역관의 영어가 너무 어려운건지, 자신이 아무것도 모르는 것인지조차 파악이 되질 않았다. 여기저기서 실망스럽다거나, 그럴 줄 알았다는 식의 웅얼거림이 터져 나왔다.

혹시나 했는데 역시나 였군.

그러면 그렇지 저깟 백정놈이 대체 할 줄 아는 게 뭐가 있겠어.

짐승의 목이나 잘 따면 되는 거지.

서양의 눈에서 눈물이 솟구쳐 나와 시야를 어지럽혔다. 누군가에게 보여 주고 자랑하려 무언가를 배운 적은 한 번도 없었다. 배움이란 그저 위로였고 숨을 쉬는 것처럼 당연한 것이었는데 지금 이 순간 아무것도 아는 것이 없다는 게, 자신이 아는 걸 알려 주지 못한다는 게 이토록 부끄러운 적은 없었다.

"송구합니다. 전하. 아이가 너무 겁을 먹은 모양이라, 제 아비가 버리고 간 아이이니 가엾게 여겨 선처를."

"누가 그래요?"

서양의 목소리가 눈치도 없이 빽 삐져나왔다.

"누가 우리 아부지가 나를 버렸다고 해요?"

왕이 역관에게 얼굴을 돌려 서양과 알렌을 향해 손가락을 폈다.

대체 어찌 돌아가는 것인지, 그들이 무슨 대화를 나누고 있는지 알고 싶다는 것이었고 역관은 천천히 반으로 접은 몸을 펴지도 않고 알렌과 서양에게 가까이 다가갔다.

"선생, 이게 무슨 짓입니까! 너 이놈! 목숨이 천 개는 된다더냐? 천한 상 것이 궁을 더럽히는 것도 모자라 허락도 받지 않은 입을 열어 전하의 심기를 어지럽혀?"

"닥터가 틀렸어요. 아부지는 나를 버린 게 아니에요. 나는 그걸 안다구요!"

"닥치지 못할까!"

역관이 그 역시 무례함을 이유로 죄를 받을 만큼 큰 목소리를 냈을 때에야 비로소 서양의 흐려진 눈에 신선이 노닐 만큼 화려한 곳에 서서 하찮은 인간 따위는 지상으로 보내 주지도 않을 법한 괴팍한 성정의 신선들이 들어왔다.

나는 죄도 짓지 않고 궁으로 들어와 죄를 만들어 죽어 나가는, 세상에서 가장 멍청하고 재수 없는 놈이 되고 말 거야.

"가까이 오라."

왕은 역관에게 눈짓을 해 불러들여 속삭였다.

"혹여 저 아이가 영어로 말을 하는 것이 맞느냐?"

"예. 전하, 그러하옵니다."

"뭐라 하더냐?"

"제 아비는 자기를 버린 게 아니라고 선생이 틀렸다고 말하고 있습니다."

왕은 다시 손짓해 역관이 제자리로 돌아갈 것을 허락하고 짐짓 엄한 목소리를 냈다.

"그게 너를 화나게 하느냐? 너에 대해, 잘못 아는 사실을 말하고 있는 것이, 너를 화나게 하느냐?"

서양은 말하고 싶었다.

아닙니다. 전하. 이놈 같은 천한 것이 어찌 누군가에게 성을 내는 짓이 가능하겠습니까. 그저 이놈, 감히 와서는 안 될 곳에 천한 몸을 들여놓은지라 정신이 혼미할 뿐입니다. 부디 이 놈의 목숨만 살려 주시면 평생을 제 분수만 지키며 허리도 펴지 않고 살아갈 것입니다, 라고.

하지만 서양의 입에서 나온 것이라고는 아, 아, 하는 신음 같은 소리뿐이었다.

"네 아비는 너에게 충분한 마음을 입혀 준 모양이구나."

왕이 무심코 뿜어낸 서글픔은 집경당의 화려한 치장이 빛을 잃을 만큼 뚜렷하게 공기 속을 떠돌았다.

"과인은 너를 본 적이 없다. 여기 있는 사람들도 마찬가지지. 우리는 알렌이 데리고 온 제중원의 조수를 본 것이지 반촌 출신의 백정을 본 것이 아니다. 과인의 말이 무슨 뜻인지 알아듣겠느냐?"

알렌은 쾌재를 올렸다.

왕의 마지막 말은 알렌이 백정을 가르치는 것을 묵인해 주겠다는 뜻이었고, 또 다시 알렌에게서 깊은 인상을 받았다는 확고한 의사의 표시이기도 했다.

"어때, 마음은 정했니?"

알렌은 저도 모르게 앞서서 통통 튀듯이 걷고 있는 서양을 불러 물었다.

"해볼게요. 해보겠습니다. 닥터가 가르쳐 주시는 건 뭐든지 배울 거예요!"

서양은 흐트러져 흘러내리는 갓의 끈을 세게 잡아 묶으며 목소리를 높였다.

배움

아미산은 중국에서 가장 아름답고 신비롭다는 신의 이름을 따서 붙인 것이다. 왕비의 처소인 교태전 옆에 자그마한 언덕에 불과한 그 아미산을 보면서 왕은 정상에는 항상 차가운 기운이 감돌고, 늘 구름과 안개에 덮여 있다는 그 산을 바라보는 듯 아득하고 경외심에 가득 찬 눈길을 하고 입을 열었다.

"아미산에 정말 가고 싶다고 생각해 본 적은 없소?"

왕은 자신에게만 들려 주는 아내의 웃음소리에 이를 드러내며 웃었다. 아내의 웃음소리는 마치 맑은 자갈이 물속에서 정겹게 몸을 부딪쳐대는 소리처럼 또렷하지만 차갑지는 않은 것이었다.

"가고 싶다고 갈 수 있다면요."

왕은 왕비의 폭 넓은 치마에 다소곳이 올려진 아내의 하얀 손을 잡았다. 아내의 창백한 얼굴처럼 그녀의 손도 푸른 힘줄이 드러날 정도로 창백하고 작았다.

"그 어린 나이에 나는 왕이 되는 게 좋았다오. 물론 외롭고 쓸쓸할 때도 있었지요. 어머니도 아버지도, 형제들도 없었으니까. 이 넓디 넓은 궁에 나 혼자뿐이라고 느껴진 적도 많았어요. 밤이 되어 잠이 들 때면 내가 누운 사방을 둘러싼 상궁들이 밤새 내 일거수일투족에 귀를 기울이며 나를 지키고 앉아 있었지만 말이오. 새날이 밝고 수많은 사람들이 내 말 하나하나에 귀기울일 때가 되면 나는 그저 행복했어요. 번거로운 일들이야 대원군이 모두 알아서 해 주었고, 내가 하는 일이라고는 잘 먹고, 건강하고, 궁녀들의 치마 속이나 헤치고 들어가 왕손을 생산하게 하기만 하면 된다고 믿었던 시절이 니까.

말해 보세요. 그때 그대는 어떠했소? 갑갑하지는 않았소?"

왕비는 자신의 손을 꼭 쥐고 진지하게 묻는 남편의 눈을 흔들리지 않는 눈동자로 지그시 바라보았다. 지금처럼 왕이 자기 자신을 나라고 지칭하고, 자신의 아내를 그대라고 부르는 것이 불쑥불쑥 가슴을 저리게 만드는 게 너무 좋아서 쉬이 목소리를 낼 수 없었던 탓이었다.

"외로웠지요. 많이 원망했구요."

"나……때문이었소?"

왕비는 금방이라도 눈물이 치솟을 것 같은 울컥거림 때문에 그저 고개만 주억거렸다. 남편은 처음 어린 나이에 왕이 되었을 당시의 기억을 좋고 행복했다고 회상하지만, 왕비는 그렇지 않았다.

열여섯에 궁으로 들어왔을 때, 왕은 한 살 많은 연상의 아내에게 유난히 모질었다. 또래보다 성숙하고 고요한 왕비를 마뜩찮은 눈으로 보는 일이 많았고, 꼬박꼬박 자신을 과인으로 지칭하며 순한 눈을 치뜨면서 변성기가 지나지도 않은 새된 목소리로 아녀자의 노릇이 어떤 것인가에 대해 일장 연설을 늘어놓기도 했다. 영보당(귀인 이 씨. 고종의 후궁)에게서 아들까지 보고 나자 왕비는 절망했었다.

남편의 사랑을 받는 것도, 왕손을 생산하는 일도 도무지 가능해 보이지가 않았으니까. 그 길고 힘든 세월을 어떻게 견뎌, 어떻게 돌아왔던가.

왕비는 잠에서 깨고 나면 모든 게 꿈일 것만 같아 잠이 들 때마다 요동치는 가슴을 아직도 꾹꾹 누르곤 했다.

"궁으로 들어가야 한다는 건, 별로 무섭지 않았답니다. 궁도 사람이 사는 곳이고 보면 무서워할 게 하나도 없다고 믿었지요. 그때는 왜 전하의 사랑을 받는 일이 그렇게 당연한 것이라고 생각했는지 모르겠어요. 전하는 당연히 저를 사랑해 주실 것이고, 저는 사랑스러운 왕손을 생산하는 것이 그토록 자연스럽게 여겨질 수가 없었거든요.

그렇지만 그 첫날에 전하께서는, 잘 왔다는 말씀조차 안 해 주셨어요. 첫날에 손 한 번 따뜻하게 잡아 주시지도 않았지요. 그것이 저를 한없이 외롭게 했답니다. 넓고 미로 같은 궁도, 밤이 되면 혼자 남게 되는 것도 저를 겁먹거나 외롭게 하지는 못했어요. 궁 밖의 필부필부(평범한 남녀)들처럼 제 짝에게 의지하여 품에 안겨 잠들고, 잠에 덜 깬 눈으로 서로를 바라보는 일이 제게는 결코 없을 것 같아서, 그게 무섭고 외로웠어요. 궁녀들은 제기 왕의 사랑을 받지 못했던 지난 시절의 여러 왕비들처럼 그렇게 늙어갈 것이라고 수군거렸고 완화군(귀인 이 씨의 아들)의 사랑스러운 모습은 그 증거처럼 보였었지요."

왕은 아내의 손을 더욱 세게 쥐고는 다른 손으로는 세필(가는 붓)로 망설이지 않고 그린 그림마냥 가늘고 반듯한 선을 가진 아내의 얼굴을 쓰다듬었다.

"내가, 지금 그 벌을 받나 보오."

의아한 눈빛을 반짝이는 왕비에게 왕은 대수롭지 않다는 듯 싱긋 웃어 보였고, 뭐라 말을 꺼내려는 왕비의 입을 고개를 흔들어 막았다.

"아까 제중원에서 서양 의학을 공부하고 있다는 백정아이가 왔더랬소. 대신들은 그 아이가 가고서도 가당찮은 일이라고 이래저래 말들이 많았지만 나는 그 아이가 공부를 하고 말고에 대한 것이 아니라 아이가 홀로 서 있어도, 벌벌 떨며 아무 말도 못하고 있어도 어쨌든 그 모든 상황을 이겨낼 것 같아서 그렇게 부러울 수가 없었다오."

왕비는 왕의 손에서 자신의 손을 빼내어 왕이 그랬던 것처럼 감싸듯 왕의 손등에 작고 가냘픈 손을 얹었다.

"나도 알고 있었어요. 대원군을 궁에서 떠나게 하는 것이 너무 당연했다는 것을 말이오. 그러면서도 그렇게 겁이 날 수가 없었지. 내가 할 수 있을까? 내가 아버지의 반만큼이라도 잘할 수 있을까. 밤은 길었고, 그 긴긴밤을 내내 그런 생각에 시달리면서 다음 날이 되면 그 모든 것들이 확실해지기를 바라고 또 바랐지요. 내게는 그래도 그대와 뛰어난 머리와 재기로 나를 보필해 줄 사람들이라도 있었어요. 하지만 백정에게는 뭐가 있을까요. 백정이 배우고자 하는 길에 무엇이 있을지, 또는 무엇이 없을지 나조차도 상상이 안 되는데 그 아이는 자기 아버지가 자기를 버렸다는 말에 울컥 화를 낼 정도로 단단한 믿음을 갖고 있었다오. 그렇게 천한 아이조차 단단한 믿음을, 자신의 발밑을 지켜 줄 그토록 단단한 믿음을 갖고 있다는 게 어찌나 쓸쓸하게 느껴지던지."

왕은 왕비의 앞에서는 부끄러움도 떠올려 본 적이 없다는 듯 눈물로 반짝이는 눈을 더욱 크게 떴다.

"아버지는 나를 믿어 본 적이 없어요. 나는 내가 언젠가 온전히 혼자의 힘으로 나라를 다스려야 할 걸 알았고 그래서 열심히 공부했는데도 정치는 아무나 할 수 있는 것이 아니라고만 말했다오.

아무나라니, 아무나라니! 나는 아무나가 아니오. 나는 왕이오, 이 나라 만백성의 어버이란 말이오!"

왕비는 남편의 들썩이는 어깨를 끌어안고 다독였다. 차라리 아버지에게 버림을 받았다면 좋았을 거라 믿는 남편의 마음을 모르지 않기에 왕비는 더더욱 가슴이 아팠다.

"달이는 언제 옵니까, 나리?"

범석과 함께 들어선 알렌은 무슨 말인지 알아듣지도 못했으면서 곤란한 표정부터 지었다. 제중원의 군불을 때고 짐을 나르고 온갖 심부름을 하는 도고가 뻐드렁니가 튀어나온 입을 다물지도 못하고 알렌의 대답을 꿋꿋이 기다리고 있는 중이었다.

알렌은 범석의 통역을 전해 듣고 나서 더욱 더 침통한 표정이 되었다. 이제 스물이 갓 넘은 도고가 달이를 얼마나 애틋하게 생각하고 있는지 그 역시 모르지 않았기 때문이다.

"달이는 돌아오지 못해."

"돌아오지 못하다니요?"

"말 그대로야. 딜이는 제중원으로 못 와."

"하지만, 하지만."

도고는 말 사이사이 침만 꿀꺽꿀꺽 삼키며 자신이 들은 말이 무엇인지 이해하기 힘들다는 듯 불안한 눈을 희뜩거렸다.

"이러지 마세요, 나리. 이럴 수는 없는 거잖아요."

쪼르르 달려나와 알렌을 반기던 서양은 범석이 들고 있던 알렌의 가방을 받아들던 중에 도고의 울먹거림을 들었다.

"원세개가 달이를, 기생들을 풀어 주지 않겠대."

"그게 어떻게 말이 돼요! 멀쩡하게 제중원에서 일 잘하고 있는 기생들을 사들여서 대체 뭘 어쩌겠다는 건데요! 청국 공사라면서요. 그런 사람이라면 얼마든지 다른 고운 여자들을 가질 수 있잖아요. 근데 왜 하필 달이에요, 왜요! 왜요!"

소리 나게 무릎을 떨어뜨린 도고는 울분을 참지 못하고 땅에 정신없이 주먹을 박으며 외쳤다. 알렌과 범석이 막아보려 해도 소용이 없었다.

도고는 키는 작았지만 다부진 체구를 갖고 있었고 절망적인 분노로 이성을 잃고 있었으니 그가 지쳐 나가떨어지지 않는 한 제중원 안에서 그를 막을 수 있는 사람은 없을 거였다. 서양은 알렌의 가방을 쥔 손에 땀이 차는 느낌이 들어 가방을 가슴에 꼭 끌어안고는 도고의 손이 점점 피투성이가 되어 가는 것을 보고 있었다.

"그만해! 이래봤자 달이는 돌아오지 못해!"

"나리가 뭘 안다고 그래요! 젠장 할! 젠장 할! 젠장 할!"

도고는 끈질기게 말리려 드는 알렌과 범석을 떨쳐내 버리고 열댓 번을 더 땅에 주먹질을 해댔다.

퍽! 퍽! 퍽!

제중원 곳곳에 그 투박하고 처절한 소리가 끝나지 않을 것처럼 규칙적으로 울리고 있었다.

"정말 비극적인 일이군요."

알렌은 도고가 드디어 주먹질을 멈추고 피범벅이 된 손을 휘저으며 뛰어가 버리는 뒷모습을 보며 중얼거렸다.

"그나저나 이거 정말 병원 입장에서도 큰 문제가 아닐 수 없겠습니다."

알렌이 범석을 향해 뒤돌아서며 순식간에 기분을 바꿔 버린 사람처럼 달라진 어조를 하자, 범석은 뜨악한 표정이 되어 입을 벌렸다.

"그, 그렇지요. 기생들이 없어졌으니 간호를 할 사람이 없고."

"처음처럼 선교회의 부인들에게 도움을 요청하는 게 어떨까 싶은데, 석의 생각은 어떻습니까?"

"저야 뭐."

"도고가 돌아오면 제게 보내십시오. 치료를 해야 할 테니 말입니다."

알렌은 마치 피범벅이 된 것이 자신의 손인 양 내려다보고는 빠른 걸음으로 사무실로 향했다.

"정말 기생들이 돌아올 수 없게 된 건가요?"

범석은 이 녀석이 이다지도 멍청했나 하는 의아스런 표정으로 서양을 내려다보고는 고개를 끄덕였다.

"돌아올 수 있을 리가 없지. 그렇게 쉽게 돌려줄 거라면 뭐 하러 사갔겠어."

서양은 조금 무거운 숨을 덜어내듯 날숨을 뱉고는 작고 잰 발을 놀리며 제중원을 돌아다녔던 기생들을 떠올렸다. 간호할 사람으로 다섯 명의 기생들이 온 것은 두어 달 전이었다. 그들은 환자들을 간호하고 부녀자들을 진료할 의술을 배우기로 되어 있었다.

관비들이 의녀가 되어 의술을 익히던 것은 일찍이 예전부터 그래오던 일이라 기생이 간호일을 한다는 것이 거부감을 주지는 않았고, 기생들 또한 열심히 의술을 익히려는 마음가짐을 가지고 있던 터라 기생들이 들어온 순간부터 제중원에는 활력이 넘쳤다. 그러나 알렌은 그들을 제중원에서 열린 연회나 개인적인 모임에 간혹 동원을 하기도 했고 두 명이 제중원을 그만두고 나자 남은 기생들은 자신들이 제중원의 의녀인지 아니면 여전히 기생인지 알 수 없어 정체성을 찾지 못하는 모습을 보이기도 했었다.

그러다 남은 세 명의 기생들을 원세개가 몽땅 사들이고 나자 제중원은 순식간에 빛을 잃은 듯 심란한 기운에 휩싸여 있었다.

도고와 달이는 잘 어울리는 한 쌍이었다.

도고는 다부지고 듬직한 청년이었고, 달이는 이름처럼 둥글둥글한 볼을 빨갛게 물들인 채 항상 생글거리던 열다섯 처녀였다. 짧다면 짧고 길다면 긴 두어 달이었지만 도고는 달이와 평생을 함께 할 것이라 굳게 믿었고, 달이 또한 도고 얘기만 나오면 더욱 빨갛게 달아오른 얼굴을 감싸고는 후딱 도망쳐 버리기 일쑤였다.

"그 사람은 왜 기생들을 사간 걸까요?"

"글쎄다. 공사관에 가 보니 기생들이 잘 지내고 있는 것 같지도 않던데, 무슨 욕심인지 모르겠다. 울며불며 닥터에게 데려가 달라고 사정을 하다가 끌려갔는데, 매나 맞지 않았는지."

서양은 모습을 감춰 버린 주인의 가방을 더욱 세게 끌어안으면서 알렌이 말한 '비극'에 대해 곱씹었다.

서양에게는 기생들이 나타나면서 태린의 모습을 볼 수 없게 되었다는 것이 비극이었다. 생글거리며 제중원을 휘젓고 다니는 기생들이 밉게 보일 때도 많았고, 배운 가락이라고 노래와 춤으로 제중원 사람들을 매료시키는 모습 또한 천박해 보였었다.

하지만 그들은 팔고 사는, 팔면 팔려야 하고 새 주인을 맞이해서 자신의 모든 것을 바꾸어야 하는 물건에 불과하다는 것이 밝혀졌고 서양은 그 씁쓸함에 입이 썼다. 생기 있는 표정이나 유연한 몸놀림, 세상의 모든 것을 기쁘게 받아들일 것 같은 그들의 낙천적인 성정도 결국은 그들 자신의 것이 될수는 없는 거였다.

비극. 그것은 그들이 팔렸다는 것, 연인과 헤어졌다는 것이 아니라 앞으로의 인생도 쭉 그런 식으로 펼쳐지리라는 것이었다.

그들에게 무슨 희망이 있을까. 희망이 없는 인생만큼 비극적인 것이 세상 어디에 또 있겠는가. 서양은 도고가 남긴 피가 어지러이 흩어져 있는 땅에 신경질적으로 발을 휘저었다.

**

"학교를 열어야겠습니다."

어깨위에 쌓인 눈을 털어내며 외투를 벗으려던 포크를 보며 알렌이 처음 한 말이었다.

포크는 외투를 벗다말고 한쪽 눈을 찡그렸다. 급한 의논을 해야겠다며 제중원으로 와달라던 알렌의 전갈을 받고 거친 눈발을 헤치며 마침내 다다른 참이었다.

"저도 학교를 세우는 데는 반대하지 않습니다. 그건 이미 말씀드렸죠. 하지만 지금은 너무 이르지 않습니까?"

포크는 외투를 마저 벗고 나서 빈 의자에 훌쩍 던져 놓고는 알렌의 앞쪽에 자리를 잡았다.

"학생들은 누가 가르치고 교재는 무엇을 보고 배우겠습니까?"

포크는 말을 이으며 누군가 몸을 따뜻하게 해 줄 만한 술이나 차를 가져오지는 않을지 기대하며 문 쪽을 흘깃 보았다.

"이르지 않습니다. 처음 병원 설립 계획에 대해 말할 때 조선의 젊은이들을 교육시키겠다는 약속도 있지 않았습니까? 병원이 생긴 지 반년이 넘어가는 마당이니 이르다고 할 수는 없을 겁니다."

"학교를 세우는 거야 왕이 허락만 해 준다면 어렵지 않겠지요. 하지만 학생들을 가르칠 교수신이며 교재, 그 어느 것도 준비가 안 된 마당인데 학교에 학생들만 모아 놓는다고 그게 교육이 되겠습니까?"

포크는 이미 충분히 나누었던 얘기에 대해 알아듣지 못하는 척하는 알렌이 짜증스럽다는 듯 한숨을 쉬었다.

"일단 영어부터 가르치면 됩니다. 어쨌든 영어를 알아야 제대로 수업이 이루어질 테니까요. 영어나 기초적인 건 저나 닥터 헤론, 또 다른 선교사들이 맡아 주면 되지 않겠습니까? 좀 더 어려운건 그 다음으로 미뤄도 되니까요."

알렌은 칼과 피를 백정의 일로만 여겨 멀어지려고만 했던 서양을 붙잡아 세웠다는 게 기뻤다. 그는 도망치기를 멈췄고, 그게 고무적인 출발선이라는 데에는 의심의 여지가 없었다. 그는 그 순간을 떠올리며 뜨거운 숨을 내뱉었다.

알렌은 서양을 둘러싸고 있던 단단한 벽을 깨뜨려 버린 것에 대한 자부심으로 가득 차 있었다. 하지만 그러면서도 과연 잘한 짓일까 하는 문제에 맞닥뜨리게 되면 자부심이고 뭐고 아무것도 확신이 되질 않았다.

"그 아이를 더 힘들게 할 겁니다."

대원군이 가마에 올라타 몸을 비틀어 편안한 자리를 찾아 등을 기대어 앉았을 때, 범석이 거의 들리지 않을 만큼 조그맣게 말했었다.

"배운다는 것은 기쁨이고 고통입니다. 하지만 천한 자들에게는 그저 고통밖에 주지 못하지요. 어울리지 않는 자리는 날카로운 가시가 되어 발을 찌를 것이고, 가져도 쓸모없는 지식은 그 아이의 온몸을 죄어들 겁니다. 당신은 그를 고통이 시작되는 곳으로 내몰았습니다. 왜 그 아이가 배워서는 안 되는지 당신은 들으려고도 하지 않았습니다. 당신은 기르는 동물에게 재주를 가르치듯 그를 가르치겠지요. 그리고 당신이 떠나면 그는 떠돌이 개처럼 버려지거나 희귀한 재주를 가진 구경거리가 될 겁니다. 당신은 그에게 가장 끔찍한 짓을 저질렀습니다. 그의 아버지가 그를 버린 것보다 더 잔인한 일이 될 겁니다."

범석이 그동안 알렌에게 했던 말 중 가장 긴 말이었다. 범석은 천천히 발음을 정확하게 하려 애쓰며 다시 물었었다.

왜 꼭 그 아이라야 하는 겁니까?

서양을 가르치는 것을 반대하는 것은 범석뿐만이 아니었다. 왕과 그의 아버지까지 묵인하는 일에 이렇게 반대가 많을 줄 알렌은 조금도 예상하지 못했었다. 범석에게는 미처 대답해 주지 못했지만, 범석과 똑같은 질문을 했던 헤론에게 대답할 말은 미리 마련해 두었다.

그 아이가 가장 천한 조선의 백성이기 때문에, 라는 것이 그 대답이었는데 알렌의 답은 그 자신이 듣기에 만족스럽기도, 또 그렇지 않기도 했으며 듣는 헤론의 표정 역시 그러했다.

"조선의 동학이라는 종교는 한울님이라는 신 앞에 모든 백성이 평등하다고 한다지요."

알렌은 그렇게 말을 시작했다. 조선처럼 확고한 신분제를 가진 나라에서 평등이라는 말만큼 위험한 것은 없었지만, 그 위험을 무릅쓰고 부르짖는 사람들이 있을 만큼 절실한 것이기도 했다.

"백정이라는 가장 천한 신분을 가르쳐 의사로 만든다면, 조선인들은 미국이 신분의 고하를 가리지 않는 평등함을 추구하는 나라이고 조선의 동학과 별로 다를 바 없는 믿음을 가진 나라임을 알게 될 것입니다."

헤론은 그에 대해 반박할 마음은 없는 듯했다. 교육은 선교를 위한 가장 좋은 방법이었으니까. 그러나 그의 걱정은 백정이 조선인들마저도 배척하는 신분이라는 데에 있었다.

"조선인들은 우리의 종교가 자신의 질서를 파괴한다고 여길지도 모릅니다."

"파괴하지 않고 새로 지을 수는 없는 겁니다."

왜 하필 그 아이라야 하느냐는 질문을 알렌이 그 자신에게 묻는다면 그는 자신에게 뭐라고 내답할까. 적어도 그저 순수한 깃이라고 우기지는 않을 기였다.

어쨌든 조선인들에게 의학을 가르쳐 그들이 선교회의 큰 일꾼이 되게 하는 것은 중요하니까. 서양을 그 시작으로 만들어서 나쁠 게 뭐람.

이제 더 이상, 그 누구의 반대도 듣지 않을 것이다.

알렌은 자신이 병원 설립의 중심에 서고, 병원을 운영하면서 헤론이나 그 밖에 여러 사람들로부터 독단적으로 일을 처리한다는 비난을 자주 들어야 했던 것을 쓰린 기분으로 상기하며 마음을 다잡았다.

결국 모든 게 내 말대로 되지 않았던가?

"우린 약속을 했습니다. 그리고 좋은 일은 빨리 할수록 좋지요. 교육은 아주 좋은 일이구요."

알렌은 타협은 허락할지언정, 반대는 용납치 않겠다는 단호한 어조로 얘기를 마치고 자리에서 일어서 문을 열고는 포크에게 친절하게 웃어 보였다.

할 얘기는 있었지만 더 이상 들을 얘기는 없다는 뜻이었다.

사내는 이마에서부터 관자놀이 부근까지 세 치(약 9cm)가 조금 넘게 찢겨져 있었다. 그 외에도 코피를 줄줄 흘리고 있었고 여기저기 멍도 진 상태였는데 피를 많이 흘리진 않았지만 자신의 얼굴이 찢겨져 있다는 것에 크게 충격을 받았는지 사내는 눈동자를 움직이지도 않고 멍한 상태로 누워 있었다.

"꿰맬 거야. 많이 찢겨져 있어서 마취를 하지 않으면 안 되겠어. 양, 가르쳐 준 대로 잘할 수 있지?"

"예! 잘할 수 있어요!"

정월 보름이었다.

사내는 조선에서 매년 보름이면 벌어지는 동네 대항 석전(돌싸움)에서 상처를 깊게 입고 제중원으로 실려 온 것이었는데 모르긴 몰라도 서른 정도는 먹어 보이는 건장한 사내를 잔뜩 움츠리게 만든 그 상처는 날아오는 돌이 남긴 것이 분명해 보였다.

"참 이상해, 조선인들은. 서로 돌을 던지며 싸움을 벌이다니, 그게 진짜 싸움도 아니고 놀이에 불과하다니. 거 참!"

알렌은 사내의 상처가 얼마의 바늘을 필요로 하는지 가늠해 보듯 자세히 살피며 말했지만 서양은 사내를 직접 마취할 생각에 여념이 없어서 아무 소리도 듣지 못하는 듯했다.

"마취는 깊지 않아도 될 거야. 안 그래도 좀 멍한 상태고 꿰매는 것뿐이니까 가볍게 하라고, 알았지?"

"예? 예! 그럴게요!"

서양은 마취에 사용할 클로로포름을 가지러 조제실로 뛰었다.

마취라니! 마취라니!

이게 처음은 아니었다. 알렌이 하는 것을 여러 차례 본 적도 있었고, 말로는 알렌을 돕는 것이었지만 꽤 큰 종기를 등에 달고 와서 거세게 아픔을 호소하는 오십대의 남자를 마취한 적도 한 번 있었다. 하지만 온전히 혼자서 마취를 하는 것은 이번이 처음이어서 서양의 가슴은 설렘과 긴장으로 튀어나올 듯 쿵쿵거렸다.

"흐흐흐흐……."

서양이 기분 좋은 웃음을 흘리며 조제실에 들어섰을 때였다. 눈썹을 올리며 서양이 바보처럼 흐흐거리고 있는 것을 지켜보는 사람을 발견한 것은.

"무슨 일이지?"

"마취를 할 거예요."

서양은 어깨를 잔뜩 움츠리고는 간신히 대꾸했다.

거의 언제나 굳은 얼굴로 서양을 내려다보는 헤론을 보며 서양은 그가 자신이 가장 두려워하는 것이 무엇인지 너무나 잘 알고 있다고 생각하곤 했었다. 그리고 그가 너무나 잘 알고 있다는 생각에 또 두려움이 쌓이는 것을 막을 도리가 없었다.

"마취라고?"

"예. 제가 할 거예요!"

서양은 저도 모르게 자랑스러운 어조로 소리를 높였다.

"네가, 뭘……해?"

"마……취……를 할…… 거라구요."

서양은 헤론이 알아듣지 못해서 다시 반문한 걸 거라 기대를 가져 보았지만, 헤론의 표정은 알아듣지 못한 것이 아니라, 그런 말을 듣는 것이 너무 불쾌해서 도저히 믿기지 않는다는 쪽에 가까웠다.

"따라와라!"

헤론은 서양의 목덜미를 덥석 잡아 올려서는 서양이 미처 닫지 못했던 조제실 문을 거침없이 나섰다.

"닥터 헤론! 왜 이러시는 거예요! 좀 놓아주세요! 제발요, 제가 잘못했어요!"

서양은 잘못한 것도 없는데 열이 날 정도로 손바닥을 비벼대며 헤론에게 빌었다.

"흥! 이제 하다하다 마취까지 시킨다고? 내 오늘은 절대 가만히 있지 않겠어."

헤론은 힐끗 서양을 쳐다보았지만 놓아줄 기세가 아니었고, 소심하고 꼿꼿한 인상으로 말을 아끼는 편이었던 그가 낸 큰소리는 직접적으로 서양을 향한 것이 아니었기에 서양은 마룻바닥에 발이 끌리는 끼이익 소리를 들으면서 겁이나 죽을 것만 같았다.

"이게 무슨 짓입니까!"

헤론은 알렌이 있는 진료실을 열어젖히면서 우레와 같은 소리를 내질렀고, 서양은 진료실 안으로 내동댕이쳐졌다.

"그거야 말로 내가 해야 할 소리군요! 진료 중인 게 보이지 않는 겁니까?"

알렌은 마치 진료실을 안내라도 하듯 긴 팔을 휘저었다. 알렌의 팔이 만든 바람에 뺨이라도 얻어맞은 듯 환자의 주변에 진을 치고 있던 몇몇 사내들이 흠칫했다.

그들은 오늘 누워 있는 사내와 함께 석전을 벌였던 용맹스러운 동지들이었지만 괴물 같은 양이들이 목소리를 높이며 싸움을 벌이는 것에 대항할 만큼 용맹스럽지는 못한 게 확실했다.

"나를 한번 이해시켜 보시오. 이 아이가 마취를 할 거라고 하던데 말입니다! 의사도 아닌 아이에게, 고작 의학을 배운 지 몇 개월밖에 되지 않은 아이에게 마취를 시킨다는 걸 내가 어떻게 납득해야 하는지를 말이오!"

"그게 뭐 어떻다는 겁니까? 양은 마취하는 법을 알고 실제로 해본 적도 있습니다. 배웠다면 할 수 있는 거고, 할 수 있다면 하는 거지요!"

"맙소사! 저 아이가 이미 마취를 해봤다는 겁니까?"

"그렇소! 닥터 헤론이 게으름을 피우고 있는 사이에 저 아이는 많은 걸 배우고, 많은 걸 해보고 있었다는 말이오!"

"내가 게으름을 피우다니! 내가 게으름을 피우고 있다고 생각했다면 왜 내가 병원에 나오는 것을 달가워하지 않는 겁니까?"

"나는 그런 적 없습니다!"

헤론은 화를 참을 수 없다는 듯 쿵쿵 발을 굴렀다.

"당신은 수도 없이 말했습니다. 내가 필요 없으니 나올 거 없다고, 그걸 잊어버린 겁니까?"

알렌은 차가운 눈초리를 하고는 아랫입술을 꽉 깨물었다.

"내가 당신의 꿍꿍이를 모를 거라 생각하는 겁니까? 이 병원은 당신의 것이 아닙니다. 내가 나오지 않아도, 당신이 병원에 단 하나뿐인 의사라 해도 병원이 당신 차지가 되는 게 아니란 말입니다!"

잠시 생각에 잠긴 듯 보였던 알렌이 표정을 넉넉하게 풀어내고는 헤론에게 다가갔다.

"재미있는 발상이군요. 그건 인정하시지 않을 수 없겠어요."

알렌은 넘어져서 일어날 생각도 않고 있던 서양을, 연신 침을 삼키며 양이들의 싸움을 불안한 심정으로 보고 있던 환자의 동지들을 한 번씩 보고는 그들더러 들으라는 듯이 말했다. 기껏해야 그들의 말을 조금이라도 알아들을 수 있는 건 서양밖에 없었는데도.

"너무 기발하고 재미있는 생각이라서 좀 더 얘기를 해보고 싶은 마음이 굴뚝같지만. 보시다시피 저는 환자를 치료해야 되서 말입니다."

알렌은 헤론을 밀어내려고 한 건지 헤론의 팔을 잡았지만 헤론은 진저리를 치며 알렌의 손을 탁 소리가 나도록 세게 쳐 버렸다.

"그만하지요? 닥터 헤론도 의사면서 급히 치료가 필요한 환자를 앞에 두고 소모적인 싸움에 몰두하는 게 옳다고 생각하는 겁니까?"

"당신 미쳤어!"

알렌은 웃었다. 더 크게 웃고 싶지만 참을 수밖에 없는 게 안타까워 죽겠다는 듯이.

"그거 역시 더 없이 재미있는 발상이네요."

헤론은 힘줄이 앞 다투어 뛰쳐나오고 싶어 하는 것 같은 손을 들어 부들 부들 떨었다.

"이만 가 보십시오. 게으름을 피우는 게 아니라면 할 일이 많을 거 아닙니 까?"

"당신은 결국 열등감 덩어리일 뿐이야. 겨우 몇 개월을 배운 저 아이나, 1 년 반을 배우고 의사입네 하는 당신. 대체 얼마나 다르다고 말할 수 있을지 알 수가 없군 그래."

헤론은 소리를 높이지 않던 평소의 음성으로 돌아가 비아냥을 잔뜩 섞어 뱉어내고는 돌아섰지만 알렌은 마음의 준비가 필요한 사람처럼 한동안 움 직이지 못하는 것 같았다. 알렌은 상처를 입은 자기 자신을 달래듯 일그러 진 눈썹에 손가락을 올려 살살 문질렀다.

잘못된 건 아무것도 없어.

범석은 알렌이 진료실을 나오는 것을 보고 눈을 찌푸렸다. 그 곁, 나무에 딱 매달린 매미처럼 바짝 다가붙어 있는 서양을 보고나자 염려를 감추는 것 이 힘들었기 때문이다.

알렌은 서양에게 자상한 얼굴로 무언가 일러주듯 말했고 서양은 한마디 라도 놓치지 않겠다는 듯 거듭 크게 고개를 끄덕이고는 눈을 빛냈다.

알렌을 알면 알수록 범석은 혼란스러웠다.

완벽한 인간은 없었다. 누구나 욕심을 갖고 있고 봉사를 입버릇처럼 말하 는 알렌 또한 인간이기에 완벽할 수 없었다. 신의 말씀을 전하는 자라해도 그건 마찬가지일 터였고 완벽하지 못함을 탓할 만큼 범석은 어리석거나 엄 격하지 않았다. 하지만 알렌과 서양을 보고 있자면 서양이 마치 장터 한가 운데로 밀려나가는 곰처럼 보이기도 했다. 서양은 서양 의술을, 아니 알렌을 완벽한 인간상으로 여기고 있었다.

서양은 알렌을 의심하지 않았다. 그의 의도, 그의 실력, 그라는 사람 자체에 대해서도. 나중에 서양이 알렌만큼 의술이 능해지고 나서는 어떨까. 서양은 그 자신이 알렌처럼 완벽한 인간이 되었다고 자랑스러워할까.

알렌이 할 수 있는 일은 그가 서양인이기에 가능한 일이었다. 그가 서양인이기에 왕에게 환대를 받을 수 있는 것이고 많은 혜택을 누릴 수 있는 것이며 알렌은 분명 수완이 좋은 사람이기도 했다.

알렌이 가진 의술을 서양이 배운다는 것이 그를 어떻게 만들 것인가. 새로운 사람, 새로운 신분?

서양은 그저 천한 백정이 서양 의술이라는 신기한 재주를 배운 구경거리가 될 수도 있다. 재주를 부리려 하면 많은 사람들이 신기해하겠지만, 곧 주제넘다며 짓밟으려 들 것이다. 그런 자들을 이기는 법을 가르쳐야 하는데 그런 재주를 제대로 쓰는 법을 먼저 알게 해야 하는데.

서양의 눈에는 열정뿐만 아니라 탐욕도 있었다.

머무를 나무를 잃어버리고 탐욕에 눈 먼 매미는 어떻게 될 것인가. 땅을 기어 다니다가 달구지의 바퀴나 사람의 발에 처참히 짓밟히고 말겠지. 그 매미가 한때 숨 쉬며 생생히 살아 있었다는 걸 아무도 기억하지 않겠지.

***

제중원 의학당이 문을 열었다.

알렌의 의학교 설립 계획은 순식간에 정가와 외교가를 떠돌아 고종의 귀에까지 들어갔다.

그렇지 않아도 신교육에 대한 필요성을 절실히 느끼고 학교 설립을 계획해 오던 정부였기에, 고종은 포크를 불러 의학교 설립을 추진해 주었으면 한다는 의사를 전달했고 필요한 의료도구 구입비로 250달러를 지급하면서 제중원 북쪽에 위치한 약 250평 대지의 가옥을 구입해서 학교로 사용할 수 있게 하는 배려를 보이며 의학교에 대한 분명한 의지를 보였다.

학교 규칙은 외아문(통리교섭통상사무아문, 조선 후기 외교와 통상사무를 관장한 관청)의 관원들과 알렌, 헤론 등의 선교 의사들의 회의에서 마련되었는데, 열여섯 명의 생도들을 선발해 4개월의 기간을 거친 후 우수한 생도 열두 명을 본과생으로 선발하기로 하는 것을 중심으로 했으며 본과생이 된 열두 명에게는 식사비, 기숙사비, 학비 등을 면제해 주고 허락 없이는 그만둘 수 없는 5년의 교육 기간을 정했다.

의학교의 개교를 앞둔 외아문은 조선 8도의 감영에 3, 4명씩을 할당하여 널리 인재를 구하고자 나섰고, 1886년 3월 29일 제중원 의학교는 개교했다. 알렌과 포크 사이에 학교 설립계획이 논의된 지 불과 4개월여 만이었다.

분주한 아침이었다.

아직 꽃샘추위는 가실 기미가 없었고 새로운 교육과 낯선 외국인들을 스승으로 모시는 첫날이었으니 학교로 모여든 열여섯 명의 생도들 중 긴장이나 설렘, 혹은 추위로 조금씩 몸을 떨지 않는 사람은 하나도 없었다.

생도들은 열여섯 명의 청년들이 널찍하게 자리 잡고 앉기에 모자람이 없는 교실에 모여 앉아 있었는데, 그중 몇몇은 자신과 함께 자고, 먹고, 공부하며 경쟁하게 될 동기들의 면면을 슬쩍슬쩍 살피고 있었고, 또 그중 몇몇은 교실 벽에 커다랗게 걸린 인체골격도와 해부도에 눈을 못 박은 채 벌린 입을 다물지 못하고 있었으며, 나머지 몇몇은 긴장을 풀어 보려는지 옆의 친구들을 툭툭 치며 수다에 여념이 없었다.

"우리가 설마 이걸 다 배우는 건 아니겠지?"

"왜 아니겠나? 그게 아니라면 걸어 놓지도 않았겠지."

"하지만 나는 이 학교를 졸업하기만 하면 주사 자리를 준다기에 지원한 것인데."

"그럼 그게 아니란 말인가?"

"아니긴 왜 아니야! 이걸 배우고 나면 주사 자리를 준다고 하지 않나! 이 답답한 사람들아."

"아니, 주사 자리 하나 꿰차는데 이런……걸 배워 뭐에 쓰려고?"

긴 얼굴에 걸맞는 긴 코를 가진 청년이 해부도를 가리켰던 손가락을 부들부들 떨며 더듬거렸다.

생도들은 주사 자리를 얻으니, 인체 해부도를 배우니 어쩌니 하는 말들을 주고받으며 자기 말이 옳다고 주장하는 사람은 많지만 누구 말이 옳은지 도무지 알 수 없음을 알았다.

그들이 의학교에 지원해서 입학하게 된 것은 서양 의사처럼 될 거라는 생각 때문이 아니었다. 조선에서 의원은 대부분 중인의 신분이었고, 서양인 의사 역시 의원이있으니 크게 욕심을 낼 민한 자리는 아니었는데, 거기에 덧붙여 서양의 의술이 끔찍하고 참혹하다는 얘기 때문에라도 서양 의원이 되겠다 나설 만한 젊은이를 조선에서 찾는 일은 쉽지 않은 형편이었다.

게다가 학교를 열기까지 넉 달. 생도들을 모집할 수 있었던 시간은 겨우 한 달여뿐이었다. 그 기간 안에 생도들을 모집할 수 있는 가장 좋은 방법은 의원이 되게 해 주겠다는 것이 아니라 영어를 가르쳐 준다거나, 졸업하면 벼슬을 주겠다는 것뿐이었으니 이렇게 모인 생도들이 해부도를 보며 식겁하는 것을 지나치다고 보기는 어려웠다.

"난 의원은 되지 않을 걸세! 게다가 사지를 꿰매고 팔다리를 자르는 의원이라니. 그게 무슨 의원인가? 백정과 다를 게 없지."

몇몇 생도들이 동의한다는 듯 고개를 끄덕였지만 그 누구도 진상을 확실히 알 수 없는 상황에서 섣불리 할 수 있는 말은 없었기에 목소리를 내지는 않았다.

"그런데 자네, 그거 들었나? 학당에 입학한 생도 중에 풍양 조 씨 가문의 자제가 있다고 하던데 말이야."

"그게 뭐 어떻다는 건가?"

"어떻다니, 이 큰일 날 사람 좀 보게. 설사 그 자가 서얼이라 해도 그 위세가 만만치 않을 거란 말일세."

"그렇게 위세가 만만치 않은데 고작 우리 같은 사람들 사이에서 뭘 하려고?"

과장된 몸짓으로 말을 이어가던 청년은 생도들의 정가운데에 앉아 팔짱을 끼고 비웃듯 말하는 청년의 대답에 멈칫거렸다. 팔짱을 낀 청년은 각진 턱을 어루만지며 두터운 입술을 천천히 움직여 마저 말을 잇고 있었다.

"자네들을 좀 보라고. 서얼에, 중인에, 몰락한 양반. 그게 바로 우리란 말이지. 어떻게든 벼슬자리 하나 얻어 보려고 모여든 파리떼랑 뭐가 다르단 말인가?"

"말이 심하군, 자네. 그러는 자네는 우리에 포함되지 않는다는 건가?"

"당연히 다르지. 나는 신사년(1881년) 신사유람단에 끼어 일본에 갔었고 거기서 일본인들이 서양 의원이 되어 운영하는 병원을 보고 왔단 말일세. 나는 진짜 서양 의학을 배워서 의원이 되려 온 거라고! 근데 벼슬자리 하나가 아쉬워 모여든 자네들과 같겠나?"

생도들은 팔짱을 풀지 않고 피식거리며 말하는 청년에게 아무런 대꾸도 하지 못하고 웅성거리기만 했다. 그 웅성거림 속에는 건방진 놈, 싹수없는 놈, 제깟 놈이 잘나 봤자지 같은 욕지거리가 섞여 있었지만 제대로 들릴 만큼 크고 완전한 말은 하나도 없었다.

"그나저나 그 풍양 조 씨 자제는 대체 누구란 건가?"

용기를 내어 원래의 화제로 돌아간 한 생도의 덕으로 생도들은 곧 다시 자신들과는 천지차이의 신분을 가진 동기를 찾아내느라 분주했고, 곧 열 명이 넘는 생도들의 시선이 다 함께 멈춰 선 곳이 있었다.

맑은 얼굴과 어깨를 덮을 만큼 크고 반짝이는 큰 갓. 반들거리고 눈부시기까지 한 흰색 도포. 생도들의 눈은 모두 한결같이 외치고 있었다.

'바로 저 자야!'

생도들은 눈을 내리깔고 아무것도 관심이 없다는 듯 앉아 있는 한 생도를 힐끔거리며 그가 나서서 자신의 정체를 확인시켜 주기를 바랐지만, 덜컹거리는 문소리에 이어 알렌이 등장하자 김새는 소리를 피식거리며 일제히 몸을 돌려야만 했다.

"여러분 반갑습니다."

범석은 유난히 크고 위엄 있게 알렌의 말을 통역했다.

"공부를 시작하기에 좋은 날이군요."

알렌은 생도들의 눈 하나하나를 들여다보았고, 생도들 역시 호기심과 충격으로 낯선 서양인의 모습에서 눈을 떼지 못했다.

"이제 곧 꽃이 피고 따뜻한 바람이 불고 푸른빛이 만발하겠지요."

알렌은 잠시 말을 멈추고, 크게 미소를 지었다.

"이 학교가 여러분의 봄이, 조선의 봄이 되기를 기원하겠습니다. 여러분 열심히 공부하십시오."

알렌은 간결한 연설을 끝내고 살짝 목례를 하고는 교실을 나가려 문을 잡았다.

"근데 아까부터 궁금했는데 말입니다!"

알렌의 뒤를 따르던 범석은 아직도 팔짱을 풀지 않고 있던 생도의 말을 알렌에게 귓속말로 속삭여 주었다.

"뭐지요?"

"저놈은 대체 왜 여기 있는 겁니까?"

그 생도는 그제서야 한쪽 구석에 웅크리고 앉아 있는 사람을 가리키기 위해 팔짱을 풀었다.

"여러분과 함께 공부할 생도입니다."

알렌은 잔뜩 겁먹은 서양과 잠깐 눈을 맞추고는 대답했다.

"하지만 저놈은 백정인데요. 아닙니까?"

"예. 맞습니다. 백정입니다. 그리고 또한 여러분 같은 생도이기도 하지요."

질문을 한 생도뿐만 아니라 다른 생도들까지 저마다 도무지 납득할 수 없다는 듯 한마디씩 내뱉기 시작했다.

"백정이 생도라니 이게 무슨 말도 안 되는 얘깁니까?"

"백정과 공부하려고 먼 길을 온 게 아니란 말입니다!"

"저 양이가 백정이 뭔지도 모르는 건 아닌가?"

"우리는 저 천한 놈과 같이 공부할 수 없습니다!"

"그만! 아무 말도 하지 마세요!"

알렌은 긴 팔을 크게 뻗어 손바닥을 보이며 생도들을 진정시키려 했다.

"저 생도는 여러분께 아무 짓도 하지 않을 겁니다. 그저 같이 배우는 것뿐인데 무슨 문제가 되겠습니까?"

"문제가 되지 않는다구요? 저 놈 자체가 문제입니다!"

알렌의 긴 팔도 더 이상 생도들의 입을 다물게 하는 데 아무런 소용이 없었다. 서양은 얼굴이 가슴에 닿을 만큼 깊게 숙였고 알렌은 당혹스러움에 다리가 풀리는 듯 문을 두 손으로 세게 잡았으며 범석은 그를 부축하며 낮게 속삭였다.

"보십시오. 닥터, 저 아이가 고통스러워 보이지 않는다는 겁니까?"

경고

지독한 냄새였다. 너무 지독해서 더 이상은 아무런 냄새를 맡지 못할 것처럼 코를 얼얼하게 마비시켜 버리는 그런 냄새.

촤악!

"빨리 씻어내지 않으면 꽤나 고생하게 될 거다."

차가운 물을 뒤집어쓴 서양은 물을 긷는 데 쓰이는 나무통을 들고 무표정하게 서 있는 강헌을 올려다보았다.

"나리."

서양을 제외한 열다섯 명의 생도들 중 대부분이 백정과 함께 공부하는 것에 대해 강하게 반발했다. 그들은 어떻게 백정이 학당에 들어올 수 있었는지 의아해하면서 서양이 그들보다 이미 아는 것이 더 많은 상태에, 알렌의 총애까지 받고 있다는 사실을 알게 되자 의아함은 시기와 질투, 잔인함으로 바뀌어 갔다.

기본적으로 조선에 사는 자로서 갖추고 있던 백정에 대한 혐오와 우월의식 위에 더해진 시기와 잔인함은 아주 좋지 않은 결과를 가져왔다.

짝!

서양은 나뒹굴며 세게 얻어맞은 한쪽 뺨을 두 손으로 감쌌다.

"나, 나리……."

"이 천한 것, 어디 감히 누구를 똑바로 쳐다보느냐? 누가 너더러 그 천한 몸을 여기 두어도 좋다고 하더냐? 배운다는 게 뭔지 아느냐? 그게 너 같은 천한 것이 해서는 안 될 일이란 걸 몰랐더냐?"

제중원 의학교의 개교 이튿날부터, 서양은 처소로 돌아가는 길에 호되게 얻어맞았다. 자신들의 우두머리가 뺨을 때린 걸 신호로 그를 따르던 무리들이 한꺼번에 서양에게 달려들어 차고 짓밟았는데, 누구의 주먹이고 누구의 발이고 하는 것을 헤아리지도 못하고 정신없이 맞으면서도 서양은 그날의 기억을 하나하나 되살려냈다.

북촌, 반백의 봇짐장수, 번듯한 입성의 선비, '나를 잊으라' 했던 말.

그 선비가 바로 이 사내란 말인가?

어떤 종류의 폭력이든, 그것이 여러 명으로 이뤄진 단체의 사람들이 백정이라는 공동의 혐오적인 '것'에 대응하기 위해 뭉쳤을 경우에도, 무리를 결성해 누군가를 공격하기 위해서는 우두머리가 있어야 하는 법이다.

그것이 우리 공동의 목표이고, 반드시 우리가 꼭 해야만 하는 것이라는 걸 일깨워 주고 실제로 실행하는 데에 앞장을 서는 사람이 꼭 있어야 한다는 것이다.

반촌에서 살아온 서양이 그것을 모를 리 없었다. 무리가 만들어지는 데 있어서 무엇보다 우선시 되는 것은 동질감일 것이다. 반인들은 비슷한 직업, 비슷한 사회적 위치, 비슷한 생활환경을 가졌다는 동질감과 더불어 그들을 혐오하는 '반촌 밖의 사람들'이라는 공동의 적을 지녔다. 그들은 동질감으로 똘똘 뭉쳤고 공동의 적을 지님으로써 더 단단히 뭉칠 수 있었던 것이다.

그것은 절대 변하지 않는 사실이다. 한 무리 안에서 갈등이 일어날 경우 그 갈등은 어떤 방법으로든 터져 나오지 않으면 그 무리 안에서 터지게 마련인데 그토록 위태위태한 갈등을 다른 공동의 적으로 향하게 해서 해소케 하는 것은 가장 많이 애용되는 진부한 방법이지만 그만큼 가장 효과가 좋은 것이라는 증거도 된다.

그런 무리에는 항상 가장 미움 받고 가장 사랑 받는 지도자의 존재가 있었다.

여기에도 있지. 풍양 조 씨 가문의 자제, 조연학.

학생들이 조심스럽게 추측했듯 그는 서얼도 아니었고, 조 씨 가문이라고 해도 끈 떨어진 연이 된 집의 자식일거라는 소문도 어긋난 것이었다.

조연학은 살아생전에는 한성부판윤, 의금부판사 등의 요직을 지내고 죽어서는 영의정으로 추증되기까지 한 조만영의 후손이었고 그의 아버지 조유 또한 예조에서 종2품직의 참판 자리에 있는 사람이었으며, 조연학은 조유의 유일한 아들이었다. 그런 조연학이 겨우 주사 자리에 연연해 의학교에 들어왔을 리가 없기 때문에 그를 둘러싼 이런 저런 소문은 쉽사리 가라앉지 않았고 소문의 내용은 대부분 좋지 않은 것들이었지만 강헌과 서양, 또 몇몇을 제외한 대부분의 학생들은 장수를 따르는 충성스러운 병사들처럼 연학의 뒤를 항상 쫓고 있었다.

대단한 가문이 아니더라도 연줄을 만드는 것이 얼마나 힘들고 그 연줄이 어떠한 결과를 만들어 낼 수 있는지 이미 충분히 알고 있기 때문이었다.

서양에게 학당에서 배우는 것은 어렵지 않았다. 일단 배우고자 마음먹고 나니 어려운 것은 하나도 없었다. 이미 학교가 열리기 전부터 알렌의 조수가 되어 약에 대한 지식이나 환자를 진단하는 법, 인체에 대해 배워왔던 서양이기에, 다른 생도들을 앞서 간다는 느낌도 즐거웠다. 그건 여태껏 한 번도 가져보지 못했던 우월감이었고, 우월감이 서양의 엉덩이를 받쳐 올려 허공을 부유하게 해 주는 기분은 그저 좋을 만한 것을 훌쩍 넘어서는 것이 있었다.

"나리도 기억하세요? 그분."

인분이 섞인 물을 닦아내려 얼굴을 문지르며 서양이 물었다.

"그래."

그래, 그렇겠지.

북촌에서의 그날, 그 봇짐장수를 업어 왔던 강헌이니 연학을 기억하지 못할 리가 없었다.

"그 작자가 너한테 단단히 맺힌 게 있는 것 같다."

"저는 아무것도……."

서양은 다시금 연학이 자신을 잊으라고 했던 말을 곱씹으며 그게 그저 부탁이나, 그랬으면 좋겠다 식의 얘기가 아니었음을 절실히 깨닫지 않을 수 없었다.

"나리는 괜찮으세요? 나리한테는 아무 짓도 하지 않던가요?"

강헌은 머리를 흔들었고, 서양은 강헌까지 당하지 않아서 다행이라고 생각하면서도 결국 또 혼자로구나 싶은 마음이 전에 없이 더욱 쓰리게 다가왔다.

"나는 쉽게 어찌할 수 있는 상대도 아니고 명분도 없지. 아마 네가, 나를 향한 본보기일 수도 있고."

"내가 보아선 안 될 걸 보았나 봐요. 그게 뭔지 모르겠지만 알아선 안 될 걸, 알게 되었나 봐요."

언제까지 계속될까.

반촌에서와 달리 이곳에서는 제대로 위로받고 몸을 추스를 수 있는 곳도 없었다. 끝내 도망쳐 버리면 아무도 쫓아오진 않겠지만 서양의 인생에 유일하게 남아 있던 희망도 발을 멈출 것이다.

누가 좀 말해 주면 얼마나 좋을까. 얼마만큼만 맞고, 꼭 언제까지만 당하고 나면 그 어떤 괴롭힘이나 방해도 더 이상은 없을 거라고 그렇게 약속해 주면 얼마나 좋을까.

내가 무얼 어떻게 하면 이 모든 것을 끝내고 자유로워질 수 있을 거라고 누군가 말해 준다면 얼마나, 정말 얼마나 좋을까.

다리를 뻗고 앉은 가랑이 사이에 준구는 해부도를 펼쳐 놓고 미간을 좁혔다.

젠장, 그 백정놈이 왜 뛰어난지 잘 알겠구만.

준구는 자신의 다리 너머로 담배를 태우거나 서책을 뒤적거리고 있던 동기들을 건너다보았다. 준구까지 포함해서 대여섯 명의 동기들이 준구의 방에 모여 앉아 있었는데, 친해서라기보다는 서양 의학에 대한 혐오를 나누려는 의도로 모인 것에 더 가까운 모임이었다.

"난 의원 같은 건 되고 싶지도 않아."

아버지가 지전(종이를 파는 상점)을 한다는 툭 불거진 눈에 넉넉한 두루마기 자락에도 눈처럼 튀어나온 배가 감춰지지 않는 생도가 볼멘소리를 했다.

"그저 장사꾼이 되고 싶지 않았을 뿐이지, 사람백정이 되려던 건 아니었다구!"

다른 생도들도 앞 다투어 자신 역시 그랬다고 입을 모았다.

"니놈들은 일본에서 서양 의원이 어떤 대접을 받는지 보지 못해서 그런 말을 하는 거야!"

생도들은 느긋하지만 날카로운 준구의 말에 목을 수그렸다.

"사람백정이라는 소리 좀 들으면 어때! 조선에서도 곧 서양 의원이 일본에서처럼 떵떵거리고 살 날이 올 게 분명한데. 신학문이라면 벌벌 기는 양반들이 조선에 얼마나 많은지 니들이 알기나 해? 양반들이 그러는 이유가 뭐겠어? 앞으로는 그 신학문이 신분을 정하게 될 거니까 그런 거야, 이 머저리들아! 기껏 주사 자리? 나는 그런 것 따위 얻고 싶지도 않아. 참고 기다리면 돈과 명예가 우르르 달려들 텐데 그 따위 벼슬 같지도 않은 벼슬이 중할까, 응?!"

준구는 눈을 부라리며 자신과 용기 있게 눈을 마주치지 못하는 생도들을 보았다.

"하, 하지만 이해할 수 없어. 사람의 속을 헤……집고 뼈를 발라내고 자르고 꿰매고 하는 일이 어떻게 돈과 명예를 준다는 거야. 조선 사람들은 의원에게 크게 기대하는 바가 없어. 그래서 내의나 유명한 의원이 아니면 그냥 의원나부랭이가 되는 건데, 서양 의원은 대체 뭐가 다르다는 거야. 이렇게 험한 꼴을 봐야 하는 일인데 어떻게 더 나을 수가 있나? 우리는 양이도 아닌데 말야."

지전 장수 아들은 통통한 얼굴에 흐르는 땀을 닦아내며 준구의 다리사이에 놓여진 해부도를 생전 처음 보는 혐오스런 것인 양 바라보며 말했다.

"멍청하기는!"

둔한 몸을 출렁하며 뒤로 젖히는 지전집 아들에게 준구는 삿대질을 하며 말을 이었다.

"니놈들은 가능성이 뭔지도 모르지. 당장 오늘 내일을 보는 게 남들하고 다를 게 뭐냐! 남들하고 다를 게 없다면 무슨 수로 돈을 벌고 명예를 얻을 거냔 말이다, 이놈들아!"

생도들은 수그린 목을 세우지도 못하고 어지럽게 눈동자를 돌리며 아무도 준구의 말에 반박하지 못하는 것 같았다. 그러나 그것은 준구의 말이 옳고 수긍이 가기 때문이 아니라 한마디라도 더 대꾸를 하면 무슨 성질을 부릴지 모르기 때문이었다.

"조연학을 보라고 이놈들아. 한평생 떵떵거리고 산다 해도 이상하지 않을 가문의 자제가 왜 우리 같은 것들하고 공부를 하겠냐? 응?"

"그거야……"

용기는 없어도 말을 아끼기는 힘든 성격인 게 분명한 지전 장수 아들이 다시 손가락을 추켜세우며 끼어들었지만 준구가 으르렁거리며 이를 보이는 바람에 발치에 채인 강아지마냥 깨갱거리면서 물러났다.

"그리고 그 백정놈을 보라고. 하다못해 그 백정놈도 그걸 아는 거 아니겠냐고!"

"오히려 그 놈 때문에 더 이걸 계속 배워도 되는 건지 모르겠는 거라고!"

"너 뭐라고 했냐!"

"그러니까 백정이 하기에는 딱 좋은 거⋯⋯같은데⋯⋯이 서양⋯⋯의⋯⋯학이라는 게⋯⋯ 근⋯⋯데⋯⋯그래서⋯⋯그⋯⋯조연학도 기분⋯⋯이 나빠⋯⋯서 자꾸⋯⋯백정놈을⋯⋯몰아내⋯⋯자고 하는⋯⋯게 아니겠냐⋯⋯는 거지."

꼬박꼬박 대꾸를 하고 있지만 지전 장수 아들은 퍼렇게 질린 얼굴로 마치 자신의 의지와는 상관없는 것처럼 입술을 움직였다. 잔뜩 화가 난 준구는 주먹을 치켜들어 금방이라도 제멋대로 입을 놀린 가소로운 놈을 내려치려는 모양새를 취했지만 그 자세로 멈춰 서서는 아무런 말도 하지 않았다.

생도들이 하는 생각을 준구도 알고 있었고, 생도들의 의문도 똑같이 갖고 있는 터였다.

소언학이 박서양을 괴롭히고 몰아내고 싶어 하는 것에 내부분 동조했지만 그것이 그저 백정같이 천한 놈과 함께 공부할 수 없다는 것만은 아닌 것 같아서 이상했고, 조연학 같이 좋은 가문의 사람과 공부를 하자니 지금 배우고 있는 서양 의학이 창창한 미래를 갖고 있는 것 같아 좋았지만, 박서양 같은 백정과 같이 공부를 하는 것은 그저 사람백정이나 되자고 앉아 있는 것만 같아 찜찜했던 것이다.

조연학과 박서양, 하늘과 땅을 동시에 옆에 끼고 길을 간다는 것이 준구에게도 쉬운 일은 아니었다.

결국 그 길은 누구의 것이 될까. 하늘, 땅? 하늘이 땅이 되고, 땅이 하늘이 되는 일 같은 건 아마도 절대 벌어지지 않을 텐데.

존 윌리엄 헤론(John William Heron)은 테네시 종합대학교 의과대학을 개교 이래 최우수 성적으로 졸업했다. 졸업 직전에 학교로부터 교수가 되어 줄 것을 요청받았지만 거절하고 다시 뉴욕 종합대학 의과대학에 들어가 공부했다.

혜론은 알렌보다 두 살 위였는데, 마이애미 대학에서의 짧은 의학교육을 마친 알렌에게 그 두 살의 나이 차이를 '고작' 두 살이라고 해야 할지, 두 살 '이나'라고 해야 할지 정하는 것은 수월치 않은 일이었다.

혜론에게는 좋은 교육에서 쌓은 지식이 있었고, 그 지식을 발휘할 만한 경험이 있었다. 하지만 혜론이 가지지 못한 것을 알렌은 가지고 있었다. 그에게는 운과 처세술이 있었다. 조선에 도착하자마자 왕비의 조카이자 중요 인물을 살려내는 기회를 누구나 잡는 것은 아니었고, 왕실과 조선의 외국인들의 환심을 사는 일도 아무나 되는 것은 아니었다.

대체 이 병원이 어떻게 생겼다고 생각하는 거지?

선교회는 선교의 거점이 꼭 필요했고, 제중원은 선교사들에게 있어 쓸 만한 거점이 되어 주었다. 제중원이라는, 알렌이라는 거점이 없어 조선 정부가 기독교 선교를 묵인해 주지 않았더라면 선교는커녕 선교사들의 목숨을 보장받는 일도 어려웠을 터였다.

수많은 천주교도인들이 목숨을 잃었던 것처럼 그것이 기독교인들에게도 적용되지 말라는 법이 어디 있겠는가. 이런 자신의 역할은 뒷전으로 밀어내고 자신을 원망하고 무시하는 혜론의 행동은 밥 한 술 들어갔다고 밥숟가락을 쥐어 준 사람을 새카맣게 잊는 것과 다를 바가 없었다. 혜론의 그런 행동이야말로 알렌을 선교회로부터 멀어지게 하는 것이라고 알렌은 생각했다.

내 발로 선교회를 나가고 싶은 게 아니야. 순수한 의도를 무시당한 탓이기 때문이지.

알렌은 왕이 하사한 부채를 돌려보며 의자의 등에 몸을 기댔다. 대나무 살에 푸른색 비단으로 만들어진 접이식 부채였는데 화려하진 않아도 위엄 있는 문양이 비단에 금빛으로 찍혀 있는 것이 역시 왕실의 것이라 고개를 끄덕일 만했다.

알렌은 부채를 살랑살랑 부쳐 바람을 만들어 내면서 왕으로부터 당상 2품의 품계를 받았을 때의 느낌이 꼭 이 바람처럼 향기롭고 상쾌했다고 떠올렸다.

다섯 달.

서양은 반촌에서의 생활과 다를 바 없었던 그 5개월이 무력하고 짜증스러워서 견딜 수 없었다. 연학과 패거리들의 괴롭힘은 성황당의 돌이 사람들의 바람만큼 쌓이듯 더해만 가고 있었는데, 한두 명씩 오갈 때마다 심심풀이로 차고 때리는 것은 예사로 일어났고 교실에 들어갈 수 없게 하거나 어디서 구했는지 동물의 뜨거운 창자를 뒤집어씌우고, 학교의 대문근처 하인들의 숙소 중 한 곳인 서양의 처소에 온통 피를 흩뿌려 놓는 일도 여러 번 있었다.

그것은 분명 서양의 신분을 계속 상기시키기 위해서일 테지만.

그게 뭐?

백정이란 존재는 태어나면서부터 그 신분과 자신의 존재가 주는 혐오에 대해 그 누구보다도 뼈저리게 자각을 하며 살아야 하는 사람들이다.

내가 백정이란 것을 잊은 거 같은가?

잊어본 적이 없었다. 그것은 서양의 뼈마디 마디에, 혈관을 흐르는 핏줄기의 흐름 곳곳에 자리 잡고 있는 것이었다. 서양은 심지어 자신이 백정이 아닐 수 있다는 꿈조차 꾸어 본 적이 없었다.

"영어에서는 형편없는 의사를 백정(butcher)이라고 한다. 그러니까 너는 이미 형편없는 의사쯤은 되는 위치에 있는 거지. 칼을 잡고 살아 있는 동물을 베어 봤다는 것은 큰 이점이다."

닥터의 말처럼 나는 누구보다 빠르게 배우고, 누구보다 잘하게 될 것이다.

병원으로 와서 알렌의 조수로 일할 때면 서양은 자신이 어디쯤 서 있고 얼마큼 갈 수 있을지에 대한 확신과 기대로 학당에서의 모욕이나 괴로움쯤은 모두 잊을 수 있었다.

엉망이 된 얼굴과 고약한 냄새를 풍기며 나타나는 서양을 보고도 무슨 일인지 한 번도 물어 주지 않는 알렌과 범석에게 서운한 마음이 울컥 치밀어 오를 때가 없었다고는 못하겠지만 그들은 어떨 때 서양이 가장 행복해하는지 알고 있는 사람들이었고, 가장 위로가 되는 사람들이기도 했다.

그리고 태린.

지난 겨울, 한동안 모습을 보이지 않았던 태린을 서양이 마지막으로 보았던 날은 눈은 많이 내렸지만 그리 춥지 않았던 날이었다.

태린은 정수리가 뚫려 있는 검은색의 조바위를 쓰고 있었다. 거기에 분홍색 두루마기와 그 밑으로 붉은색 비단치마가 눈이 녹은 물에 젖어 있었는데 태린은 추위 때문인지 긴장 때문인지, 보이진 않지만 치마 속에 감추어져 있을 비싼 비단신이 처벅처벅 소리가 나게 발을 구르고 있었다.

서양은 불쾌한 표정을 숨기지 않고 있는 문지기 딱쇠에 의해 불려 나와 질척질척한 땅을 무거운 발로 질질 끌며 태린의 곁에 가서 섰다.

"나 혼인했어. 볼래?"

태린은 어조는 높았지만 떨리는 음성으로 말하고는 귀와 이마를 덮은 조바위를 조심스레 벗겨내고는 뒤로 돌았다.

"자, 봐 봐. 예쁘지?"

서양은 머리만 살짝 들어 조바위를 벗느라 조금 헝클어진 태린의 가는 머리카락을 보고 태린의 뒤통수에 검붉은색의 비녀로 꿰뚫린 채 달려 있는 쪽을 보았다.

태린은 천천히 돌아서서 추위 때문에 하얗게 질린 얼굴을 붉게 물들이며 조바위를 다시 갖춰 쓰고는 어색하게 웃었다.

"나 미국 가. 서방님이, 흠흠. 의학 공부를 하실 거라고."

서방님 소리가 익숙치 않은 태린은 목을 가다듬었고, 그래서 얼굴이 달아오르는 거라고 생각했다.

"공부……해. 언젠간."

태린은 말을 잇지 못했다.

원래 생각은 언젠간 너도 닥터처럼 될 수도 있을 거야, 라는 격려를 하고자 했던 거였지만 혹 그것이 서양에게 섣부른 기대만 심어 주는 허황된 말로 들리지 않을까 주저했던 것이다.

이제 오지 않아도 되는데 굳이 여기까지 온 이유, 하필 서양을 찾아온 이유, 그리고 조심스레 말을 고르게 되는 이유.

그 중 어느 것에도 확실한 답을 갖고 있지 못한 태린으로선 사실 할 수 있는 말이 하나도 없었다. 안쓰러움이나 낯익음, 그런 것들이 서양을 자꾸 생각하게 하는 이유는 될 수 있었겠지만 태린 자신조차 설득하지 못한 빈약한 이유에 불과하기도 했다.

"안녕."

태린은 이게 다 인가 싶어 눈을 찡그리는 서양에게서 돌아서서 종종걸음을 쳤다. 다시 만날 일도 없을 사람에게 안녕만큼 적당한 말을 또 어디서 찾겠는가.

"예뻐요, 정말!"

바보 같기는. 그런 말을 하는 게 아니었는데. 하긴, 무슨 상관이람. 다시 볼 일도 없을 텐데.

서양은 마치 그것이 엄청나게 다행한 일인 양 중얼거렸지만 그는 이미 여러 번 태린이 안녕이라고 말하고 주저 없이 돌아서는 모습을 꿈속에서까지 보았다. 꿈에서 태린은 질려 하지도 않고 끊임없이 안녕을 말했다.

안녕, 안녕, 안녕.

그 안녕에는 기쁨이 묻어 있기도 했고, 안도가 묻어 있기도 했으며, 아쉬움이나 절절함이 묻어 있기도 하다가 심술궂음이 처덕처덕 묻어 있기도 했다.

안녕이라니……우린 처음에 만나서 그런 인사도 못했었는데.

툭툭…….

서양은 마음을 잡을 수 없을 때면 찾아와 흙을 차올리곤 하던 제중원 뒤 뜰의 쪽마루에 앉아 맞서 싸울 수도 없는 무력감과 그 빌어먹을 안녕에 화 풀이를 계속했다.

"……아픕니까?"

서양은 갑자기 나타나 서투른 조선말로 말을 건네는 외국인을 보며 눈살 을 찌푸렸고 이내 달아나려 엉덩이를 약간 들어 올렸지만, 걱정이 가득 담 긴 눈을 보자 민망해진 마음에 그냥 눌러 앉아서 고개를 숙이며 대답했다.

"No."

감춰보려 해도 감춰지지 않는 상처를 보면 누구나 건넬 말이었다.

"영어……합니까?"

서양은 범석과 비슷한 또래로 보이는 외국인에게 그렇다는 뜻으로 고개 를 끄덕였다.

"휴, 다행이군요. 내 이름은 호머 헐버틉니다."

외국인은 커다란 손을 내밀며 자신의 이름을 말했고, 서양은 털이 북실북 실한 그의 커다란 손을 내려다보며 대체 어쩌자는 걸까, 고개를 갸웃했다.

"근데 어쩌다 그렇게 다친 거죠? 맞았습니까?"

헐버트는 서양이 자신의 악수에 응하지 않자 멋쩍은 듯 웃으며 서양의 옆 에 자리를 잡고 앉으며 물었다.

"알 거 없어요."

"상처가 심한 것 같은데 왜 치료하지 않죠? 여긴 병원이잖아요."

"치료할 만큼 큰 상처도 아닙니다."

헐버트는 다시 멋쩍게 웃으며 손바닥을 위로 한 자세를 하고는 살짝 올 렸다.

양놈들이 하는 짓들은 도무지 알아먹을 수가 없어.

서양은 한심하기 이를 데 없다는 눈길로 쏘아보며 팔짱을 꼈다. 같은 조선 사람에게 이렇게 행동하는 것은 꿈도 못 꾸겠지만 서양인들은 조선의 신분 따위 신경 쓰지 않았다. 어차피 아무런 상관도 없었고.

"나는 조선의 학생들을 가르치러 왔습니다. 육영공원이라고 알아요?"

헐버트는 서양의 험악한 눈빛을 좀 바꿔 보려는 듯 잠시 화제를 바꿨다.

알지, 육영공원. 양반의 자제들만 다닐 거라는 곳.

서양은 그 얘기를 듣고 왜 조연학은 그곳으로 가버리지 않는 건지 궁금해하면서 은근히 기대를 하기도 했는데, 여전히 육영공원이 문을 열면 조연학이 가 버릴지도 모른다는 생각을 버리지 않고 있었다.

"맞고만 있으면 안 됩니다."

참 집요한 사람이군.

서양은 좀처럼 자신에 대한 화제를 접을 기미를 보이지 않는 헐버트에게 차갑게 말했다.

"당신은 아무것도 몰라요."

"이긴 얼마나 길 알고 말고의 문제가 아닙니다. 폭행이 문제죠. 그런 문제는 모르든 알든 항상 개입해야 하는 겁니다. 그렇게 맞을 만큼 자기가 잘못했다고 느끼는 겁니까?"

"나는 아무것도 잘못한 게 없어요!"

서양은 마루를 박차고 일어나 불끈 주먹을 쥐고 고함을 내질렀다.

"근데 왜 그걸 끝내려 하지 않는 거지요?"

서양은 순간 멍해졌다.

……끝낸다고?

"폭행은 당하는 자신만이 끝낼 수 있습니다. 맞서 싸울 수도, 도움을 요청할 수도 있지만 결국 그걸 해야 하는 건 자기 자신뿐입니다. 저절로 끝나지는 건 없어요."

"나는……나는……."

폭행은 사실, 반촌 출신 백정인 서양에게 있어 항상 익숙해서 당연하기까

1부 의사가 된다는 것 137

지 한 부분이 있었다. 하지만 학당에서의 그것보다 견딜 수 없었던 폭력은 없었다.

생도들에게서는 정말 증오가 느껴졌다. 서양은 자기를 모르는 사람들에게서 당하는 모든 일은 괜찮았다. 어차피 그들은 자기를 모르면서 제멋대로 판단하는 사람들일 뿐이니까.

하지만 자신과 몇 개월을 함께 지내고, 함께 공부했던 생도들이 정말 자기를 미워해서 그러는 건 견딜 수 없었다. 그건 얼굴이 찢기고 멍들게 하는 폭력보다 더 아팠다.

근데 그걸 끝낼 수 있다고? 그게 가능하다고?

서양은 이 양놈이 제대로 알지도 못하고 지껄이는 걸 거라고 매섭게 치뜬 눈으로 쏘아보았다.

"정말입니다. 당신이 원한다면 끝낼 수 있습니다. 물론 용기와 머리가 좀 필요하지만 말입니다."

헐버트는 용기를 말할 때 가슴을, 머리를 말할 때는 관자놀이 쪽을 손가락으로 톡톡 쳤다.

사무실에서 병동으로 가려고 막 마루로 나온 참이었다.

알렌은 마당을 가로질러 가벼운 걸음걸이로 미소를 입에 건 채 다가오는 젊은 서양인 남자를 보았다.

"조선이 이렇게 아름다운 나라인 줄 정말 몰랐습니다!"

알렌은 생판 모르는 사람이 건네는 인사치고는 희한하다고 생각하며 구두를 신고 마당으로 내려섰다.

"혹시 닥터 알렌이신가요?"

남자는 친근한 태도로 손을 내밀며 물었고, 알렌은 그의 손을 마주 잡으며 눈짓으로 긍정을 전하고는 누구냐고 묻는 것처럼 남자의 손을 조금 세게 쥐었다.

"아, 저는 호머 헐버트라고 합니다. 육영공원에서 일하게 될 거예요."

"예, 반갑습니다. 호레이스 알렌이라고 합니다."

"한성의 외국인들 사이에서는 유명하시더군요. 생각보다 젊으시네요. 조선 왕비의 조카를 살리셨다구요? 한번 꼭 뵙고 싶었습니다. 병원도 보고 싶었구요."

"뭐, 의사니까요."

알렌은 별것 아니라는 투로 어깨를 살짝 올리며 무심한 척했지만, 진심으로 감탄했다는 어조의 얘기를 듣고 있자니 기분이 나쁘지는 않아서 헐버트를 따라 미소도 조금 보탰다.

"저는 신학을 공부했습니다. 대학을 마치고 다녔는데, 아직 졸업은 하지 못했구요."

알렌은 그러셨군요, 라고 대꾸하며 들어가 차라도 한잔 하겠냐고 물었고, 헐버트는 바쁜 시간을 방해하는 것만 아니라면 한잔 얻어 마시겠다고 쾌활하게 대답했다.

"육영공원은 아직 문을 열지 않았나요?"

"예, 아직 조금 더 기다려야 할 것 같습니다."

알렌은 차를 받아 달게 마시는 헐버트를 보며 나이를 가늠해 보려 가늘게 눈을 떴다.

스물하나? 스물둘……? 스물다섯은 넘어 보이지 않는데…….

"육영공원이 양반가 자제들을 대상으로 하는 학교라고 들었는데, 양반에 대해서는 좀 아십니까?"

"귀족쯤 되는 신분이라고 듣긴 했는데 비슷한가요?"

"뭐, 비슷한 구석도 있고 다른 점도 많죠."

"휴, 배워야 할 게 많겠군요."

헐버트의 모습이 마치 처음 조선에 왔을 때 우왕좌왕하던 자신만 같아서 알렌은 염려도 되고 기대도 되는 기분이었다. 물론 자신은 결정적인 사건을 겪은 덕에 쉽게 적응을 할 수 있었지만 외국인들이 모두 다 자신처럼 잘 지내는 것은 아니었기 때문이다.

조선의 문화에 식겁해서 떠나는 사람, 병을 얻어서 죽거나 그 어느 곳에도 발붙이지 못하고 쫓기듯 고국으로 돌아가는 사람 등등 조선에서의 생활은 결코 만만한 것이 아니었다.

"참, 아까 저 뒤 정원 쪽에서 학생을 한 명 보았는데 영어를 아주 능숙하게 하더군요."

"그래요?"

"예. 작고 마르고 좀 어려보이는 학생이었는데. 머리가 이렇게, 이렇게 헝클어지구요. 그건 좀 특이하더군요. 조선 사람들은 대부분 머리를 묶거나 모자를 쓰거나 하는 것 같던데, 그 또래의 소년들도 머리를 땋아 내리구요."

헐버트는 잔을 내려놓고 손을 요란스레 놀려 그가 본 사람을 설명하려 했지만 알렌은 앞부분만 듣고도 그가 누군지 알아챌 수 있었다.

"의학교가 문을 연 지는 얼마 되지 않았다고 들었는데 그렇게 영어를 잘 구사하다니. 좀 놀랐습니다. 영어를 그렇게 빨리 배웠으니 강의를 진행하는 데도 한결 수월하지 않나요?"

"예. 뭐, 영어를 그렇게 쉽게 배운다면 그렇겠죠."

알렌은 헐버트가 앞으로 학생들을 가르치는 데 큰 기대를 하고 있음을 깨달았다. 낯선 나라에 와서 말도 통하지 않는 젊은이들을 가르쳐야 하니 걱정이 컸을 게 당연할 텐데 영어에 능숙한 조선 학생을 만났으니 한결 걱정을 덜어낸 모습이랄까.

서양을 만난 것이 헐버트에게는 잘 된 일이겠지만 서양에게는 어떨지.

학당이 열린 후 서양이 부쩍 자주 뒤뜰을 찾는다는 얘기를 범석으로부터 전해 듣고는 마음이 무거워져서 알렌은 요즘 서양의 얼굴도 똑바로 쳐다보질 못했다. 알렌이 그에 대해 아무 말도 하지 않은 것은 힘들게 모은 생도들을 서양 때문에 모두 잃을 순 없었기에 서양을 가르치는 것 말고 그 이외의 것에는 모두 눈을 감기로 했기 때문이었다.

생도들은 영어를 익히는 데에는 적극적이었기 때문에 쉽고 빠르게 실력이 늘어갔지만 다른 과목에는 그렇지 않아서 닦달을 하는 일이 더욱더 조심스러울 수밖에 없었다.

4개월 동안 실시된 화학과 물리, 또 본과에 들어선 열두 명에게 실시되는 약의 조제법, 의료기구 관리법이나 간호 업무에 흥미를 보이는 생도는 극히 소수에 불과했다.

'조연학과 송준구, 이강헌 그리고 박서양.'

알렌은 그나마 서양의학 쪽으로 가까이 다가가고 있는 네 명의 생도를 꼽았다.

조연학은 알렌조차 그 위세를 짐작키 어려운 집안의 자제였고, 이강헌은 몰락한 양반의 자제에 송준구는 첫날 서양을 가리키며 백정이 아니냐 물었던 역관 가문의 자제인데다 범석과는 안면이 있는 생도였다.

알렌은 16냥 중 4냥이라면 괜찮은 수확이라고 자위했지만, 서양이 끝까지 그 4명의 안에 들 수 있을지에 대해서는 점점 자신하기가 어려웠다. 배우는 기쁨이 몸의 상처까지 치유해 주지는 못하는 법이니까.

생도들의 반발을 무시하고 학당에서 교육을 시키겠다는 생각이 잘못되었던 걸까. 차라리 이전처럼 병원에서 따로 배우게 하는 게 나을까.

이대로 계속 겉도는 걸 그대로 두다가는 큰 상처를 입고 제 발로 나가게 만들 거였다.

"그 학생은 뭐랄까. 좀 특별한 경우라고 생각하시면 됩니다. 다른 학생들보다 영어를 접한 기간도 좀 길었고 열정도 남다르죠."

"아, 그렇군요. 이름이 뭐죠?"

"이름은 박서……음……그냥 양이라고 부르시면 됩니다. 저도 그렇게 부르니까요."

알렌은 대충 얼버무렸지만 헐버트는 속으로 다음에 또 만나면 정확한 이름을 물어봐야겠다며 다짐을 두고 있었다.

처참한 얼굴을 했지만 쉽게 잦아들지 않을 것 같은 눈을 지녔어. 그 아이.
꼭 이 나라 조선처럼.

"저는 정말 조선을 좋아하게 될 것 같습니다."

정말 순진한 사람이군.

알렌은 끌끌 혀를 차면서도 건배를 청하듯 찻잔을 들어 올리며 입모양만
으로 헐버트에게 격려를 보냈다.

"Good luck."

두 아버지

여덟 살이 어떤 나이인지, 사람들은 모른다.

그 나이를 넘겨 살아남기만 한다면 사람들은 누구나 여덟 살을 맞고, 여덟 살을 살고, 여덟 살을 과거로 삼을 수 있다.

연학은 아침이면 붉은 손자국이 더욱 진해질 게 분명한 목을 어루만지며 몸을 일으켰다. 그는 이제 열여덟 살이었고, 열여덟의 해만큼 몸은 자랐지만 기억만큼은 여덟 살의 그때에 머물러 새로운 한 해, 새로운 계절, 새로운 기억을 맞는 것을 거부하고 있었다. 그의 여덟 살은 과거가 되지 못했다.

깊은 밤, 익숙해진 불면으로 한참을 뒤척이다가 간신히 잠이 들 무렵, 연학은 자신의 목을 움켜쥐고 세게 누르는 손길에 정신이 번쩍 들었다.

그리고, 촉촉히 젖은 목소리.

"왜지? 왜냐고 이 나쁜 놈아! 내가 너한테 뭘 잘못했지? 대원군까지도 내가 공부할 수 있다고 허락하셨는데, 니놈이 뭐라고 나를……흑……나를……."

반쯤은 어린아이의, 또 반쯤은 남자의 그것인 목소리. 연학은 작년 이맘때쯤 자신의 목소리가 꼭 그것과 같았다고 생각하며 자신의 목을 조르는 손이 주인의 신분답지 않게 섬세하다고 느꼈다.

서양은 눈물로 인해 말을 잇지 못하고 연학의 목을 움켜쥔 손의 힘은 점점 빠지고 있었다.

"나는 아무 말도 안 할 거예요. 정말……다른 사람들은 다 그래도, 나리는 그러면 안 되잖아요……흑……나리는 왜 그걸 모르죠? 나리가 뭘 감추고 싶어 하는지도 나는 모르는데…… 나리가 바라는 대로 나는 정말 나리를 잊어버릴 수 있는데, 왜 그걸 안 믿죠?"

믿음. 그래, 아버지가 돌아올 거라고 나는 믿었었지.

그날은 여덟 살 이후로 아버지를 처음 본 날이었다. 어릴 때부터 함께 공부해 온 친구들과 모임이 있었고 멀지 않은 길이라 아무도 거느리지 않고 집을 나선 참이었다. 뒤를 따르는 사람을 눈치채기는 어렵지 않았다. 그는 비틀거리고 있었고 채 열 보도 걷지 못하고 서너 번을 넘어졌으니까.

연학은 멈추고도, 멈추고 싶지 않기도 했다. 9년, 거의 십여 년의 세월을 보내고도 어째서 아버지를 조금도 잊지 않았을까.

연학은 아버지를 그렇게 알아보고도 어떻게 해야 할지를 몰라, 망설이며 걸음을 이었다. 마지막으로 넘어진 아버지는 더 이상 몸을 일으키지 못했고, 연학은 귀신의 정체를 살피는 사람처럼 더듬거리며 아버지의 옆으로 다가갔다.

"춘……재야……."

아들의 이름을 부르는 아버지의 목소리는 예전 같지 않았다. 봇짐장수가 걸었던 평생의 길이 그렇듯, 거칠고 험하고 끝이 보이지 않게 느릿했다. 아버지는 힘겹게 엊그제 갓바치가 직접 가져온 연학의 신위에 손을 얹었고,

연학은 그의 행동을 지켜보면서도 얼어붙은 듯 움직일 수 없었다.

"이러지……말아요."

연학은 거의 들리지 않는 목소리로 중얼거리듯 말했다.

누구에게 들으라고 한 말은 아니었지만 사람들이 잔뜩 모여들은 것을 보니 사람들의 귀가 참 좋은 모양이라고 생각하며 연학은 힘을 주어 눈을 감았다.

"네 아버지다."

아버지는 연학의 등을 밀며 작게 덧붙였다.

"진짜 아버지."

아버지가 봇짐을 메면 연학은 언제나 집에 혼자 남아 있어야 했다. 마을 사람들이 돌아가며 연학을 돌보아 주었지만 아이의 외로움을 채워 줄 수 있는 건 품에 안겨 잠들 수 있는 아버지뿐이었다. 아버지는 짧으면 열흘, 길면 한 달이 넘게 떠돌다가 시진 얼굴을 하고는 작은 문으로 들어서곤 했다. 사립문을 넘어설 때는 일부러 발소리를 죽이고는 작은 방 구석에 외로이 앉아 있는 연학을 놀래키려고 벌컥 문을 열어젖히곤 했었다. 연학의 작은 몸이 아버지의 목에 매달려 다시는 놓지 않을 거라고, 다시는 떠나지 말라고 울먹이는 시간을 아버지는 사랑했고 아들 역시 그러했다.

여덟 살의 가을, 아버지는 다시 등짐을 꾸렸지만 혼자 문을 나서지 않았다. 아버지는 작게 등짐을 꾸려 아들의 작은 신을 여러 켤레 아들의 등에 메어 주었다. 그건 먼 길을 예상케 하는 행동이었지만 연학은 아버지와 더 이상 떨어지지 않아도 될 만큼 자신이 컸다는 증거로 여기고 종종거리며 아버지의 뒤를 따라 나섰다.

열흘 남짓의 기나긴 길을 걷고 난 후에 도착한 한성의 커다란 집 앞에 서서 연학은 그렇게 큰 문을 가진 집이 있다는 걸 처음 알았고, 그 큰 문이 열리는 순간만큼 놀라운 것은 없다는 사실도 알았다.

넓은 마당에 서서 넓고 반짝거리는 마루 위에서 힘겹게 댓돌로 내려선 사내를 향해 아버지는 넙죽 절을 하고 아들의 등을 밀어 사내에게 가까이 가게 했다.

"……고맙네……."

번쩍거리는 옷을 입고 반짝이는 얼굴을 한 사내는 연학의 여윈 어깨를 잡고 털썩 무릎을 꿇었다. 연학은 왜 이 사내가 자신을 보고 눈물을 흘리는지 왜 아버지에게 고맙다는 말밖에는 아무 말도 하지 않는지 알 수 없어 덜컥 겁이 났다.

아버지가 자신을 한 번 와락 끌어안고 거대한 문으로 사라져 버릴 때만큼은 아니었지만.

여덟 살까지 연학의 이름은 춘재였다. 조연학이라는 이름으로 10여 년을 살았지만 연학은 맞지 않는 옷을 걸친 듯한 어색함과 불편함을 아직도 떨치지 못했다. 그것은 아마도 새로운 아버지가 자신의 이름을 부르는 어조에 맺혀 있는 죄책감과 사무치는 그리움 때문일 것이라고 어느 정도 확신하기까지의 시간이 꼭 그만큼이었기 때문일 것이다.

춘재의 아버지가 곧 죽을 것 같은 모습으로 다시 자신을 찾아왔을 때, 연학은 여전히 자기가 완벽한 조연학이 아님을 다시 깨닫지 않을 수 없었다.

그때, 서양이 아니었다면 아버지는 죽었을 것이다. 연학은 아버지가 죽도록 그저 내버려 두었을 것이다. 그만큼 그리웠지만 이제는 받아들일 수 없는 그리움에 대해 서양이 뭘 알 것인가.

조연학이 되어 살아온 세월은 좋았다. 그의 이름, 가문의 정체만으로도 어려운 것은 하나도 없었다.

그것을 봇짐장수의 아들이 되어 모두 바꿔 버리라고?

아버지는 연학이 과거를 보거나 성균관에 들어가거나, 또는 벼슬을 갖는 것 대신 의학당에 들어가길 원했다. 학당에서 다시 서양을 만나게 될 줄 예상할 겨를도 없이 연학은 아버지의 명을 따랐다.

봇짐장수 아버지는 연학의 그리움이었고 세월이 흘러도 줄어들지 않는 마음의 짐이었다. 그 마음의 짐을 직접 눈으로 보게 된다는 것은 그저 괴롭기만 한 일이라 말할 수 없었다.

서양의 얼굴, 발소리, 목소리, 그의 존재 모두가 연학의 가슴속으로 날카로운 손톱을 세우고 달려들었다.

사람들은 쉽게 약속한다. 봇짐장수 아버지가 자신을 끌어안고 다시 만나게 될 거라고 속삭였던 것처럼 쉽게. 왜 아버지는 말하지 못했을까. 그 약속을 지키기까지 그토록 오래 걸릴 거라는 얘기는 왜 하지 않았던 것이냐고.

서양이 비틀거리며 떠나고 연학은 요란하게 코를 골며 잠들어 있는 같은 방 동료들을 돌아보았다. 이들은 그와 방을 쓰게 된 것을 기뻐했다.

하지만 조연학이 아닌 봇짐장수 아들 춘재와는 어떨까. 그때도 이들이 기뻐할까. 뭔가 대단한 힘이라도 업게 된 양 산뜩 어깨에 힘을 주고 다니는 짓을 그때도 계속할까?

"왜 역관이라는 자리가 막상 앉아 보니 그리 만족스럽지 못하던가?"

범석은 물끄러미 쳐다볼 뿐 말이 없었다.

"흥, 내가 역과에 떨어지고 얼마나 땅을 쳤는데 자네는 어떻게 그 자리를 그리 쉽게 떨치고 나올 수가 있었나?"

범석은 옅은 한숨을 뱉을 뿐 대답을 하지 않았다. 준구는 지금 역과에 붙어 역관의 벼슬을 받아 놓고도 범석이 동문학(1883년 설립된 외국어 교육기관)에 들어가 영어를 배운 것에 대해 원망하고 있었다. 마치 범석만 아니었다면 자신이 그 자리를 채웠을 거라는 듯이.

"그러는 자네는 왜 다시 역과를 보지 않고 제중원 학당에 들어왔는가?"

범석은 준구에 대한 혐오를 전혀 감추지 않고 되물었다. 같은 역관 집안에, 같은 동리에 산다는 이유로 어렸을 때부터 자주 마주쳐야만 했지만 도저히 좋아할 수 없는 인물에 대한 감정은 감추려 해도 감춰지지 않았고, 굳이 감추지 않는다 해도 준구는 그것이 자기 자신에 대한 혐오일 거라 여기지도 않았다.

역관의 집안 출신이면서도 역과에 떨어지고, 신사유람단으로 일본에 한 번 갔다 왔다는 것을 큰 자랑으로 여기는 멍청하고 덜 되먹은 사내. 스물이 넘어 처를 얻고 아이를 가져도 준구는 조금도 달라지지 않았다.

"내 보아하니 신학문을 배우는 것만큼 앞날을 보장해 주는 게 없는 거 같단 말일세. 영어뿐이 아니라 이 서양 의술이란 것도 마찬가지지. 알렌을 보게. 장안의 사대부들이 천금을 주면서 왕진을 요청하지 않나? 그네들이 차마 조선 의원들에게 보이기 어려운 병이 많다는 건 조선 사람이라면 누구나 다 아는 일이고. 자네도 그래서 영어를 배운 거 아닌가? 그렇지, 응?"

"여전하군, 자네는."

준구는 이 잘난 척하는 놈이 또 무슨 잘나신 말씀을 하려고 그러는가 싶어 입을 삐죽거렸다.

"모두 자네처럼 생각하고 사는 건 아니란 말일세."

"흥, 모르는 소리. 조연학을 보게. 그치야 말로 모든 증거라고! 돈 냄새를 단단히 맡은 게야, 그렇지 않은가? 그렇지 않고서야 그런 가문에서 뭐가 아쉬워 의학을 배우겠다고 찾아들었겠나? 조정에 들어가 벼슬 하나 받는 게 뭐가 어렵고, 현감자리 하나 꿰차는 게 뭐가 그리 어려워서 기껏 주사가 되겠다고 제중원에 들어왔겠는가 말이야!"

"서양을 보게. 그 아이가 과연 돈이나 지위 때문에 의학을 공부하는 것 같은지."

준구는 범석이 뭔가 굉장히 재미있는 농지거리라도 한 듯 파안대소를 하더니, 쯧쯧 혀를 찼다.

"그 놈이야말로 헛짓거리를 하는 거지. 백정놈이 공부를 해서 대체 무엇

하겠는가? 서양의원이 된다고 치세. 대체 조선의 어떤 사람이 백정놈에게 치료를 받으려 하겠느냐 말일세."

"그 아이가 자네보다 성적이 좋다는 건 모르는 모양이지?"

"그거야 당연한 거 아닌가? 백정놈이니 자르고 들어내고 하는 일에 능한 것이지!"

"서양이도 마찬가지야. 자네처럼 수술칼 한 번 잡아 보지 못했다고. 그 애가 하는 일이라고는 잔심부름에 약병을 소독하고, 고약을 바르는 일들뿐이야. 자네 역시 해본 일이 아닌가?"

"그만하게! 그래서 자네 말은 그따위 천한 백정놈에게 뭐라도 배우라는 소린가?"

"세 살짜리 어린아이에게도 배울 게 있으면 배우라고 했네."

준구는 꽉 움켜쥔 주먹을 부르르 떨며 범석을 노려보았다.

이놈은 항상 이랬지. 항상 한마디도 지고 넘어가는 법이 없이 나를 놀려 먹었었지!

준구는 하마터면 지난밤에 서양이 조연학을 덮쳤던 얘기를 범석에게 털어놓을 뻔 했다. 조연학과 함께 방을 쓰는 준구는 그날 밤 서양이 조연학에게 속삭였던 말을 고스란히 다 들었던 것이다.

제중원에 대해, 준구 자신이나 제중원 생도들에 대해 다 아는 것처럼 지껄이는 범석에게 뭔가 한마디 해 줄 수 있는 기회라 생각하긴 했지만 아직 준구 역시 그들 사이에 뭔가가 있다는 것 말고는 아는 것이 없어 사실 화제로 꺼낼 만한 얘기도 아니다 싶었다.

또 범석이 언제나 사람 기죽이는 맛에 사는 놈이었지, 하는 생각까지 들자 입이 간지럽지만 참지 않으면 안 되겠다 싶은 마음이 더해지고 있었다.

"근데 자네, 혹시 그 백정놈. 낯이 익지 않나?"

금방이라도 주먹을 휘두를 기세로 벌건 얼굴을 반짝이던 준구가 은근한 목소리로 물어오자, 범석은 또 무슨 꿍꿍이속인지 더럭 걱정이 되기 시작했다.

"나는 그놈이 굉장히 낯이 익거든. 자네는 어떤가 싶어서 말이지."

범석은 가만히 준구가 데굴데굴 굴리는 눈동자를 보면서 혹시 자신이 누군가에게 지나치는 말로라도 서양이 낯이 익다는 말이라도 했던 것인가 곰곰이 생각해 보았다.

아니, 그런 적 없어. 절대.

"가죠, 석."

말없이 준구와 서로의 속을 읽으려 애쓰던 때에 맞추어 나타나 준 알렌에게 범석은 고마움을 느끼며 알렌을 따라나섰다.

"흥, 지깟놈이."

준구는 학당으로 돌아가려 알렌과 범석이 앞서 걸어간 문 쪽으로 걸음을 옮겼다. 알렌이 생도들에게 맡기고 간 자잘하고, 더럽기까지 한 일들을 다른 생도들에게 억지로 떠넘기고 온 길이었던 데다가 알렌이 제중원을 떠났으니 숙소로 가서 한숨 자고나면 뻐근한 몸이 좀 풀리겠다 싶어서였다.

분명 뭔가 있어.

그날 밤 연학과 준구와 함께 방을 쓰는, 술고래에 여자라면 환장을 하는 자가 그날도 여지없이 어디서 술을 구했는지 머리끝까지 취해서 정신없이 코를 골며 자고 있었고, 준구는 코고는 소리에 도저히 잠을 이루지 못하고 뒤척이고 있었다.

대체 그 백정놈은 뭘 말하지 않겠다고 했던 거지?

준구는 머리는 그리 좋지 않았지만 눈치만큼은 재빨랐다. 그날 밤의 일로, 그는 연학이 서양을 괴롭히고 몰아내려 하는 데 앞장서는 것은 하늘과 땅 차이로 다른 신분 때문이 아니라 연학이 뭔가를 숨기고 있는데 그걸 서양이 알고 있기 때문이라는 결론을 내렸다.

준구는 아무에게도 그날 밤의 일을 언급하지 않은 채 연학과 서양을 더욱 주의 깊게 살피기 시작했다.

사람들의 비밀은 흥미로운 것이었다. 비밀을 잡아채면 챌수록 사람을 더 강하게 만들어 주는 것이고.

"그놈이 제중원에서 첫째로 손꼽히든, 조선에서 제일가는 의원이 되든⋯⋯흥! 서당개가 아무리 풍월을 읊어 보게, 그게 사람이 되는가."

***

병인박해, 사람들은 그 사건을 그렇게 부른다. 병인년(1866년)에 일어났던 천주교 신자들을 향한 박해라고.

나도 그렇게 부를 수 있다면 좋겠다고 조유는 생각했다. 어느 하루도 그냥 넘어가진 날이 없이 그렇게 생각했었다. 믿음? 그런 문제는 아니었다. 그것은 그저 변화의 갈망에 지나지 않은 것이었다.

조유가 병인박해로 다음해에 유배길에 올랐을 때 그는 꼭 서른이었다. 정숙한 아내, 귀여운 두 딸이 있었으니 한 가정을 책임지는 지아비이자 아버지로서 떠나는 유배길은 괴로운 것이었지만 그의 운이 나쁜 것이었다고 말할 수는 없었다.

대원군이 주도한 박해로 8천여 명의 천주교도가 학살당했고, 프랑스 선교사 9명이 처형당했다. 무자비한 칼날을 피해 쫓기고 쫓겨 산속으로 피신했다 해도 병에 걸리거나 굶주려 죽었던 부녀자와 아이들의 수는 헤아릴 수 없었다. 그런 분위기였음에도 조유의 유배형은 마지못해 이루어진 듯한 분위기를 풍겼다.

흥선대원군과 함께 그의 어린 아들을 왕으로 세우게 했던 조대비(신정왕후 조 씨, 조선 24대왕 헌종의 어머니)가 조유와 같은 풍양 조 씨 일문으로 왕실을 지키고 있었으니 사실 오히려 조유의 처벌은 없는 것이 더 현실에 맞았을 테지만, 비슷비슷한 가문들 사이에서는 비교적 잘 알려진 천주교도였던 조유였기에 처벌을 피하는 것은 힘들었다.

그는 주머니 속의 송곳마냥 불쑥 솟아올라 있었다. 그의 가문과 지위 때문에 누가 뭐라 하지 않기에 더 유난스럽게 굴었던 면도 있었다. 하지만 막상 유배형을 받고 떠날 때가 되자 조유는 두려웠다. 믿음을 위해서는 목숨까지도 내놓을 수 있을 줄 알았는데 그렇지가 않았다.

아내와 아이들이 목에 가시처럼 걸렸고 자신이 그 험한 환경과 세월을 견디지 못할 거라는 확신에 조유는 숨을 쉴 수 없을 지경이었다.

어려움이란 모르고 살아온 그에게 형벌에 대한 두려움은 시시각각 불어났고, 급기야 그는 천주교에 대한 그의 믿음이 그저 믿음이 아니라 단지 변화에 목말랐던 팔자 좋은 도련님이 지루하고 틀에 박힌 생활에 저항하고 싶은 투정에 지나지 않았음을 깨닫기까지 했었다.

유배지는 직산(충청도 천안)이었다. 한성과 멀지 않은 곳이었고 날씨 좋은 봄날을 택해서 말을 타고 느긋하게 떠나는 걸음이었는데도 반짝반짝 빛나는 털을 가진 말의 옆구리에 늘어진 조유의 다리는 후들후들 떨렸다. 그렇게 벌벌 떨며 떠난 유배길은 2년여 정도가 지난 후에 끝났고, 느긋하게 오며 가며 보낸 두서너 달의 시간을 빼면 채 2년이 되지 않았다.

주머니를 찢어내던 날카로운 송곳 조유는 둥글둥글하게 마모된 송곳이 되어 돌아왔다.

조유의 부모와 가문 사람들은 그의 유배형이 약이 되었다며 기뻐했고 사실 어느 정도 영향도 있었겠지만 모두 사실은 아니었다. 채 2년이 못 되는 세월, 그를 둥글둥글하게 만들어 준 '약'은 바로 아들이었다.

"아버지……?"

연학이 무릎을 꿇고 앉아 아버지의 안부를 묻고 답을 기다리고 있을 때, 조유는 왜 연학이 을만에 대해 말하지 않는지 궁금해하고 있었다. 봇짐장수인 을만도, 예조참판 조유도 모두 그의 아버지임을 말해 주었는데도 연학은 무엇을 두려워하는 것인지 을만의 얘기를 꺼내는 것도, 왜 두 사람 다 자신의 아버지인지 묻는 것도 하지 않았다.

아이에게 부모들도 그 아이와 같은 실수를 저지른다고 말하는 것은 어려운 일이었다. 하지만 조유는 그게 실수였다고 믿고 있지 않기에 언젠가는 연학에게 말해 줄 것이다. 을만의 동의를 구하고 연학이 궁금해한다면 어느 것 하나 숨기지 않고 모두 다.

사랑, 조유는 그렇게 말하는 것이 그토록 적합한 일이 세상에 있다는 것을 모르고 살았다. 너그럽고 밝은 성품의 아내를 사랑한다고 항상 믿고 살았지만 그녀를 만나고 나서부터는 사랑이 그렇게 가볍거나, 명쾌하거나 잔잔한 것이 아니라는 것을 알아 버렸다.

그녀를 처음 만났을 때 그녀는 울고 있었다. 마을의 우물가에서 다른 아낙들보다 한참이나 늦은 빨래를 하면서 울고 있었다. 조유는 그녀가 빨래방망이를 휘두를 때마다 그녀의 눈에서 비처럼 후드득 날리던 눈물을 아직도 떠올린다. 달빛을 받은 히얀 방망이와 번쩍히면서 날리는 눈물의 비.

그는 그녀가 봇짐장수 을만의 아낙이라는 것과 아이도 없고 남편만 기다리며 지낸다는 것 그 모두를 전혀 알지 못했고, 아마도 그때 그녀는 남편이 그리워서나 외로워서, 혹은 자신이 처량해서 같은 이유로 울고 있었을 테지만 조유는 단지 그 기기묘묘한 광경에 그녀의 얼굴이 너무나 잘 어울린다고 느꼈을 따름이었다.

검은빛의 얼굴, 가로로 긴 눈, 작은 코……

그녀와 보낸 첫 밤에 조유는 그녀가 많은 이야깃거리를 지닌 여자라는 걸 알았다. 그 후 무수히 많은 밤에도 그녀의 이야깃거리는 끊인 적이 없었지만, 수많은 이야깃거리에 두 사람의 아이가 보태어진 날에 조유는 그녀의 곁을 지킬 수 없었다.

을만은 십 년 만에 얻은 아들을 안아들고 직산현내를 지쳐서 나가떨어질 때까지 돌았고, 조유는 을만의 기쁨을 공유하지도 못한 채 방을 나서지도 못했다.

아이가 백일을 조금 넘겼을 때 조유는 유배에서 풀려났다. 아이가 태어나고 좀처럼 집을 떠나지 않았던 을만이 어쩔 수 없이 집을 비웠을 때에 맞춰 조유는 간신히 그녀와 마주 앉아 그의 눈매와 턱을 꼭 닮아 있는 아이를 안아 볼 수 있었다.

칭얼거리는 아이를 어르면서 조유는 지나가는 말인 양, 하나도 중요할 것 없는 애기인 양 유배가 풀려 한성으로 돌아간다는 얘기를 명확하지 않은 발음으로 중얼거렸다.

아이와 함께 머리가 빠지기 시작한 탓에 자꾸 머리를 만지며 조유의 눈길에 마음을 쓰고 있던 그녀의 손이 허공에서 굳어졌다. 조유가 차마 미안하다는 말도, 아이에게서 눈을 떼어 측은한 눈길로 그녀를 바라보는 일도 하지 못하고 있을 때에 그녀가 망설여지긴 하지만 단호한 음성으로 물었다.

"같이 가면 안 돼요?"

조유는 조금 전 그녀가 그랬던 것처럼 멈칫 아이를 어르던 손길을 멈춰 세우고는 아이의 길고 무성한 속눈썹에 눈을 고정시켰다. 그녀는 한 번도 그런 적 없었던 거친 몸짓으로 조유에게서 아이를 빼앗아 안고는 등을 보이고 앉았다. 놀란 아이가 봇물이 터지듯 빽 울음을 터뜨렸지만 그녀는 아이의 통통한 배에 얼굴을 묻고는 움직이지 않았다.

망설임.

고작 찰나에 지나지 않았던 그 망설임을 조유가 후회하며 보낸 날은 거의 이십여 년에 가까웠다.

그날 그녀가 목을 맸다. 그녀의 옆집에서 키질을 하고 있던 아낙이 울다 울다 목이 쉬어 버린 아이의 힘없는 울음소리를 듣고 그녀의 집에 가 보았을 때 조유는 떠날 채비를 하며 책을 싸고 있었다.

늦더위가 기승을 부리던 즈음에 언제 돌아올지 모르는 을만을 기다릴 수 없었던 마을 사람들은 그녀를 가매장하고 아이를 돌아가며 맡으면서 을만을 기다리기로 했다. 마을사람들처럼 조유도 귀향을 미루며 을만을 기다렸다.

그녀가 죽고 열흘이 못 되어 돌아온 을만이 아내의 무덤을 제대로 만들기까지 사흘을 기다린 조유는 그를 찾아갔고, 그녀와 자신, 그리고 아이에 대해 모든 것을 말했다. 을만은 아무런 말이 없었다. 조유는 그가 자신의 말을 듣기나 했는지 묻고 싶을 정도였지만 그대로 일어나 직산을 떠나는 것 말고 할 수 있는 일은 아무것도 없었다.

그렇게 7년. 조유는 둥근 송곳이 되어 조정에서 조금씩 자신의 자리를 넓히고 있었고 한때의 애타던 사랑이 아련한 추억쯤으로 바래어 가는 것을 거부감 없이 마주할 수 있을 만큼 나이를 먹어 있었다.

"아이를⋯⋯키워 주십시오."

7년 만에 불쑥 나타난 을만이 처음 한 말이 그거였고, 그것뿐이었다. 오래 기다리지 않아 을만은 훌쩍 커버린 아이를 데리고 나타났다. 백일 즈음에 보았던 얼굴보다 더욱 더 자신을 닮아져 버린 얼굴을 보고난 조유는 떠나는 을만에게 고맙다는 밀밖에는 하지 못하고 아이의 작은 어깨를 끌어안았다.

아이에게 서얼이 아닌 온전한 양반 신분을 주기 위해 조유는 문중과 기나긴 싸움을 벌여야 했다. 아들을 갖지 못했던 아내는 반대하지 않았지만 항상 남편을 믿고 있던 그녀의 실망을 달래는 것은 평생에 걸쳐 해야 할 일이었다.

결국 아이가 조유에게 오고 나서 1년이 좀 넘었을 때 문중은 아이를 조유의 양자로 입적케 하고 연학이라는 이름을 내어 주는 것으로 패배를 인정했다.

조유는 을만이 연학을 내어 준 것이 마지못했던 것이란 걸 알기에 그를 찾아내서 집에 와서 아이를 보아도 좋다고, 돈을 원하면 얼마든지 주겠다는 말을 전했지만 을만에게서 돌아오는 대답은 아무것도 없었다.

조유는 한 번도 봇짐장수의 아들로 살았던 세월이 없었던 것처럼 맑은 얼굴을 빛내는 아들을 보았다. 봇짐장수의 아들로 사는 것보다, 서얼이라 해도 양반가의 아들로 사는 것이 훨씬 나으리라 판단했던 을만의 헛헛한 마음이 조금도 닿지 않아 보이는 아들의 매끈매끈한 얼굴이 오늘따라 조유는 원망스럽고, 또 대견했다.

"서방님, 건강히 지내십시오!"

학교로 돌아가는 연학에게 꾸벅 허리를 굽혀 인사하는 행랑아범에게 손짓을 하면서 연학은 자꾸만 뒤를 돌아보았다.

유난히 말이 없고 힘이 없어 보였던 아버지의 눈길이 그림자처럼 따라붙는 것 같아 연학은 좀처럼 걸음에 속도를 더할 수가 없었다.

연학을 위한 모든 것에 항상 혹시 덜함이 있을까 염려하는 그 눈길은 이제 낯선 것이라 할 수 없었지만 뒤꼭지를 잡아끄는 그것은 쉽게 털어내기에는 끈적거리는 무엇이 있어 연학은 다시 한 번 돌아보았다. 자꾸만 돌아보던 연학을 주의 깊게 살피던 행랑아범이 아직도 연학의 눈치를 보며 큰 문을 힘겹게 닫아걸고 있었다.

저 큰 문을 들어서는 일이 언제부터 대수롭지 않은 일이 되었을까. 연학은 문이 끝끝내 닫히고 나자 아버지의 눈길에 대해 더 이상 마음 쓰지 않기로 결심한 양 발길을 돌렸다.

그 애는 용감하다. 적어도 나보다는.

연학은 한 번도 자신이 자기를 가장 괴롭히는 일에 대해 온전히 맞선 적이 없다는 것을 알았다. 아버지에게 물어본 적도, 물으려 했던 적도, 심지어 생각조차 해본 적이 없었던 자신이 연학은 언제나 부끄러웠다.

하지만 얻어낸 대답이 무엇이건 연학의 상처를 쓰다듬을 수는 없을 거였다. 조유가 진짜 아버지이건, 을만이 진짜 아버지이건 어쨌든 연학은 아파할 테니까.

서양이 연학의 목을 졸랐던 그 밤의 사건 이후로 연학은 서양을 괴롭히는 생도들의 앞에 나서는 일이 좀처럼 없었다. 솔직히 모두 관둬 버릴 수도 있었지만. 혹여 서양이 자신이 겁먹었다 여기는 건 아닐까 싶어 연학은 시작한 일을 좀처럼 쉽게 끝내 버릴 수 없었다.

왜 자꾸 그 아이에게서 자신을 보게 되는 걸까. 비슷하다고 해봤자 상처가 있다는 것뿐일 테고, 그런 상처를 안고 사는 것이 연학과 서양만이 아닐 테니 그건 이유가 되지 않을 거였다.

그 애는 나와 달라.

연학은 생각에 잠겨 멈칫하는 걸음에도 벌써 제중원 근처에 이르렀다는 사실에 놀라 잠시 주위를 둘러보았다. 양반들의 고래등 기와집이 줄지어 있는 곳인 데다가 진료 시간이 지나 있던 터라 제중원 주변은 한산했다.

그 아이는 어디 있을까. 또 어느 생도들이 괴롭히고 있는 건 아닐까.

연학은 그 모든 걸 시작하게 한 것이 모두 자신의 탓인 것만 같아 주위를 두리번거렸다. 마치 주변 어디선가 잔뜩 웅크린 채 뭇매를 맞고 있을 서양을 찾을 수 있기라도 한 듯 진지한 얼굴로 허공으로 눈을 돌리던 연학이 무심코 중얼거렸다.

"이건 꿈이야."

죽음

"궁금하다. 궁금하다. 궁금하다.

네가 어떻게 지내고 있는지, 결국 오기어린 싸움개처럼 비틀거리며 집 안 마당으로 기어들어가 죽어 넘어지지나 않았는지.

나는 일본에 있단다. 정말 이렇게 되었지. 사실 일본에 가겠다고 하고서도 진짜 갈 수 있을지는 몰랐는데 일본에 있다. 유학을 주선 받을 수 있는 가문도 아니고, 떳떳하게 갈 수 있는 처지가 못 되어서 몰래 배를 탔다. 그렇게 일본에 왔지.

무엇을 배울 거냐고 네가 물었었고 나는 대답하지 않았다. 배우러 온 것이 아니기 때문에.

나는 김옥균을 죽이러 왔다. 너도 김옥균을 알겠지. 왜놈들을 끌어들이고 전하를 조롱하고 백성들을 무시한 그놈을 너도 알겠지. 그놈을 죽이러 왔다. 그놈을 찾아내서 반드시 죽이려고.

지금은 하루하루를 버티고 김옥균의 뒤를 밟으며 그놈의 행방을 캐는 것만으로도 너무 버겁다. 이곳에서 나처럼 김옥균을 죽이고자 하는 자들을 여럿 만났고 우리는 자조했다. 김옥균을 죽여 무엇 할까. 그놈의 목을 전하에게 바쳐 무엇 할까.

나나 내가 만난 자들 중 그 누구도 부귀영화를 바라 김옥균을 쫓지는 않는다. 그를 죽여 무엇 할까, 라는 소리는 그를 죽이려 할 수 있는 노력을 모두 하고 있는 우리만이 할 수 있을 것이다. 나는 그와 가까이 있다는 것을 느낀다. 그 놈은 나든, 그 누구의 손에든 반드시 죽을 것이다."

편지는 일본에서 반촌 서양의 집을 들러 영부를 거치고 나서야 서양의 손으로 들어왔다.

"너 많이 달라진 것 같다."

영부가 재우의 편지를 건네주며 한 첫마디에 서양은 힘없이 웃었다.

서양은 재우가 자신을 버리고 간다고 생각했다. 재우만큼 힘든 시간을 위로해 순 사람노 서양의 주위에는 벌로 없긴 했지만 그 때문인지 오히려 디 배신감에 괴로웠고 제중원까지 오게 된 결정적인 사건 또한 재우의 부재가 남겨 준 부작용이라고 말할 수도 있었다.

편지를 조심스럽고 접고 서서 서양은 영부를 한동안 들여다보았다. 거의 1년이 넘게 보지 못했는데도 영부는 달라진 게 없었다.

그리고 서양이 찾은 그 다름은 겉에서 보여지는 것이 아니었고, 영부가 느끼는 서양의 변화 또한 겉에서만 찾는 그런 것은 아니었을 거였다.

"영부야."

영부는 비스듬히 비껴 서서 응? 하고 고개를 돌렸다.

"내가 돌아가면 좋겠니?"

몸을 완전히 돌려 서양과 마주보고 선 영부는 아무 말도 하지 못하고 발을 놀려 땅을 파내는 일에만 열중한 듯 보였다.

"내가, 돌아가야 할까?"

서양은 부러 영부의 발이 파낸 흙을 밟으며 바짝 친구에게로 다가서며 다시 물었다.

"……나는……나는……."

영부는 갑자기 눈물이 솟구치는지 주먹을 쥐어 손등으로 눈을 거칠게 부볐다.

"네가 돌아왔으면 좋겠어. 네가 없으니까 쓸쓸하고 힘들어. 근데 너희 아부지는 네가 돌아오면 안 된대. 그러면 니가 금방 죽을 거래. 그게 두들겨 맞아서든, 뭐 때문이든 그렇게 될 거래."

서양은 두 손에 소중하게 잡아들고 있던 편지를 만지작거리며 입술에 힘을 넣었다.

"봐봐, 아무리 니 아부지 말이지만 너도 말이 안 된다고 생각하지, 응? 이제 돌아오면 쌈질 같은 건 안하면 되잖아. 니가 얌전히만 있으면 아무도 너 건드리지 않을 거야. 너도 이제 알잖아. 아무리 반촌이 험한 놈들로 가득한 곳이어도 여기보다는 낫다는 걸……그래도 반촌에서는 너를 사람대접이라도 해 주지만 여기서는 아니야."

서양은 천천히 서두르지 않고 재우의 편지를 품속에 쑤셔 넣고는 영부를 덥석 끌어안았다.

"아부지 말이……맞아. 나 반촌에 가면 죽을 거야. 그게……거기 반촌 사람들 때문이 아니고 그냥 거기에 나를 숨막히게 하는 기억이 많기 때문이야. 거기서 동생이 죽고 엄마가 죽었지. 도망친다고 기억이 버려지는 건 아닌데……나는 여기가 좋아. 여기가 맞아. 내가 바란 건 백정보다, 반인보다 더 나은 사람이 되는 게 아니라 다른 사람이 되는 거였어. 그냥 그것뿐이었어."

그때와 비슷했다. 어느 하나 말문을 열지 못했고 반백의 봇짐장수는 땀을 비오듯 흘리고 있었던 것이.

다른 것이 있다면 그의 등에 엎힌 누군가의 큰 덩치뿐이었다.

"양이……에게 치료……를 받을 순 없어."

엎혀 있는 큰 덩치의 남자는 끊어질 듯 이어질 듯한 목소리를 내면서도 서양 의원에게 치료를 받지 않겠다고 버티는 중이었지만 봇짐장수의 귀에는 아무 말도 들리지 않는 듯했다.

그는 다시 만난 아들을 뚫어져라 보고 있었다. 헤어져 지낸 세월이 만든 변화를 어떻게든 꿰매어 이어 보고 싶었던 모양이지만 가장 큰 변화란 게 아들의 마음속에 보이지 않게 숨어 있는 것이고 보면 절대 가능한 일이 아니었다.

연학의 표정은 이상했다. 그는 당황한 듯도 보였고, 아버지에게서 도저히 눈을 떼지 못하는 듯도 보였다. 보는 눈이 많아 다가가지 못했지만, 할 얘기도 많아 달아나고 싶지는 않은 마음.

"무슨 일이십니까, 나리?"

준구였다.

병원을 나서는 길에 움직이지 않고 서 있는 연학을 목격하고 딱쇠에게 무슨 일인지를 물었지만 답을 얻을 수 없었기에 직접 나서기로 한 것이었다. 연학은 별일 아니다, 라고 말하고는 훌쩍 자리를 떠야지 마음먹었다. 하지만 정말 '마음만' 먹었다.

아버지의 눈이 순식간에 붉어지는 것을 보자 몸이 굳어져 버렸고, 입을 벌리는 것도 혀를 놀리는 것조차 할 수 없었다.

"아저씨!"

"어……어?"

"무슨 일로 오셨어요? 아, 이분이 아프세요? 그래서 오셨어요?"

"어……나는……나 말이지."

"지금은 진료 시간이 끝나서 아무나 들어갈 수 없거든요. 그러니까 제가 환자만 데리고 들어갈게요. 아저씨는 이만 가 보세요. 아셨죠?"

갑자기 나타난 서양의 과장된 목소리와 말투에 연학이 퍼뜩 정신을 차렸을 때는 이미 아버지가 얼떨결에 환자의 다리에 얽은 손을 풀어 축 늘어져 있는 사내를 서양에게 기대게 하는 순간이었다.

서양은 다소 육중한 체격의 사내가 버거워 연학에게 도움을 청하는 듯 눈을 주었고, 연학은 머뭇거리며 다가와 사내의 한쪽 팔을 잡았다.

사내는 눈은 거의 뜨지 못하는 것 같았지만 중얼중얼 알아들을 수 없는 말을 내뱉으며 불편하고 아픈 심기를 드러내는 일을 포기하지 못하는 것 같았다.

"이 사람이 나 같다. 나를 죽일 뻔 했던……그 학질 말이다. 그래서 온 거야. 정말이야. 그때 나를 살렸으니까 이 사람도 살릴 수 있을 것 같아서. 그것 때문이야. 다른 이유는 없어."

봇짐장수 사내는 계속 연학을 흘끔거리며 변명하듯 서양에게 주절거렸다.

"그냥 내가 업고 들어갈게."

연학은 조금은 뚱해 보이는 얼굴로 아픈 사내를 업고 문 쪽으로 돌아섰다. 잠깐 문지기 딱쇠와 진료시간 때문에 된다, 안 된다 실랑이가 있긴 했지만 연학은 뒤도 돌아보지 않고 곧 문 속으로 빠져 들어갔다.

"아저씨는 가 계세요."

"하지만 저 사람은 내 형제 같은 사람이다. 내가 옆에 있어줘야 돼."

을만은 금방이라도 동료를 따라 들어가려는지 문 쪽으로 몸을 기우뚱 옮기며 자신의 팔을 잡는 서양을 떨쳐내려 했다.

"그게요. 아저씨. 제가 무슨 사정인지는 정확히 모르는데요."

서양은 사내의 귀로 입을 바짝 갖다 대고는 여전히 나란히 서서 자신들을 주시하는 준구와 딱쇠를 흘끔거렸다.

"나리가, 불편해해요. 그거 하나만큼은 분명히 알 수 있고 그게 아저씨 때문인 것 같아요."

순간 우뚝, 을만은 움직임을 멈췄다.

"나리가 여기 제중원 학교에 계시거든요. 그러니까 제중원에도 자주 계실 텐데 아저씨가 이렇게 자꾸 나리의 눈에 띄시면."

서양은 을만의 끄윽, 하는 신음이 귀를 파고드는 통에 움찔거렸지만 그는 크게 움직이지는 않으면서 서양의 어깨에 살짝 머리를 내려놓았다.

"나는 몰랐어. 정말이야. 그땐 그냥 내가 이대로 죽겠구나 싶어서 한 번 보고 싶었을 뿐이야. 나는……평생 안 보고 죽을 생각을 했었는데, 그땐 너무 너무 보고 싶었어. 전해 줄래? 나……리께……다시는 눈에 띄지 않겠다고…… 미안하다고."

을만은 서양이 고개를 두어 번 내리는 기척을 느끼고는 얼굴을 들어 준구와 딱쇠더러 들으란 듯이 큰소리로 말했다.

"저 사람 꼭 살려야 한다. 처자식이 주렁주렁 달려서 절대 죽으면 안 되는 사람이야. 알았지?"

서양은 조그맣게 알았다고 답하며 을만이 버릇처럼 메고 있지도 않은 봇짐의 끈을 만지듯 자신의 어깨에 손을 대고는 아차 하는 얼굴로 민망하게 웃는 것에 따라 웃었다.

을만이 돌아서서 맨등이 불안한 듯 비척비척 걸어가는 모습을 한동인 지켜보던 서양이 돌아섰을 때, 준구는 아직도 그 자리에 서 있었다.

"누구냐?"

준구가 갓 한쪽에 손가락을 살짝 댄 채 앞으로 나오며 물었다.

"그냥, 예전에 알던 사람이에요."

"예전에 알던 사람 누구?"

"그냥, 그냥요."

"그래……? 그러면 뭐, 그……나리랑도 안면이 있는 사람이냐?"

"아뇨! 그럴리가! 어떻게 나리처럼 귀한 분과 저런 사람이!"

"아니라고? 근데 왜."

"아니에요. 진짜 아니에요. 저 사람은 그냥 봇짐장수예요."

준구는 유난히 눈을 반짝거리며 더 할 말이 남은 듯 입을 벌렸다.

"그럼 전 이만, 가보겠습니다!"

"쳇……."

준구는 먹이를 놓쳐 버린 사나운 고양이처럼 입맛을 쩝 다시며 딱쇠에게 눈을 돌리고는 무슨 생각이 들었는지 넓은 소매를 뒤적거렸다.

"저기, 저 사람 얼른 따라가 봐. 어디 사는지, 이름이 뭔지, 암튼 알 수 있는 건 죄다 알아 갖고 와."

딱쇠는 준구가 손바닥이 꽉 차게 얹어 준 동전에 눈이 휘둥그레져서 고개를 세게 꾸벅거렸다.

"어서가라고, 놓치겠다. 이놈아!"

"음, 학질 맞는 것 같아요. 닥터는 말라리아라고 부르던데."

"그럼 어떻게 하지?"

제중원에는 아무도 없었다. 진료시간을 막 넘긴 시각이라 헤론은 왕진을 청하러 온 어느 집안의 청지기를 따라갔고 여자들의 치료를 맡고 있는 앨러스는 왕비가 불러 궁에서 보낸 가마를 타고 떠났으며, 알렌은 일본공사관에 약품을 가지러 간다면서 서둘러 제중원을 나가 버렸던 것이다.

"저도 모르겠어요."

"니가 모르면 어떻게 해! 닥터들을 빼면 네가 제일 잘 아는 사람인데!"

"저도 닥터가 어떻게 하는지 본 적은 없어요. 역관 나리 말로는 그냥 키니네를 주었다고는 하는데 그게 지금도 적용이 되는지요."

"그럼 얼른 키니네를 줘!"

"이미 줬어요. 나리도 보셨잖아요!"

"하지만."

연학은 오한으로 덜덜 떨다가 이제는 이를 악물고 고통에 찬 신음을 흘리고 있는 남자를 돌아보았다.

"이 사람 금방이라도 죽을 것 같다."

서양의 생각도 같았다. 병실에 눕히자마자 키니네를 먹였는데도 상태는 더 나빠지고 있었다.

"시간이 좀 걸릴 거예요. 먹은 지 얼마 되지도 않았는데요."

"이 사람 좀 만져 봐. 정말 불이라도 붙은 것 같아!"

연학의 말 대로였다. 사람이 어쩜 이렇게 뜨거울 수가 있을까. 서양은 남자의 열이 그대로 전달된 것처럼 입술이 파르르 떨렸다.

"그래도 닥터를 기다리는 게 좋을 것 같아요. 금방 오시지 않겠어요?"

"그래도, 서양아. 그래도……그래도…….'

연학은 제대로 한 번 불러보지도 않았던 서양의 이름을 부르며 젖은 음성으로 끌듯이 말했다.

"괜찮을 거예요. 그때 그분……그러니까……이 사람을 업고 온…… 그…….'"

"을만이다."

"예?"

"그 사람 이름이 을만이라고."

"예. 그 을만 아저씨보다는 상태가 나빠 보이지 않아요. 기다려봐요. 조금만요."

***

'남별궁은 안 된다……라…….'

알렌은 학교를 세울 때쯤 원세개로부터 받은 제안이 머릿속을 스며들 듯 들어차는 것을 내버려 두었다.

"병원이 이제 몹시 비좁다는 소문을 들었는데요. 학교를 세우실 거라는 것도요."

"소문이 빠르군요. 어디서 들으셨습니까?

"뭐 어디서 들었는지가 중요하겠습니까. 워낙 소문이 그저 소문이 아닌 바닥이 아닙니까, 이곳이."

몸이 좀 불편하다며 알렌을 청하러 하인을 보내 놓았으면서도, 원세개는 알렌을 맞겠다며 직접 공사관 입구에 나와 있었다.

알렌은 그가 정말 몸이 불편해서 자신을 불렀다는 게 아니라는 것과 원세개가 굳이 그것을 숨기려 하지 않는다는 것까지 알았으면서도 재빨리 자리를 잡고 앉아 서양에게서 가방을 받아 청진기를 꺼내 들었다. 상아로 만들어진 청진기는 아침의 추운 기운이 묻은 터라 차가웠고, 알렌은 아이의 차가운 손을 따뜻하게 데워 주려는 부모처럼 청진기를 만지작거리며 원세개를 보았다.

원세개는 알렌의 의도를 알아챘다는 듯 빙글거리며 웃더니 자신의 뒤를 그림자처럼 따라붙어 있던 심복 진위를 내보냈고, 이어 알렌 또한 서양을 나가게 했다. 방안에는 원세개와 알렌, 그리고 유난히 키가 작아 알렌의 앉은키 정도밖에 되지 않은 과묵해 보이는 통역이 하나 남아 있을 뿐이었다.

알렌은 청나라에서 직접 가져온 게 분명해 보이는 둥근 의자를 잡아끌어 역시 의자처럼 둥근 탁자를 비껴 원세개와 마주보고 앉았다.

원세개의 가슴에서 들리는 혹여나 하는 잡음 같은 것은 없었다. 원세개는 이십대의 사내였고, 알렌보다도 한 살이 어렸다. 알렌은 원세개의 가슴에서 그가 던지고 싶은 말이 들리기라도 하듯 진지하게 그의 가슴에 청진기를 대어 보았지만 이내 청진기를 떼어 손안에 말아 쥐었다.

"어디가 불편하시다구요? 열이 있으신 것도 아니고 호흡도 괜찮고. 특별히 의심 가는 소견은 없는데?"

말끝을 올리는 알렌에게 원세개는 조금 수줍은 표정으로 웃어 보였다.

"뭐, 의원과 긴한 얘기를 나누려는데 환자가 되는 것만큼 유용한 것이 어디 있겠습니까?"

"긴한 얘기라면 어떤……."

원세개는 잠시 기다리라는 듯 손가락을 하나 세우더니 이내 그의 넓은 집무실이 울릴 정도로 크게 손뼉을 두 번 쳤다. 소리가 집무실을 모두 돌기 전에 문이 빠끔히 열렸고 그 문 사이로 눈을 내리깐 채 얼굴을 들이민 것은 제중원으로 알렌을 부르러 왔던 조선인 하인이었다.

원세개는 조선인 하인에게도 망설임 없이 청국말로 또렷하게 뭐라 명했고, 하인은 목이 떨어질 것처럼 뻣뻣하게 고개를 까딱하고는 이내 사라졌다.

"차를 가져오라 했습니다."

"아……."

원세개는 차를 마시지 않고는 한마디도 하지 않겠다고 다짐한 사람처럼 입꼬리를 끌어당긴 채 아무말이 없었고 알렌은 조선총독으로까지 불리며 조선을 휘젓고 있는 원세개를 힐끔힐끔 훔쳐보았다.

"학생을 구하는 것은, 어찌하실 작정이십니까?"

"학생이요? 아, 예. 그야 뭐……지금 제중원에서 조수로 있는 몇몇 청년들과 전국적으로 모집하게 될 학생들로 충당을 해야지, 하고 생각하고 있습니다만."

"아, 그래요? 그런데 조선에서는 서양의학의 외과술에 상당히 반감이 많은 걸로 아는데 학생을 모집하는 것이 쉬울까요?"

"꼭 그렇지만도 않습니다. 저의 조수들만 해도 모두 조선의 청년들이지만 얼마나 수련에 열심인지 모릅니다."

"혹시 그 조수란 청년들이, 선생과 함께 온 자와 비슷한 자들입니까?"

"예, 그게 무슨?"

"백정이라고 하던데요, 그 자 말입니다."

원세개는 문밖을 지키고 있을 서양을 가리키는 게 분명한 눈짓이었다.

"백정은 조선에서 가장 천한 자들 아닙니까? 그런 자들을 가르쳐놔 봤자,

조선의 백성 중 누가 그들에게 치료를 받으려 들겠습니까?"

"지금 왜 그런 말씀을 하시는 건지 좀처럼 이해가 되질 않는군요. 백정도 조선의 백성입니다. 저 아이는 또 무척 뛰어난 자질을 갖고 있구요. 저는 신분으로 사람이 배워야 할 것과 배우지 말아야 할 것을 가리는 일을 하지는 않습니다."

"아, 아, 그게 바로 선생 같은 선교사들이 부르짖는 신의 말씀인가 보군요. 흥분하실 것 없습니다. 그저 조금 염려가 된다는 것뿐이지 제가 끼어들 문제는 아니니까요. 차가 식습니다. 어서 드십시오."

"구리개(을지로)를 아십니까?"

"구리개라 하면?"

"저희 공사관과 멀지 않지요."

알렌은 속으로 코웃음을 쳤다. 멀지 않다니. 그저 멀지 않은 정도가 아니라 구리개는 청국 공사관이 자리하고 있는 곳이라 말해도 크게 틀리지 않은 곳이었다.

왜 이렇게 눈 가리고 아웅하는 식의 얘기로 시간을 끄는 거지?

"제법 넓은 땅인데……어떠십니까?"

"뭐가 어떻다는 거지요?"

"제중원과 학교가 자리할 땅으로 어떠냐는 말씀을 드리는 겁니다."

"하지만 구리개는."

"그 땅을 선생에게 제공하겠다는 말을 하고 있는 거지요, 제가."

알렌은 한동안 아무런 대꾸도 하지 못했다. 충분히 넓은 땅인 것은 알렌도 잘 알고 있었다. 하지만 조선왕의 병원과 학교를 청국 공사관으로 옮긴다는 게 무슨 뜻인지 파악할 시간이 필요했다.

청국 공사관이 자리한 땅에는 외교관들만 있는 것이 아니었다. 구리개에는 원세개가 끌고 들어온 청나라 군사들까지 진을 치고 있었다.

그 자리에 제중원이 들어서다니. 그렇다면 제중원이 어떻게 비춰질까.

원세개는 안 그래도 제중원에서 일하던 기생을 사들인 전적까지 있는 인물이었다.

무슨 꿍꿍이인 거지? 전쟁이라도 대비하고 있는 것인가?

원세개가 어서 들라고 거듭 재촉했던 차는 향긋하고 독특한 맛을 자랑했다. 하지만 그 향긋함이 뒤에 남기는 씁쓸함에 알렌은 목이 칼칼해져 침을 거푸 꿀꺽 삼켰다.

청나라가 조선을 삼키고 싶어 하는 건 조선인들뿐만 아니라 조선에 상주하는 외국인들도 모두 익히 알고 있는 바였으니, 원세개가 왕의 병원인 제중원을 자신의 곁으로 끌어 오고 싶어 하는 의도는 누가 보아도 뻔한 것이었다.

조선 왕의 병원을 청나라 군사들의 일개 군병원으로 전락시키고자 하는 것일까?

의학을 가르친다는 게 어떤 것인 줄 모르지 않으면서도 회의적인 태도를 보인 것도 그랬다.

물론 그의 제안은 욕심낼 만한 것이었고, 그 땅이 욕심나지 않은 것이 아니었지만 왕이 어떻게 생각할지 알 수 없어 알렌은 찻잔을 천천히 내려놓고 제안은 더 없이 친절한 것이고 호의는 고맙지만 아직은 그렇게까지 큰 땅을 필요로 하지는 않는다는 말로 정중히 거절했다.

하지만 이제 정말 넓은 병원을 필요로 하는 상황이 닥치다 보니 그 땅을 다시 염두에 두지 않는 것이 별로 가능할 것 같지도 않았던 것이다.

알렌은 병원을 옮겨야 한다며 이미 조선 정부에 병원 이건확장에 대한 건의를 하면서 지금의 병원이 너무나 협소하고 주민들이 사는 곳으로부터 꽤 떨어져 있으며 청결을 유지하기 어렵고 나무복도와 종이벽지는 질병균의 온상임을 주장했다. 그러면서 그는 중국의 사신들이 와서 머물렀다던 남별궁 터를 달라는 제안을 했었다. 조선 정부는 난색을 표하며 그의 제안을 거절했지만 왕은 다시금 알렌이 원하는 땅을 제안하도록 친절을 베풀었다.

그래, 구리개라.

알렌은 넓은 부지 한가운데 한성과 그 바깥 지역까지 볼 수 있는, 더할 나위 없이 좋은 자리에 서 있었다.

어차피 비게 되는 땅이라면.

원세개는 청국 공사관을 옮길 계획이며 그 자리를 주겠다는 식으로 말했었다. 한성 내에서 옮겨 봤자 궁과 멀리 갈 것도 아닐 테고, 사대문을 나가겠다는 말도 아닐 테지만 알렌은 그 말에 큰 위로를 부여하고 있었다.

청국 공사관이 떠난 자리에, 청국 공사가 제안했던 땅에 자리를 잡는 것이 남들이 보기에 어떻게 보일지 전혀 예상이 안 간다고 하면 거짓말이겠지만 이렇게 좋은 자리를 한성에서 잡는 것은 힘든 일일 거였다.

병원이잖아?

아픈 사람을 치료하고 죽어가는 사람을 살리는 병원이 될 자리였다. 대체 누가 딴지를 걸 거란 말인가. 알렌은 멀찌감치 떨어져 서서 가는 눈을 하고 자신을 평가하듯 바라보는 범석을 돌아보면서 가장 호의적으로 여겨질 만한 미소를 지으며 마침내 결심을 굳혔다.

***

"무슨 짓을 저지른 거지, 양?"

"저는 그저······어머니가······그러니까······책에서 배운 대로 했을 뿐이에요."

"내가 수없이 말하지 않았던가?"

"하지만 어머니는 책을 보고 사람을 살리셨어요. 그게 효과가 있었다구요. 그때 그 사람의 증상과 정말 비슷하기도 했구요!"

"맙소사, 양! 어떻게 해야 이해를 할래. 그저 운이 좋았을 뿐이야. 그렇게 과학적이지 못한 방법으로 누군가를 살려야 할 때는 운밖에는 기댈 데가 없는 거라고!"

두 시간을 넘겨 기다렸다.

연학은 사내의 병실 앞을 계속 서성거리며 사내가 나아지는지를 거듭 살폈고 서양 역시 초조하긴 했지만 연학과 달리 사내의 옆에 돌아앉아 남자의 숨소리를 듣는 식으로 헝클어진 초조함을 조용히 풀어내고 있었다.

사내는 나아지지 않았다. 남자는 벌벌 떨었다가도 금세 땀을 삐질삐질 흘려댔고 고통에 신음을 내뱉다가도 죽은 듯 조용해지기도 했다. 불덩이 같은 열을 내리려 옷을 벗기고 찬물을 적셔 온몸을 닦아 주기도 했지만 소용이 없었다. 뒤돌아 앉은 서양에게 남자의 숨이 턱 하고 막히는 소리가 들려 몸을 돌렸을 때 사내는 다행히 푸푸 하며 숨을 내뱉었지만 서양은 직감적으로 이 사람이 별로 오래 살지 못할 것 같다는 생각이 들기 시작했다.

서양은 문득 품속으로 손을 넣어 재우의 편지를 넣어 두었던 쪽을 잠시 더듬고는 왼쪽 옆구리 쪽으로 손을 옮겼다가 잠시 숨을 멈추었다.

"이거, 느이 아부지가 전해 주라더라."

서양은 옷을 헤치고 영부가 건네주고 간 것을 꺼내들었다.

보통 서책의 반이 조금 넘는 크기의 작은 서책이었다. 서책은 이미 낡을 대로 낡아 손을 대기조차 불안할 정도였지만, 책을 쥔 서양의 손에는 점점 더 힘이 들어갔다.

"아버지에게서 받았다"고 어머니는 잠긴 목소리로 말했었다. 아버지가 돌아가시고, 어린 동생들과 살아갈 방법이 없어 서양의 어머니 박 씨는 아버지가 자주 넘겨다보던 책 하나만 놔두고 아버지가 환자를 보고 책을 보고 약방문을 쓰고 하던 방에 있는 모든 것을 팔아 치웠다.

그리고 나서도 먹고살 방법이 없자, 박 씨는 반촌사람의 아내를 찾는다는 노파를 따라나섰다. 혼례의식 따위 없었고 혼수라고 해봐야 자신의 몸에 걸쳤던 옷뿐이었다.

박 씨는 고단한 밤이면 아버지가 자신에게 해 주었던 이야기들을 풀어 놓았다. 부모를 일찍 잃어 호구를 삼을 요량으로 의술을 배워 의원이 되었던 할아버지는 애초에 잘 먹고 잘 살 생각은 없었던 사람이었다. 굶어죽지 않는 게 감사하고 가벼운 병이라도 고칠 수 있는 의술이 있다는 것만으로 그저 행복해하던 사람이었다.

결국 그런 아버지 때문에 딸은 백정의 아들을 낳았지만 그 딸은 아버지를 별로 원망하는 기색도 없이 반촌에서 아버지가 일러준 간단한 의술들로 사람들을 고쳐 주었다.

반촌에도 물론 의원은 있었다. 반촌 밖에 사는 사람이라면 누구도 들어오고 싶지 않은 곳에 의원이라고 들어오고 싶어 했을 리 없으니 의원은 꼭 필요했지만 하나뿐인 의원은 거의 다 죽어가는 늙은 사람이었다.

그는 느렸고, 깜박깜박했으며, 화도 잘 냈고, 큰소리도 잘 쳤다. 모두 그를 싫어하는 것 같았지만 하나뿐인 의원만큼 귀한 사람이 또 없었기에 그토록 험악한 사람들이 의원 앞에서는 목소리도 제대로 높이지 못했다.

그때 서양의 어머니 박 씨가 등장했다. 박 씨는 사람들이 그녀를 찾을 때면 항상 아버지가 남겨 준 작은 서책을 들고 환자들을 보러 갔지만 서책을 펼쳐 보는 일은 별로 없었고 서양은 그래서 그 책 속에 무슨 내용이 들어 있는지, 대체 무슨 비방이 있는지 항상 궁금했었다.

서양은 어머니가 죽고 4년여가 흐른 뒤에야 드디어 어머니의 책을 손에 넣었고 펼쳐 볼 수 있게 된 것이었다.

아무것도 없어!

책에는 비방 같은 것은 없었다. 책 안쪽에는 할아버지의 이름이 분명한 박영기라는 이름이 정성스레 적혀져 있었고 책에 쓰여진 글씨들은 자잘하고 빽빽하게 종이를 그득 채우고 있었지만 비방이나 치료법 같은 것은 없었다. 서양은 마치 어머니에게 된통 속아 넘어가기라도 한 기분에 억울해졌다.

대체 뭐지? 대체 여기에 뭐가 있다고 그렇게 틈만 나면 들여다보고 항상 지니고 다닌 거지?!

서양은 무릎을 세워 끌어안고는 무릎에 이마를 댄 채로 손에서 책이 떨어지는 툭 하는 소리를 듣고 있었다.

무엇이라도 해야 하는데. 이렇게 사람이 죽어가는 마당에 아무것도 안 할 수는 없는데…….

뜨거운 눈물로 무릎이 젖어가는 것을 느끼고 있을 때 서양의 머릿속으로 한 가지 기억이 비틀거리며 파고들기 시작했다.

영부!

그거였다. 영부의 어머니가 학질에 걸렸을 때 서양은 어머니를 따라나섰고 열 살 무렵의 기억은 어머니가 했던 시술을 정확히 기억하고 있었다. 영부의 어머니도 곧 죽을 것처럼 상태가 좋지 않았지만 끝내 목숨을 건질 수 있었다.

하지만 그게 될까.

서양은 당시 어머니조차도 반신반의했던 방법을 써도 좋을지 확신이 서지 않았다.

환자의 열 손가락과 열 발가락 끝을 모두 끈으로 묶는다. 묶은 다음에 손락맥을 잘 살펴보면 그곳의 모세혈관이 붉게 울체 되는데, 그곳을 침으로 피를 뺀다.

서양은 한동안 병실 문으로 멍한 눈을 주었다. 헤론이든 앨러스든, 알렌이든 누구든 뛰어들어와 자신과 환자를 모두 구해 주었으면 하고 생각하는 중이었다.

환자는 죽었다.

알렌이 나간 지 네 시간이 다 될 무렵 그가 돌아왔을 때 이미 환자는 죽어 있었다. 서양은 알렌이 조금만 더 발걸음을 빨리했다면 하는 생각을 했지만 그를 살릴 수는 없었다는 것을 모르지 않았다.

알렌은 서양이 키니네를 주었다는 말을 듣고는 별 수 없었다는 표정을 지었지만, 그가 어머니에게 배운 대로 치료를 했다는 말까지 듣고 나자 험악한 얼굴이 되어 서양을 몰아붙였다.

"네가 환자를 죽였어, 양! 말도 안 되는 비과학적인 방법으로 말이야!"

서양은 수없이 알렌으로부터 과학적이라는 말을 들어왔다. 하지만 그게 뭔지 제대로 이해할 수 있는 기회는 한 번도 없었는데 이제서야 확실히 알게 된 느낌이 들었다.

그렇지. 침을 꽂고 피를 내고, 그걸로 어떻게 사람을 고치겠어!

서양은 병실을 나와 환자의 피가 묻어 있는 손을 내려다보고는 세차게 머리를 흔들었다.

나 때문이 아니야!

서양은 자신은 피해자일 뿐이라고 생각했다. 의원들이 저지른 온갖 사기 행각과 과학적인 부분이라고는 눈곱만큼도 없는 치료방법에 속아 넘어간 또 한 명의 피해자.

어머니라고 뭐가 다를까.

어머니가 조선의 의술에 대해 굳건한 믿음을 갖고 있다는 것은 잘 알고 있었다. 그녀는 오랜 전통과 역사를 무시하는 일은 결코 용납할 수 없어 했고 우리의, 우리만의 의술이 있는 것이라고, 그것이 우리를 지금껏 살게 했노라고 조금의 의심도 없이 믿었다.

아들이 그렇게 아팠는데도!

서양은 급기야 그때 동생을 서양 의사에게라도 데려갔더라면 동생을 살릴 수도 있었을 거라는 생각에까지 이르기 시작했다.

우리의 의술? 그런 건 없어! 모두 다 말도 안 되는 속임수일 뿐이야!

서양은 다리를 높이 들어 올려 땅을 세게 때려주기라도 하겠다는 듯 힘주어 발을 내리며 걸음을 옮기기 시작했다. 환자가 죽었는데도 죄책감은 느껴지지 않았고 온통 분노뿐이었다.

"무슨 말씀을 하시려는 건지 모르겠어요."

서양은 경련이라도 이는 사람처럼 눈을 제대로 뜨기 위에 무던히 애쓰고 있었다. 알렌과 서양의 대화 내내 무덤덤한 얼굴로 지켜보기만 했던 범석이었다. 이제와서 무슨 말을 하고 싶은 거지?

"네 잘못이 아니야. 그러니까 환자가 죽은 건 너랑은 상관없어. 그 사람은 그냥 상태가 너무 안 좋았던 거야."

"저도 알아요."

"안다……고?"

범석은 의외라는 뜻을 잔뜩 담은 얼굴을 찡그렸다.

"저는 그저 속은 것뿐이에요."

"속아?"

이제 경련은 범석에게 옮아진 것 같았다.

범석은 손을 휘저으며 지금 이 아이가 무슨 말을 하고 있는지 파악해 보려 애쓰고 있었지만 쉽지 않은 게 분명했다.

"닥터 말이 맞아요. 키니네를 주고 그냥 기다려야 했어요. 제가 너무 몰랐고 멍청했어요. 그런 말도 안 되는 방법으로 치료가 될 리 없는데."

"그러면 너는……네가 쓴 그 방법 때문에 환자가 죽었다고 생각하는 거냐?"

"그러면 달리 뭐가 있겠어요! 왜 제가 키니네를 믿지 못했는지 이해할 수가 없어요. 키니네는 닥터가 쓰시는 건데, 닥터라면 모든 병을 다 고치시는데……흑……."

서양은 꼭 쥔 주먹으로 마구 눈물을 닦아내며 이를 악물었다.

"닥터 알렌도 모든 병을 다 고치진 못해!"

범석은 팔을 세차게 잡아 내리며 소리를 질렀다. 대체 이 아이가 왜 이렇게 편협한 생각을 가지게 된 것인지, 이런 맹목적 믿음이 이 아이를 어떻게 만들 것인지 범석은 답답하고 두려웠다.

"물론 그렇겠죠! 제가 바본 줄 아세요? 저는 다만 닥터가 과학적이라는 거예요. 그것뿐이에요."

범석은 서양이 무슨 일엔가 열정을 갖게 된 것을 기뻐했다.

처음 제중원에 왔을 때 서양은 똑똑하고 분별 있는 아이이긴 했지만 그 무엇에도 마음을 쏟지 못하는 아이이기도 했다. 그런 아이를 이렇게 열정적으로 만들어 놓았으니 알렌이 정말 대단한 사람이긴 하다고 생각하기도 했다. 하지만 서양이 열정을 가지게 된 것은 다른 어떤 것도 아닌 의술이었다.

의술을 배우면서 이렇게 편협한 생각을 갖게 되어도 될까. 왜 환자가 죽었는데도 생각은 다른 데에 가 있는 것 같을까.

서양은 아무 말도 하지 않고 자신을 보며 생각에 잠겨 있는 범석에게서 주저 없이 돌아섰다. 그렇게 돌아서서 힘겹게 발을 옮기는 순간순간에 서양은 화려한 집경당을 떠올리고, 왕의 위엄 있고 자상한 목소리를 생각하고, 궁을 나와 걸을 때 휘황한 광채를 보였던 알렌의 모습을 상기했다.

그게 바로 옳은 거야.

가마를 타는 것은 금방이라도 다가올 폭풍 앞에 무방비로 파도를 헤쳐 나가고 있는 배를 타고 있는 것과 비슷했다. 하지만 서양인인 알렌이 혼자서 자신의 존재를 감추고 한성의 원하는 곳으로 가기 위해서는 가마밖에 방법이 없었다.

궁에서 만나 안면을 텄던 공조의 유력한 관리가 긴히 의논할 게 있다며 알렌을 청한 터라. 이미 날이 저물어 별로 안전치 못한데도 제중원을 나서서 가마에 올랐다.

범석이나 서양 중 아무도 데리고 갈 수가 없어 말이 통하는 문제가 조금 걱정이 되었지만, 조선말을 열심히 공부한 것이 최근 성과를 보이고 있으니 자신감을 가져도 좋을 거라 여기며 알렌은 가마에서 앉은 자세를 바로 했다. 요란스레 흔들리는 가마에서 비틀거리며 내리는 꼴을 면하기 위해서는 자세를 꼿꼿이 하고 가마와 같이 흔들리지 않는 것이 제일이었기 때문이다.

알렌은 이렇게 사방이 막힌, 부녀자들과 얼굴을 드러내지 않는 왕실 사람들이나 타는 가마가 아닌 탁 트인 남여藍輿가 더 좋았지만 사람들의 구경거리가 되기 딱 좋은 터라 남여를 고집할 수가 없었다. 거기에 점점 더 얼토당토않은 소문이 부풀어 가고 있는 요즘에는 더더욱 몸을 숨기는 게 현명한 일이었다.

낯선 존재는 항상 두려움과 의문을 만들어 낸다. 알렌은 짐짓 제중원을 찾는 조선인들의 수를 부풀려 말하고 다녔고 실제로 제중원을 찾은 조선인들이 그 정도가 되었을지는 모르지만 그들 모두가 치료를 받기 위해 제중원을 찾은 것은 아니었다. 그들 대부분은 호기심 때문에 제중원을 기웃거렸다.

조선에는 오래전부터 백성들을 위한 병원이 있어 왔으니 그 호기심이 병원 자체에 대한 것은 아닌 거였다. 백성들의 호기심은 양이와 양이의 외술로 향해 있었다.

그 중 정말 진료를 받으려는 목적으로 제중원을 찾는 사람들은 조선의 의원들이 고치지 못한다고 두 손을 들거나 너무 가난해서 약값을 지불할 수 없는 사람들, 정말 서양인에게 치료를 받고 싶어 한 사람들이었는데, 서양인에게 치료를 받으려는 사람들조차 남에게 보이기 부끄러운 병을 가졌기 때문인 경우가 대다수였다. 그러니까 진짜 제중원에 치료를 받으러 오는 사람들은 그저 어쩔 수 없어서 온다는 말이다.

그나마 키니네가 학질이나 해열, 진통제로 꽤 효과가 좋다는 소문이 돌아 키니네를 받으러 오는 사람들도 있긴 했지만 아직 제중원에 대해서는 좋은 소문보다 나쁜 소문이 훨씬 더 많았다.

그건 아마도 조선 의원들이 하지 않는 팔다리 절단술 같은 수술 때문인 가능성이 크긴 했지만 서양인이라는 낯선 존재가 의술을 행한다는 것이 가장 큰 이유일 터였다.

제중원에서 아이를 잡아간다던지, 사람을 죽여서 약을 만든다는 소문들에 알렌은 골치가 아팠지만 무조건 터무니없는 말을 퍼뜨리는 조선인들의 무지함을 탓하는 것이 해결의 능사는 아니었다.

제중원이 좀 더 조선인들의 일상으로 파고들어야 했고, 그러려면 제중원에서 사람이 죽어 나가는 일은 웬만하면 피해야 했으며, 사람을 죽어나가게 한 것이 서양인 의사라는 말이 새어나가는 것도 소문을 부추길 수 있으니 사전에 차단하는 것이 매우 중요했다.

절망과 부끄러움으로 단단히 굳어진 얼굴을 하고는 터덜거리며 걸어 나가던 서양의 모습에 알렌이 아무렇지 않은 것은 아니었다.

환자는 죽을 수 있다. 키니네가 아무리 효과가 좋은 약이라 해도 만병통치의 약이 될 수는 없을 거란걸 알렌이 몰라서 서양을 몰아세운 것이 아니었다. 그 자리에는 서양과 알렌뿐만 아닌 여럿의 보는 눈이 있었다. 서양 의학이 가진 가장 좋은 약이라 할 수 있는 키니네로도 고칠 수 없는 병이 있다는 사실이 알려져서 좋을 게 대체 뭐겠는가.

무지한 사람들은 기적을 믿는다. 완벽하진 못해도 키니네 정도면 기적의 약이 될 자격이 충분히 있었고 기적의 약에게 고치지 못하는 병이 있다는 오점은 일단 피하고 보는 것이 안전했다.

서양에게 이 모든 것이 조선을 야만적인 전통의학에서 해방시켜 서양 국가들과 함께 과학적인 서양 의학을 공유하게 하기 위한 것이라는 걸 어떻게 이해시킬 수 있을까.

가마가 모퉁이를 도는 듯 한껏 치우치려 하는 몸을 바로 세우기 위해 잔뜩 힘을 주며 알렌은 모레쯤 서양을 불러 처진 마음을 바로잡을 수 있도록 조금 안아 주어야겠다고 다짐했다.

결국 기적이란 생생히 증언하는 사람이 없다면 쉽게 믿겨지지 않는 법이니까 말이지.

책은 작은 방을 꽉 채운 듯 공기마저 흐트러뜨렸다. 서양은 방 한가운데에 할아버지의 책을 놓고 금방이라도 덤벼들 듯 험악한 표정으로 선 채 책을 내려다보고 있었다. 서양은 그 책을 읽다가 가끔 꿈결을 떠도는 듯 반쯤 감은 눈으로 행복한 표정을 짓던 어머니를 아직도 또렷이 기억하고 있었다.

이 책의 그 무엇이 어머니를 그토록 행복하게 했을까.

책에는 온통 의원이 어쩌구, 환자가 저쩌구 하는 내용들뿐이었다. 병이나 약, 치료법에 관한 것 따위는 있지도 않았다. 아마도 할아버지는 여기저기 책의 내용을 필사했고 자신의 생각도 조금씩 적어 보탠 것 같았다.

그러니 딸을 그렇게 팔아먹지!

환자를 고치지 못하는 의원이 무슨 의원일까. 환자를 잘 고치는 의원, 누구보다 많은 것을 알고 있는 의원이면 되는 거 아닌가?!

"서양아, 서양이 있느냐?"

서양은 불에 덴 듯 놀라 한쪽에 쌓아 두었던 낡은 이불 사이로 책을 쑤셔 넣고 문밖의 기척에 귀를 기울었다.

"나다. 조연학."

연학은 서양이 방밖으로 나와 성글게 짜여진 신을 꿰어 신을 때까지 기다리고 있었다.

서양은 짚신 사이로 튀어나온 발가락을 꼼지락거리며 기어들어 가는 목소리로 먼저 말했다.

"송구……합니다."

"아니다. 네가 그럴 게 아니지. 너는 할 수 있는 만큼 다 했어. 내가 안다."

서양은 알렌이 했던 말에 대해 연학이 안다면 과연 이렇게 말해 줄 수 있을지 궁금했다.

연학은 예전에 을만이라는 자가 제중원에 있었을 때 갓도 쓰지 않은 채로 찾아왔던 때처럼 처량한 표정을 하고 있었다. 그의 속 어디에 이런 표정을 할 수 있는 쓰린 과거가 있는 걸까.

서양은 연학의 말간 얼굴을 겁도 없이 들여다보며 희미하게 갈색 빛이 나는 그의 눈동자가 자신을 보는 데도 눈을 돌리지 않았다.

"어쨌든 슬퍼하겠구나. 아버지가."

연학은 생각보다 대수롭지 않은 투로 나온 고백에 놀란 듯 커져 버린 눈동자로 서양을 살폈다.

아버지? 그 봇짐장수더러 아버지라고 부른 건가?

서양 역시 놀란 듯 입술을 조금 들어 올렸지만 그제서야 이런 비밀이라면 알려지는 것을 두려워하지 않는 게 오히려 이상하겠구나 싶은 이해로 연학에 대한 증오가 조금씩 가라앉는 것이 느껴졌다.

"미안⋯⋯했다."

서양은 누군가에게 뒤통수를 얻어맞기라도 한 것처럼 앞으로 쏠리는 몸을 가누느라 자신이 제대로 들은 것인지 헤아려볼 수가 없었다.

"앞으로 미안할 일은 만들지 않으마. 그럴 가치가 없는 일이었어."

돌아서는 연학의 하얀 도포자락이 마치 서양에게 정답게 손을 흔드는 양 펄럭거렸다.

갈림길

후아······.

새벽녘의 짙은 안개처럼 하얀 김이 서양의 입에서 토해지듯 터져 나왔다. 바로 누운 등을 받치고 있는 땅에서는 시린 기운이 온몸을 쓰리게 만들고 있었지만, 몸을 비틀어 세울 여력이 지금 서양에게는 없었다.

이런 적은 없었는데······.

너무 달랐다. 그동안 학당의 생도들에게 당해 왔던 무수한 폭력과 지금의 그것은. 예전에 조연학이 앞장서서 서양에게 가했던 그것은 지금의 이것에 비하면 폭력이라기보다는 오히려 모욕에 가까웠다.

그 두 가지 다 좋은 것이라 볼 수는 없었지만 연학이 서양을 쫓아내고 싶은 마음 때문에 서양에게 모욕을 가했다면 이번 것은 치사하고 졸렬한 마음이 빚어낸 것이 분명해서 서양은 구역질이 날 것 같았다.

"흥!"

송준구가 서양의 왼손을 밟아 버티고 서며 팔짱을 꼈다. 서양은 죽어가는 짐승의 마지막 발악처럼 가늘게 아픔을 호소했지만 준구의 발을 떼어내려 움직이는 것조차 여의치가 않았다.

"감히 천한 쌍것이 주제도 모르고 얼쩡거리니 이런 꼴을 당하는 거다."

준구는 발에 힘을 주어 짓이기며 동의를 구하듯 서양을 둘러싸고 선 세 명의 동기들과 눈을 마주쳤다.

"그래, 이 백정새끼야!"

준구의 말을 받아치듯 서양의 옆구리에 거센 발길질이 꽂혔다. 아버지가 시전에서 지전(종이를 파는 가게)을 한다던, 예전부터 서양을 괴롭히는 데 빠지지 않았던 자의 것이었다.

"나……나……는 그저……."

서양은 끅끅거리며 준구의 발에서 손을 빼내고 어떻게든 이 자들의 눈앞에서 사라져 버리기를 소원하며 웅얼거렸다.

얼굴을 덮은 이 뜨거운 것이 눈물인지 피인지도 알 수 없었다.

"이놈들, 이게 무슨 짓이냐!"

서양은 자신의 머리를 울리는 탁탁거리는 발소리를 듣고는 눈을 감았다. 눈 사이로 온갖 통증이 비집고 들어오는 것 같아 견딜 수 없었다.

"귀한댁 도련님은 좀 모른 척하시죠?"

"무어라?"

연학은 준구의 가슴을 쳐내며 소리를 높였다. 준구는 못 이기는 척 서양의 손에서 발을 떼내며 조금 물러났지만 크게 팔을 휘둘러 연학의 손을 쳐내 버렸다.

"우리는 이놈과 볼일이 있습니다. 나리가 상관할 일이 아니라고요."

"닥쳐라, 이놈! 네놈이 감히 양반 무서운 줄을 모르고 덤벼드는구나."

"흥! 분수를 모른다고 저놈을 몰아내자 한 건 나리 아니셨습니까?"

"지금 분수를 모르는 건 바로 네놈이다!"

준구는 피식거리는 웃음으로 금방이라도 연학의 뒤에서 그를 덮칠 듯 다가오는 동기들에게 눈짓을 했다.

"말리지 마시죠. 우리는 오늘 저놈을 죽이던지 쫓아내던지 둘 중의 하나는 꼭 하고 말 겁니다."

"대체 서양이가 네놈들에게 무엇을 잘못했다고 이리 모질게 구느냐!"

"똥개새끼가 사람 사는 방으로 들어오면 때리고 내쫓는 게 당연한 이치인 겁니다."

"내, 네놈들을 결코 가만두지 않을 테다."

준구는 문득 연학의 곁으로 다가오던 동기들의 눈빛에서 두려움을 눈치챘다. 연학이 누구고, 어떻게 할 수 있는지 모르지 않는 자들이 당연히 가질 수 있는 두려움이었지만 준구는 그들 보란 듯이 어깨를 꼿꼿이 세우고 가슴을 쭉 펴며 말했다.

"나리도 그리 당당하지는 못하실 텐데요?"

"뭐라……? 다시 말해 보아라!"

"나리도……."

준구는 말을 끝까지 잇지 못했다. 그의 등 한복판을 무릎으로 정확히 치고 들어온 강헌 때문이었다. 강헌은 서양의 옆에 엎드린 준구의 등을 짓이기며 얼어 있는 동기들을 표정도 없이 둘러보았다.

그는 혼자였고 준구를 제외한 세 명의 적이 있었지만 그들은 무심하게 보이기까지 하는 강헌의 표정에 질려 더듬거리며 뒤로 물러설 뿐 아무것도 하지 못했다.

"젠장! 떨어져, 이 새끼야! 저리 안 가! 네놈이랑 무슨 상관이라고 이러는 거야!"

강헌은 준구의 말이 맘에 들지 않는다는 듯 더욱 힘을 주어 그의 등을 짓이겼다.

여전히 무슨 말이든 할 생각은 없어 보였다.

"으아아………! 제발 제발 내려가! 내가 잘못했어. 다 잘못했다고! 그러니까 제발!"

준구는 어린아이처럼 크게 울부짖으며 펑펑 눈물을 쏟았다. 아픔을 호소하는 준구의 얼굴과 강헌의 그것이 너무 달라 비현실적으로 보이기까지 했다.

"그만……하지……."

강헌은 허공을 보며 움직이지 않던 눈을 돌려 연학을 보았다. 여태껏 그가 거기 있는지조차 몰랐던 것처럼 생경한 눈이었다.

"흠."

강헌은 처음으로 목소리를 내며 무릎을 펴고 일어났지만 준구는 버둥거리는 자라처럼 끙끙거리며 좀처럼 몸을 일으키지 못했다.

"한 번만 더 이런 일이 있다면 그때는 정말 두 번의 용서는 기대하지 않는 게 좋을 거다."

연학은 서양을 일으키려 애쓰며 말했다. 상관없는 사람처럼 멀찌감치 서 있는 강헌에게 살짝 머리를 끄덕여 보인 후였다.

그제서야 정신이 돌아온 듯 준구 패거리들은 후다닥 준구에게 달려가 그를 잡아 세우려 했지만 준구가 찢어질 듯 비명을 질러대며 손 떼라고 소리를 질러대는 통에 다시 물러설 수밖에 없었다.

"아프단 말이다! 아프다고!"

그때 잠깐 강헌의 것인 듯 피식거리는 소리가 들렸고, 준구는 이를 갈면서 얼굴을 온통 적신 눈물, 콧물을 닦아내며 낮게 으르렁거렸다.

"그자, 을만이라는 자 말입니다."

서양을 일으켜 앉게 한 연학의 미간이 좁혀졌다.

"분명 뭔가 숨기고는 있는데 아무 말도 안 하더라는 군요. 목숨보다 귀한게 뭐라고 반죽음이 되서도 그렇게 입을 다무는지 저는 그게 몹시 이상했지요. 헉……헉……."

준구는 간신히 몸을 돌려 바로 누우며 말을 이었다. 이런 상황에서 준구가 자신이 연학의 뒤를 캐고 있음을 털어놓는 것이 어떤 의미인지 누구라도 알 수 있을 거였다.

　준구는 패거리들에게 자신을 일으키라 손짓해서 그들의 품에 안겨 천천히 걸음을 옮겼다. 그가 돌아선 뒤에도 여전히 그가 이를 가는 소름끼치는 소리가 들려오는 것 같았다.

***

　"빌어먹을, 지가 양반이면 다지. 그깟 백정놈은 왜 감싸고도는가?"

　오랜만에 찾은 집에서 왠지 때 아닌 찬바람이 휭 하고 부는 것 같아 준구는 잠시 멈칫거렸다. 준구는 멈춰 서서 큰 대문이며 견고한 담을 주의 깊게 살폈다. 동리에서 범석의 집만은 못해도 제법 손꼽히는 부잣집이었고, 그 위세는 기울어 보이지 않았다.

　그 집안은 어떻게 된 건가. 대체 어떻게 자식들을 가르치길래…….

　준구는 입술이 하얘지는 것이 보일 정도로 입을 세게 다물었다. 같은 역관집안인데도 준구의 송 씨 집안은 절대 범석의 집을 따라가지 못했다. 자손이 많다고는 못해도 범석의 아버지, 할아버지 모두 조선에서는 따라올 자가 없을 정도로 말에 재주가 있고 수완이 좋은 사람들이었던 것이다.

　그 중에 그 놈이 제일이지.

　천재를 보는 기분이 그러할까. 준구는 늘 범석을 자기도 모르게 우러러보게 되는 자신이 부끄럽고 한심해 미칠 것 같았다. 어려서부터 범석은 무엇하나 뛰어나지 않은 것이 없었다. 심지어 준구의 아버지조차 범석이 역관의 집에서 태어나지만 않았어도 공경대부 자리는 너끈히 꿰찰 수 있었을 거라고 부러운 어조를 담아 시시때때로 말하곤 했다.

　머리만 좋으면 뭐 할 건가. 고작 양놈한테 소나무 송진마냥 붙어 다니는 주제에.

준구는 문을 똑바로 보고 서서 항상 문 곁에 머무르는 행랑할아범을 부르려다 뭔가 이상한 낌새를 눈치챘다. 자세히 보니 문이 약간 열려 있는 것이 보였던 것이다.

아니, 이게 무슨…….

준구는 덩치 큰 문이 어울리지 않게 날카롭고 높은 소리로 끼익 대면서 우는 것을 들으며 문을 넘어섰다. 그리고 비로소 그제야 문 쪽으로 어슬렁거리며 다가오는 행랑할아범을 발견하고는 눈을 치켜떴다.

"이게 뭐야. 문도 제대로 안 닫고. 노망이라도 든 거야?"

행랑할아범은 잔뜩 주름진 얼굴을 일그러뜨렸지만, 그것은 상전의 꾸중에 마음 상한 얼굴이 아니라, 뭔가 할 말이 많은데 미처 꺼내지 못해 힘겨워하는 얼굴이었다. 워낙 하인들에게 별 관심이 없는 준구이기는 했지만 머뭇머뭇 입을 떼었다 닫기를 반복하는 노인에게서 아무것도 느끼지 않을 수가 없었다.

"왜이래, 할 말이 있으면 빨리해."

"들어가 보세요. 서방님."

"뭐야. 뭔데 들어가 보라 마라야."

"아씨랑 다들 기다리고 계시니까 얼른 들어가 보시는 게 좋을 겝니다."

"이 늙은이가 어디서!"

준구는 짐짓 가르치려는 사람의 어조로 말하는 행랑할아범이 괘씸해서 꼭 쥔 주먹을 쳐올렸다가 으르렁거리며 내렸다.

"이따 보자고, 응?"

하인을 두들겨 팰 시간은 얼마든지 있었다.

아씨랑 다들 기다리고 있다니. 아내가 나를 기다리는 건 당연한데.

"아버님, 저 왔습니다."

아버지의 목소리는 들리지 않고 서두르는 걸음으로 아내가 나왔다.

"서방님 어서 드세요."

어서 드세요? 어서 오세요. 고생 많으셨습니다가 아니고?

준구는 얼굴이 못나서 항상 마뜩찮았던 아내를 아래위로 훑으며 댓돌위에 올랐다.

"뭐하는 거야!"

준구가 엄한 소리를 내자 아내는 뜨끔해하며 버선발로 마루에서 내려와 준구가 신을 벗는 것을 도왔다.

"대체 잘하는 게 뭐가 있누. 얼굴도 못나, 서방한테 앵기는 맛도 없어. 쳇."

준구는 아내를 매섭게 흘기고는 마루위로 올랐다. 그제서야 아내에게 왜 큰 사랑에 있는 거냐고 물었어야 했다는 게 떠올랐지만, 크게 대수로울 일은 아닐 것 같아 그만두고 사랑의 문을 열어젖혔다.

문을 열자마자 준구는 멈칫했다.

밝은 밖에서 갑자기 안으로 들어선 탓인시 방은 유독 어둑했고 큰 사랑이 좁아 보일 정도로 꽉 들어찬 사람들의 얼굴빛도 그러했기 때문이다.

준구는 잠시 머뭇거리며 사람들의 면면을 살폈다. 아버지와 어머니, 형과 형수, 그리고 작은 아버지까지. 준구는 착잡한 분위기에 눌려 뻣뻣하게 아버지를 향해 큰절을 올리고는 꿇어 앉았고 그 사이 들어와 자신의 옆에 자리를 잡고 앉은 아내를 흘깃거렸다.

"아버님, 그간 강녕하셨습니까."

준구는 그의 얼굴에서 그대로 30년의 세월을 입혀 놓은 듯 보이는 아버지를 불안한 마음으로 건너다보며 인사를 건넸다. 아버지에게서는 의당 무슨 말인가 나왔어야 하는데도 아버지는 불쾌한 헛기침을 간신히 토해내고는 고개를 돌렸다.

"근데 무슨 일로 소자를 부르신 건지."

준구는 왜 자신을 불러들인 것이냐 물으며 갑자기 오느라 학업에 방해를 받았다는 등의 생색내는 말이라도 꺼내려고 했지만 형님의 거친 목소리에 틀어 막혀 입도 뻥긋하지 못했다.

"너 이놈, 무슨 짓을 저지른 것이냐!"

"예? 그게 무슨 말씀이시온지……?"

"대체 무엇을 어떻게 하고 돌아다니길래 집안을 쑥대밭으로 만드냐 말이다!"

그때까지 꿰맨 듯 입을 굳게 다물고 있던 아버지가 일갈을 날렸다.

"소자는 도무지 영문을 모르겠습니다. 아버님."

"몰라? 모른다고?"

아버지는 금방이라도 준구를 향해 달려들 것처럼 엉덩이를 들썩거렸고 준구는 재빨리 아내의 뒤로 상체를 숨겼지만 아버지의 팔을 잡은 어머니 덕에 위기는 모면할 수 있었다.

"아버지가 유배를 떠나게 생겼다. 그것도 척박하기로 둘째가라면 서럽다는 흑산도로!"

"유배라니요? 그게 무슨 말씀이십니까? 아버님이 무슨 죄를 지으셨다고 유배를 가신단 말입니까?"

"그래 너 말 한번 잘했다. 나는 아무 죄가 없고 여기 있는 사람들도 그렇지. 나는 네놈 때문에 유배를 가게 된 것이란 말이다. 바로 잘난 네놈 때문에!"

"제가 뭘 어찌했다고 자꾸 제게 뭐라 하시는 겁니까?"

준구는 아버지가 유배를 가게 된 일은 안됐지만 자꾸 자신에게 죄를 뒤집어씌우는 것이 못마땅했다.

"조유를 아느냐?"

"그게 누굽니까? 저는 들어본 적도 없습니다."

"예조 참판직에 있는 사람이다. 그자가 나를 무고했어. 지난날 사행길에서 내가 부정을 저질렀다고!"

"저는 그를 모르는데 그게 어찌 제 잘못이란 말입니까. 게다가 무고라면 아버지의 결백은 밝혀지고 오히려 그자가 유배를 가야 하는 것 아닙니까?"

"이 답답한 놈아!"

아버지는 가슴을 쳤고, 어머니는 연신 부채질을 하며 남편의 달아오른 얼굴을 식게 하려 애썼다.

"죄가 있고 없고의 문제가 아니란 말이다. 그런 사람이 죄가 있다고 하면 우리 같은 사람은 그저 그 죄를 뒤집어쓸 수밖에 없는 거라고!"

준구는 아프게 입술을 깨물었다.

대단한 지위의 사람이 죄가 있다 하면 그냥 그렇게 되는 거라고?

그러면서도 그는 그 억울함과 함께 왜 그것에 대해 자기를 탓하는지가 더 억울했다.

"그자의 아들이 제중원에 있다 한다."

"아들이라고요? 저는 그런 사람⋯⋯."

준구는 허공의 어떤 손이 세게 사신의 이마를 치는 듯한 충격에 할 말을 잃었다.

조연학!

"대체 무슨 짓을 저지른 것이냐! 말해 보아라!"

준구는 아무 말도 하지 못하고 무릎에 얹은 손을 부르르 떨었다. 조연학이 대단한 집안인 것은 알았지만 순식간에 자신의 집안을 요절낼 수 있을 거라고까지는 생각해 본 적이 없었다.

"나도 쫓겨났다. 숙부님도 그러하고!"

역관의 직에 있던 형님과 숙부까지 쫓겨났다고?

준구는 할 말이 많은 것을 간신히 참고 있는 듯 보이는 사람들을 보며 짐짓 억울한 표정을 지어 보였다.

"그게 저랑 무슨 상관이랍니까. 같은 학당에 다닌다는 것뿐이지. 제 잘못이라 할 수 있는 게 아니잖습니까."

"닥쳐라 이놈. 감히 누구를 속여 넘기려고!"

준구는 이마를 때린 허공의 손이 어깨까지 내려치기라도 한 것처럼 어깨를 움츠리고 질끈 눈을 감았다.

"그자가 뭐라 했는지 아느냐. 제 자식이 그러는데 송역관 막내아들이 그렇게 걸출하더라고 합디다. 그러더라! 이런데도 너랑 상관이 없다고 계속 우길 테냐!"

더 이상 우기거나 잡아떼도 소용이 없다는 걸 겨우 겨우 깨닫게 된 준구는 벌떡 일어나 소리쳤다.

"제가 해결할 것입니다!"

준구는 애꿎은 아내를 거칠게 밀어 버리고는 방을 박차고 나왔다. 등 뒤에서는 여전히 이놈, 저놈 하는 욕지거리들이 쏟아지고 있었다.

이놈 조연학! 니놈이 감히 그깟 백정놈 좀 건드렸다고 내게 해코지를 해?!

***

모두 다 떠나 버렸다.

고작 학당에서 1년여의 시간을 보냈을 뿐인데 남아 있는 사람은 별로 없었다. 강헌은 온다 간다 말도 않고 학당을 떠나 버렸고, 연학 역시 의학은 자신에게 맞지 않는 것 같다는 핑계를 대고 학당을 그만두었다.

다행한 일은 송준구 역시 학당을 떠났다는 사실이었지만 난생 처음으로 힘겹게 만들어 낸 벗들을 잃은 것 같아 서양은 텅 빈 가슴을 휘젓는 허전함을 이겨내는 데 어려움을 겪고 있었다.

벗이 떠난 자리를 차지한 허전함을 잊어보려 서양은 공부에 열중하려 했지만 쉽지 않았다. 의학에 대해 열정을 갖고 덤벼드는 생도는 이제 서양 하나만 남은 데다가 알렌이 좀처럼 학당에 모습을 드러내지 않아 교육이 제대로 이루어지지 않았고 병원에서도 그건 마찬가지였다.

알렌의 옆에서는 약을 조제하거나 환자들을 돌보거나 수술을 준비하는 등의 일을 할 수가 있었지만 헤론은 그런 것을 절대로 용납하지 않았다. 헤론은 그런 것들이 고작 조금의 배움으로 손댈 수 있는 것이 아니라 여기는 사람이었기 때문이었다.

쿵쿵쿵!

막 사무실에 들어선 알렌은 사무실 문이 그런 소리를 낼 수 있다는 것을 처음 안 사람처럼 의아한 눈을 찡그렸다. 곧이어 벌컥 열려진 문으로 헤론이 들이닥치며 외치듯 말했다.

"무슨 일로 그렇게 바쁘신 건지 이해할 수가 없군요."

"저야 뭐."

알렌은 바쁜 걸음에 오른 열을 식혀 보려 재킷을 벗고 셔츠의 단추를 풀어내며 느긋하게 대꾸했다.

"닥터 알렌은 우리가 조선에 왜 온 건지 잊으신 겁니까?"

"그게 무슨 뜻이죠?"

"우리는 우리의 종교를 조선인들에게 전파하러 온 거란 말입니다. 그걸 잊으신 거 아닙니까?"

"또 다시 시작이로군."

"뭐라구요?"

알렌은 재킷을 걸쳐 놓은 의자를 두 손으로 잡으며 헤론을 향해 눈을 치켜떴다.

"또 시작이라고 했습니다. 대체 내 어디가 그렇게 마음에 안 드는 겁니까? 닥터 헤론은 내 모든 것에 사사건건 시비를 걸지 않습니까. 내 치료, 수술방법, 병원 운영방법 등등! 그리고 이제는 내가 내 본분을 잃고 있다고까지 하는군요. 내가 왜 당신에게 그토록 모욕적인 말을 들어야 하는 겁니까?"

"당신이 틀렸기 때문에 그런 겁니다! 당신의 치료방법, 수술, 약을 쓰는 것 모두 다 틀렸기 때문에!"

"말도 안 되는 소리 하지 마시오! 우리가 다른 학교를 다니고 다른 사람에게 배웠다고 해서, 내가 당신보다 조금 덜 배우고, 덜 경험했다고 해서 내 모든 게 틀렸다는 거요? 나는 민영익을 살렸습니다. 이 모든 게 내가 한 거라구요. 혹시 당신이 먼저 조선에 왔다면 뭔가 달랐을 거라고 생각하는 겁니까? 이 모든 게 당신 것이 됐을 거라고 그렇게요?"

"맙소사. 지금 무슨 말을 하는지 알고나 있는 겁니까? 이 모든 게 당신 거라구요? 병원과 학교는 선교회에 속한 것들입니다. 우리 모두의 것이라구요!"

"이런, 이런, 이런! 무슨 말 같지도 않은 소리를! 내가 아니었다면 이 모든 게 어림도 없었을 일들입니다. 우리는 조선 땅에 발붙이고 살 수도 없었겠죠. 선교요? 흥! 왕은 그저 묵인하고 있는 겁니다. 선교를 허락한 게 아니란 말입니다. 그게 다 누구 때문이라고 여기는 겁니까? 내가 아니었다면 우리 모두 천주교의 선교자들처럼 목이 달아났을 겁니다. 그걸 정말 모른다고 하실 겁니까?"

"그럼 그게, 닥터 알렌이 궁에 하루가 멀다하고 드나들고 병원과 학교를 소홀히 하는 것이 다 우리 선교사들을 위한 것이란 말입니까?"

알렌은 이제야 알겠다는 듯 손을 들어 올리며 헤론에게 한 발 더 다가가 얼굴을 들이밀었다.

"맙소사! 그렇군! 당신은 지금 나를 질투하는 거로군! 왕이 당신은 거들떠보지도 않고 나만 총애한다고 해서!"

"당신 정말 머리가 어떻게 된 것 아닙니까? 모두가 당신 같은 줄 아는 겁니까?"

"내가 어떻게 할까요, 내가 어떻게 하면 닥터 헤론 맘에 차겠습니까, 예?

말을 좀 해보시죠? 내가 물러나면 마음에 들겠습니까?"

헤론은 입에 잔뜩 힘을 주었지만 노력도 부질없이 입술은 부르르 떨렸다.

"또 그 소리! 제 아내가 뭐라 하는지 아십니까? 그녀는 당신이 선교사직을 사임하고 싶어서 핑계거리를 찾고 있다고 말합니다. 모든 일을 돈벌이에 이용하고 있다고요!"

알렌은 더 이상 아무 대꾸도 하지 않고 이를 악물었다.

어찌 이것을 질투나 시기라 하지 않을 수 있을까!

다시 또, 죽음

학당에서 수업이 있었는데도 끌려 나오듯 서양은 제중원으로 와야만 했다. 제중원 앞에는 진료시간이 되어 병원으로 들어갈 수 있기를 기다리는 환자들이 너덧 명 있었고, 그들의 보호자로 보이는 사람들도 그 정도였다.

제중원에서 심부름을 하는 열 살 남짓 된 아이의 뒤를 밟아 병원으로 오는 길에 서양은 대체 무슨 일이기에 수업을 받을 때까지 기다려 주지도 않고 불러대는 것이냐고 물었지만 아이는 퉁명스럽게 그저 모른다고만 대꾸할 뿐이었다. 아무리 어린 아이라도 백정이 어떤 것인지 모르진 않아서인지 퉁명스러운 태도에 미약한 경멸이 감지되는 터라 더 이상 물을 수도 없었다.

서양의 영어는 이미 알렌과 대화를 하는 데에도 별 문제가 없을 정도로 능숙한 수준이었는데도 학교에서 진행되는 수업은 영어 정도밖에 없었기 때문에 수업에 빠져도 지장이야 없겠지만 왠지 느낌이 좋지 않았다.

서양이 안내된 곳은 가장 안쪽, 서양이 마음을 달래려 자주 가던 뒤뜰 근처의 특실이었다. 자신을 특실로 들어가게 하는 것부터 시작해서 들어서자마자 곧 뭔가 이상한 것을 느꼈는데, 가장 크고 좋은 병실인데도 불구하고 휑한 느낌이 확 몰아쳤기 때문이었다.

병실 내부를 둘러보던 서양은 문득 코를 감아쥐었다. 고약한 냄새가 병실을 가득 채우고 있었는데 서양은 곧 그 냄새의 정체를 발견할 수 있었다.

환자는 대퇴골에 골침(뼈로 된 침)이 박힌 채 12년 동안 앓아 온 상태였고, 오그라든 다리의 상처에서 고름이 흐르는 상태로 병원에 운반되었다고 했는데 특실에 옮겨진 이유는 바로 악취가 심해 아무도 그와 함께 있으려고 하지 않았기 때문이었다. 그리고 곧 서양은 왜 자신이 불려왔는지도 알 수 있었다. 그는 갓바치였던 것이다.

그래, 백정은 백정이 돌보라 그 말이지.

짐승을 도살하는 백정과 짐승의 가죽으로 신을 만드는 갓바치, 그리고 죄인들의 목을 베는 도부수(망나니)까지 그들은 모두 백정이라는 말 안에 함께 묶여 있는 천한 자들이었다.

서의 2년여를 세중원에서 생활했던 서양마저도 제중원 사람들에게는 여전히 그들과 다르고 더러운 존재였으니 갓바치에게 아무도 손을 대려 하지 않는 것은 너무 당연한 일이었던 것이다. 신분에 대한 개념이 별로 없는 알렌과 헤론 말고는 그를 돌볼 수 있는 사람은 없었다.

범석은 이제 뛰어난 외국어 실력으로 자주 궁을 드나들며 제중원에서 점점 멀어지고 있는 상태였고 제중원 학교의 학생들이 모두 병원의 조수로 일하긴 하지만 그들이 갓바치를 돌보리라는 기대는 하지 않는 것이 좋았다. 이미 의학에 대한 흥미는커녕, 배워 놓으면 크게 쓸모가 있을 거라는 영어 수업조차 소홀히 하는 자들이었다.

자리를 비운 알렌 대신 서양을 불러 세운 헤론은 며칠 동안 처치를 한 다음 알렌이 골침을 제거하고 허벅지뼈를 맨 겉에서 싸고 있는 골막 제거 수술을 할 거라고 말했다.

"닥터 알렌이 언제나 돌아올지 모르겠지만 말이야."

헤론은 비아냥거리는 어조가 확실한 투로 말하고는 자신의 가방을 집어 들었다.

"수술? 그게 뭔데! 그게 뭔데 사람을 집에 가지도 못하게 하고, 응?!"

"안 한다면 죽는다잖수! 당신은 아직도 무슨 기운이 남아서 성질이유, 성질은?"

갖바치 사내는 딸기처럼 잔뜩 붉어진 주먹코를 쿵쿵거리면서 앉았다 일어났다를 반복하고 있었다.

"근데 저놈, 저거 백정이지, 백정? 말해 봐라. 너 어디서 온 놈이냐?"

멀뚱하니 서서 여자의 말을 들으며 고개를 끄덕끄덕하던 서양에게 날선 질문이 내리꽂혔다.

"반촌이요."

서양의 대답은 들릴락 말락하는 작은 것이었지만 환자는 천둥소리에 놀라기라도 하듯 힘껏 허리를 접어 몸을 일으켰다.

"뭐? 그래서 느이 아부지는 뭐하는데? 짐승 잡는……뭐……그래……그렇겠지. 반촌 백정이라면 뭐 그거밖에 더 있겠어? 근데 니가……여기서 뭐하는 놈이라고?"

"조수요. 말했잖아요."

"그게 뭐하는 건데?"

"아저씨는 그게 뭔지도 몰라요?"

"그래, 몰라서 묻는다. 말해 봐라. 대체 그게 뭐하는 건지."

"닥……아니, 의원님을 돕는 거예요. 수술준비도 하고, 약도 짓고……."

"뭐? 뭐! 니놈이…… 뭘 해?"

환자는 이제 도저히 받아들일 수 없는 사실에 충격을 이길 수 없기라도 하듯 자리에 털썩 누워 버리고는 이를 악물었다.

"이 여편네야! 이 소리 들었지? 이놈이 수술인가 뭔가 준비를 한다네. 난 못해! 수술 할애비가 와도 난 못해!"

거의 환자만큼 시달린 얼굴을 한 환자의 아내는 두 손을 모아 쥐고는 남편과 서양을 번갈아 보며 끙끙거렸다.

"아이구, 얘. 너 말고 다른 사람은 없는 거니? 니가 꼭 그 뭐 준빈가 뭐시긴가를 해야 되는 건……아니지 않냐?"

서양은 여자의 얼굴과 꽉 막힌 듯한 목소리에 서늘한 눈을 했다.

"왜 그러시는지 모르겠어요."

"이 사람은 니가 백정이라서, 그래서 그러는 거야."

여자는 말투와 달리 별로 어렵지 않게 서양의 신분에 대해 얘기를 꺼냈다.

"하지만 아저씨는 갓바치라면서요. 갓바치도 백정이잖아요. 근데……."

"이놈아, 그건 니놈 생각이고! 거기다……뭐야……반촌 백정? 거기 놈들은 짐승만 잡는 게 아니고 사람까지 잡는다는데 니놈은 뭐가 다를 거라고!"

"저는 의원 공부를 하고 있는 사람이에요! 사람을 살리려고 공부하고 있나고요. 근네 왜 내가 사람을 죽여요!"

"공부? 공부? 공부!"

환자는 세상에 그런 말도 안 되는 말이 있으리라고는 꿈도 꿔보지 못했다는 듯 잠꼬대처럼 외치며 주먹을 세게 쥐고 흔들었다.

"난 못해. 난 못해. 그러게 내가 뭐랬어. 이 여편네야. 내가 저놈 손에 죽으나 내 집구석에서 죽으나 뭐가 다를 거라고. 아니지 다르지 달라. 내 집에서 맘 편하게 죽는 게 훨씬 낫지. 강의원 그놈, 지놈이 뭘 안다고 다리를 잘라야 되네 마네. 지가 못하면 말을 말든지. 내가 나가서 그놈을 죽여 버리고 말테다. 아이구, 암 그렇고말고. 양이들이 사람을 죽여서 약을 만든다더니 그게 그냥 소문이 아니었네. 내가 이렇게 죽네, 이렇게 죽어. 저……저……우라질 것들 아가리에 처넣는 약이 될라고 내가 이렇게 죽네."

갓바치 사내는 또 열이 오르고 아픔이 극에 달하는지 눈을 희번덕거리며 끊어질 듯 이어질 듯 말을 뱉었다.

"저는 이번 수술에서 빠지겠어요, 닥터."

알렌이 돌아오기만을 기다리던 서양은 내문을 넘어 들어오는 그를 발견하고 쪼르르 달려가 인사도 없이 빠르게 말했다.

"응? 수술?"

"골침제거수술 말이에요."

"아! 그 수술! 근데 왜지? 이번 수술이 꽤 큰 건이라는 말을 하지 않았나? 몹시 신경을 쓰고 있는 수술인데 왜 빠지겠다는 거지?"

알렌은 서양의 말만큼이나 빠르게 사무실로 들어서는 마루에 올라서며 말을 이었다.

"하지만 환자가 저를 원하지 않아요. 제가 참여하면 수술을 하지 않겠대요."

알렌은 사무실 문을 열어 서양을 들어오게 하고 문을 닫았다. 봄이라고 해도 꽃샘추위는 저녁의 기운에 더욱 세어지고 있어서 알렌은 남은 추위를 달래보려는 듯 양손을 교차시켜 팔뚝을 세게 문질렀다.

"거참, 환자가 양에 대해 뭘 알겠어? 그는 아픈 사람이고 지금 정상적으로 냉정하게 생각할 수 있는 상태가 아니란 말이야. 근데 그런 걸 가지고 치료를 하네 마네 하면 되겠나? 자네는 앞으로 계속 환자를 치료하고 살려야 하는 사람이야. 괜스레 환자의 그런 말 때문에 마음 상해하면 안 된다고. 싫고 불편한 환자라도 일단 치료하고 살리는 게 우리 같은 사람이 해야 할 일이야. 그런 마음을 가져야 백정이 아닌 진정한 의사라 할 수 있는 거란 말이야. 계속 백정으로 남고 싶은 건 아니잖아, 양?"

알렌은 백정으로 남고 싶으냐고 묻는 것이 아닌, 아직도 넌 백정에 불과한 것이냐고 힐난하는 듯 눈을 치켜며 이마에 굵은 주름을 만들었다.

"자 이제 가 봐. 할 일이 많잖아, 배워야 할 것도 많고."

서양은 모아 쥔 손을 쥐어짜듯 아프게 비틀면서 눈을 내리깔았다.

바쁜 건 내가 아니에요. 닥터지.

알렌의 말은 모두 맞았다. 서양은 백정으로 남고 싶지 않았다. 알렌처럼 왕도 만나고 궁궐도 드나들고 왕이 보낸 가마도 타면서 그렇게 살고 싶었다. 태어날 때부터 달라서 짓밟혀야 했던 자신이 그 다름으로 인해 얼마나 높이 솟아 버릴 수 있는지 모두에게 보여 주고 싶었다. 그게 서양 의술을 배우면서 이루어질 수 있는 것이라면 그는 무엇이든 할 수 있었다.

하지만 자신을 거부하는 환자에 대해 대수롭지 않게 대꾸하는 알렌에게 서양은 실망감을 감추지 못했다. 결국 그 역시 조선을 이해하지 못하는 다른 세계의 사람에 불과한 것일까.

서양은 겨를없이 서둘러 책상 앞에 앉는 알렌에게서 발을 돌렸다. 코끝이 베인 듯 아팠다.

"수술은 내일 진료가 다 끝나면 할 거야. 상태가 너무 좋지 않아서 더 시간을 끌 수 없을 것 같거든. 그리고 이번 수술이 자네와 내가 함께 하는 마지막 수술이 될지도 몰라."

문을 반쯤 열고 신 서양은 알렌을 돌아보았다. 이제 정말 제중원을 떠날 거냐고 묻고 싶었지만 싱긋 웃으며 엄지손가락을 들어 보이는 알렌에게 서양은 아무 말도 하지 못하고 고개만 숙여 보이고는 방을 빠져나왔다. 알렌이 언젠가 떠날 거라는 것은 알고 있었다.

하지만 이렇게나 빨리. 이렇게나……갑자기.

이른 아침부터 서양은 잠을 못 이룬 흔적이 역력한 얼굴로 병원을 찾아 들어왔다. 환자들의 약을 조제해야 했고 오늘 수술할 갖바치 환자의 상태도 면밀히 살펴야 했다.

서양은 갖바치 환자가 고통에 질려 있는 얼굴로 새벽녘에야 겨우 잠이 들었다는 것을 어렵지 않게 눈치챌 수 있었다. 그 옆에는 그의 아내 역시 지쳐 곯아떨어져 있어서 서양은 그가 그들의 수술에 들어갈 거라는 말도 하지 못했다.

그들이 깨어 있었다 해도 말할 수 있었을까. 어쨌든 환자는 수술밖에는 방법이 없다는 것을 알고 있고 수술실에 들어가서는 그들이 서양을 내보낼 방법 같은 것은 없을 것이다.

다시 병실을 돌아 나오면서 서양은 원망스럽고 처연했다. 같은 백정이면서도 짐승을 잡는다고 서양을 자신들과 다르게 여기는 그들.

그러면 나는 사람들의 목을 벤다고 도부수를 꺼려해야 하나?

조제실로 향하는 걸음은 무거웠다. 그들의 편협한 마음에 대한 서글픔이 가슴 가장 아래에 무겁게 내려앉으면서 두려움이 몽글몽글 솟아나기 시작했다. 무서웠다. 정말 그를 죽이게 될까 봐. 그들이 두려워하듯, 내가 정말 그를 죽이게 되진 않을까.

괜찮아. 수술을 처음 보는 것도 아니고 모두들 내가 더할 나위 없이 섬세하다고 했어. 내가 수술을 하는 것도 아닌데 뭐. 그냥 마취일 뿐이야. 아주 간단한 거라고.

서양은 봉두난발을 흔들어 상념을 털어내고는 갖바치 환자의 체구나 그의 현재 상태 등에 대해 되씹어 보았다. 마취를 하는 데 있어서는 환자의 모든 것이 중요하고 상관이 있었다.

환자의 나이는 마흔셋, 건강상태는 그다지 좋지 않고, 체구는 큰 편.

보여 주면 되는 거야. 내가 얼마나, 어디까지 할 수 있는 사람인지.

백정이기에 짐승과 다를 바 없다고, 그저 짐승들이 조금 재주 부리는 것처럼 백정이 할 줄 아는 것도 짐승의 재주에 불과할 거라 확신하는 자들에게, 이 나라에 서양은 질려 버렸다.

세상을 바꿀 수 없다면, 내가 바뀌면 되는 거라고!

***

세계에 알려야 한다. 너무나 드넓어서 끝이 없다는 세계가 반드시 알아야한다. 조선이 독립된 국가임을. 그 어느 나라의 속국도 아님을 반드시 알려야 한다.

왕은 미국의 특명전권공사로 임명할 박정양이 부복하고 있는 모습을 물끄러미 바라보았다. 왕보다 열한 살이 많은 그는 왕의 명령으로 신사유람단을 조직해서 일본을 시찰하고 돌아온 사람이며 이조참판과 승지를 거쳐 여기까지 온 사람이었다.

가슴이 울렁거렸다. 왕은 열두 살에 왕이 된 후로 서른여섯이 된 지금까지 평생을 궁에만 갇혀 살았다. 궁이 그의 인생 전부라고 해도 틀리지 않았다.

그런데 지금 그는 일본을 갔다 오고 미국을 갔다 오게 될 신하를 앞에 두고 세계에 대해 생각하고 있었다. 생각만 해도 이렇게 가슴이 울렁거리는데 그 땅들을 직접 밟는다는 건 대체 어떤 것일까. 왕은 한 번도 그에 대해 물어본 적이 없었다. 청나라를 다녀온 영선사 일행에게도, 일본을 다녀온 신사유람단에게도, 미국을 다녀온 보빙사에게도. 한 번도 그게 어떤 느낌인지 묻지 못했다.

공기는 어떠하더냐. 어떤 느낌이 들더냐. 세상이 달라 보이더냐. 네가, 달라진 것 같더냐?

항상 무엇을 보았느냐. 무엇을 배웠느냐. 우리가 무엇을 배워야 할 것 같으냐…….

그가 그의 위치에서 물을 수 있는 건 그게 전부였다.

하지만 이제 그런 걸 물을 수 있는 나중이 왔으면 차라리 좋겠다는 생각이 들었다. 미국과 수교를 맺고 외교관을 보낸다고는 하지만 지금 조선은 미국과 동등한 위치의 국가라고 말하기도 힘들었다. 조선은 군사를 훈련시켜 줄 교관과 차관을 원하고 있었고 미국이란 크고 강한 나라가 방패처럼 서서 일본이나 청나라의 야망을 좀 막아 주었으면 하고도 바라고 있었다.

왕과 왕비는 미국 공사를 보내는 일에 청국이 어떻게 나올 것인가 하는 문제로 여러 날, 여러 밤을 잠 못 들어야 했다. 그러나 지금 청나라의 눈치를 보며 아무것도 하지 못한다면 상황은 더 어려워질 것이라는 판단은 두 사람 사이에 이견이 없는 부분이기도 했다.

청나라에게서 멀어지고 일본의 가당찮은 욕심을 차단하려면 미리 서양 열강에 조선의 입장을 똑똑히 밝혀 두어야 하는 것은 당연한 일이었다.

박정양 일행을 따라가기로 한 알렌은 과연 어떤 도움을 줄 수 있을까.

왕은 박정양의 주름진 이마를 굽어보며 적극적으로 조선을 돕겠다 나선 알렌의 속내를 어떻게 받아들여야 할까를 궁리했다.

그는 물론 많은 도움을 줄 수 있을 것이다. 하지만 의사이면서도 선교사임을 왕이 모르지 않는데 그런 자가 나서는 것을 그저 선의로만 해석해도 될까?

왕은 누군가를 의심하면서도 믿는 척할 수밖에 없는 상황에 슬쩍 짜증이 치밀었다. 하지만 제중원을 세워 알렌을 그 중심에 두는 것과 다른 미국인 의사들이 병원을 채우는 것은 미국과의 관계에 있어서 정말 중요한 일이었다. 미국에게 선교부를 적극 지원한다는 방침이 있다는 것은 선교부와 정부가 결코 따로 서 있는 것이 아니라 아주 밀접한 관계를 맺고 있다는 것을 증명하는 것이기 때문이다.

일본이나 청나라가 아닌 다른 나라가 필요했다. 그건 미국이나 러시아, 그 외의 다른 나라일 수도 있겠지만 조선에는 강한 친구가 꼭 필요했다.

박정양에게 뭐라고 해야 할까. 그에게 뭐라고 말해야 왕의 의사를 정확히 읽은 외교관이 되어 미국의 땅을 밟을 수 있을까.

왕은 생각이 멈춰지지 않았다.

***

"장단의 관아로 간다고 하셨어! 이번에는 정말 맞다고. 그래서 내가 장단으로 갔는데 아무도 말을 안 해 줘. 들여보내 주지도 않고. 무슨 일 생긴 걸까, 응?"

머리가 어지러웠다. 왜 그런 말을 해 주지 않았느냐고 소리를 내지르고 돌아섰지만 그게 어찌 영부의 잘못이었겠는가. 손이 떨렸다. 아무 것도 쥘 수도, 손을 놀릴 수도 없을 것만 같았다. 환자의 머리맡에 발판을 놓고 올라서면서 서양은 비틀거렸다.

아버지…….

진료시간이 얼마 남지 않았을 무렵 조제에 열중하던 서양에게 방문객의 존재가 알려졌다. 문밖에 어정거리며 걸음을 이리저리 옮기고 있던 사람은 영부였다. 얼마나 초조해하고 있던지 이름을 부르며 가까이 다가가도 영부는 제자리걸음을 멈추지 못하는 듯했다.

"어쩌냐 서양아. 어쩌냐!"

영부는 서양의 두 팔을 힘껏 움켜쥐고는 이내 우는 소리를 했다.

"무슨 일인데 그래?"

"아저씨가 없어졌어. 사라져 버리셨다구!"

환자는 눈을 감고 있었다. 통증이 점점 심해져 위에서 내려다본 그의 눈꺼풀은 파르르 떨리고 있었고, 으으……하는 신음과 함께 오한이 나는 듯 몸도 미세하게 흔들리고 있었다.

이런 환자를 수술해도 될까.

집중이 되지 않았다. 눈앞에서 환자의 몸이 내뿜는 열기는 느껴지는데 서양은 여전히 자신이 따사로운 햇빛과 그에 어울리지 않는 차가운 바람이 떠도는 제중원 앞에서 영부와 함께 서 있는 것 같았다.

대체 오 년이나 지난 일을 가지고 뭘 어쩌겠다고!

아버지가 드디어 그때 그 군관을 찾아냈다며 집을 나선 것이 사흘을 넘겼다는 것이 영부가 하고 싶었던 말의 요지였다.

어머니를 죽였던 그 패거리들. 서른을 갓 넘겨 보였던 군관과 군관보다는 나이가 많아 보였던 세 명의 군졸들. 아버지도 서양도, 당시에는 그들을 찾아서 어찌할 생각은 하지도 못했다. 죽은 어머니를 땅에 묻고 무슨 일이 벌어진 것인가 미처 깨닫기도 전에 동생이 급격히 위독해졌고 미처 풀도 나지 않은 어머니의 무덤 옆에 다시 동생을 묻을 수밖에 없었으니까.

서양이라고 복수를 하고 싶지 않았던 게 아니다. 하지만 그게 왜 꼭 지금이어야 할까.

어머니와 동생이 죽고 1년쯤 지났을 때 금음산은 문득 무슨 울화가 치밀었는지 어머니를 죽인 자들을 찾고 말겠다며 반촌을 나섰지만 어디로 가서 그들을 찾아야 할지 막막하기만 했다. 그들이 어디서 나온 군관과 포졸들인지 아는 것이 아무것도 없었던 것이다.

그들은 다짜고짜 들이닥쳤고 썰물이 빠지듯 순식간에 왔던 적도 없었던 것마냥 사라졌다. 애초에 금음산과 서양은 그들이 반촌에 어떻게 들어올 수 있었는지조차 알지 못했다.

반촌에는 태학이 있고 태학은 공자의 위패를 모시는 곳이라 옛부터 함부로 공권력이 미치지 못하는 곳에 있었다. 그것 때문에 반인들이 더 활개를 치고 밖으로 나가 죄를 짓고는 반촌으로 숨어드는 일이 부지기수로 일어났던 것이다.

좌포청으로 가야하나, 아니면 우포청? 그도 아니면 의금부나 형조? 아니면 도살을 했던 경기도 교동의 관아?

"이봐, 양. 괜찮은 거야?"

막 수술실로 들어와 선 알렌의 의아한 눈이 서양의 멍한 얼굴과 떨리는 것을 막아보려 마주 쥔 손을 훑어 내렸다.

"예, 닥터 알렌. 괜찮고말고요."

서양은 천천히 환자의 얼굴위로 구멍이 뚫린 깔때기를 얹었고, 그 위에 헝겊을 얹어 클로로포름을 조심스럽게 떨어뜨렸다. 조금만 기다리면 곧 환자가 클로로포름 기체를 들이마시고 마취가 이루어질 것이다.

나는 잘할 수 있어. 정말로 잘할 수 있어.

"이번의 실수가 너를 큰 사람으로 만들길 바란다."

갓바치 사내의 아내가 울고 있었다. 그 울음소리가 커서 서양은 알렌이 뭐라고 말하는지 전혀 들리지 않는다고 느꼈지만 그렇지 않았다.

여자의 울음소리는 소리대로, 알렌의 비난 섞임 음성은 그것대로 너무나 또렷이 들려오고 있었다.

갓바치 사내는 죽었다. 수술은 끝났지만 깨어나지 못한 것이다. 당혹스러운 기색으로 손을 씻고 사무실로 들어간 알렌은 다짜고짜 서양에게 말했다.

너의 실수였다고.

사무실에 있다가 그 말을 들은 헤론은 아무 말도 하지 않았지만 눈을 희번덕거리며 알렌을 쏘아보았다.

"내가 그런 실수를 할 줄이야."

"정말…… 제가 실수를 한 건가요, 닥터?"

서양은 믿을 수도 믿지 않을 수도 없는 애매한 음성으로 물었고, 알렌은 주저 않고 고개를 끄덕였다.

"누구나 실수를 한다. 환자는 약해진 상태였고 그래서 견딜 수 없었던 것 같아."

"하지만 저는 제대로 썼어요. 클로로포름은 전적으로 안전한 것이라고도 하셨잖아요. 환자가 마취를 이길 수 없었다면 제가 실수를 한 것이 아니라 수술 자체를 이길 수 없었던 것 아닌가요?"

"그래, 클로로포름은 물론 안전하지. 하지만 쓰는 사람에 따라 모든 게 독이 될 수도, 약이 될 수도 있어. 수술에는 문제가 없었어. 마취가 제대로 이루어지기만 했다면 그 사람은 살 수 있었을 거야."

서양은 목에 무언가 걸려 내려가지도 뱉어지지도 않는 갑갑한 느낌이 되었다. 자신의 수술에는 문제가 없었고 서양이 마취를 하는 과정에 문제가 있었던 것 같다는 것이 알렌의 생각이었다.

정말 이렇게 된 건가. 내가 정말 사람을 죽게 한 건가.

깊은 먹의 빛을 연상케 하는 서양의 눈동자는 누군가 잡아 흔든 것처럼 요란스레 흔들렸다.

알렌은 팔짱을 낀 채 알렌과 서양을 조용히 응시하고 있는 헤론을 힐끔 거리면서 말을 이었다.

"의사로 살아가려면 누구나 겪는 일이야. 너무 자학하지 마라. 아무 일도 없을 거야. 가족에게는 환자의 상태가 너무 안 좋았을 뿐이라고 말해도 돼."

이제 서양은 울고 있었다. 눈물은 뜨거웠고 얼굴을 잡아 뜯는 것처럼 아팠다.

"제가 정말 사람을 죽게 했다면……저는 살인자가 아닌가요?"

"그렇게까지 생각할 것 없어. 누구나 실수를 저질러. 마취에 실수가 있었을 거라고 하긴 했지만 죽음의 문제는 복합적인 거야. 어느 한 가지 이유 때문이라고도 말할 수 없는 거라고."

"하지만 제 실수였다고 하셨잖아요."

"그래, 그건……양의 실수가 가장 큰 원인일 수 있다는 거지."

서양은 아직도 밖에서 들려오고 있는 여자의 통곡소리에 귀를 기울였다. 여자는 남편이 죽을 수도 있을 거라는 생각을 한 번도 해보지 않은 것이 분명했다. 남자는 오래 앓았고 그 아픔에 아내는 처음에야 같이 아팠겠지만 먹고 자는 것처럼 익숙해진 아픔은 감각을 무디게 한 것이 틀림없었다. 서양은 그들 부부의 잔잔한 삶에 돌을 던지고 침을 뱉은 것 같은 미안함에 속이 아려왔다.

"휴. 난 궁으로 가봐야 해. 전하를 뵈어야 하거든. 전하께 오늘 큰 수술이 있다고 말씀드렸었는데 결과를 어찌 말씀드려야 할지. 암튼 양. 너무 자책하지 말고 오늘은 이만 들어가서 푹 쉬도록 해. 알았지?"

알렌은 안경을 올리고 외투를 집어 들어 툭툭 털고는 능숙하게 걸쳐 입었다.

"그럼, 이만."

알렌은 차가운 헤론의 얼굴과 절망에 빠져 헬쑥해져 버린 서양의 얼굴을 보며 아무렇지도 않은 듯 인사를 남기고 떠나 버리는 게 미안한 기색이었지만 곧 그저 어깨를 으쓱하고는 사무실을 나가 버렸다.

서양은 문이 닫히는 소리가 들리고 알렌의 발소리가 사라져 버릴 때까지 기다렸다가 갖바치의 아내처럼 통곡하듯 크게 울음을 터뜨렸다.

반촌에서 나온 이후로 한 번도 이렇게 울어 본 적은 없었다. 외롭고 쓸쓸하고 매일매일이 무서워 견디기 힘들었지만 크게 울어 본 적은 없었다. 그리고 지금 이 순간 더욱 서양을 슬프게 하는 건 대체 뭐가 슬픈 건지 정말 모르겠다는 것 때문이었다.

환자를 죽게 했다는 사실 때문인가? 거의 항상 따뜻했던 알렌이 나를 미심쩍은 눈으로 보았기 때문인가?

갖바치 아내의 통곡소리가 더욱 더 아프게 서양의 귀를 쑤시고 들어왔다.

네가 내 남편을 죽였어, 네가 내 아이의 아비를 죽였어.

"맙소사. 이제는 병원에서 사람이 죽을 수 있다는 것도 인정하려 들지 않는군. 멍청이! 머저리!"

헤론은 드디어 입을 열어 투덜거리다가 울부짖고 있는 서양을 잠시 내려다보고는 사무실 문을 열었다. 왠지 그럴 줄 알았다는 식의 표정이었다.

"또 뭐요, 또 제 탓이 아니라고 말씀하시려구요?"

서양은 터덜터덜 뒤뜰로 가는 중에 범석을 만났지만 마음이 급했다. 갖바치 환자가 입원해 있었던 특실이 지척이라 내키지는 않았지만 정말 혼자 있을 곳이 당장 필요했다.

"그래, 정말……."

"됐어요. 다 잊어버렸어요."

서양은 팔을 세게 잡는 범석의 손을 떼어내려 애쓰며 대답했지만 범석은 물러설 기미가 아니었다.

"클로로포름은 그렇게 위험하지 않아. 환자의 상태가 너무 나빴던 것뿐이야. 닥터는 수술실에서 사람이 죽었다는 자체를 인정하고 싶지 않은 것뿐이고."

서양은 지그시 눈을 감고 가늘게 떨었다.

"닥터는……그러니까……좀 그런 식이지. 제중원을 자기 것이라고 생각하니까. 제중원이 완벽하게 보였으면 좋겠고, 조선 사람들이 대단하게 보아 줬으면 좋겠고."

"그만 좀 하세요, 나리! 왜 자꾸 닥터를 나쁘게만 보시는 거예요. 닥터는 나리에게 영어를 가르쳐 줬고 저를 받아 줬고 의학을 가르쳐 줬어요. 근데 어떻게 그런 분을 나쁘게 보실 수가 있죠? 어떻게 그럴 수가 있냐고요!"

서양은 내려뜨린 두 팔에 잔뜩 힘을 집어넣고 발을 구르며 소리쳤다.

"나쁘다는 게 아니야. 완벽한 사람은 없는 거야. 서양 의학도 마찬가지고. 제중원에서도 사람이 죽어나가. 나는 그게 닥터의 잘못이라고 말하는 게 아니야. 우리 의원들이 못 고치는 병이 많은 것처럼 닥터도 그렇다는 거지. 어쩔 수 없는 일도 있다는 거야! 왜 그걸 똑바로 보지 못하는 거냐. 네가 이 학문에 대해서 맹목적인 숭배만 일삼는다면 넌 제대로 된 의원이 될 수 없어. 모든 걸 의심하고 잘못된 건 고쳐 나가고 부족한 건 발전시키는 게 학문이란 말이다!"

"학문이 뭔지는 저도 알아요!"

"아니, 넌 몰라. 넌 주인의 말이라면 펄펄 끓는 솥에라도 냉큼 들어갈 개새끼에 불과해!"

너무 손을 세게 쥐어서 손톱이 손바닥을 파고드는 느낌이었다. 범석이 이렇게까지 말할 줄은 몰랐다. 조금 냉소적인 태도를 보일 때가 많구나 싶었을 뿐 이런 생각을 갖고 있을 줄이야.

서양은 경악하고 실망스러웠다.

"닥쳐요, 닥치라구요! 제발 닥쳐요!"

서양은 범석의 팔을 쳐내고 문을 향해 달렸다. 탁탁거리는 발소리 사이로 으흐흐……하는 울부짖음이 점점이 박혀 발자국처럼 허공에 뚜렷한 흔적을 남기고 있었다.

내가 그를 죽게 했어. 내가 그렇게 한 거야. 나는 공부도 완전하지 않고 서툴렀으며, 아버지 때문에 정신도 산란했으니까 그럴 수 있어. 클로로포름은 여간 양을 잘못 쓰지 않고서는 위험하지 않다고 했지만……그건 모르는 거야. 내 잘못이야. 다 내 탓이야!

학교의 숙소로 돌아온 서양은 낡은 이불을 뒤집어쓰고 거듭거듭 자신이 갓바치를 죽인 것이라고 다짐하듯 중얼거렸다.

차라리 그게 나았다. 알렌이 믿을 수 없는 사람이고, 서양의 생각과 다른 사람이라고 여기게 되는 것보다는 차라리 그게 더 나았다. 알렌은 그의 앞에 흔들림 없이 서 있는 굳건한 기둥이었다. 그 기둥이 흔들릴 수 있다거나, 상할 수 있다거나, 혹은 제대로 된 나무로 만들어지지도 않았다고 한다면 그 기둥 밑에 있는 서양도 깔려 죽고 말 것이다.

죄책감……후회?

물론 두 가지 다 느끼고 있었고 괴로웠다. 하지만 믿음이 흔들리는 것만큼 괴로운 건 없었다. 반촌 밖으로 나와 처음으로 믿게 된 사람이었다. 그는 온전히 서양을 인간으로 받아들여 줬고 서양이 무엇이든 할 수 있다고 믿게 만들어 준 사람이기도 했다. 그런 사람의 마음속에 다른 것이 들어 있다고 생각하는 건 정말 싫었다.

차라리 나더러 죽으라고 해!

범석은 오랜만에 제중원을 들어서자마자 서양의 얘기를 들었다. 딱쇠는 그 백정놈이 사람백정 노릇에 아주 인이 박힌 것 같다면서 빙글거리며 말했고, 사람을 고치겠다고 하면서 족족 죽이는 것도 재주라면 재주라는 말을 덧붙이기까지 했다.

범석은 사람이 죽었다는 것에 잔뜩 겁을 집어먹은 다른 생도로부터 어떻게 된 일인지 듣고 나서야 상황이 어떤 식으로 돌아가고 있는지 파악할 수 있었다.

그 어린아이를……어떻게 그 순진한 아이를!

울부짖으며 달아나 버린 서양의 뒷모습이 가슴을 두드려대는 통에 숨도 제대로 쉴 수 없었던 범석은 헐떡이며 사무실로 달려 들어갔다.

"닥터 알렌은 어디 갔죠?"

"그는 아주 많이 바쁠 겁니다."

책상에 팔꿈치를 기대고 뭔가를 끼적거리고 있던 헤론은 빈정거리며 '많이'를 강조했다.

범석은 후들거리는 손으로 사무실 문을 닫고 사무실 곳곳에 자신의 발자국을 찍어 놓으려는 것처럼 조급한 걸음으로 왔다 갔다 했다. 눈이 타는 듯 뜨거웠고 코끝이 매워 견딜 수가 없었다.

"대체 당신들에게 우리는 뭡니까! 서양이는 뭡니까! 장난감 같은 건가요? 아니면 정말 기르는 개 같은 겁니까? 재주를 가르치고 마음대로 움직이게 해 놓고서 싫증나면 그냥 버리는, 그런 겁니까?"

범석은 얼굴을 가르는 뜨거운 눈물을 부끄러워하지 않을 수 없어 손을 들어 얼굴을 덮었다.

어떻게 그런 아이에게 사람을 죽게 했다는 죄책감을 안겨 줄 수 있는 것일까. 가슴의 상처가 차고 넘쳐 정말 누구를 원망해야 하는지도 모르는 아이에게 어떻게!

"당신이 꽤나 좋은 머리를 가졌다고 생각했었습니다."

범석의 손가락 사이로 보이는 헤론은 의자에 등을 기대고 팔짱을 낀 채였다.

"당신이 걱정하는 것이 무엇인지 압니다."

"한번 말해 보시죠. 내가 걱정하는 게 뭔지."

범석은 물색이 짙은 음성을 하고도 평소 같은 무감각함을 가장하려 안간
힘을 쓰며 대꾸했다.

"그 상처가 그 아이를 아예 찢어발길까 봐 걱정이 되는 거겠죠."

범석은 항상 살면서 지금까지 만난 사람 중에 자신과 가장 비슷한 사람을
꼽으라면 아마도 헤론일거라고 생각하고 있었다. 감정을 잘 드러내지 않으
면서도 자신의 단단한 신념에 있어서는 불처럼 활활 타오르는 그런 사람.

"그게 맞을 거라는 건가요, 아니라는 건가요?"

헤론이 서툴게 웃었다.

"맞을 수도, 아닐 수도 있지요."

헤론은 의자에서 일어나 한쪽 눈을 찡그린 범석에게로 다가가 마주섰다.

"이 상처를 제 손으로 지유해 낼 수 있냐던 아이는 정말 좋은 의사가 될
겁니다. 하지만 그 반대로 상처가 점점 곪아가게 된다면 그 상처는 서양이
자신만이 아니라 다른 사람들까지도 찢어발기고 말 겁니다."

답답한 심정이 드러나는 범석의 표정에 헤론은 연민어린 얼굴로 대꾸하
고는 범석의 어깨에 양손을 얹었다.

"기다리십시오. 순식간에 낫는 병이란 세상에 없습니다."

알렌은 손등으로 이마에 송글 송글 배어나기 시작한 땀을 닦아 내리며 난
처한 얼굴로 서양을 보았다.

숨길 일도 아니지만, 그렇게 떠벌일 일도 아니었던데다가 서양이 알면 어
떻게 반응할지 걱정하던 일이 드디어 벌어졌다.

"저도 미국으로 데려가 주세요."

알렌은 두 손으로 천천히 얼굴을 쓸어내리고는 자리에 털썩 앉았다.

"나는 놀러가는 게 아니야. 고국으로 가지만 일을 하러 가는 거라고. 너희 조선 정부를 돕는 중요한 일이란 거 모르겠어?"

"어쨌든 가시는 거잖아요. 저 하나쯤 데려가시는 게 뭐가 어렵겠어요. 제가 통역이라고 하시면 되잖아요. 잘할 수 있어요. 하라는 대로 다 할게요."

"나는 조선 사람을 함부로 미국으로 데려갈 수 있을 만큼 힘이 없어. 게다가 자네는……."

"제발요! 제발 닥터!"

서양은 급기야 무릎을 풀썩 떨어뜨리고는 알렌의 다리를 잡으며 엎드렸다.

마지막 기회였다. 알렌이 없으면 서양이 교육을 받을 수 있을 기회는 그 어느 곳에도 없었다. 백정을 가르치고 백정이 아닌 뭔가가 될 수 있을 거라고 믿어 주는 사람은 조선에는 없었다.

"제가 의사가 될 수 있을 거라고 하셨잖아요! 제가 더 이상 백정이지 않아도 된다고……하셨잖아요."

"알렌이 부탁하는 바이니 거절할 수 없었소. 그의 도움이 절실한 지금 데리고 있던 조수 하나 데리고 가겠다는 걸 뭐라 할 명분도 없었고."

왕은 아내가 손수 이로 실을 끊어내는 것을 지켜보며 말했다.

"하오나 전하, 공공연히 조선의 백성을 국외로 떠나게 하심은 보기 좋지 않사옵니다."

왕비는 왕의 찢어진 용포 소매를 직접 꿰매는 중이었다. 궁에는 솜씨 좋은 궁녀들이 차고도 넘쳤지만 깊어가는 밤에 도란도란 얘기를 나누며 지아비의 옷을 꿰매는 풍경은 왕비가 오래도록 꿈꿔 오던 것이기에 남편을 졸랐던 것이다.

"공공연한 것이 아니오. 그 아이는 알렌의 통역이 되어 따라가는 것이지, 다른 이들은 그 아이가 제중원에 있던 알렌의 조수인지 백정인지 모르는 거요. 물론 나도 마찬가지고 말이오."

"말씀인즉슨, 허락하진 않았으나 모른 척은 해 주겠다는 뜻이오니까?"

왕은 이렇다, 아니다란 말도 하지 않고 싱긋 웃어 보였다. 낮에 알렌이 와서 궁에 데리고 왔던 백정 아이를 미국에 데려가 유학 시키고 싶다는 얘기를 꺼낸 일에 대해 생각을 나누는 지금이 새삼 즐겁게 느껴졌던 탓이었다.

"알렌의 요구라는 핑계를 댔지만 솔직히 나는 궁금했다오. 그 아이가 과연 어디까지 갈 수 있을까. 이번 길은 그 아이뿐 아니라 모두에게 힘든 길이라오. 떠나지 않는 우리들에게도 말이오. 청나라는 다른 나라들과 관계를 더욱 돈독히 다져서 청나라에게서 벗어나겠다는 우리의 생각을 당연히 반대할 것이고 일본도 어떻게 나올지 모르지요. 거기에 덧붙여 우리 내부에서도 찬반 의견이 분분하니까요. 비슷하지 않습니까, 그 아이와 우리가? 많은 사람들이 반대하지만 나아가고자 하는 길을 가야만 한다는 게 말입니다. 그 아이가 어디까지 갈지, 갈 만큼 갔을 때 과연 조선으로 다시 돌아오려 할지 나는 그게 궁금합니다."

왕비는 요즘 들어 가장 생기 넘치는 눈빛으로 말하는 왕에게 깔끔하게 꿰매어진 용포를 건네고는 용포를 받아드는 왕의 손을 살짝 쥐었다.

"그 아이가 돌아오길 바라시나이까, 전하?"

왕은 힘없이 웃으며 고개를 흔들었다.

"아니, 아니오. 나는 그 아이가 더 넓은 세상으로 나아가 내가 볼 수 없는 것들을 모두 보고, 모두 겪었으면 하고 바란다오."

왕비는 이제 서른여섯이 되어 웃지 않아도 자잘한 주름이 생겨난 왕의 눈가에 창백하고 가냘픈 손가락을 올리고는 이십여 년 전 왕을 처음 보았던 그때, 열다섯 살 소년의 눈빛이 꼭 이랬었다고 중얼거렸다.

무슨 생각을 했던 거지.

반촌과 그 밖의 마을을 가르는 경계를 넘는 순간 또 무슨 일이 일어날 거라고 여겼던 건지 잔뜩 긴장했던 자신이 우스워져서 서양은 피식거렸다.

지금은 구리개로 자리를 옮긴 제중원에서 이전에 자리 잡고 있었던 재동과 반촌은 멀지 않았다. 숨이 목 끝에 차올라 좀 괴롭기야 하겠지만 마음만 먹으면 한달음에 내달아 닿을 수도 있는 거리였다. 아버지에게 업혀 반촌을 나가게 된 것이 벌써 2년.

세월만큼 지척 같던 거리도 점점 벌어져 반촌을 떠올릴 때면 서양은 까마득하거나 아련한 느낌 말고는 도무지 현실감을 갖지 못했었다. 경계선을 넘고 나면 그 까마득한 속으로 소용돌이쳐 사라지게 될 것 같아 반촌으로 오는 길은 비바람 치는 허공을 헤치고 걷는 듯 힘겹고 버거웠다.

마지막이야. 정말 마지막.

아버지가 사라진 지 닷새 후에 드디어 돌아왔다는 소식을 영부에게서 전해 듣고 서양은 아버지를 기다렸다. 아버지가 제중원에 와서 가타부타 무슨 말이든 해 줄 것이라 여겼기 때문이었다. 하지만 아버지는 모습을 드러내지 않았고 그 닷새의 사연이 무엇인지 아무에게도 털어놓지 않는다고 영부가 전해 줄 뿐이었다.

아버지를 보지 않고, 무슨 일이 있었는지 모르고 떠날 수는 없었다. 미국으로 가면 돌아오지 않을 생각이었으니 지금 알고 가지 않으면 영영 모르게 될 것이었다.

반촌은 신산했다. 성균관이 점점 생기를 잃어 가면서 서양이 떠나올 적에도 분위기가 예전 같지는 않았지만 지금은 한결 더 착잡한 속내를 감출 수 없는 사람의 한숨 같은 분위기에 있었다.

"아부지 등만 보고 가게 만들 셈이에요?"

금음산의 거대한 등이 크게 한 번 오르내렸다 .

"나 미국 간다구요. 다시 못 볼거라구요!"

아버지의 등은 다시 들썩거렸고 곧 요동을 치기 시작했다.

"아부지…… 울어요?"

"모른다고 하더라……모른다고."

서양이 집으로 들어섰을 때 정성스레 칼을 갈고 있던 아버지가 왔냐 한마디도 없이 허겁지겁 방으로 들어가 돌아앉은 것이 바로 이것 때문이었다고, 아버지의 눈물에 잔뜩 긴장한 서양은 크게 숨을 삼키며 확신했다.

"그냥 고변이 들어왔다고 윗사람이 가라고 하기에 간 거였대. 그거 말고는 아무것도 모른다고 하더라. 아는 것이 아무것도 없다고!"

금음산은 장단의 관아에서 마침내 군관을 찾아냈다. 얄상한 얼굴에 왼쪽 눈 옆에 큰 사마귀가 있는 그의 인상착의를 잊지 않고 있던 반촌 사람이 그를 장단에서 보았는데 금음산은 사람들에게 그의 인상착의를 귀에 못이 박히게 일러놓고도 헛걸음을 했던 것이 꽤 여러 번이라 크게 기대하지는 않았지만 혹시나 하는 마음으로 장단의 관아를 찾아갔다가 그 군관이 틀림없음을 확인하고는 얼이 빠져서 집으로 돌아왔다.

간신히 정신을 가다듬고 장단으로 가서 관아의 대문이 잘 보이는 곳에 숨어 그가 혼자 있을 때만을 기다리고 있다가 나흘째 되던 날 드디어 기회를 잡았다. 금음산은 짐승을 죽이던 칼을 군관의 목에 들이대고 인근의 산으로 끌고 올라갔다. 오줌을 지린 군관에게서는 지린내와 시큼한 땀 냄새가 확 풍겨와 눈을 맵게 했다.

"나는 그저 명을 받았을 뿐이오. 나나 군졸들이 댁의 안사람에게 무슨 원한이 있어 그랬겠소. 우리도 많이 후회했다오. 그 일 때문에 나는 승차도 하지 못하고 아직도 이꼴이고 말이오."

"고변을 누가 했다는 건가."

"그건 우리도 모른다오. 과거에 급제해서 소를 잡아 잔치를 벌이니 샘이 꼴리는 인사들이 어디 한둘이었겠소. 댁을 노려서 그런 게 아닐거요. 도살을 한 백정도 목숨을 부지할 수는 없지만 백정을 산 사람도 무사치 못할 테니 아마 그걸 노린걸 테지."

기세등등했던 군관은 눈물콧물이 범벅이 되어 울먹였고, 금음산은 거대한 칼을 쳐들고 다 큰 사내가 두 손을 비비는 모습을 내려다보았다.

이자의 말이 맞겠지. 한낱 백정의 목숨을 빼앗자고 고변을 하지는 않았겠지.

"살려 주시오. 제발……제발…… 살려 주시오! 나도 그때 일을 한 번도 잊어본 적이 없다오. 사람이 죽었는데 어찌 마음이 편할 수 있었겠소. 내게는 어미 없는 자식이 다섯이나 있다오. 작년에 마누라가 호열자로 죽고 어린 자식들이 나 하나만 바라보고 있단 말이오!"

이른 달빛에 반짝이는 칼 아래 엎드려 군관은 통곡했다.

"그래서, 죽였어요?"

"그런 자를 죽이고 너는 마음이 편하겠느냐?"

부루퉁하게 대꾸하는 아버지에게 마음이 상해 서양은 입을 삐죽거렸다.

"그 군관이 아버지를 잡으러 오면 어쩌게요!"

"벌써 여러 달이 지났어. 아마 오지 않을 거다."

오줌의 지린내와 시큼한 땀 냄새만 고약하게 남기고 맥없이 스러져 버린 복수에 아버지와 아들은 한동안 말이 없었다. 복수만을 바라고 살아온 세월은 아니었지만 분명 꿈꾸고 있던 복수의 모습과는 거리가 멀었다.

"나 미국에 가요……. 아부지. 들었어요?"

금음산은 머리를 살짝 돌렸지만 돌아보지는 않았다.

"서양 의학을 공부할 거라구요."

어머니를 죽인 군관에 대해 말할 때는 마치 그 군관이 가엾다는 듯 어깨를 들썩거리던 아버지가 아들이 떠난다는데도 반응을 보이지 않자 서양은 그런 아버지를 잡아 흔들듯 힘주어 덧붙였다.

"다시는 돌아오지 않을 거구요!"

서양은 아버지의 강인한 척추를 따라 희미하게 힘이 들어가는 것을 본 것 같았지만 거기까지였다. 서양은 벌떡 일어나 숨을 몰아쉬었다.

서운함이 섞인 분노가 온몸을 빠르게 돌아 앞 다투어 입으로 튀어나오려 애쓰는 것 같았다.

탁!

방문이 닫히는 소리가 들리고 마당을 가로지르는 서양의 거친 발소리와 사립문을 걷어차기라도 하듯 요란한 소리가 들리고 난 후에 발소리가 멀어져 갔다.

금음산은 그제서야 투박하고 굵은 칼자루 때문에 굳은살이 박힌 손을 들어 눈을 가렸다. 자신이 감당해 내기에는 항상 너무나 버겁고 힘들었던 아들의 마지막을 배웅하기에 자신은 너무나 용기가 없다고 자학하면서 말이다.

***

목에 칼이 박힌 소나 돼지가 되어야 그런 소리를 낼 것이다.

"서양아, 서양아, 네가 우리 달이를 좀 살려 줘. 저 양이놈이 달이를 죽이는 게 틀림없어. 제발! 제발! 제발! 닥터가 만날 너를 칭찬했잖아. 똑똑하다고 조선 최초의 서양 의사가 될 거라고 그렇게, 응? 응? 응? 제발!"

도고는 다시 그 짐승의 울음이라고 밖에 할 수 없는 울부짖음을 뽑아내고는 기절하듯 나자빠졌다.

"들어오는 사람마다 붙잡고 이래. 달이가 임신을 했다더라. 도고 말로는 겨우 8개월이나 됐을까 말까라는데, 속에 대체 어떤 놈이 들어 있는지 배가 이따아 만하지 뭐냐. 니가 한번 봐야 해. 보지 않고는 믿어지지가 않는다니까."

딱쇠는 서양의 곁에 바짝 다가붙어 서양이 그동안 그를 보아온 중 가장 친절한 어조로 사태의 설명에 나섰다. 오늘을 마지막으로 다시 반촌으로 돌아가겠다고 했던 서양의 거짓말에 고무되기라도 한 것일까. 서양은 분명 허풍이 잔뜩 섞였을 거라고 짐작하며 딱쇠가 가리키는 부인병동을 향해 걸었다.

달이가 청나라 공관에서 도망쳤다는 소식을 바람결인 듯 무심히 전해 들은 것이 언제인지 정확히 기억도 안 나는데, 그 소식을 들은 제중원의 사람들이 얼마 전 제중원을 나가 버린 도고가 달이를 데리고 도망친 것이 아니겠냐고 수군거리던 것은 생생히 기억이 났다.

그게 정말이었네.

서양은 부인병동의 마루에 올라 달이가 있는 방인 듯한 문을 지키고 선 여자들을 보았다. 기생들 대신 그 자리를 채운 선교회 부녀자들로 한 명은 나이든 서양인, 또 한 명은 조선인 처녀였다. 그녀들은 방을 지키고 섰다기보다는 방에 들어가야 하는 것이 너무 두려워서 엄두가 안 나는 모습들이었다.

서양은 그들에게 공손히 허리를 굽혀 인사하며 자신의 등장을 알렸고, 낯이 익은 서양에게 여자들은 순순히 문 한쪽으로 비켜서 주었다. 서양은 문득 또다시 들려오는 도고의 울음소리에 멈칫했다가, 딱쇠의 허풍에 겁먹을 것 없다고 중얼거리면서 천천히 문을 열었다.

"어……어……."

서양은 그제서야 딱쇠가 처음으로 거짓말을 하지 않았다는 것을 알았다. 위로 불쑥 솟아 있는 달이의 거대한 배는 달이의 몸집보다도 훨씬 컸다.

"다……닥터……혜……론……이……게……."

달이의 앞에 무릎을 꿇고 앉아 있는 혜론의 뒷모습만 보고도 서양은 그가 엄청나게 땀을 흘리고 있다는 것을 알 수 있었다. 수술칼을 치켜든 손은 바들바들 떨리고 있었고 땀에 젖은 머리카락은 반들거리며 빛나고 있어, 충분히 예상할 수 있는 일이었다.

"뱃속에 물이 차서 그래."

"그럼 어떻게……달이랑 아기는 죽나요?"

혜론은 힐끗 서양을 돌아보고는 긍정인지 부정인지 모를 고갯짓을 했다.

"제왕절개(cesarean section)라는 게 있어."

서양도 알고 있었다. 로마라는 나라의 유명한 장군이었다는 율리우스 카이사르라는 사람이 복벽절개를 통해서 태어났기 때문에 유래되었다는 그 이름, 제왕절개.

"하지만 제왕절개를 하면 달이랑 아기는 죽잖아요."

"제왕절개를 하든 안 하든 달이는 죽을 거야. 그치만 아기는 살릴 수 있을지도 몰라."

자신 있는 어조로 말했으면서도 혜론의 떨리는 손은 좀처럼 가라앉지 못했고, 혜론은 다른 손으로 수술칼을 쥔 손을 덥석 잡아 떨림을 세우며 큰소리로 말했다.

"나는 뛰어난 의사야!"

혜론의 외침은 다른 누구더러 들으라는 것이 아닌 자기 자신을 다잡는 다짐이었다. 뛰어난 의사인 혜론이 그런 다짐을 필요로 하는 것만큼 복부수술은 잘 이루어지지 않는 것이었다. 일단 배를 가르면 감염으로 인해 죽는 것이 복부수술의 끝이었다. 팔다리를 절단하는 수술이나 종기를 째는 시술 또한 감염으로부터 결코 안전하지 못했지만 복부수술만큼은 아니었다.

복부를 가르는 순간, 의사는 자신이 환자를 죽였다는 것을 뼛속 깊이 깨닫지 않고는 안 되었으니 혜론의 망설임은 충분히 이유가 있었다. 그러나 어미와 같이 죽을 수도 있을 새로운 생명을 탄생시킬 수 있을지도 모른다는 기대는 몹시 유혹적인 것이라 혜론은 칼에서 손을 놓지 못했다.

혜론은 피가 나도록 입술을 세게 깨물고는 칼을 뺐다. 잘 벼려진 칼이 달이의 거대한 배를 갈랐고, 그런데도 달이는 죽은 듯 정신을 차리지 않았다.

아기를 겨우 씻기기만 하고 도고는 떠났다. 아기의 생명도 위험하다는 혜론의 충고를 도고는 듣지 않았다. 내 새끼니까 내가 알아서 하겠다는 말이 마지막이었다.

그는 달이의 배를 가른 헤론을 원망하는 말도 한마디 하지 않았다.

그저 숨을 간신히 쉬고 있는 작은 몸집의 아들을 옷이라도 싸듯 감정 없이 싸매어 안고는 떠나 버렸을 뿐이었다.

"아이는 죽을 거야."

"그러면 왜 제왕절개를 하셨죠."

"혹시 모를 일이니까. 우리 의학은 그런 식으로 발전했지. 모험하는 자와 희생하는 자 사이에서 그렇게. 자네가 나처럼 나이를 먹고 경험이 쌓일 때쯤엔 더 나아졌으면 좋겠군."

서양은 아이를 꺼낼 때까지 한 번 깨어나지도 않다가 아이가 간신히 모기만 한 목소리로 울기 시작했을 때 이마에 살짝 빗금 같은 주름을 만들어 내고는 숨이 끊어져 버린 달이를 생각했다.

그녀가 살았으면 좋았을걸. 그녀가 살아서 아이가 작게나마 숨 쉬고 움직이는 것을 보았으면 정말 좋았을걸.

헤론의 말대로 자신이 헤론만큼 나이를 먹었을 때쯤에는 아기도 살리고 어미도 살리는 것이 가능해졌으면 좋겠다고 생각하면서 서양은 막 태어난 아기가 꼭 쥐었던 자신의 손을 폈다.

헤론으로부터 아기를 건네받았던 손은 온통 피투성이여서 아기가 어떤 손가락을 잡았는지는 구분이 가지 않았지만 그 느낌, 그 생명의 뜨겁고 끈끈한 느낌은 사라지지 않았다. 아이는 육손이었다.

우울증

미국에 도착하지마자 비로 책상에 앉아 편지를 씁니다. 마음이 무거워 아무것도 손에 잡히지 않는군요. 이 편지를 석이 받을 때쯤에는 대체 어떤 일이 벌어져 있을지 손이 떨려 펜을 놀리기조차 힘이 듭니다.

그때가 9월 말이었죠. 전하를 알현하고 다음날 제물포로 떠나왔을 때가요.

떠나면서 남대문 밖에서 박정양을 만나 동행키로 했지만 그는 나타나지 않았습니다. 그래서 우리는 그냥 제물포로 떠날 수밖에 없었구요. 나중에 알고 보니 전하의 부름으로 돌아갔다고 하더군요.

이홍장이 박정양을 기어이 미국에 파견한다면 전쟁을 일으킬 것이라고 선전포고를 했답니다. 전하는 굴복하지 않으셨지만 급기야 원세개가 나서는 바람에 전하는 박정양을 소환하는 것으로 더 커질 수도 있을 충돌의 충격을 피할 수밖에 없었던 것이지요.

며칠 후 나는 미국과 러시아 공사와 협의해서 조선이 공사를 미국으로 파견하는 것을 그들이 지지하고 있는지 여부를 타진해 달라는 전하의 요구를 받았습니다. 나는 말을 타고 4시간이 걸려 한성으로 올라가 러시아 공사 베베르와 미국 공사 딘스모어가 조선의 공사를 미국에 파견하는 것을 단행해야 한다는 그들의 주장을 접수했지요.

하지만 상황은 단순하게 돌아가지 않았습니다.

박정양의 아들이 아프기 때문에 당장은 그를 보낼 수 없다는 얘기를 들었는데 그것은 그냥 핑계에 불과하다는 것을 누구나 알 수 있었으니까요.

전하의 의지나 미국, 러시아 공사들의 지지 의사 같은 것은 별로 도움이 되지 못했던 거죠. 무뢰배처럼 남의 나라의 외교 문제에 간섭하고 나서는 청국과 원세개에게 전하는 어느 정도 물러나는 모습을 보여야 했던 겁니다.

아, 이 얼마나 안타깝고 가슴 아픈 일인지 모릅니다.

나는 박정양을 11월 10일쯤 보내겠다는 연락을 받았고, 그때까지 다시 통고가 오지 않으면 11월 20일경 미국으로 출항할 작정을 하고 있었습니다. 워싱턴에서 조선의 국서를 미국정부에 전달하고 200만 달러의 차관에 대한 문제를 교섭하고, 군사교관 고빙 문제도 다루려 했지요. 우리는 10월 26일 일단 히고마루호 편으로 출항했습니다.

홍콩이 목적지였는데, 전하로부터 홍콩에 망명 중인 민영익에게 돈을 받아 박정양에게 전해 주라는 편지를 받았기 때문이었습니다.

홍콩으로 향하는 배에는 영국 신사숙녀가 가득했고 우리는 즐거운 시간을 보냈습니다. 천한 백정이라고 차별하지 않고 기꺼이 양과 대화를 나누려 하는 그들을 보며 양은 기뻐하고 크게 감격했지요. 그 아이의 붉게 달아오른 얼굴과 미소가 새겨지기라도 한 듯 웃음을 멈추지 못하던 표정도 떠오릅니다.

우리는 닷새 후에 홍콩에 도착해서 민영익을 수소문했습니다.

그의 행방을 아는 사람이 없어 홍콩 경찰서를 방문할 수밖에 없었지요.

다행히 경찰관 중 한사람이 민영익과 절친한 친구라고 하며 그의 행방을 알려 주어, 그를 만날 수 있었습니다. 민영익과의 볼일을 마치고 이틀 후 저녁에 우리는 피 앤 오에스에스호에 탑승했습니다.

배에서 보는 도시는 전체가 밝게 빛나 보이고 불꽃놀이가 계속 되고 있어 그처럼 아름다운 광경이 또 있을까 싶었지요.

우리는 다음날 낮에 일본으로 출항해서 나가사키에 도착했습니다. 양은 여전히 항해를 즐거워했지만 다시 조선과 가까운 일본으로 돌아간다는 것에 대해서는 조금 불안감을 느끼는 것 같았습니다. 일본에 도착해서도 아직 박정양이 도착하지 않았다는 것을 알고 나서는 제 불안감도 더해갔지요.

11월 19일이 되어서야 10명으로 구성된 사절단이 미국 해군포함 오마하호 편으로 도착했습니다. 나는 다음날 저녁에 공사일행을 독일 우편선 제너럴 베르더호에 승선하게 했고, 다음날 오전에 배는 홍콩으로 출항했는데, 박정양이 민영익을 만나 업무협의를 하기 위해서였습니다. 우리는 홍콩에 가 있는 박정양 일행(이완용. 번역관 이채연 등)을 제외한 조선사절단 6명과 화물을 가지고 요코하마 마루호 편으로 요코하마에 도착했고, 그랜드 호텔에 투숙했지요.

박정양을 기다리며 이틀을 보내고 난 후 호텔에서 일이 벌어졌습니다.

지루한 시간을 보내 보려고 거리로 나서려다가 로비에서 진위를 만난 겁니다. 석도 알다시피, 그는 원세개와 한몸과도 같은 그의 심복입니다.

그를 일본의 호텔에서 만났다는 게 대체 무엇을 뜻하는 것인지 처음에는 도통 알아차려지지가 않더군요. 진위는 일본 사람 서넛도 대동하고 나났습니다. 제복을 반듯하게 차려입고 무기까지 갖추고 선 것을 보니 군인들인 것 같았는데 우리가 위협당하기를 바라는 것 같았습니다.

저는 그들을 보며 일본 역시 조선과 미국이 가까워지는 걸 별로 좋아하지 않는다는 것을 확실히 눈치채지 않을 수 없었지요.

우리는 그때 나와 양, 3등 서기관 이상재, 2등 서기관 이하영, 하인 둘과 함께 서 있었습니다. 진위는 박정양과 다른 이들이 어디 있는지 알고 싶어 했지요.

그들은 박정양이 우리와 함께 있을 것으로 예상했지만 그렇지 않아 크게 실망하는 눈치였습니다. 대체 목적이 뭐냐고 묻는 제 질문에 그는 그저 박정양을 만나 설득하고 싶었을 뿐이라고 대답했습니다.

그러더니 제게 협박을 가해 왔지요. 친절하던 그의 모습은 온데간데없이 말입니다.

그들은 내가 꿈쩍도 하지 않고 박정양을 만나지도 못하자 그냥 돌아서려는 듯 보였고, 그래서 우리가 안도의 한숨을 내쉬려고 했을 때 진위의 눈이 양에게 향했습니다.

몇 달 사이 훌쩍 커버린 양은 복색도 다르고 말끔한 모습이어서 알아보기 쉽지 않았을 텐데도 진위는 양을 단번에 알아보며 제복을 입은 일본인 중 우두머리로 보이는 누군가에게 뭐라 말했습니다.

그 일본인은 부하들에게 큰소리로 뭐라 말하고 곧바로 양을 향해 팔을 휘둘렀지요.

눈 깜짝할 새에 양은 팔을 꺾인 채 그들에게 잡혔고, 대체 이게 무슨 짓이냐고 소리지르는 저를 진위는 몰아세웠습니다.

왕이 자신의 백성이 국외로 떠나는 것을 허락한 것이냐고요. 그것도 천하디 천한 백정이 자신의 신분을 망각한 이런 옷차림으로 도망치는 것을 왕은 아느냐고도 했지요.

저는 눈앞이 캄캄해졌습니다. 양을 역관으로 데려가는 것을 전하도 아셨지만 그것은 그저 모른 척해 주셨을 뿐, 허락은 아니었으니까요.

진위는 양을 데려가겠다고 말하며, 다시 보자는 말을 남기고 돌아섰습니다. 제대로 서지도 못한 채 질질 끌려 나가는 양이 울며불며 나를 소리쳐 불렀지만, 나는 할 수 있는 것이 아무것도 없었습니다.

조선 사절단과 함께 미국으로 가는 일은 정말 중요했고 양 때문에 청과 일본에게 빌미를 주는 것은 더 이상 안 되는 일이었으니까요.

내가 어째서 공사관으로 양을 데리고 다닌 건지 후회가 되더군요.

그 아이가 어떻게 되었을까요? 조선으로 가긴 갔을까요? 진위 패거리에게 맞아죽지는 않았을까요? 내가 왜 그 아이의 청을 받아 주었는지 모르겠습니다. 왜 석의 말을 듣지 않았는지 모르겠습니다!

***

따뜻한 등불이 차가운 밤을 이리저리 휘저어 대고 있었다. 걸음을 재촉하는 묵직한 목소리가 가마꾼들을 채찍처럼 내리치고 있어서 그 앞을 달리는 등불은 더욱더 요란스레 흔들렸다.

달빛 하나 없는 밤이었다.

통행금지를 알리는 스물여덟 번의 인경이 울려 성문이 닫힌 지도 이미 한참이었지만 거대한 물고기가 검은 물을 헤치고 나아가듯 등불은 망설임 없이 어둠을 찢어내며 나아가고 있었다.

대원군은 가마꾼들과 등불잡이의 타닥거리는 발소리와 말에 앉아 달리며 자신의 왼쪽을 지키는 상적의 기척에 귀를 기울였다. 기어이 왕이 박정양을 특명전권공사로 임명해 미국으로 파견한 후, 처음으로 원세개의 연락을 받은 참이었다.

원세개는 지체하지 말고 공사관으로 달려오길 바란다며 사람을 보냈고, 대원군은 거추장스러운 소매를 걷어내어 찡하고 울리는 코끝을 쥐고는 코를 잡은 손위로 흘러내리는 눈물의 뜨거움에 놀란 듯 움찔거렸다.

나라고……좋을 리가…….

청나라의 주제넘은 횡포가 대원군이라고 좋을 리 없었다. 청나라의 일개 관리에 불과한 원세개가 오만하게 한나라의 왕을 좌지우지하려 하고 속국이니 뭐니 큰소리를 쳐대며 외교관을 파견하는 데까지 간섭을 하는 것이 대원군이라고 좋을 게 뭐였겠는가.

대원군이 바쁜 걸음으로 원세개의 집무실을 박차고 들어갔을 때 그가 처음 본 것은 의기양양한 미소를 지으며 자리에 앉아 있는 방의 주인이었다. 그는 대원군을 보고 자리에서 몸을 일으키려고도 하지 않았다.

대원군은 땀이 밴 양손을 소맷자락에 집어넣으며 원세개를 노려보았다.

"생각보다 빨리 오셨군요. 다행입니다."

"뭐가 다행이라는 거요?"

"그래도 조선에서 누군가는 제 말을 들어줄 용의가 있다는 얘기니까 말이죠."

대원군은 헐떡거리는 숨을 들킬까 봐 숨도 제대로 쉬지 못하고 크게 침을 삼켰다. 그의 목울대가 크게 올라갔다 내려가는 것이 보였다.

"박정양이 미국으로 떠났습니다."

"그건!"

"우리는 그를 허락하기로 방침을 정했지요."

대원군의 눈 한쪽이 일그러졌다.

허락……이라고……?

"뭐 대신 지켜야 할 건 있지요. 영약삼단이라고 하는데, 좀 들어 보시지요.

첫째, 주재국에 도착하면 먼저 청국 공사를 찾아와 그의 안내로 주재국 외무성에 간다. 둘째, 조선의 공사는 회의나 연회석상에서 청국 공사 밑에 자리를 잡는다. 셋째, 조선의 공사는 중대 사건이 있을 때 반드시 청국 공사와 미리 협의한다.

핫핫……근데 이게 다 무슨 소용이겠습니까. 조선의 공사가 미국에 가서 할 일이 뭐가 있을 거라고. 조선은 약하고 작은 나라에다가 자주 능력도 없습니다. 게다가 경제적으로는 빈약하기 짝이 없어서 공사가 가더라도 재정난으로 곧 철수하게 되겠지요. 이 모든 얘기를 전하는 전혀 들으려고 하시질 않더군요. 어떻게 생각하십니까, 합하? 그래도 조선에서 말이 통하고 상황을 제대로 보고 계시는 분은 합하밖에 안 계시니, 제 생각과 같으실 거라고 여겨도 되겠지요?"

대원군은 금방이라도 속을 게워내기라도 할 것처럼 토악질이 났으나 입을 틀어막고 고개를 숙였다.

이런 굴욕이 싫어 아들을 왕으로 만들었고, 이런 굴욕이 싫어 경복궁을 다시 지었고, 이런 굴욕이 싫어 아들을 상대로 전쟁에 뛰어들었다.

"아, 그리고."

원세개는 대원군이 무슨 말을 하든, 어떻게 반응하든 상관없다는 태도로 꼭 굳어져 버린 것처럼 서 있던 진위를 향해 손짓을 했고, 진위가 밖으로 나가자 나지막하게 덧붙였다.

"우리가 함께할 수 있는 조건은 단 하나뿐입니다. 합하께서 조선이 청나라의 속국이라는 것을, 조만간 그 이상의 관계가 될 거라는 것을 절대 잊지 않는 것이죠."

"이 아이가 누군지 아십니까?"

진위는 곧 돌아와 만신창이가 된 서양을 대원군의 발치로 내던졌다.

"알렌이 데리고 미국으로 가려던 아이입니다. 백정이라고 하더군요. 왕이 백정을 미국으로 데려가도록 허락했을 리도 없으니 알렌이 자의적으로 데리고 가려던 게 분명한 듯 보여서 제 수하가 데리고 돌아왔습니다."

"어째서 아이가 정신을 차리지 못하는 것이오?"

"대체 어쩔 작정이었는지 알고 싶어서 매를 좀 쳤지요."

"아이가 살아있긴 한 거요?"

"뭐 용케."

원세개는 죽은 파리나 모기를 내려다보듯 아무런 감정을 드러내지 않고 있었다.

"아이는……내가 데려가겠소."

"뭐, 좋으실 대로."

대원군은 다시 입을 틀어막았다.

내가 이런 자와 무슨 일을 벌이려 하는 것인가.

견딜 수 없는 토악질의 원인에는 원세개나 청나라만이 아닌 대원군 자신에게도 있음을 깨닫는 일은 그토록 아픈 것이었다.

탁탁탁.

공사관 입구에 이르러 대원군 일행을 따르는 다급한 발소리에 대원군과 서양을 짊어진 상적은 돌아섰다.

"잠시만……잠시만요……헉…….'"

양복을 잘 차려입은 마른 사내였다. 머리나 옷이 좀 흐트러지고 피로에 절어 보이긴 했지만 단정한 자세로 깍듯하게 허리를 굽혀 대원군에게 인사하는 폼에 대원군은 매서운 눈을 가늘게 뜨며 상적을 힐끔 보았다.

"저, 저는 아베 세이지라고 합니다. 일본 공사관의 의원이지요. 저 아이를 미동에 사는 강의원에게 데려가십시오. 찾기가 그리 어렵진 않을 겁니다. 제가 할 수 있는 건 다했지만 아직 아이가 살아날지는 알 수 없습니다. 그 사람이 잘 돌봐 줄 겁니다."

대원군의 눈이 휘둥그레졌다. 분명 일본인이고, 일본인 특유의 발음이 남아 있지만 그의 조선말은 거의 나무랄 데 없이 유창했던 것이다.

"부탁드립니다, 합하. 조선에서 백정이 어떤 신분인지 모르지 않지만 천한 아이라고 함부로 내버리지 말아 주십시오."

아베 세이지는 양손을 군인처럼 딱 붙이고는 다시 깊게 허리를 숙였다. 대원군은 묻고 싶은 말이 많은 얼굴을 했지만 일본 공사관의 의원이 이렇게 뛰어나와 개인적으로 부탁을 하는 것을 윗사람이나 청국 공사관 측에서 알면 좋을 게 없을 텐데 하는 생각이 들자 아무것도 묻지 않았다.

"염려 마시오. 꼭 그 강의원이란 이한테 데려다 주리다. 그리고 얼른 들어가 보시오."

대원군은 목소리에 염려를 담아 아베 세이지에게 턱짓을 해보였다. 원세개의 집무실에서 일본 공사관 측 사람들은 보지 못했지만 아마도 대원군이 나가자마자 집무실에 모여 대책을 의논하고 있을 거라고 여기며 쭈뼛쭈뼛 뒷걸음질로 물러서는 아베 세이지를 대원군은 한동안 지켜보고 있었다.

"네가 이 아이를 그 의원에게 데려가거라. 나는 궁으로 좀 가 봐야겠다."

"이게 지나친 모험이라고 생각지는 않으십니까."

대원군은 지난 시절의 향수에 대한 반발 때문인지 꿇어앉은 채인데도 고개를 빳빳이 들어 왕을 보았다.

침전에서 대원군을 보겠다고 해도 되었을 텐데도 왕은 굳이 편전인 천추전의 서온돌에서 대원군을 맞았다.

왜 융복을 갖추고 계시옵니까.

대원군은 천추전에 들어 왕을 보자마자 묻고 싶었다. 왕은 곤룡포를 입고 있지도, 막 침전에서 일어난 사람처럼 허술한 옷차림도 아니었다. 융복은 왕이 행차 때나 전쟁, 사냥을 나갈 때 입는 옷이었다.

대원군은 눈가가 후끈거려 왕을 바라보는 눈에 더욱 힘을 주었다.

"과인은 청나라에 세관의 인사권과 수세권까지 주었습니다. 원세개는 친일개화파를 숙청하고 통제할 것을 요구했으며 일본의 유학생들을 귀국시켜 처형시키라고까지 강요했습니다. 거기에 조선이 외교 교섭을 할 때 청나라 흠차대신의 허가나 사전통고까지 요구했지요.

말씀해 보십시오. 우리 조선이 청나라의 것입니까? 우리의 땅, 우리의 외교, 우리의 백성들이 모두 청나라의 것입니까?"

"그런 말이 아니잖습니까?! 그렇다면 미국은, 미국이 청나라보다 나을 건 또 뭡니까? 미국은 아무 것도 원하질 않는답니까? 그저 조선을 아끼고 동정하는 마음으로 조선을 보호하고 강하게 만들어 준답니까?"

왕은 융복의 가슴께 주름을 거세게 쥐었다. 진실은 깨닫는 것보다 듣는 것이 더 불편한 것이었다.

미국에게 줄 수 있는 건 다 주어야겠지. 그게 보호의 대가라면 그래야겠지.

왕의 생각을 읽은 것처럼 보이는 노회한 정치가 아버지를 바라보는 왕의 눈은 외경심과 차가움이 우열을 가릴 수 없을 정도로 팽팽하게 부딪치고 있었다.

"모험을 하지 않고 무엇을 얻겠습니까. 우리가 왜 이렇게까지 하지 않으면 안 되었다고 생각하십니까. 우리는 모험을 하지 않았습니다. 우리가 가진 게 이 세상의 전부라고만 여겼습니다. 그래서 더 넓은 세상을 보지 못했고, 더 나은 것을 알지 못했고 더 강한 것의 필요를 알지 못했습니다."

***

살아 있는 것 따위 하나도 즐겁지 않았다. 그저 살아 있는 것으로만 만족할 거였다면 떠나온 길을 되짚어 돌아가는 것을 망설이다가 여기까지 오는 일은 없었을 것이다. 서양은 벽에 기대어 바짝 세운 무릎에 이마를 대고 앉아 있었다.

계속 눈물이 흐르고 콧물까지 훌쩍이고 있었지만 의원의 방을 떠도는 온갖 냄새들은 막아지지 않았다. 서양이 기댄 벽의 틈새 사이사이에도 냄새들이 속속히 박혀 자리 잡은 듯 등을 달구는 것 같은 후끈후끈한 열기는 가셔지질 않았다.

알렌의 축 처진 눈빛이 떠올랐다. 아니, 그저 한때 떠오른 것이 아니라 그날 이후로 한 번도 잊혀지질 않았다. 눈을 뜨고 있을 때에도 정신을 잃거나 잠을 자고 있을 때에도 알렌의 그 눈빛은 어떤 식으로든 서양을 따라붙어 있었다.

그에게 느끼는 감정이, 자꾸 그의 눈빛을 떠올리는 자신의 의식이 대체 무엇을 바라 그리 집착을 멈추지 않는지.

어쩔 수 없었다는 걸 알고 있었다. 알렌은 그의 소원을 들어주고 싶어 했고 일본, 홍콩 땅까지 밟게 해 주었으니 서양이 다시 끌려온 것이 그의 탓은 아니었다. 오히려 서양 때문에 큰 곤경에 처할 수도 있었으니 그때 서양의 손을 놓고 다시 잡지 않은 것은 불가피한 일이기도 했다.

하지만 마음이 하는 말은 한결같지 않았다. 재우가 훌쩍 떠나 버린 일이나, 아버지가 제중원에 서양을 던져 버리고 돌아서 버린 일이나, 알렌이 끌려가는 서양을 보면서 아무런 말이나 행동도 해 주지 않은 것이나. 그 모든 일들을 어쩔 수 없었다 여기면서도 마음 한쪽에 속삭이는 원망까지는 어찌할 수 없었던 것이다.

서양에게 있어 누군가에게 의지하는 것은 항상 쉽지 않았다. 의지할 만한 사람을 찾는 것도 마음을 열어 보이는 것도 한결같은 믿음을 잃지 않는 것도 모두 그러했다. 그렇게 의지하고 믿었던 세 사람과 모두 헤어지고 나니 서양은 그것이 불가피한 상황을 핑계대거나 그들을 원망해도 되는 일이 아닌 것 같다는 생각이 들기 시작했다.

나 때문이야. 내가 잘못했기 때문에 헤어지게 된 거야. 어디서부터 바로잡아야 할까. 바로잡을 수 있는 일이긴 할까. 나는 원래 이 정도밖에 가질 수 없는 놈인 건 아닐까.

마음으로부터 퍼져 나가는 아픔 때문일까, 다시금 온몸이 욱신 욱신 쑤셔 오기 시작했다.

진위 패거리는 알렌이 박정양과 함께 떠나기 전까지 남는 시간을 어떻게든 그들이 떠나지 못하게 하는 데 썼다. 박정양이 가 있던 홍콩에까지 염탐꾼을 보낸 것은 물론이고 알렌 일행의 움직임에도 눈과 귀를 떼지 않았다.

그들이 서양에게 원한 것은 그들이 잡지 못하고 있던 결정적인 트집거리였다. 알렌 일행을 겁먹게 하고 그래서 잡아 돌려세울 수도 있을 그 무엇.

그런 것이 있다 해도 서양의 위치에서 알고 있을 만한 것은 그리 대단찮은 얘기임을 충분히 예상할 수 있었을 텐데도 그들은 알렌의 배가 떠나기 직전까지도 서양이 뭔가 감추고 있을 거라는 기대를 버리지 않고 매질을 계속했다.

그러나 서양이 죽기는 바라지 않았던 때문인지 며칠 동안 일본인 의사가 항상 그의 곁에 머물며 매질이 끝난 깊은 밤이면 그의 상처를 만져 주는 것을 게을리 하지 않았다. 찢어진 곳을 꿰매고 혹시 부러진 곳이 있나 만지고 요오드를 바르거나 아픔에 잠 못 들어 하는 날이면 에테르를 미약하게 사용해 아픔을 잊게 만들어 주기도 했다.

서양은 그를 알고 있었다. 조선의 일본 공사관에서 본 적이 있고, 알렌은 자랑 삼아 서양이 의학을 배우고 있다며 그에게 떠벌인 적도 있었다. 그때 일본인 의사는 영어나 조선말은 전혀 모르는 사람처럼 멍한 얼굴을 했고 알렌은 일본인들은 언어에 도무지 재능이 없는 모양이라면서 투덜거렸었다.

그런데 그랬던 그 의사가 누군가의 말을 들을 수 없을 정도로 그의 상태가 안 좋다는걸 알면서도 끊임없이 서양의 귓속으로 말을 흘려 넣어 주는걸 잊지 않았고, 조금은 뻣뻣하지만 능숙하다고도 느껴질 만한 조선말을 쓰고 있었다.

서양은 일본인 의사의 뜨거운 입김에 가끔 정신을 차리면서도 그의 의외의 모습을 이상하게 생각하지도 않고 날카롭지만 포근한 음성으로 받은 그 위로 때문에 다시 하루를 살아 넘길 힘을 얻는다고 생각했었다.

"괜찮다. 다 지나갈 거다. 살아야 한다."

그래, 나는 살았다. 아버지도, 그 의사도 나더러 꼭 살라고 했지.

그런데 산다는 게 대체 뭐가 좋은 거라고!

그냥 그대로 죽어 버렸으면. 정말 그랬으면!

후회가 되지 않는 건 아니었다. 그렇게 꼭 제물포까지 가서 놈의 몰골을 봤어야 했나.

하지만 꽤 그럴듯하고 만족스러운 복수였다는 데에는 후회를 말하는 준구의 마음 한쪽도 별로 이의를 달 수 없을 거였다.

준구는 멀찌감치 서서 서양이 배에서 내리는 모습을 지켜보았다. 배에서 내린다고 할 수나 있었을까. 서양은 눈을 뜨려고 애쓰는 것처럼 보이긴 했지만 도저히 걸을 수 없어서 질질 끌려 나오고 있었다는 게 더 사실에 가까웠다. 서양의 모습은 참혹했고, 그 참혹함에 준구는 솔직히 조금 충격을 받았다.

청국 공사관에 알렌이 백정을 데리고 떠났다고 제보하고 나서 서양이 목숨을 구하기는 힘들겠다는 생각을 한 것은 사실이었다. 하지만 직접 눈으로 보고 나니 살면서 별로 느껴보지 못했던 후회감은 생각보다 극심했다. 서양을 다치게 했다는 것이 후회가 되는 것은 아니었다.

백정 주제에 공부라니, 유학이라니!

감히 백정이 아닌 다른 게 될 수 있을 거라는 허튼 꿈을 꾸다니, 이건 자신이 아니라도 쉽게 용납할 수 없는 일일 거라며 준구는 서양의 모습이 점차 가까워지자 돌아서 버렸다. 서양이 돌아온 바다에서 불어온 세찬 바닷바람에 등이 아팠다.

이건 복수라고도 할 수 없어.

준구는 날아가지 않게 양손으로 갓을 부여잡고 조연학의 집으로 찾아갔던 날의 서러움을 상기했다. 그날 준구는 연학에게 잘못을 빌어 보려 집 앞에서 서성이다가 무슨 일이냐고 묻는 청지기의 질문에 도둑질이라도 하려던 사람처럼 꽁지가 빠지게 도망쳤었다.

결론적으로 준구는 을만이라는 자로부터는 아무것도 알아내지 못하고 제중원에서는 쫓기듯 나와야 했다. 그리고 조연학이, 풍양 조 씨가 어떤 가문인지만 뼈저리게 깨달아야 했던, 그 한가운데에 서양이 있었다. 준구는 그 모든 일의 책임에서 서양을 빼놓고 생각할 수 없었다.

결단코!

언제나 차선은 있는 법이고, 조연학을 건드릴 수 없다면 그가 감싸고도는 서양이라도 괴롭혀주자는 생각으로 나아간 것은 준구로서는 너무나 당연한 사고의 흐름이었다.

후회는 서양을 다치게 했던 것에 대한 게 아니라 그런 모습을 굳이 눈으로 보아야 했는가에 대한 것이었다.

준구는 제물포의 바람만큼 찬 기운이 소용돌이치는 재동을 걸으며 연학을 생각했다. 아마도 그는 제물포의 짠내 나는 찬바람 같은 것과 그가 아껴 주던 천한 백정이 어떤 몰골인지 알지도, 상상하지도 못한 채 살고 있을 것이다.

깔고 누웠던 손을 빼어 들었다. 옷이 낸 자국이 흉하게 보였고 막 피가 활발히 돌기 시작한 울긋불긋한 손은 얼얼했다.

서양은 얼얼한 손을 쪽문으로 뻗었고 끄응 소리를 내며 모자란 팔을 보태 보려 했을 뿐 몸을 일으키지는 않았다. 간신히 손가락이 문고리에 닿아 서양은 문고리를 살짝 걸어내고 문틈을 밀었다. 두 번, 세 번 문 앞에서 얼쩡거리고 있던 냉기에 손의 색깔이 점점 푸르게 변할 정도였는데도 서양은 일어나서 두 손으로 밀거나 한다는 생각은 아예 못하는 듯 무표정한 얼굴을 붉게 물들일 뿐이었다.

쪽문이 못이기는 척 덜컥 열리고 나자 서양은 조금이나마 들었던 머리를 다시 팔에 뉘이고는 차가워진 다른 손을 다시 옆구리에 찔러 넣었다. 비스듬히 열린 문 사이로 보이는 눈부신 하얀빛에 서양은 실눈을 떴다. 바로 보이는 작은 나무는 가지도 없는데 하얀 눈을 잔뜩 이고는 바람이 불 때마다 조금씩 눈을 날려 보내고 있었다.

언제부터 이렇게 눈이 쌓였을까. 언제부터 이렇게 추워졌을까. 언제부터 이렇게…….

알렌을 따라 나선 때는 가을이었다. 떠나기 좋은 때라고 중얼거리던 낯익은 음성이 그리 멀지 않은 곳에서 들려오는 듯도 한데 주위는 고요하기만 했다.

깔고 누운 손이 다시 얼얼해졌지만 그 뜨뜻한 기운이 좋아 서양은 꼼짝도 하지 않았다. 이렇게 누워 보낸 시간이 얼마나 될까. 그리 오랜 시간은 아니 었을 것이다. 그러나 이처럼 이틀이고 사흘이고 이렇게 오래 누워 아무것도 하지 않고 지낸 날의 기억은 한 번도 없었다.

집에서든 제중원에서든, 누군가는 반드시 방으로 달려 들어와 그의 엉덩 이를 차올리며 네 놈이 무슨 고관대작의 팔자라도 되더냐 험한 말을 퍼부으 며 기어이 그를 방밖으로 끌어냈던 것이다.

여기서는 아침저녁으로 단출한 밥상을 들여보내고 서양이 거의 먹지 않 은 상을 치워내는 손과 또 비슷한 시간을 오가며 서양을 살피는 집주인인 의원 말고는 아무도 그가 머문 방을 드나들지 않았고 그 거칠고 주름진 손—아마도 노비의 것이었을—과 의원은 그를 끌어내려고도 쫓아내려고도 하지 않았을 뿐 아니라 쉽사리 말을 건네지도 않았다.

평소 같았다면 황송하기 그지없었을 이런 일들에 대해 서양은 그저 시큰 둥하기만 했다. 아마도 끌어냈다면 끌어내어졌을 것이고 쫓아내려 했다면 쫓겨났을 테지만 그대로 두었기에 그대로 있었다. 이런 기분을 뭐라 표현할 수 있을지 한 번쯤 머릿속을 헤집어도 보았을 테지만 서양은 그저 자고 잠 깐 깨고를 반복하며 시간을 보낼 뿐 아무것도 하지 않았다.

사람을 죽게 했다는 심정이 준 것은 죄책감과 부끄러움이었다. 거의 항상 다른 생도들보다 뛰어났던 서양이었기에, 백정이란 신분 안에서의 자존감 은 없었어도 서양의학을 배우고 있는 생도로서의 자신감은 그 누구보다 높 았던 서양이었기에 더욱 그런 감정들을 녹여내기가 쉽지 않았다.

죄책감이 그를 도망치도록 밀었고, 부끄러움이 더 나은 의사가 되어야 한 다고 그를 부추겼었다. 그렇게 그는 그 모든 것을 극복할 방법이 있다고, 자 신은 그걸 끝내 거머쥘 수 있다고 믿었건만 그 모든 게 주제넘은 것이었다. 결국 가질 수 없는 것, 될 수 없는 것을 바라던 천한 자의 말로라는 게 어떤 것일지 누구나 예상할 수 있는 것이었는데도 서양은 그걸 못했다.

대체 누가 그럴 수 있으랴. 손에 닿을 듯 보이는 휘황찬란함 앞에서 그 누가 눈멀지 않으랴. 죄책감과 부끄러움에 이은 분노와 좌절감⋯⋯그리고 이제는 아무것도 할 수 없고 하고 싶지도 않은, 아무래도 상관없는 무기력감에서 서양은 버둥대고 있었다.

서양은 방에 틀어박혀 지내는 날이 석 달을 조금 넘어서자 천천히 집안을 둘러보고 관심을 갖기 시작했다. 이전보다 더 마르고 핼쑥한 얼굴은 좀처럼 나아지지 않았지만 자신의 우울함과 절망감을 있는 그대로 받아들여 주는 사람들에게 대한 고마움을 서양은 조금씩 느껴가고 있었다. 아무도 그를 일으켜 세우려 노력하지 않았고 마음의 멍을 지워 보려 애쓰지 않았으며 그의 마음에 무엇이 들어있는지 알려고 하지 않았다.

그저 아기가 목을 가누고 뒤집고, 기기 시작하며 일어서려 애쓰다가 마침내는 걷게 되는, 지난하지만 꼭 필요한 과정을 지켜보듯 그들은 그저 내버려둘 뿐이었다.

어쩌다 한 번 밥상이 들어올 때 몇 마디씩 듣게 되는 경우는 있었다. 의원의 집에 한 명뿐인 하녀였던 덕이어엄은 작심했던 고생을 나타내듯 여기저기 그어진 얼굴에 주름투성이의 나이든 여인이었지만 좋은 대접을 받고 있는 듯 한 집안을 책임지고 있는 여인의 당당함도 자주 드러내던 사람이었다.

그녀는 조금 거칠지만 찐득할 정도로 정겨운 음성을 가지고 있었다.

"그놈이 널 잡아먹게 만들지 말어."

대충 그런 식이었다. 그놈이 누군지. 누가 서양을 잡아먹는다는 것인지에 대한 설명도 없이 밑도 끝도 없었던 그런 말들. 서양은 말의 내용 때문이 아니라 그녀의 찐득한 음성과 그 음성에 골고루 섞인 듯 느껴지는 독특한 분위기 때문에 뱃속이 뜨거워지는 것을 감격에 겨워하곤 했다. 서양은 서두르지 않고 한 발씩 내딛었다.

밥상이 들어올 때는 몸을 일으키기 시작했고, 조금씩 밥을 더 많이 먹기 시작했으며 쪽문을 열고 나가 다리를 달랑거리며 마루에 앉아 있기도 했었다. 그렇게 한 발, 한 발 그는 다시 세상으로 나올 준비를 하고 있었다.

아직 아무것도 완벽하게 이해했다고 말할 수는 없었지만 좀 오래 걸릴 수는 있어도 다시 태어날 수는 있을 거라고 믿을 만큼은 되었다.

백정은 바닥의 인생을 바닥이 뭔지도 모르고 살게 되는 사람들이다. 그들은 바닥에서 일어서 본 적이 없기에 항상 그것이 이 세상의 전부인 양 믿고 살아간다. 하지만 바닥에서 일어나 다르게 볼 수 있는 세상이 있고 다양한 시선이 존재한다는 것을 알게 되면 어떻게 될까. 그것은 환희인 동시에 혼란일 것이다.

서양은 그 모든 것을 겪었다. 그는 바닥에서 모든 것을 보며 살았고 바닥에서 일어나 다른 시선을 가진 사람들과 눈을 맞췄으며 같이 숨을 쉬며 살다가 순식간에 다시 바닥으로 내리꽂혔다.

두려웠고 절망적이었으며 세상에서 사라지고 싶었다. 하지만 자신이 세상에서 사라져도 아무도 상관하지 않을 거라는 것이, 서양은 더욱더 괴로웠다.

깊이 잠든 소년은 점점 더 괴로움에 질린 표정을 지었다. 악몽이라도 꾸는지, 아니면 얻어맞았던 어디 한 곳이 아파오기라도 하는 것인지 알 수 없는 것이 안쓰러워 강건우는 소년의 땀에 젖은 머리를 쓸어 올리며 마른 입을 움직거렸다.

어쩜 이다지도 닮아 있을까. 강건우는 아베가 자신을 찾아와 눈물 젖은 얼굴로 잠들었던 그날의 기억이 지금의 것과 다르지 않다는 게 너무도 신기해 다시 서양의 얼굴을 자세히 들여다보았다.

서양 의학을 배우는 백정아이가 있다는 얘기를 이전에 아베에게서 전해 듣고 나서도 강의원은 선뜻 믿을 수 없었다. 그러나 아이가 미국으로 가서 의학을 배우고자 했다는 얘기를 매를 맞으며 털어놓았다는 것까지 덧붙여 듣고나자, 아이가 위험을 무릅쓰고 미국까지 가려한 마음이 짐작되었다.

단지 미국으로 가겠다가 아니라 미국에서 의학을 배우겠다……라니. 꼭 의학이어야만, 의학을 잘해야만 하는 이유가 아이에게는 있었던 것이다.

그 이유는 분명 쓰라린 아픔이 가져다준 것이겠지. 생명을 구하려는 자들의 지난 생애 그 어디쯤에 그토록 죄가 많아, 한결같은 모습으로 무너져서 몸을 일으키는 데만도 살아온 세월보다 더 많은 기운이 필요할까.

강의원은 창틈으로 빗겨드는 햇살을 눈치채며 조금은 급한 마음으로 소년의 여원 어깨를 살살 흔들었다.

"애야, 눈을 떠라. 해가 드는구나."

퉁퉁 부은 눈의 꺼풀을 서양이 간신히 벗겨내는 것을 보고나서야 강의원은 소년의 어깨에서 손을 떼어냈다.

서양은 잠이 덜 깬 푸석한 얼굴을 문지르며 몸을 일으켜 멍한 눈으로 강의원을 바라보기는 하는데도 자신이 어디서 누구와 있는지도 모르는 것 같았다.

"사람을 죽이고도 살아내는 법이 있다. 알고 싶지 않으냐?"

강의원은 서양의 이마를 장난스럽게 탁 치며 물었고, 서양은 별이 번쩍하는 충격이 강의원의 손바닥 때문인지 그의 말 때문인지 알 수 없어 어지러웠다.

사람백정

강의원은 정오 무렵까지는 정신없이 밀려드는 환자를 보았다. 그리고 병부와 약을 좀 정리하고는 어김없이 일어나 문을 나섰는데, 간혹 환자들이 찾아와 조금 지체되는 적은 있어도 빼먹는 날은 한 번도 없었다.

"만날 어디를 가시는 거예요?"

강의원은 거의 매일 약장 한구석에 기대어 앉아 자신이 약장 같은 가구나 되는 것처럼 의원이 하는 양을 지켜보고 있는 서양의 말에 고개를 젖혀 껄껄 소리를 내어 웃었다. 세상에 그렇게 웃긴 질문은 두 번도 들어 보지 못했다는 듯이.

강의원은 웃음을 꿀꺽 삼키고는 별다른 말없이 손짓으로 서양을 다가오게 하고 물었다.

"따라오겠느냐?"

서양은 어찌해야 할지 잠시 생각했다. 여전히 무기력하고 아무것도 하고 싶지 않을 만큼 절망적인 마음이었지만 호기심 역시 그에 못지않았다.

서양은 문밖을 나오자마자 조금 후회했다. 안에서 보는 밖은 이른 봄의 따뜻한 햇빛이 눈부시게 내리 비추고 있었고 주변 집들의 초가지붕에 간혹 남은 하얀 눈들이, 햇빛에 반짝거려서 그렇게 추운 날이라고 도저히 생각할 수 없었는데 문을 열어 한 발을 내딛자마자 올라오는 시린 기운에 무릎이 뻣뻣해졌기 때문이다.

강의원은 두툼한 솜을 집어넣은 두루마기를 입고 있긴 했지만 별로 따뜻해 보이진 않았다. 서양은 자신에게 던져 주며 껴입으라고 했던 솜옷들이 아마도 강의원이 가진 겨울옷의 전부가 아닐까 싶은 생각까지 들었다.

문을 넘어 안마당에 내려선 강의원은 크게 팔과 다리를 흔들고는 서양이 더듬더듬 신을 꿰어 신는 것을 기다렸고 서양이 추운 날씨에 나오게 된 것을 후회하며 강의원의 곁에 내려서자마자 그는 아무말 없이 대문을 열고 나가 부지런한 걸음을 놀리기 시작했다.

서양은 대문을 넘어서며 찐득한 목소리의 주인공, 덕이엄이 문을 닫으며 잘 다녀오라고 손을 흔드는 것을 뒤돌아보고는 강의원을 놓칠까 서둘러 뒤를 밟기 시작했다. 강의원의 발걸음은 산책이라도 나온 사람처럼 가벼운 듯도 보였지만 어찌 보면 큰일이라도 치르러 가는 사람처럼 둔중한 느낌도 주었다.

대체 어떤 목적이 저런 걸음을 만드는가.

강의원의 걸음은 별다를 게 없었다. 그는 미동에서 가장 가까운 개천(청계천)의 다리인 모교에서부터 본격적으로 걷고 있다는 느낌을 주었는데 광통교, 효경교, 마진교 등을 거쳐 훈련원 근처까지 갔다가 돌아오는 것이 그 여정이었다.

강의원과 서양이 집으로 돌아온 것은 저녁을 먹을 때에 맞춰서였다. 강의원의 집에 오고 나서 처음 나서는 길에 한시진(2시간)을 넘겨 걸었으니 서양은 녹초가 되어 겨우 강의원의 뒤꿈치에 따라 붙어 집으로 돌아올 수 있었다. 강의원은 축 늘어져 버린 서양을 보면서도 아무 말도 하지 않았다.

그는 그냥 걸었고, 서양은 그를 쫓아 한성을 가로질렀을 뿐이었다.

"무엇을 보았느냐?"

아침나절 두엇의 환자를 보고 서양의 거처로 들어선 서양에게 강의원은 다짜고짜 물었다.

"아무……것두요……."

서양은 아직 남아 있는 졸음을 쫓아내려 거칠게 눈을 비비며 답했고, 강의원은 그럴 줄 알았다는 듯 헐겁게 웃으며 다시 물었다.

"그래? 그럼 오늘 다시 따라나서겠느냐?"

가지 않겠다고 답하려다가 서양은 입을 다물었다. 분명 자신이 그의 걸음에서 보지 못한 무언가가 있었고 강의원이 그걸 꼭 알려주고 싶어 한다는 생각이 퍼뜩 들었기 때문이었다.

그는 마치 서양을 시험하고 있는 듯도 보였다. 서양은 강의원이 좋은 사람이라는 긴 알 수 있었고, 덕이이멈으로부터 그기 유의이며 초시에 합격한 후에 혜민서에서 의서습독관(양반으로서 의학을 익히는 관리)으로 있었다고 듣긴 했지만, 그가 자신을 시험할 만큼의 의원은 아니라고 생각했다. 그렇게 능력이 있었다면 혜민서가 없어졌다고 해도 궁의 내의원으로 들어갈 수도 있었을 텐데 그러지 못했다는 건 지극히 평범한 의원이라는 거 아닌가? 하는 게 서양의 생각이었고, 알렌이 시시때때로 조선의 의원에 대한 혐오를 드러내면서 그들이 말도 안되는 야만적인 방법으로 백성들을 속이며 재물을 뺏고 있다고 했던 말들에 전적으로 동의하고 있던 탓이기도 했다.

내가 서양의학을 배웠다고 내게 이러는 걸까. 자신은 모르는 걸 알고 있다고 나를 밉게 보아 그러나?

서양은 저 혼자 살아 있는 듯 꿈틀거리는 강의원의 가늘고 검은 눈썹을 보며 입술에 침을 묻혔다.

"따라갈게요."

거의 들리지 않는 목소리를 낸 서양은 강의원이 혹시 알아듣지 못했을까 크게 머리를 끄덕여 보였다.

다음날도, 그 다음날도 서양은 아무것도 이상한 것을 발견하지 못했다.

대체 어떤 것을 별다르고 이상하다고 말해야 할지도 몰랐다. 그냥 강의원은 아무 말도 않고 아무 생각 없이 걷기만 할 뿐인 것 같았고 그의 길은 오래전부터 그렇게 정해진 것처럼 변화도 없었다.

정말 그냥 나를 놀리려는 게 아닐까.

닷새째 되던 날 밤, 저녁상을 무르고 난 다음 강의원이 다시 찾아와 물었다.

"이번에도 아무것도 보지 못했느냐?"

"뭐가, 있긴 있어요?"

서양은 조금 소리를 높여 툴툴대며 되물었다. 강의원은 마음 상해하지도 않고 크게 웃으면서 있고 말고, 라며 작게 중얼거렸다.

"잘 생각해 봐라. 넌 분명히 봤어."

서양은 가부좌를 틀고 앉아 양 무릎에 손을 얹고 생각에 잠겼다. 그리고 그 전에 문득 얼마 전까지만 해도 만지고 닿을 때마다 뜨끔하는 아픔이 남아 있던 무릎이 이제 더 이상은 아프지 않다는 것을 깨달았다.

또 그리고 문득……그 눈빛.

개천을 지날 때쯤이었다. 하루도 빠지지 않고 그 사람, 그 눈빛을 마주쳤었다. 그렇게 시간을 맞추기도 힘들 텐데 서른하고 중반쯤 되어 보이는 사내가 항상 자기집의 삽짝 근처로 나와 서서 뒷짐을 지고는 강의원을 뚫어져라 바라보고 있었던 것이다.

서양은 그자가 강의원처럼 그저 정해진 시간에 그 자리에 있는 버릇이나 취미라도 갖고 있는 사람인 줄 알았다. 그게 혹시 이상한 걸까.

그래, 맞아.

몹시 이상했다. 그의 눈빛은 그저 무심함이나 호기심이 아니라 철철 끓어 넘치는 증오로 가득 차 있었던 것이다. 이제 생각해 보니 그가 뒷짐을 지고

서 있는 이유는 그가 여유롭다는 증거가 아니라 그 남자가 당장이라도 그 손으로 무슨 일을 저지를까 염려되어 굳게 묶어 놓는 그런 것 같았다.

"혹시……그 사람인가요? 효경교 근처, 항상 나리를 지켜보는 사람?"

강의원은 맞다 틀리다란 말도 하지 않은 채 예의 그 헐거운 웃음을 짓고는 눈을 내리깔았다.

"내일 보자."

우뚝, 그의 발이 굳어 버린 듯 그 자리에 멈춰 섰다.

한 번도 멈춘 적이 없었는데…….

서양은 여전히 오늘도 강의원을 그 시린 눈으로 뚫어질 듯 노려보고 있는 사람의 집 앞에 멈춰 선 그의 뒤에 바짝 다가섰다. 개천에는 얼음을 깨고 빨래에 열중하는 아낙들의 높은 목소리와 탁탁 빨래 내려치는 소리, 그리고 그 사이를 맹렬히 뛰어다니며 뜨거운 김을 내뿜는 아이들의 소리가 들리고 있었지만 강의원과 그 남자 사이에는 깊은 침묵만이 벽처럼 굳게 뿌리박고 있는 것 같았다.

"가서 물어봐라. 내가 누군 줄 아는지."

"네?"

"저 사람에게 물어보라고. 어서."

강의원은 재촉하듯 끝말에 힘을 주었다. 서양은 쭈뼛쭈뼛 그 남자를 향해 다가갔다. 열 보가 조금 못되는 걸음의 거리가 한 걸음도 채 되지 않은 것처럼 순식간에 좁혀졌다.

"저기……."

남자는 서양에게 대꾸도, 눈길도 주지 않고 강의원을 노려보고 있었다.

"저……사람이 누군지 아세요?"

서양은 간신히 용기를 내서 팔을 뻗어 강의원을 가리키며 물었다. 남자는 아직도 움직일 기미는 보이지 않았지만 침을 삼키는 듯 목울대를 들었다 놓으며 입을 벌렸다.

"알지."

"그럼, 어떻게……아시는데요?"

남자는 처음으로 서양을 똑바로 쳐다보았다.

"저 자가 내 아버지를 죽였으니까."

***

"임오년(1882년)이었다. 혜민서가 없어지고 나서 바로니까 분명히 기억하지."

들어갈까 돌아설까 강의원은 몇 번을 망설이고 있었다. 그의 고뇌의 흔적인 듯 그의 발밑에는 발자국이 무수했다. 이곳에서 무엇을 볼 수 있을까.

강건우는 붉은색의 장옷을 뒤집어쓴 여인이 조급한 걸음으로 그가 진을 치고 있는 곳을 지나쳐 입구 쪽으로 가는 것을 보았다. 왜 가마를 타지 않았을까 의아할 만큼 여인의 의복은 화려하고 좋아 보였고 그녀의 옆을 지키며 걷는 몸종의 존재 또한 그녀가 어느 사대부가의 안방을 차지하고 있는 사람일지도 모른다는 확신을 더해 주었다.

아마도 여인은 차마 말하지 못하는 병을 가진 사람일지도 모른다. 그래서 서양의 의학을 찾아 소문도 차단할 겸 온 것일지도 모른다는 생각이 들었다. 벌써 그 여인 말고도 몇몇, 한눈에 보이기에도 고통에 절절매는 자들이 입구 속으로 사라졌다.

못 갈 거 없지.

강의원은 늘어뜨린 양손을 세게 쥐었다가 손바닥을 흠뻑 적신 땀을 도포 자락에 문질러 닦았다.

양반의 체면쯤이야, 배움 앞에서는 부질없는 것을.

해사하게 하얀 얼굴에 바짝 마른 뺨, 날카로운 턱에 자리 잡은 얇은 입술.

강의원은 누가 보아도 예민한 속내를 가졌을 거라 짐작이 되는 일본인 의사 앞에 자리를 잡고 앉았다. 의사 옆에는 작은 갓을 쓴 스물도 안 되어 보이는 젊은 조선인이 서서 통역을 해 주고 있었는데, 뭐라 말을 꺼내야 할지 생각했던 말들이 하나도 떠오르지 않아 입이 바짝바짝 마르는 강의원을 기다려 주지 않고 말은 건네어졌다.

"어디가 아파서 오셨소?"

앳된 모습처럼 새된 목소리가 통역의 입에서 흘러나왔다. 일본인 의사는 아무 말도 하지 않았는데 통역이 말을 시작하는 것을 보니 늘 그렇게 해온 모양이었다.

"나는 다른 게 아니라……."

강의원은 다시금 마른 입과 마른 입술을 적셔 보려 입을 달싹거렸다. 일본인 의사의 하얀 이마에 섬은 줄이 가기 시작했나.

"나는 아파서 온 것이 아니오."

통역의 말을 들은 의사는 뜻은 몰라도 호의적이지 않게 들리는 목소리로 말을 뱉었다.

"그럼 왜 온 거요?"

"나는……그러니까……서양의 외과술을 배워 보고자 온 것이오."

피식.

통역이 말을 전하자마자 일본인 의사의 비웃음이 그릇 깨지는 소리처럼 소름끼치게 들려왔다.

"여기는 병원이지 학교가 아니오."

의사는 더 이상 볼일이 없다는 듯 책상 위로 눈을 내리고는 손등을 세워 나가라는 듯 흔들었다.

"학교는 아니어도 가르칠 수는 있잖소?"

의사는 책상위에 두 손을 깍지 끼워 세우고는 강의원을 향해 날카로운 눈빛을 번뜩였다.

"그래서 당신은 뭐하는 사람이요? 양반이요?"

"나는 양반이기도 하고, 의원이기도 하오."

일본인 의사는 이제 더 이상 거리낄 것도 없다는 듯 한참을 소리내어 웃었다. 무릎위에 올려놓았던 강의원의 손에 조금씩 힘이 들어갔다.

"조선의 의원이 대체 뭘 배울 수 있다는 건지 모르겠소. 그리고 굳이 외과술을 배우지 않아도 잘 먹고 잘 산다고 들었는데?"

"이건 잘 살고 못 살고의 문제가 아니오. 물론 우리 의술에도 외과술은 있소. 나는 다만 당신네들의 의술에 대해 배우고 싶을 뿐이오."

의사는 얼굴의 웃음을 지우지도 않고 절레절레 머리를 흔들었다.

"설사 배운다 해도 당신은 이해할 수 없을 거요."

"그렇지 않소. 우리는 같은 의술을 행하는 사람들이고 분명 닮은 데가 있을 거요. 그리고 또 다른 데가 있을 것이고. 더 나은 게 있으면 배우고, 더 못한 게 있으면 가르치면 되는 거 아니요?"

"말도 안 되는 소리!"

의사는 책상을 쾅 내려치고는 언제 웃은 적이 있냐는 듯 표정을 바꿔 버렸다. 스물다섯을 조금 넘겨 보이는 젊은 의사는 강의원이 가망 없는 말썽쟁이 제자라도 되는 듯 엄한 스승의 얼굴로 소리를 높였다.

"조선인들한테 되는 게 아니오! 그걸 모르겠소? 당신들은 배워도 몰라!"

강의원의 힘이 들어간 주먹이 부들부들 떨렸고, 의사의 말을 전하는 통역의 목소리도 그랬다. 일본인에게 고작 이런 수모를 당하려고 공사관의 부속병원을 찾은 것이 아니었다.

강의원은 자리를 박차며 일어났고, 의자가 넘어지는 소리가 퉁명스럽게 들렸다. 금방이라도 고래고래 소리를 내지를 것처럼 보였던 그는 숨을 크게 집어삼키고는 한쪽 입술을 올려 미소를 지으려는 사람처럼 표정을 지었다.

일본인 의사는 전혀 예상치 못한 그의 태도에 궁금증이 생긴 듯 한쪽 눈을 찌그러뜨렸고, 잔뜩 겁먹은 얼굴을 하고 있던 통역 역시 비슷한 표정이었다.

"나는 미동에 사는 강건우라고 하오. 미동에 와서 그냥 내 이름을 대고 내 집을 물으시오. 어렵지 않게 찾을 수 있을 거요."

"내가……당신을 찾아갈 거라고 믿는 거요?"

"그렇게 될 거요. 머지않아서."

그리고 나서 1년이 채 되지 않았을 때 그 사람이 찾아왔다. 당시 2등 중군 의였던 그는 1등 중군의가 되어 있었지. 그는 나를 보자마자 내 앞에 무릎을 꿇고 울음을 터뜨렸다.

나는 그가 왜 그러는 건지 묻지 않았지. 의술을 단지 여느 다른 기술이나 손재주와 다르지 않다 여겼던 그가 이제서야 비로소 자신이 사람의 생명을 다루고 있다는 사실을 깨달았음을 충분히 짐작할 수 있었으니까.

아베 세이시는 조선인 소년을 수술 도중에 죽게 만들었다고 했다. 소년은 깨어나지 않았고 그게 전적으로 자신의 잘못이라는 걸 알았지.

수술이 있다는 걸 알면서도 그는 그 전날 잔뜩 술에 취했다고 한다. 아침부터 정신을 차리기가 힘들었고, 늘 있던 일이고 가벼운 수술이라 여겼으며 심각하게 생각지도 않았지. 수술 도중 그는 몇 번인가 기억이 나지 않을 정도로 졸았다고 한다. 간호수에 의해 깨어난 게 몇 번인지도 정확히 기억하지 못한다고 했다.

소년은 깨어나지 않았다. 그는 그게 자신 때문이라는 걸 알고 두려움에 빠졌지. 그는 도망쳤다. 소년의 주검을 붙들고 오열하는 부모를 밀쳐내고 병원 밖을 나가 도망쳐 버렸지.

하지만 아무 일도 없었다. 간호수들이 있었으니 그가 수술 도중 어떻게 했는지는 금세 알려졌지만 그에게는 아무 일도 없었다.

그 소년의 죽음도, 그 수술도 처음부터 없었던 것처럼 그렇게. 소년이 죽고, 그 자신에게 아무런 책임도 돌아오지 않고 나서야 그는 그때 내가 한 말이 무슨 뜻인줄 알았다고 한다.

그때 그가, 아베 세이지, 그가 나를 찾아온 거지. 우리는 타인이자 부끄러운 과거로 얽힌 동지였다.

"침을 놓았고, 그는 죽었지."

그는 육십을 조금 넘긴 늙은 남자였다. 옥방이라는 데가 으레 그렇듯이 더럽고 냄새나고 후끈거렸다. 한창 더울 때라 그 모든 것이 배가 되는 것처럼 보였지.

혜민서에서 일하는 누구든 감옥으로 가서 죄수들을 돌보아야 하는 것을 반겨하는 사람은 아무도 없었다. 나 역시 다르지 않았지만 모여서 제비를 뽑았고 그날따라 별로 운이 없었던 거지.

그는 종기의 독이 얼굴로 흘러내리면서 농증을 이루려 하고 있었다. 노인의 상태를 천천히 보고 있자니 노인이 말을 걸어오더라.

보이는 상태가 좋지 않아서인지 사람들로 그득한 옥방에서도 아무도 말을 걸어오는 사람이 없었다고 했다. 그는 현방(정육점)에서 고기를 훔쳐서 잡혀 왔다고 했고, 손자놈이 아파서 라는 게 그 이유였는데 얘기를 들어 보니 천연두인 것 같더라구. 그래서 내가 말했지. 마마가 고기를 먹인다고 될 건가.

노인은 힘없이 웃었다. 살릴 순 없어도 마지막길이 좀 풍요롭지 않겠냐면서.

나는 노인에게 침을 놓았다. 침을 놓아 나쁜 피를 뽑아내지 않고서는 방법이 없었으니까. 근데 침을 놓고 난 침구멍에서 피가 나와 그치질 않았다. 그때 그 노인의 눈이 잊혀지질 않는다. 사람이 죽는 것을 보는 게 처음이 아니었것만 빛을 잃어가는 노인의 눈을 보고 있자니 내가 그의 몸에서 생기를 빼내고 있는 듯한 느낌이 들었다.

그렇게 죽은 그 노인의 눈이 나를 밤낮으로 괴롭혔다. 난 노인의 집을 수 소문해 찾아갔고, 말했다.

"침을 놓았고 그가 죽었다"라고. 내가 그를 죽게했다고 말하진 않았다.

나도 알지 못했으니까. 나는 바른 처방을 했다고 믿었지만 알 수 없는 일이었으니 내 탓이라고도, 내 탓이 아니라고도 못했던 거지.

단순히 감옥에서 죽은 수많은 사람들처럼 아버지가 죽었다고 믿었던 게 분명한 아들은 당황했고, 그 순간부터 우리 사이엔 암묵의 계약이 맺어졌다.

그는 나를 미워하고, 나는 그의 미움을 받으며 매일 매일을 새로이 태어나는 의원이 되기로.

그는 매일 나를 증오의 눈빛으로 쏘아보지만 사실 아버지의 죽음을 자신의 탓으로 여기고 있다. 늙은 아버지를 제대로 부양하지 못한 탓에 아버지가 도둑질까지 하게 되었다 믿게 된 것이지. 나는 내 죄책감을 들쑤셔 줄 사람이 필요했고, 그는 원망할 사람이 필요했던 거다.

왜 죄책감을 버리지 못했냐고?

글쎄, 누군가는 사신을 용서하지 않으면 안 된다고 하고, 누군가는 그런 짐은 의술을 행하는 자에게 있어 업보와 같은 것이라고도 하지만 진리란 건 없는 것 같았다.

나는 나를 용서하고 싶었지만, 그게 잘 되질 않았다. 내가 뭔가 실수를 했다고 여겨서가 아니라 의술을 행함에 있어 아픈 자를 낫게 하지 못했다는 것 자체가 정말 괴롭더구나.

그 죄책감을 조금이라도 이겨내는 것은 모든 걸 그만두고 도망치거나 무시하는 것이 아니라 다른 이들을 더 살리면서 갚아야 하는 것 같다는 결론을 내리게 되자 나를 괴롭혔던 죄책감이라는 놈이 내 친구 같고 동료 같았다. 의원들은 자신이 고귀한 일을 하고 있다는 걸 잘 안다. 그 누구보다도 잘 알지. 하지만 고귀한 일을 한다고 해서 자신이 고귀해질 필요까지는 없다는 것은 알지 못하지.

생명이라는 것이 어찌 의원 혼자만의 몫이기만 하겠느냐. 환자와 시간,

가족과 환경, 운명, 그 모든 것이 생명과 연결되어 있지. 그렇지만 나는 다른 평계를 댈 수가 없었다.

그리고 그건 그냥 내가 그렇게 생겨먹은 사람이기 때문이다.

의원은 사람을 살린다. 하지만 죽이기도 한다. 그러니 의원이 되고자 한다면 자기 나름의 자리를 지킬 줄 알아야 한다. 그래야만 더 나아지는 의원이 될 수가 있다.

이제 네 차례다. 말해 보아라 아이야. 네 속에 있는 무엇이 너를 괴롭히는지.

"그래서, 여전히 의원이 되고프냐?"

서양의 얘기를 다 듣고 나서 강의원이 물었다.

혼란, 죄책감, 좌절감, 자괴감까지 그 모든 것들이 너를 덮쳤는데도 너는 여전히 의원이 되고프냐? 라고, 그렇게.

서양은 사람을 살리기만 하는 게 의원인 줄 알았지 사람을 죽게 하기도 하는 게 의원이라는 걸 알지 못했다. 범석의 말처럼 의원이 어찌할 수 없는 죽음도 있다는 걸 몰랐다.

강의원은 고심하듯 머리를 살짝 기울이고 있는 서양에게 서책 한 권을 건네주었다.

"네가 내 집에 오고 난 후에 아베가 주고 간 것이다."

그것은 할아버지가 어머니에게, 어머니에게서 서양에게로 온 바로 그 책이었다. 책의 내용에는 관심이 없었지만 어머니가 남긴 것이라 미국까지 가져가려 한 것이었는데, 강의원은 책속에 적힌 박영기가 누구의 이름이냐고 물었다. 서양은 박영기는 내 외할아버지의 이름이고 별처럼 많은 돌팔이 의원이었던 것 같다고 말했는데, 조금 부끄러움을 느꼈기 때문이었다.

강의원은 양반이었고 혜민서에서 근무까지 했던 의원인데 서양의 할아버지는 어디서 누구한테, 어떻게 의술을 배웠는지도 알 수 없는 의원이었으니까.

강의원은 대뜸 그렇지 않았을 거라고 대답했다.

"설사 네 할아버지가 뛰어난 의원은 아니었더라도 의원으로 사는 게 어떤 것인 줄은 분명히 아는 의원일 거다."

단정하는 강의원의 말투에 서양이 미심쩍어 하는 눈치를 보이자 그가 물었다.

"이 책이 뭔지 아느냐?"

"그저 여기저기서 짜깁기해서 필사한 것이 아닌가요?"

"그래. 맞다. 근데 그게 전부가 아니다. 너희 할아버지가 만든 이 책은 황제내경에 나오는 내용들을 뽑아서 적은 것이다."

서양은 황제내경이 뭐냐고 물었다.

"중국의 가장 오래된 의서지. 근데 그게 중요한 게 아니다. 중요한 건 네 할아버지가 이렇게 개인적인 필사본을 만들었기 때문에 할아버지가 어떤 의원이었는지 알 수 있냐는 세 정말 중요한 거지."

서양은 다시 책을 펼쳐 보았다. 달라진 내용 같은 건 없었다. 그동안 몇 번 펼쳐 보기는 했지만 별로 흥미로울 만한 것은 찾지 못했다. 순 의원이 어찌해야 한다, 같은 것들뿐이고 병에 대한 것이나 병의 처방에 관한 것들 같은 것도 없었으니 도무지 재미가 없었다.

"거기서 하나만 읽어 보겠느냐?"

"예? 책을요?"

"그래, 책의 내용 중 한 부분만 소리 내어 읽어 봐라."

서양은 책을 넘겨보며 적당한 부분을 찾았지만 뭐가 읽기에 적당한 것인지는 알 수 없었다.

"흠! 흠!"

서양은 뭐 다 비슷비슷한 얘기니까, 생각하며 아무렇게나 펼쳐서 목을 가다듬고 책을 읽어 내려가기 시작했다.

"병을 고치고자 하는 열의와 정성이 없이 환자와 진지한 상담을 하지 않거나, 보다 적극적으로 환자의 마음상태, 정서적 분위기 등을 알고자 하지 않으면 의원은 보다 효과적인 치료를 할 기회를 잃게 된다. 병은 마음에서 생기는 법이므로 환자가 마음을 비우고 편안하게 있도록 설득하고 또한 병을 치료받기 위해서는 환자에게 의원의 도움이 반드시 필요함을 알게 하는 것이 훌륭한 의원의 덕목이다……?"

서양은 말끝을 들어 올리며 이 정도 읽으면 되는 건가요? 하는 식의 어조를 하고는 책을 덮었다.

"책의 내용 대부분이 네가 읽은 것같이 의원이 어떤 태도를 가져야 하는지, 어떻게 환자를 살펴야 하는지에 대한 것이다. 알고 있느냐?"

서양은 턱을 끌어내려 긍정했다.

"수많은 의원들이 오로지 병에만 집착한다. 하지만 병과 사람은 떼어 놓을 수 없고 사람은 한결같지 않으며 그 사람이 사는 방식, 사는 곳도 그렇지. 그 모든 것을 자세히 살피지 않고 오로지 병에만 집착하는 의원이라면 그는 의원이라기보다 병에게 약을 파는 장사꾼에 불과하다고 할 것이다. 네 할아버지가 뛰어난 의원은 아니었을지도 모른다. 의원이라면 병과 약에 대한 지식도 많이 지녀야 하는데 그 지식을 갖추지 못했다면 뛰어난 의원이라 할 수는 없겠지. 하지만 그는 최소한 환자와 그를 둘러싼 그 모든 것을 살피지 못한다면 의술을 행하는 자라 할 수 없다는 것은 알았던 것 같다. 너는 그런 의원을 어떤 의원이라 하겠느냐?"

아…….

서양은 입은 벌렸지만 아무 말도 하지 못했다. 이것저것 여러 가지 생각들은 머릿속을 무수히 들락였는데도 그게 과연 정의내릴 수 있는 문제던가 하는 생각이 들었다.

어차피 제대로 된 지식과 기술을 가지지 못했다면 그건 나쁜 의원이 아닌가? 환자는 병을 치료해 주기만 바라지, 자신을 이해해 주길 바라는 건 아니지 않을까? 환자의 고통을 해결해 줄 방법은 잘 모르는데 아픔은 이해해 주려 노력하는 의원?

"그냥 돌팔이 같아요. 뭐 제대로 아는 것도 없는데 환자만 제대로 살펴서 뭐하겠어요?"

강의원은 활짝 웃었고, 서양은 자신이 제대로 말한 것 같아 기분이 우쭐해졌다.

"그러면 병에 대해선 잘 아는데 환자를 제대로 살피지 않는 의원은 어떨까?"

"근데 그건 말이 안돼요. 환자를 제대로 살피지 않고 어떻게 병에 대해서 알 수 있죠?"

"그래, 그럼 환자가 열이 있고 배가 아프며 설사 증세가 있다고 말한다. 너는 그걸 무슨 병으로 진단하겠느냐?"

서양은 볼 안으로 바람을 집어넣으며 제중원 시절에 배운 것들을 떠올려 보았다.

"장이 안 좋은 거 아닐까요?"

"음. 그럼 네가 그렇게 생각한다면 환자에게 어떻게 해 주겠느냐?"

"열을 내릴 수 있는 약을 주고 장을 좀 쉬게 해 주라고 할 것 같아요."

"그리고?"

서양은 한쪽 눈을 찡그렸다.

그리고 뭐가 또 더 있나?

"나 같으면……."

강의원은 뜸을 들이며 입을 열었다.

"무얼 먹었는지 물어보겠다. 평소 식습관은 어떻고 그런 증세가 언제부터, 얼마나 자주 있었는지도 물어보겠지. 그리고 배변은 어떻게 하는지 변비가 있지는 않은지 방귀는 잘 나오는지 모두 물어볼 것이다."

서양은 저도 모르게 푹 한숨을 내쉬었다.

"그게 무슨 상관이라는 건지 모르겠어요. 어차피 병은 일어났잖아요. 음식을 잘못 먹었다면 다음에는 그걸 먹지 말라고 할 수는 있겠죠. 근데 평소 생활습관과 그게 무슨 상관이죠?"

"병이 왜 생겼는가, 어떻게 생겼는가, 어떤 식으로 반응하는가, 어떻게 진행될 것인가, 차후에는 어떻게 관리해야 하는가, 사람마다 어떻게 다른 모양으로 보이는가. 너는 그런 것이 상관없다고 여기느냐?"

서양의 손가락이 조금씩 떨려 왔다.

뭔가 이 거대하고 버거운 느낌은 뭐지.

"사람에게는 마음병이란 게 있다. 몸이 아파서 마음병이 생길 수도 있지만, 마음병 때문에 몸이 아플 수도 있는 것이다. 많이 아는 의원……좋다. 좋은 약을 많이 가진 의원도 물론 좋다. 하지만 환자를 자세히 살피지 않고 관심을 가지지 않는다면 그 좋은 것들을 대체 어떻게 적용하겠느냐?"

서양은 차츰차츰 따가워지는 눈에 손을 올렸다.

"학질은 어려운 병이다. 여러 가지가 있고 다양한 증세를 보이지. 왕실같이 뛰어난 의원이 많다는 곳에서조차 여러 사람이 학질을 앓았고 많이 죽기도 했다. 키니네는 효과가 좋은 약이라고 한다더라만 그런 어려운 병을 너같이 서투른 학도가 어찌 다룰 수 있었겠느냐. 그것이 너의 잘못은 아니지만 단순한 처방에 의지하려 했다가 그게 들지 않자 다른 이들을 원망하고 잘못되었다 단정했던 너는, 비난 받아 마땅했다. 너는 의술에 대해서도 무지했고, 환자에 대해서도 그랬으며 네가 취해야 할 자세에 대해서도 전혀 아는 것이 없었다."

"제가 의원이 될……그릇이 아닌 건가요?"

서양은 울먹이면서 물었다. 서양의 절망을 있는 그대로 이해하는 것 같았던 강의원은 서양의 모든 것을 비난하고 있었고, 그것이 모두 진실일 것 같을 때……그런 비난은 더없이 뼈아픈 것이었다.

겨울 사이에 더 바짝 말라 버린 팔뚝을 서양은 자꾸만 문질렀다.

4월 저녁의 바닷바람이 이토록 차고, 또 뜨거우며 한편으로는 가렵기까지 하다는 것을 미처 알지 못했던 게 큰 실수라도 되는 일인 양 소년의 낯빛은 흐렸다.

"내게는 많은 스승이 있었다. 어려서 소학, 격몽요결을 가르쳐준 훈장님부터 시작해서 아버지와 혜민서의 선배 의원들까지. 하지만 진짜 내 스승은 그 노인과 그의 아들, 수많은 환자와 세월이었다. 그 환자들은 만나지 않고 그 세월을 견뎌 살아내지 못했다면 내가 어떤 의원이 되었을지 상상하기 어렵다."

"가고 싶지 않아요, 스승님."

서양은 스승이리는 말의 억양이 주는 안정감에 매달리듯 물컹거리는 목소리로 속삭였다.

"제게는 이제 스승님이 계시잖아요. 닥터 알렌처럼 왕을 만나는 의원 같은 게 되지 못해도 좋아요. 제발 곁에 있게 해 주세요."

"너에게는 자존감이 없다."

"예?"

"자존감을 만드는 것, 그걸 너의 시작으로 삼아야 한다. 나는 네게 자신감을 만들어 줄 수는 있다. 네가 의술에 대해 많이 배우고 깊이 알게 되면 어떤 환자를 만나도 자신감이 넘치겠지. 하지만 자존감은 줄 수 없다. 그건 너 스스로 만드는 거니까.

자신감이 있으면 환자를 치료할 수는 있겠지만 자존감이 없으면 좋은 의원이 될 수 없다. 네겐 너만의 윤리가 없어. 자존감을 배우고 만들지 못했기 때문에. 그래서 이리저리 쉽게 휘둘리지. 이 사람도 옳은 것 같고 저 사람도 옳은 것 같고 이 말도 맞는 것 같고 또 저 말도 맞는 것 같지. 네가 그렇게 혼란을 겪는 것, 이것을 믿었다가 실망하고 또 저것을 좋아했다가 싫어하게 되는 것. 그걸 고치지 않으면 너는 아무것도 할 수 없게 될 거다."

서양은 반박할 수 없었다. 내심 언제나 굳은 성정을 지키고 있다고 생각했지만 강의원의 말은 모두 맞았다. 서양은 조금만 달콤하고 화려한 것을 맛보게 해 주는 사람에게는 그 즉시 자신의 모든 것을 내어 줄 정도로 쉽게 마음을 주고 비굴해졌다.

"가서 처음부터 다시 시작해 봐라. 일본의 환자들은 네 신분을 염두에 두지 않겠지. 네가 가서 배우는 것이 서양의 의술이든 우리의 의술이든 상관이 없다. 너에게는 열린 환경이 필요할 뿐이니까. 언젠가 우리 조선도 너 같은 아이를 순순히 가르쳐 크게 키울 날이 올 것이다. 너에게는 다른 것이 필요하다. 너는 애초부터 다른 사람이고 새로 태어나야 하는 사람이다. 백정은 다른 종류의 사람이니 너는 아주 새로운 옷을 입지 않으면 안 돼. 조선에서 백정 의원이 되지 말고, 백정이었던 과거가 상관없을 만한 사람이 되어야 한다.

기억해라. 의술을 배우는 것은 어렵지 않다. 의술을 행하는 태도를 배우는 것이, 어떻게 의원으로 살아야 하는가를 배우는 것이 정말 어려운 거지. 자존감을 만들고, 자신감을 기르고, 의원으로 사는 법을 배워라."

일본으로 떠나게 된다는 사실을 서양은 이날 아침에 처음 알게 되었다. 일찍 찾아온 아베 세이지가 편지와 주소가 적힌 종이를 주었고, 덕이어멈은 가는 동안 먹을 만한 것들을 싸주었다.

스승과 함께 말 한 마리에 나누어 타고 제물포까지 오면서 서양은 차마 아무 말도 할 수가 없었다. 스승이 자기를 몇 달 데리고 있어 보니 귀찮았던 건가, 그냥 내가 짜증나는 아이라서 보내는 걸까 하는 갖가지 생각들이 마음을 어지럽혔기 때문이었다.

"억지로 보내진 않을 거다. 배가 승선을 시작하게 되면 그때 결정해. 그래도 된다."

서양이 가고 싶지 않다고 말해도, 실은 그것이 온전한 진심이 아니란 것을 그대로 간파하는 강의원을 보다가 소년은 덕이어멈이 싸준 보퉁이에 얼굴을 묻었다.

무서웠다. 일본은 어떤 나라일까. 나는 어떻게 될까. 서양은 문득 눈물 젖은 얼굴을 들어 스승에게 물었다.

"스승님. 그때 의원이 사람을 죽이고도 살아내는 법이 있다고 하셨잖아요. 그게……뭐죠?"

강의원은 투박하지만 섬세한, 도저히 있을 법하지 않은 손으로 서양의 젖은 얼굴을 닦아 주면서 말했다. 아마도 이것이 세상에 존재하는 가장 큰 비밀이라도 되는 것처럼 결기어린 음성으로.

"살아내는 법은 없단다. 그저 의원이니까, 그렇게 살아야 한다는 것 말고는."

2부
의사로 산다는 것

귀향

7년. 일곱 해는 세상에 변하기에는 부족한 시간일 수 있다. 강산이 변하기에도 그렇고. 하지만 사람은 어떨까. 운종가에 들어선 나는 내가 사람들의 눈에 어떻게 비칠지 걱정하는 마음을 들키지 않으려 애쓰며 큰 걸음을 옮긴다.

나는 짧게 자른 머리를 가지런하게 빗어 넘기고 일본인들이나 양이들, 혹은 몇몇 조선인들만이 입는다는 양복을 입은 사내이고 그 차림이 몹시 익숙하고 당연하다는 듯 걷고 있지만 운종가를 걷겠다는 용기를 낸 것은 조선에 발을 내딛고 한성에 도착한 지 사흘이나 지나서였다. 그리고 부끄럽지만 제물포에 내려 한성에 들어온 것도 밤을 틈타서였다.

뭐가 두려웠을까.

아마도 나를 알아보는 사람은 없을 거였다.

나는 이제 거의 닥터 알렌보다도 키가 커 있었고, 바짝 말랐던 몸은 보기 좋을 만큼 살이 붙어 있었으며 얽은 자국 같던 얼굴의 흉터들은 딱히 신경

써서 들여다보지 않으면 혐오스럽지 않을 만큼 잘 아물어 있었다.

그런 나를 누가 알아볼 것인가.

설사 알아본다 해도 그 옛날 볼품없던 백정 꼬마와 나를 연관시키는 것은 쉬운 일이 아닐 것이다. 아마도 설마 그럴 리 없다고 절레절레 고개를 내저으며 바쁜 걸음을 재촉하는 사람을 만날 수는 있겠지. 그래.

제물포와 달리 운종가는 그리 달라진 게 없었다. 여전히 넓고, 그 넓은 거리가 무색할 만큼 빽빽이 들어찬 사람들하며 그 사람들에게서 뻗어 나오는 목소리들하며.

조선에 돌아오고 싶었다. 이곳이, 항상 그리웠다.

조선에 돌아가면 여전히 백정일 거라고 그 좋은 솜씨로 왜 조선으로 돌아가 멸시를 당하려 하느냐고 많은 친구들이 나를 만류했고 나 또한 그들의 말이 옳다는 것에 동의했지만 그것은 그저 옳고 그른 것을 떠나 있는 것이었다. 그리움이란 것은.

일본 동경 땅에 발을 내딛자마자 나는 강의원, 스승의 말이 맞았다는 것을 알았다. 그걸 알아채는 데는 잠시의 시간도 필요하지 않았다. 나는 완전히 달라지지 않으면 안 되었고, 그렇게 조선의 천한 백정소년의 모습을 벗고 달라지는 일은 내게 잘 맞는 것이었다.

나는 아베 세이지가 길고 정성스럽게 써준 편지를 들고 그가 일러준 주소를 찾아 동경의 거리를 헤맸다. 배에서부터 일본 사람들의 복색을 갖춰 입은 나를 쳐다보는 사람은 별로 없었고, 배에서 선원들에게 배운 몇 마디 일본 말로 간신히 주소에 맞는 집을 찾았다. 그 집을 찾고, 그에게 편지를 건네고 나서도 나는 그가 어떤 사람인지 알지 못했다.

오십을 조금 넘긴 나이로 보였던 그는 편지와 나를 번갈아 보며 긴 손가락으로 입술을 만지작거렸다.

혹시 그가 이 편지는 가짜라고 하면 어쩌지. 나를 내쫓지나 않을까. 그렇다면 나는 어디로 가야 할까.

그는 편지를 천천히 내려놓고 내게 뭐라 말했지만 나는 전혀 알아들을 수 없었고 얼굴을 일그러뜨리며 거의 울 듯한 모습의 나를 보며 그는 처음으로 미소를 짓고 나서 세이지의 편지 한쪽에 한자를 써서 내게 보였다.

'여기서 지내라.'

그는 자혜의원의학교의 교장, 다카키 가네히로였다. 지금 생각해 보면 그만큼 적당한 사람을 찾는 일도 힘들었을 것이란 생각이 든다. 그렇게 시작된 7년의 시간.

나도 돌아오지 않으려 했다. 돌아오고 싶었지만 세월이 흐를수록 점점 더 엄두가 나지 않았다. 하지만 조선에 개혁이 일어나 신분제가 사라졌다는 편지는 나의 가슴과 엉덩이를 동시에 들썩이게 만들었다.

지난해(1894년) 동학농민전쟁이 일어나고 급속이 번져가는 전쟁을 제어할 힘이 없었던 조선은 청나라에 군사를 요청했다. 청나라가 출병하면 자신들도 출병하기로 약속했던 조약을 빌미로 일본은 조선에 군사를 파견했지만 동학군이 자진 해산하면서 조선에 주둔할 명분이 없어졌는데도 일본은 철수하지 않았고, 7월 23일 경복궁을 점령했는데 이것이 신분제를 사라지게 한 조선 개혁의 씁쓸한 시작이었다.

이런 식으로 강제적으로 이루어진 고국의 개혁을 기뻐하는 내가 부끄럽지 않은 것은 아니었지만 신분제가 사라졌다니, 더 이상 양반이 없고 백정이 없다니. 대체 누가 나더러 감격해하지 말라고 할 수 있을까. 나는 빨리 돌아오고 싶었지만, 경복궁 점령 이후 곧 청일전쟁이 발발한 터라 때를 기다리지 않으면 안 되었다.

전쟁은 일본의 일방적인 승리로 끝을 맞았고, 청나라는 조선에 대한 영향력을 잃음과 동시에 막대한 전쟁배상금을 물고 요동과 타이완 등 일부 영토까지 일본에 내주어야만 했다. 일본인들은 전쟁에 이겼다는 사실보다 막대한 전쟁배상금과 청나라의 땅을 빼앗았다는 사실에 더 흥분하는 것 같았지만 그 흥분은 오래 가지 못했다. 만주로의 진출을 꾀하고 있던 아라사(러시아)

가 일본에 위기감을 느꼈고, 이는 아라사와 프랑스, 독일 세나라가 연합해 요동반도를 중국에게 돌려주도록 일본을 압박하는 것으로 이어졌으니까. 이를 삼국간섭으로 부른다는데, 어찌 보면 적절하고 또 어찌 보면 그처럼 걸맞지 않은 말도 없다. 간섭이 그저 간섭으로 끝날 일이 아니었으니까.

그 간섭이 전쟁이 될까 두려워 일본은 결국 중국에 요동반도를 반환했다. 전쟁의 승리 후였지만, 막 전쟁을 끝낸 후이기도 했다. 더 이상 전쟁을 치러낼 여력이 없었다는 것이다.

일본인들이 크게 실망하고, 아라사에 대한 악감정을 차곡차곡 쌓고 있는 아슬아슬한 분위기에 있다가 조선에 도착하니 확실히 뭔가 다른 느낌이었다.

아, 이걸 뭐라고 해야 할까.

이제 전하의 측근에서 영어, 일어, 중국어에 러시아어까지 전하고 있다는 역관 나리의 편지는 이런 조선의 냄새를 제대로 전하지 못한 게 분명했다. 신분제가 사라졌다 해서 사람들의 의식 속에서도 사라진 것은 아니라 덧붙였던 나리의 편지가 떠올리 내기 어리석은 고집을 부렸던가 잠시 후회했지만, 나는 돌아갈 구실이 필요했고 신분제가 사라졌다는 건 더없이 적당한 핑계거리였다.

조선의 분위기가 어떻든, 사람들이 어떻게 생각하든, 이제는 맞서 싸울 수 있을 것 같았다. 한 번도 제대로 백정이 아닌 사람들에게 맞서 싸워 보지 못했지만 이제는 그럴 수 있을 것 같았다. 이제는 나의 역사를 내손으로 적어내려 갈 수 있을 것이다. 나는 크게 숨을 들이쉬었다. 한성의 냄새, 거리의 냄새.

사흘 전 도착해 맡았던 한성의 밤기운이 뿜어내는 냄새와는 사뭇 다른 냄새가 내 몸 속속들이 들어차게 나는 내버려 두었다.

***

"이년! 이 서방 잡아먹은 년! 이 갈보 년! 니가 내 아들을 잡아먹었지! 이 놈 저놈 밑에서 뒹굴다가 니가 끝내 내 아들을 잡아먹었지, 니년이 죽어야 내 아들이 저승에서도 다리를 뻗고 자지!"

보기 좋은 광경은 아니었다. 한성에 돌아와 거리에서 처음 보았다고 하기에 좋은 얘깃거리는 안 되는 그런 장면.

하지만 어쩌랴. 사람들은 다른 이의 불행에 끌리는 법이다. 부나비처럼 우르르 몰려들어 있는 사람들의 뒤로 나는 한 걸음 다가섰다.

늦더위에 사람들의 고약한 땀 냄새가 훅 끼쳐 왔지만 호기심을 애써 눌러야 할 만큼 못 참을 정도는 아니었고, 다행히 다른 이들보다 머리 하나는 큰 내 키 덕분에 나는 까치발을 조금 세우는 것으로도 그 속에서 무슨 일이 벌어지고 있는지 다 볼 수 있었다.

쯧쯧.

나는 거기에 둘러선 사람들이 흔히 하듯 혀를 차면서 젊은 여자를 쓰러뜨리고 모질게 두들겨 패고 있는 늙은 여자와 남자를 보았다. 늙은이들이 어디서 저런 힘이 나는지 그들은 씩씩거리는 숨에 맞춰 쉬지 않고 여자를 짓밟고 내려찍으면서도 욕설을 멈추지 않았다.

"이 찢어죽일 년. 이 갈아 마셔도 시원찮을 년! 니년이 내 아들을 잡아먹고도 이리 살아 어떤 놈한테 붙어먹을라고!"

늙은 여자는 팔을 걷고 고쟁이까지 걷어붙이고 있었다.

부끄러움도 모르는 늙은이 같으니.

나는 어찌된 사연인지는 모르겠지만 머리채를 쥐어 잡히면서도 아무런 대응도 못하는 여자에게로 마음이 갔다. 대체 어떤 죄가 길바닥에서 사람들의 구경거리가 되며 얻어맞아도 되는 것이겠는가.

"대관절 무슨 일이라오?"

나는 나처럼 이끌리듯 사람들의 벽에 바짝 붙어서 무슨 일인지 보려 애쓰는 사내를 내려다보았다. 나와 달리 키가 작은 사내는 소리만 들릴 뿐 무슨 일인지 볼 수 없어 답답함을 견디기 힘들었던 듯했다.

"거, 뭐 뻔한 거 아니요? 저 계집이 서방질인지 뭔지를 한 거지. 그러니 시짜들이 제대로 들고 일어난 거 아니겠소?"

나는 앞에 서 있는 사내가 당연한 얘기라는 듯 주절거리는 소리에 고개를 끄덕였다. 아마 다들 그 사내처럼, 잘못한 며느리를 때리고 있는 시댁 사람들이라고 생각하기 때문에 말리지도 않고 구경하며 저 여자는 대체 누구와 붙어먹었을까 은밀히 상상하며 자리를 떠나지 않고 있는 것일 터였다.

허 참, 사람들이란.

나는 이번에는 한창 더운 날씨에 바짝 붙어 구경거리를 떠나지 않는 사람들을 향해 혀를 차고는 그 자리를 떠나려 했다. 나는 일할 곳이 필요했고, 하루빨리 찾아야 했으니까.

"이년, 이 천벌을 받을 년!"

노파가 조금도 지치지 않은 기운을 과시하는 것처럼 목청을 돋우며 여자의 머리를 잡아 얼굴을 들게 했고, 안 그래도 여자가 어떤 얼굴을 하고 있는지 궁금해하고 있던 사람들이 일제히 웅성거리며 여자의 얼굴을 더 잘 보려고 이리저리 좋은 자리를 찾아 기웃거리기 시작했다.

저런 고약할 데가 있나.

나는 그 노파가 내 머리까지 잡아당기기라도 하듯 다시 머리를 돌렸다.

"그렇지. 저리 반반하니 서방질이지."

"나라도 얼씨구나 하구 달려들겠구만! 헤헤!"

"자네 입조심하라고, 마누라한테 상투 잡혀서 온 동네를 돌던 게 엊그제 아니었던가!"

"예끼, 이사람!"

순간 시간이 멈췄다.

여자는 눈물로 범벅이 된 얼굴에 이리저리 멍이 들어 있었고, 붉은 입술에서 터져 나온 피는 그토록 붉을 수가 없었는데 사람들은 웃고 떠들며 여자를 향해 손가락을 세웠다.

태린!

나는 앞뒤 가리지 않고 사람들을 헤치고 그 속으로 들어갔다.

분명 태린 아가씨였다. 시간은 그녀를 성숙하게 하고 잘 익은 복숭아처럼 통통하고 붉던 뺨은 빛을 잃었지만, 분명 그녀였다.

나는 태린 아가씨의 머리채를 쥐고 있던 노파를 밀쳐내고 눈을 뒤집으며 덤벼들던 노인의 팔을 잡아 세게 밀어 버렸다. 스물다섯의 건장한 청년이 온 힘을 다했던 탓에 그들은 쉽게 몸을 일으키지 못했을 테지만 나는 정신을 잃고 쓰러져 있는 아가씨를 안아 일으키는 데 여념이 없어 아무것도 보지 못했다. 그저 내가 아가씨를 데리고 그 아귀 같은 사람들 사이를 빠져나가는 데 방해가 되는 자라면 그 누구라도 봐주지 않았을 것은 분명했다.

내 팔 안에 힘없이 축 늘어진 아가씨는 정신을 잃은 상태에서도 고통을 이길 수 없는지 인상을 펴지 않았고, 나는 운종가로 들어서기 전 사흘을 지냈던 안국방의 집으로 냅다 달렸다. 아가씨의 늘어진 얼굴과 팔다리가 내가 달리는 속도를 못 이기고 크게 흔들렸지만 아가씨는 눈을 뜨지 않았다 .

이 사람이 정말 오태린이란 말인가?

나는 그녀의 동그란 얼굴, 붉은 뺨, 반짝거리는 눈빛과 통통하던 작은 손을 기억했다. 하지만 내가 안아 들고 뛰는 그녀는 헬쑥해진 얼굴에 빛을 잃은 푸른 뺨을 하고 있는 이 세상 사람 같지 않은 모습을 하고 있었다.

쫙 찢어진 눈을 흘기는 게 버릇인 주인 여자가 나간 지 얼마 되지도 않아 들이닥치는 나를 보며 뭐라뭐라 말했지만 그게 들렸을 리 없었다.

나는 신도 벗지 못하고 들어선 방에 아가씨를 눕히고 가방에서 청진기를 꺼낼 여유도 없이 아가씨의 가슴에 귀를 갖다 대었다. 오는 길에 그녀가 숨을 쉬고 있다는 것은 잠깐 확인했지만 도무지 산 사람 같지 않은 아가씨의 얼굴은 살아 있다는 확신을 주기에는 너무 엉망이었다.

나는 아가씨의 가슴을 작게 오르락거리게 하는 미약한 숨을 거듭 확인하고 뺨을 아가씨의 코와 입에 갖다 대고는 아가씨의 뜨거운 숨까지 확인했다.

피비린내.

간신히 뱉어지고 있던 뜨거운 숨은 비리고 낯익은 피의 냄새까지 같이 가져오고 있었다. 누군가의 피가 이토록 가슴을 저리게 한 것이 언제였던가. 나는 잠시 망설였지만 꼭 필요한 일이었기에 아가씨의 갈비뼈를 더듬으며 혹시 부러진 곳이 있나 조심조심 살폈다. 부러진 갈비뼈가 내장을 다치게 할 수 있었다.

진짜 문제가 어디인지는 아가씨가 깨어나야 알겠지만 나는 멍들고 찢어진 상처 외에는 크게 다친 곳이 없다는 것에 안심하고 털썩 주저앉았다. 나는 뻣뻣해져 있던 손을 쥐었다 펴며 여전히 피가 멎지 않는 아가씨의 얼굴에 손을 가져가 슬슬 굳어가기 시작한 피를 손으로 닦아냈다.

정신 차려요. 어서.

9월 7일, 박서양이 조선으로 돌아왔습니다. 일자리를 찾고 있는 듯하지만 쉽지는 않아 보입니다. 제중원에 들렀다가 허탕만 치고 돌아온 모양인데, 신분이 사라졌다지만 여전히 많은 사람들이 백정을 동등하게 여기고 있지 않고, 오히려 뭔가 침범당했다고 느끼는 것인지 적대감이 극에 달하고 있는 탓에 그가 제중원뿐만이 아니라 어디에서든 고용되어 일을 할 수 있을지는 알 수 없습니다. 게다가 시절이 수상하니 그가 일본에서 유학을 하고 돌아왔다는 사실까지 그에게 독이 되고 있는 듯도 보입니다.

박서양은 보구녀관(여성병원)에 있었던 오태린을 만났고 그녀 때문에 조연학과 접촉한 것 같습니다. 조연학에게서 이강헌에 대해서도 들었다고 합니다.

또한 일본 공사관도 찾아갔다 하는데 그가 일본으로 유학하는 데 도움을 주었던 아베 세이지를 찾아볼 목적이라고는 하지만 박서양이 일본 공사관 의원에 일자리를 구하고자 했다고 하는 얘기들도 나오고 있습니다.

아베 세이지는 박서양이 일본으로 건너간 지 3년이 채 못 되어 조선에서 행방을 감추었는데, 아마도 본국에 반감을 갖고 있던 그는 제거된 것이 아닌가 생각됩니다.

박서양은 9월 1일에 새로 부임한 미우라 고로 공사를 만나 아베 세이지의 행방에 대해 물어보려 했지만 미우라 공사는 만나지 못하고 아직 조선을 떠나지 않고 있는 전 공사 이노우에 가오루를 만나고 왔다고 합니다.

미우라 공사는 방에서 나오지 않고 불경을 외는 데 여념이 없었다고 하는데, 군인 출신의 그가 왜 그렇게 이상한 행동을 보이는지는 좀 더 두고 보아야 하겠습니다.

이노우에 전 공사는 아베 세이지에 대한 행방은 알지 못하지만 박서양을 환대하며 그에게 일자리를 제공하면 어떨까 하고 언질을 주었다고 합니다. 박서양은 자신은 군의가 아니며 공사관의 병원에서 일할 생각은 꿈꿔 보지도 않았다고 하면서 정중히 사양했다고 하는데 이노우에는 만약 그가 다른 일자리를 구하지 못하면 다시 자신의 제의를 받아들일 거라고 여기는 것 같다고 합니다.

-1895년 9월 12일

그의 집을 찾는 것은 어렵지 않았다. 그 옛날 그를 처음 만났을 때 드문드문 위엄 있게 자리 잡고 앉아 있던 집들 근처를 찾아가 풍양 조 씨, 조유의 집을 찾으니 어느새 연학의 집 앞에 도착해 있을 수 있었으니까.

나는 잘 빗어 넘긴 머리를 다시 만져 쓸어내리고 옷을 털어내며 아무나 세울 수도 없다는 솟을대문 앞에서 한동안 서성거렸다.

이제 아무도 내 모습에서 내 천한 신분을 알아내지는 못할 테지만 감히 들어설 수도 없었던 사대부가의 문을 두드리는 일은 여전히 대단한 용기를 필요로 하는 일이었다.

마침내 문을 두드리려 손을 들어 올렸다가 나는 멈칫했다.

이게 아닌데…….

나는 두 팔을 뒤로 돌려 마주 잡고는 흠흠 목을 가다듬었다. 마주 잡은 두 손에 차가운 땀이 몽글몽글 솟아오르고 있었지만 나는 더 기다리지 않고 크게 외쳤다.

"이리 오너라!"

처음 나온 외침이 조금 후들거리며 삐져 나온 터라 나는 잠시 움찔거렸지만 두어 번을 다시 소리를 지르고 나니 자신감이 조금 붙는 느낌이었고, 한 번 더 크게 부르니 이에 답하듯 거대한 용이 기지개를 켜는 모양으로 끼익 소리를 내며 문이 열렸다.

"뉘십니까?"

아, 내가 누구냐고? 내가 대체 무슨 짓을 한 거지?

나는 잠시 비틀거렸다.

재회

"서방님은 아직 퇴청 전이십니다."

문을 열어 준 중늙은이는 자신의 상전을 찾는 내게 의아한 눈길을 박고도 비굴하게 굽신거리며 상전의 행방을 읊조려 주었다.

아직 해가 기울 시간이 남았으니 그가 언제 돌아올지 알 수 없었지만 나는 그를 만나지 않고 돌아가는 것에 대해 불안감이 느껴져 기다리면 안 되느냐고 물었다. 중늙은이는 풍양 조 씨의 후광을 조금이라도 빌려 보려 쉴새 없이 찾아드는 날벌레라도 보듯 경멸이 뻔히 보이는 눈빛을 하고도 굽신거리며 나를 집안으로 안내했다.

그가 나를 떨어뜨려 놓고 떠난 곳은 그 집에 살고 있는 그 누군가, 그러니까 조연학이든지, 그의 아버지 조유든지 만나고 돌아갈 작정으로 몇날 며칠을 죽치고 있는 자들이 우글거리는 넓은 방이었다. 그들 대부분이 이 집을 찾아든 지 오래인 듯 거의 체념한 표정과 익숙해진 표정이 섞인 얼굴들을 하고 있었는데, 그들은 아직도 한성에서는 좀처럼 보기 힘든 차림과 머리의 나에게 혐오스러운 눈길을 한 번 주고는 또 한 놈 들어왔군, 하는 식으로 나른하게 고개를 돌려 버렸다. 나는 바둑을 두는 사내들과 갓을 비스듬하게 쓰고 연신 곰방대를 힘차게 빨아대고 있는 곱슬거리는 수염의 사내 옆에 자리를 잡고 앉았다.

일본이 궁을 점령하고 전쟁에서 청나라를 물리친 마당인데도 여전히 벼슬 한자리에 목을 매고 있는 자들이 이렇게 많다니 나는 도무지 이해가 되지 않았다.

"뭐요, 댁도 벼슬이 탐나서 온 거요?"

곰방대를 재떨이에 탕탕 내려쳐 재를 비우고 다시 새 담배를 채워 넣으며 곱슬거리는 수염의 사내가 물어왔다.

"쳇, 이거야 원. 세상이 뒤집히는 개혁이다 뭐다 해도 벼슬이 좋기는 좋은 모양이구먼!"

사내는 내 답을 기다리지도 않고 투덜거리며 다시 세게 곰방대를 빨아 들였다. 뻔한 일이긴 했다. 나는 소연학을 찾아왔지만 _L와의 관세를 분명히 밝힐 수 없는 사람이었고, 여기는 그렇게 애매한 사람들이 모여 혹여나 조연학과 조유가 마음을 바꿔 자신을 잠깐이라도 만나줄까 하는 기대로 기다리고 있는 곳이었으니 그의 추측은 제법 합리적인 것이었던 거다.

그가 내 이름을 기억할까.

역관 나리에게서 그가 궁내부의 관리로 일하고 있다는 소식을 들었고 연학과 헤어진 것이 8년여가 되어 가지만 나는 여전히 그를 자주 생각했었다.

그런데 그는 나를 기억할까. 박서…… 뭐? 그게 누군데? 하지는 않을까.

나는 방문을 붉게 물들이는 노을빛으로 시간이 제법 흘렀음을 짐작하며 계속 기다려야 할지 말아야 할지를 고민했지만, 이건 내 문제만이 아니었다.

그저 내 문제이기만 하다면 나는 이렇게 거대하고 사람 기죽이는 목적으로 만들어진 집 같은 데에는 발을 들여놓고 싶지도 않았다. 내가 해결할 수 있는 문제라면 나를 기억할지 못할지 확실하지도 않은 사람을 만나려 조바심으로 저려 오는 손발을 꾹꾹 누르고 있지는 않았을 것이다. 절대로.

"이런! 자네로군! 진짜 자네야!"

덜컹 하고 눈이 열리자 나는 무차별하게 확 쏟아져 들어오는 노을빛에 눈이 부셔 눈을 감았다가 이마에 손으로 챙을 만들고 나서야 붉은빛 속에 문을 잡고 그림자처럼 서 있는 사람을 간신히 볼 수 있었다.

연학이 사람을 찾느라 눈을 돌리는 수고도 하지 않고 곧장 나를 향해 달려 들어왔다. 수염을 조금 기르고 눈가의 주름도 조금 늘어난 그는 나를 잡아 일으키고는 눈을 반짝거렸다.

"정말 자네야! 하하하!"

연학은 거푸 크게 웃음을 터뜨리며 내게서 눈을 떼지 못했다. 혹시나 하고 자리를 박차고 일어선 사내들이 내뿜는 부러움의 한숨소리가 노을빛에 섞여 우리 주위를 때리며 후드득 떨어지고 있었다.

"나는 공부를 하고 싶은 마음은 없었어요. 더더군다나 의술이라니 말도 안 되죠. 근데 남편이 자꾸 실수를 저지르니까 점점 의술 공부하기를 겁내는 거예요. 남편을 도와주려고 공부를 시작했어요. 실습은 그렇다 치고 이론만큼은 확실하게 도와주고 싶었죠. 그렇게 공부를 시작했는데, 정말 열심히 하고 있었는데. 그가 그랬어요. 의술 공부를 더 하면 자기는 죽을 것 같다고. 더 이상, 더 이상은 절대 못하겠다구요. 근데 나는 이미 그때 의학에 빠진 때였죠. 좋더라구요.

나는 남편이 내가 의술 공부를 재미있어 하는 걸 싫어할 거라고 생각했어요. 하지만 그렇지가 않았지요. 남편은 오히려 피가 무섭고 아픈 사람들의 고통이 사무치겠지만 그런 걸 극복하면 더 좋은 의술을 펼칠 수도 있을 거라고 격려를 해 주더군요. 그땐 솔직히 우리 친정을 무시하는 시댁에 뭔가 보여 주고픈 생각도 있었구요.

집에서 남편의 학비로 오는 돈으로 나는 학교에 들어갔어요. 볼티모어 여자 의과대학이었지요. 내가 학교에 다니는 동안 남편은 요리를 시작했어요. 그는 요리를 정말 좋아했고 그래서 식당 주방에서 험한 일부터 하면서 요리를 배웠죠. 그때 우리는 가장 행복했어요. 각자 좋아하는 일을 하다가 잠자리에 함께 누워 지치고 힘들지만 재미있는 하루를 서로에게 조곤조곤 속삭일 수 있던 그 시절이 가장 행복했어요.

근데 공부를 마칠때 쯤 남편이 아프기 시작했어요. 폐결핵이었지요. 그리고 그가 죽었죠. 내 졸업식을 고작 닷새 앞두고……"

그녀는 미국에 남편의 시신을 묻고 가까스로 졸업장을 받고서 귀국했다고 한다. 돌아와서야 비로소 그녀는 아버지가 이미 세상을 떠났다는 것을 알았는데, 벌써 3년 전의 일이었고 그녀와 남편이 혼인을 하자마자 아버지의 파주 집으로 거처를 옮겨 들어왔던 시부모와 시동생이 이제는 아버지가 죽은 집에 눌러앉아 주인인 양 행세하고 있었다.

그들은 그녀의 아버지가 그의 집을 자신들에게 상속했다며 유언장을 내밀었지만 그녀는 그게 아버지의 글씨가 아니라는 걸 안다. 아버지는 글을 몰랐으니까.

하지만 그들이 큰아들의 죽음에 슬퍼하고 자신을 원망하는 것을 쓸쓸히 보면서 그냥 떠나왔다고 했다. 그 집이 아들을 잃은 위로가 될 수 있다면 아무래도 좋았다.

그녀는 제중원에서 잠깐 일할 때 머물렀던 이모집으로 들어갔다. 이모 역시 넉넉하진 않지만 이모와 이모부만 단출히 사는 집이어서 눌러앉을 만했다.

"나는 그를 사랑하지 않았어요. 좋은 사람이었으니까 존경은 했죠. 하지만 한 번도 사랑한 적은 없어요. 그래서 그가 내게 복수를 한 것 같아요. 나를 그렇게 절절히 사랑하고, 그렇게 갑자기 떠나는 것으로."

나는 늘 그녀가 내가 가지지 못한 것을 가졌기 때문에 그녀를 동경하는 거라고 믿어 왔다. 풍요로움, 해맑음, 자신감, 솔직함. 근데 그녀는 그 어느 것도 지금은 내보이고 있지 않다. 그때 내가 그녀를 동경하고 친근하게 여겼을 뿐이라면 지금은 그녀를 더욱 가깝게, 곁에 둘 수도 있는 사람으로 꿈꾼다. 그녀를 만지고 싶고 같이 있고 싶다.

젖어 있지만 건조한 느낌을 주는 그녀의 목소리가 끊어질 듯 이어질 듯 들려온다. 그녀는 가끔 혀를 빼서 입술을 적시며 입을 달싹거리고, 부루퉁하게 내밀기도 하면서 얘기를 이어간다. 아무도 그녀의 이야기를 제대로 들어준 적이 없었던 게 확실했다.

그녀의 얘기를 듣고 있는 나는…… 아, 나는 얼마나 운이 좋은 사람인가.

나는 연학의 집이 아가씨가 지낼 곳이 될 수 있을지 모른다는 생각으로 그를 찾아간 것이었다. 그는 잠시 서운하고 상처받은 기색을 내비치긴 했지만 내 손을 잡으며 얼마든지 아가씨를 데리고 와도 좋다고 대답해 주었다.

"내가 자네를 얼마나 보고 싶어 했는지 상상도 못할 걸세."

나는 웃었다.

진심으로 활짝, 크게. 조선에서 바랐던 것이 오로지 연학이 나를 생각했던 것인 양 그렇게.

"참, 자네 홍재우란 이름을 아는가?"

나는 그 이름을 듣는 순간 연학이 따라 준 술을 털어 넣고 있는 중이었다.

"꺽…… 쿨럭쿨럭……! 저 알아요. 압니다. 정말 알아요!"

난 잘못 넘어간 술 때문에 연신 기침을 해대고 눈물 콧물을 흘리면서도 안다고, 내가 그를 정말 알고 있다고 거듭 외쳤다.

그렇게 벌게진 얼굴로 눈물을 닦아내고 있자니 내가 잘못 삼킨 술 때문에 우는지 나리를 찾게 된 기쁨 때문에 우는지 구분이 가질 않았다.

"그 사람과 궁내부에 같이 있었어. 우연히, 정말 우연히 우리가 모두 자네와 인연을 갖고 있다는 걸 알게 되었지. 자네를 무척 보고 싶어해."

"저두요. 저두 그래요. 그분은 언제 조선으로 돌아오신 건가요? 타국에 계시다는 것만 알고 있었는데."

"작년에 김옥균이 암살되고 난 후 바로 귀국했다고 들었네. 김옥균을 죽이겠다고 오랜 세월 동안 타국을 떠돌았다는 사연을 폐하께서 들으시고 그를 친히 등용하셨지. 지금은 검서관으로 있다네. 정말 대단한 사람이야."

"예, 정말 그래요. 정말…… 나리가 보고 싶군요."

"어려울 것 없지. 조금만 기다리게."

"예?"

나는 연학에게서 장난기로 번득이는 눈빛을 보고는 입이 벌어졌다.

"사람을 보냈네. 곧 도착할 거야."

"고맙습니다. 나리. 정말 고맙습니다."

나는 어린아이처럼 눈물을 훔쳐내며 울었다. 가장 힘들었던 때를 위로해 준 은인을 만나는 일은 그 시절의 아픔과 나리와의 이별까지 동시에 떠오르게 해 주었기에 나는 아프고 기쁘고 아득했다.

그 끝이 보이지 않았던 굴을 내가 어떻게 빠져나왔던가. 얼마나 좋은 사람들이 그 어둠속에서 내 손을 잡아 주었던가.

"그만, 그만 울게. 이제는 그만 울어도 되니까."

힘줄이 튀어나올 정도로 꼭 쥔 채 무릎에 올려져 있던 내 손등 위로 연학의 따뜻하고 부드러운 손이 올려졌다.

"고맙…… 습니다. 나리…… 이 말밖에는 정말……."

나는 띄엄띄엄 다시 고맙다는 말을 전했다. 얼마나 더 이 마음을 전해야 적당하다는 생각이 들까. 내가 살아 있는 동안에는 그럴 일이 없을 것 같았다.

"고마우면 자네…… 그 말투나 어찌해 보게."

말투? 나는 빨갛고 따가운 눈을 깜박거리며 연학이 한 말이 무슨 뜻인지를 생각했다. 내가 일본에 오래 있었더니 일본인 같은 말투를 쓰는가?

"우리가 마지막으로 본 날, 기억 안 나나?"

그날, 기억이 나지 않을 수가.

연학은 푸른빛이 도는 도포 차림이었다.

이른 아침 내 방 앞에서 나를 부르지도 않고 서성이고 있었는데 언제나처럼 반듯한 차림에 꼿꼿한 자세로 서 있었지만 잠을 편하게 이루지 못한 듯 낯빛이 좋지 않았다.

"우리 이제 못 본다."

분명 오래 서성인 듯 방 앞의 땅은 무수한 발자국들로 맨들맨들해져 있었는데도 연학은 방금 와서 우연히 마주친 양 가볍게 웃으며 말했다.

"떠나…… 시나요?"

예상은 하고 있었다. 송준구가 위협을 가해 왔고, 연학은 봇짐장수 아버지가 절대 자신의 특이한 과거와 사연에 대해 입을 벌릴 사람이 아니라고 확신은 하고 있었다. 그러나 송준구는 을만 아저씨를 계속 괴롭힐 만큼 집요한 구석이 있는 자였고, 연학에게 의학당은 그렇게까지 다녀야 할 만큼의 가치는 없는 곳이었다.

"다음에 만나면……."

연학은 말을 씹어내듯이 입술을 잘근잘근 씹었다.

아마 그런 말을 한 그 자신조차도 우리가 다시 만날 수 있을지, 확신해서 그랬던 건 아니었던 것 같다.

나는 연학에게 신분 높은 아버지와 봇짐장수 아버지가 있고 두 사람 다 그에게는 누구를 앞세우거나 뒤에 세울 수 없는 똑같이 소중한 아버지들이라는 것만 알 뿐 왜 연학에게 하늘과 땅 차이의 신분을 지닌 두 명의 아버지가 있는지 몰랐다. 하지만 그 이상한 배경에도 불구하고 연학은 분명 풍양 조 씨 가문의 사람이었고, 평생 백정이란 사람들이 실제로 존재하는지 몰라도 상관없는 사람들의 세상에서 살아갈 사람이었다.

난 우리는 다시는 만나지 못할 거라고 말하려다가 뭔가 크게 결심한 눈빛으로 나를 보는 그 때문에 말문이 막혔다.

"내겐 친구가 없었어. 친구는 있었지만 그들 모두 내가 한때 춘재였다는 사실을 모르는 친구들이었지. 그런데 너는 그걸 알잖아. 그리고 지금도 가끔 내가 연학이 아니라 춘재이고 싶어 한다는 것도 알지. 우리 다시 만날 거야. 꼭. 그러니까 그때는, 다시 만난 그 순간부터는 우린 친구인 거야."

그 말…… 그래 그 말.

"이제 말해 보게. 내가 아직도 자네의 나리인가?"

***

일고여덟 살쯤 된 다 큰 아이를 끌어안고 있던 여자는 잔뜩 원망스러운 눈길이었다.

"금음산이 당신 아버지라구요?"

가느나란 체구에 힘없이 앉아 있던 여자가 의외의 굵고 힘찬 목소리를 내지르자 나는 겁이 났다. 대체 내가 무슨 잘못을 했다고 이 여자는 이렇게 화를 내는 거지?

여자는 영부의 안사람이라고 했다. 여자가 안고 있는 아이가 큰 아이라고 했으니 아마도 영부는 내가 일본으로 떠난 즈음에 혼인을 했던 모양이었다.

"영부를 찾고 있다구요. 아버지가 집에 계시질 않고. 집도 낡아 빠져서 사람이 산 적도 오래된 것 같아서 말이에요. 영부는 어디 있습니까?"

"흐윽!"

기세 좋게 나를 윽박지르던 여자는 안고 있던 아이를 더 세게 끌어안고는 울음을 터뜨렸다.

"아이고, 이놈 영부야. 대체 어디 있길래 안 나타나고 나를 골탕 먹이는 거냐!"

여자는 내게는 평생같이 느껴지던 시간을 울기만 하더니 눈물 자국으로 지저분해진 얼굴을 번쩍 들고는 소리쳤다.

"그 늙은이가 내 서방을 데려갔다고! 죽을라면 혼자 죽지! 앞날이 창창한 사람은 왜 죽이지 못해 끌고 가고…… 아이고…… 아이고……애들은 아부지가 죽었는지 살았는지도 모르는데, 아이고……."

7년의 세월 동안 내 눈치가 많이 무뎌진 게 분명했다. 그 늙은이가 누군데 영부를 데려갔다는 거냐며 통곡하는 여자에게 반문했으니까.

"누구긴 누구야, 당신 아부지 금음산이지!"

내가 가진 돈을 여자에게 전부다 쥐어 주고 나서야 여자의 통곡에서 놓여날 수 있었다. 여자는 내가 쥐어 준 돈을 꽉 움켜쥐고는 좀 더 차분한 어조로 사정얘기를 풀어놓았다.

동학운동을 한다며 반촌을 떠났던 아버지가 1년 전쯤 돌아와 영부를 데리고 갔다는 것이 그 사정이었는데, 나는 여자의 얘기를 거짓이라 의심하지는 않았어도 도통 믿을 수 없는 얘기였기에 눈을 껌벅거리기만 했다.

동학? 아부지가? 동학을……영부가?

내가 알아온 사람 중에 자신이 처한 현실을 가장 잘 받아들이는 사람을 꼽으라고 하면 첫 번째가 영부, 두 번째가 아부지였다. 그 두 사람은 혹시 눈에 띌까, 숨죽이고 사는 것을 더 편하게 생각하는 사람들이었는데……어째서…….

나는 반촌을 나서며 점점 아려오는 눈을 비볐다 .

보고 싶어서, 너무 보고 싶어서 미칠 것만 같았던 사람들이 사라진 한성이 갑자기 두렵고 외로워서 견딜 수 없었다.

***

연학은 아가씨에게 그의 집 가장 안쪽에 있는 별채를 내어 주었고, 자신의 아내가 적적한 집안에서 벗을 얻게 되는 거냐며 좋아했다는 소식도 더불어 알려 주었다. 나는 그녀가 그동안 머물고 있던 이모의 집으로 가서 얼마 안 되는 짐을 싸는 것을 도왔고, 그녀가 몇 번이나 망설이는 걸음을 걷는 걸 재촉해 기어이 연학의 집 앞까지 오게 했다.

"전 정말 괜찮아요. 그렇게 한번 때리고 나면 한동안은 내버려 두거든요. 그러니까……."

아가씨는 파주 집을 빼앗긴 것도 모자라 귀국 후 일했던 보구녀관도 그만 둬야만 했었다. 보구녀관에서 두 달 남짓을 보냈을 때 시부모와 시동생까지 닥쳐들어 환자들 앞에서 그녀가 양놈과 붙어먹은 화냥년이라며 큰소리를 치며 아가씨를 무자비하게 때렸는데, 병원을 그만둔 건 그저 맞는 게 겁나서가 아니라 소문이 금세 퍼져 버려서 그 어떤 여인도 그녀의 손에 몸을 내맡기는 것을 원하지 않았기 때문이었다.

아가씨는 북촌까지 오는 동안 계속해서 괜찮다고, 괜찮다고 주문을 외듯이 계속 중얼거렸다. 하지만 괜찮지 않았다.

그들은 대체 무엇이 무서운 것인지 거의 정기적으로 나타나 그녀를 짓밟고 사라졌고, 그들의 그런 행동 탓에 나는 그들이 그저 아가씨가 거슬리고 미워서 그러는 게 아니란 걸 깨닫게 되었다. 그들은 아가씨의 어떤 점이 무서웠던 것이다. 아가씨가 그들을 계속 두려워하면서 감히 대적하지 못하고, 도망치지도 못하게 하려는 그들의 의도가 내게는 너무나 뚜렷이 보였다. 그들의 의도는 물론 성공했다. 아가씨는 그들을 극도로 무서워하고 있으면서도 감히 도망치려는 마음조차 먹질 못했다.

폭력에 길들여져 버린 짐승.

나는 이제 내게 꼬박꼬박 존대를 하는 그녀에게서 내 겉모습에만 의존해서 나를 어떻게 대할지 자세를 정했던 약삭빠른 자들과는 확연히 다른 느낌을 받는다. 그녀는 잔뜩 겁먹은 짐승처럼 시시때때로 움찔거리며 이리저리 눈을 내돌린다. 폭력에 길들여진 사람들이 으레 그러하듯 자신을 비하하기에 여념이 없다. 아마도 그녀는 가장 저열하고 더러운 인간에게조차 주저 않고 자신을 때리게 내버려 둘 것이다.

자존감을 잃은 인간은 이렇듯 더 이상 사람이기를 기대하지 않게 된다. 자신이 맞아도 되고, 그렇게 형편없는 대접을 받아도 되는 사람인 듯, 그렇게 믿게 된다.

"자존감을 잃은 사람이 짐승과 다를 바 없듯이 사람을 사람으로 알아보지 못하는 자들도 그래요. 그들은 제 동족을 잡아먹는 굶주리고 끔찍한 짐승과 다를 바가 없죠."

아가씨는 몇 가지 옷이랑 몇 권의 책이 들어 있는 보퉁이를 안고 서 있었고, 이내 얼굴을 일그러뜨리며 그 보퉁이에 얼굴을 묻고는 크게 울부짖었다.

나는 예전에 그녀가 내게 했던 것처럼 거칠고 헝클어진 그녀의 머리에 손을 얹어 위로해 주고 싶었지만, 그때 내 기분이 그랬던 것처럼 그녀 역시 그것이 동정쯤 되는 싸구려 감정일 거라고 믿게 되는 것이 싫어 잠시 머뭇거린다.

내 손은 길을 잃은 듯 허공에 멈춰 서 있다가 그녀가 꼭 끌어안고 있는 보퉁이 한쪽에 사뿐히 내려앉는다. 그녀의 손때가 묻었을 책의 한쪽 모서리가 날카롭게 느껴져서 나의 손도 마음도 동시에 따끔거린다.

***

서른둘, 나는 지금 그의 나이를 되새겨 보았다.

마지막으로 보았던 스물넷의 그도 그랬지만 서른둘의 송준구도 여전히 바짝 마른 뺨을 지녔고 그에 비해 몸은 제법 둔중해 보이는 데다 무슨 속셈인지 제복을 그대로 차려입고 와서 불룩 튀어나온 배가 더 돋보인다.

그의 목소리는 한결 탁해져 있었다. 내게 소리를 높이면 적당히 뻗어나가던 목소리가 아니다. 그때는 그저 소리 지르고 명령하고 자랑하던 것이 잘 어울리던 그였지만 지금은 뭐랄까. 부하들을 지휘하기보다는 윗사람의 명령을 소중히 받고는 뒤로 돌아서서 쓰레기 버리듯 가차없이 내칠 것처럼 보인다.

아니다. 아니지. 그 옛날의 송준구가 아닐 수도 있다. 내가 그때의 박서양이 아니듯.

그때의 나쁜 기억이 입혀 놓은 인상 같은 것은 좀 버릴 필요가 있다. 나는 호의적인 분위기를 반짝거리는 그의 눈에 정확히 시선을 맞춘다. 어쨌든 그는 내게 할 말이 있어 찾아든 손님이니 무슨 용건인지 듣지 않을 이유가 없다.

"내 자네의 얘기는 계속 들어왔어."

나도 모르게 이마에 주름이 잡힌다.

나에 대해서? 대체 당신이 왜?

"누구…… 한테서, 어떻게 말입니까?"

"뭐 공교롭다고는 못하겠지만 나와…… 나리, 범석까지 모두 궁에 적을 두고 있잖나."

연학의 존재를 아무렇지 않게 끄집어내는 것을 보니 뻔뻔함은 그대로다.

"제게 그렇게 관심이 많으실 줄은 몰랐군요."

나는 볼멘소리를 낸다. 그가 나에 대해 관심을 표현하는 것도 자네나, 하게, 어쩌게 하는 식으로 말하는 것도 불편하기 이를 데 없다. 그저 몇 년의 세월이 가져다준 변화 때문에 순식간에 자신의 행동을 바꿀 수 있는 사람이라니. 내게 뭔가 아쉬운 소리를 하려고 온 것이 아닐 수가 없다.

"내가 친위대에 있다는 얘길 했던가?"

"제가 물정에 어두운 사람이긴 해도 모를 수가 있겠습니까?"

나는 턱짓으로 그의 제복을 가리키고, 그는 멋쩍게 웃으며 가슴으로 손을 올린다.

"이거 내가 막 퇴궐을 하던 참이라……."

"군인이 되실 거라고는 생각 못했네요."

"뭐 다…… 나리와 자네 덕분이지. 이제와 생각하니 다 내가 이 길로 들어서려 그런 일이 있었던가 보이. 적성에도 잘 맞아."

그 모든 일을 시작한 건 바로 당신이었어.

나는 아무 말도 하지 않고 물끄러미 팔자로 곧추선 그의 수염을 쳐다본다. 너무 듬성듬성해서 기르느라 고생도 했겠고, 고생에 비하면 너무 우스꽝스러워서 부하들의 놀림감이 되기에도 딱 적당해 보이는 수염이다.

"그나저나 이제 어떻게 살 작정인가?"

"그냥 뭐 제가 배운 걸 써먹어야겠죠."

"어떻게?"

송준구가 바짝 얼굴을 갖다 대며 되묻는다. 세상에 그처럼 자신의 관심을 끄는 일은 아무것도 없다는 투로.

"환자들이 오면 치료하고 약을 줄 겁니다. 그게 다예요."

"어디서도 일자리를 구하지 못했다더니 혼자서라도 진료소를 차리려는가?"

"처음부터 거창하게 시작하진 않을 겁니다. 제가 일자리를 구하기 힘들거란 건 이미 아실 테니, 저로서는 별 수 없는 일이죠."

"내가 일자리를 주겠다면 어쩔 텐가?"

"나리가 어떻게요?"

"군의로 들어오게. 내게 그 정도 힘은 있어."

"저는 군의가 될 생각은 없습니다."

"생각이야 이제부터 해보면 되는 거지."

"군의가 없는 것도 아닐 텐데 그게 왜 저라야 하는 거죠?"

"그거야 자네의 좋은 솜씨를 썩여서는 안되겠다 싶어서지."

"저 그렇게 솜씨 좋지 않습니다."

"겸손도 지나치면 오만이 되는 거라네. 외과술에서 1등을 했다고 들었는데?"

내가 뜨악한 얼굴을 하는 게 분명한 것 같다. 송준구가 고양이의 그르렁거림처럼 목으로 기분 좋은 소리를 내는 것을 보니.

"세상에 비밀은 없는 거지. 비밀로 삼을 것도 아니고. 생각해 보게. 기회가 좋아. 이제 더 이상 백정도 아니고 서양의학이라는 신학문을 익힌 사람으로서 사람들에게 내세울 수 있는 명예도 필요치 않겠나?"

"저는 그런 것…… 필요 없어요."

"왜 필요가 없나, 이 답답한 사람아. 군의로 있다가 다시 직장을 잡아 보려 해보게. 백정이었다는 과거는 모두 잊혀지고 군의였다는 사실만 남아 일자리 구하기가 누워서 떡먹기 저리가라일 테니."

"그치만……."

"그래, 그래. 자네가 그걸로 만족을 못할 사람이란 걸 내가 모르겠나? 백성이 일본유학까시 갔다 왔는데 보통 배포가 아니지. 일단 군의로 시작하지만 얼마든지 전의가 될 수도 있을 걸세."

내게 바싹 상체를 기울이는 그를 보며 문득, 그가 왜 친위대에 있을까 하는 생각이 든다. 그는 늘 권세를 좇는 사람이라는 인상을 풍겼는데 말이다. 일본 공사였던 이노우에가 건의해서 만든 훈련대보다 왕이 만든 친위대는 무기도 좋지 않고 세력도 훈련대에 훨씬 미치지 못한다고 들었는데 어째서 훈련대가 아니고 친위대지? 정말 왕과 조정에 충성을 다하는 사람이 된 걸까.

나는 어찌된 일인지 차마 싫습니다, 라고 뚜렷이 대답하지 못한다.

그의 말이 맞다. 내 과거의 신분을 없애려고 하고 감추려 한다 해서 가능한 것이 아니기에 그 신분을 상관하지 않을 만큼의 크나큰 명예를 갖게 된다면 앞으로 어려운 일이란 게 있을까 싶은 생각도 분명 든다.

송준구는 내가 뚜렷이 말하지 못하고 우물거리는 것을 보며 크게 웃더니 자리에서 일어나 가볍게 제복을 털어낸다. 그렇게 애지중지하니 먼지 한 톨 돌아다닐 틈도 보이지 않건만.

그는 생각할 시간이 필요한 듯하니, 자신은 이만 가보겠다고 말했고, 나는 그의 말이 또 맞다고 생각하며 별말하지 않고 그가 문을 열고 나가는 뒷모습을 본다.

왜 하지 않겠다고 말하지 않았을까. 일본 공사관 의원에서의 제의도 단칼에 거절했던 나인데. 오히려 내 맘은 이 모든 것을 합리화시키고 나 자신과 타협을 하려 애쓰고 있다. 일자리는 필요하고 더없이 좋은 기회이며 폐하께 진 빚을 갚을 수도 있을 것이고 등등.

그때 문밖으로 다시 누군가의 발소리가 저벅저벅 소리를 낸다.

송준구인가? 아니, 그의 제복에 맞추어 신었을 법한 신발의 소리가 아니다.

"서양이 있나?"

내가 일어나 맞이하기도 전에 문이 벌컥 열린다. 조심스럽지만 친근한 손길. 연학이다.

친위대의 대대장 송준구와 궁내부 참의 조연학이 박서양을 찾아갔다고 합니다. 두 사람 다 제중원에서 박서양과 함께 공부했던 인연이 있지만 찾아간 목적이 그 인연 때문만은 아닌 것 같습니다. 송준구와 조연학 모두 궁으로 들어와 일할 것을 제안했지만 박서양은 결정을 하지 못했다고 전해집니다.

그들이 개인적 친분이 있는 의원을 궁으로 들여보내는 것이 무슨 계획의 일부인지는 알 수 없으나 조연학은 왕실에 호의적인 자이니 왕실을 위협하는 무리들로부터 왕실을 지키려는 노력의 일환은 아닌가 합니다.

하지만 송준구의 지난 내력을 보면 그의 의도에 대해서는 수상쩍다 아니할 수 없습니다. 그는 신사유람단을 다녀온 후, 열렬히 신학문에 빠져들었고 일본에 호의적인 대신들과도 자주 왕래가 있던 자입니다. 모두들 그를 친일파로 여기고 있었는데 그가 친위대로 들어가 당시 논란이 아주 컸던 것으로 기억하고 있습니다. 그는 공공연히 왕실에 충성을 다하고 대군주 폐하(갑오개혁으로 왕을 대군주로 전환)를 목숨을 바쳐 지킬 것이라고 말하고 다닌다지만 그것이 진정 그의 속내인지에 대해서는 관찰이 필요할 듯합니다.

그리고 3일, 일본 공사관에서 공사 미우라 고로의 참모 시바 시로와 조선에 거주하는 일본인 몇몇이 모임을 가졌다는 소식이 들어왔습니다.

일본인들의 정체는 신문기자나 상인 등이었다 하는데 이례적인 일이라 주의 깊게 살펴야 할 듯합니다. 또한 오늘 6일, 궁내부 고문 오카모토 류노스케가 아소정을 방문했다는 정황도 포착이 되었습니다. 그가 대원군과 교분이 있다고는 하나 방문 목적은 명확치 않습니다.

－1895년 10월 6일

제중원은 한결 달라진 모습으로 당당하게 서 있었다. 귀국하고 찾아갔던 제중원에서 나는 아는 얼굴들을 별로 볼 수 없었지만, 반가운 얼굴을 우연히 만났다.

호머 헐버트. 육영공원이 없어지게 되자 미국으로 돌아갔지만 2년 전 다시 돌아왔다는 그. 나는 그를 잘 기억하진 못했다. 무척 인상 깊은 사람이었지만 기껏해야 두 번쯤 본 것이 전부였기 때문인데, 그가 어떻게 나를 알아보았는지 아직도 잘 이해가 가지 않는다.

어쨌든 그는 여전히 밝고 활기찬 모습으로 제중원 앞에서 내손을 잡고 내 어깨를 치며 내 이름을 불렀다. 놀랍도록 유창한 조선말로.

"선교회는 제중원 일이 선교사업과 무관하게 조선정부나 도와주는 엉뚱한 일이라 생각하기 시작했습니다. 병원을 종교기관으로 바꾸어 놓았으면 좋겠다는 의견이 튀어나오기 시작했지요. 지난 1891년 제중원의 책임자가 된 빈튼은 조선 정부가 지닌 재정 운영권을 넘겨줄 것을 요구했습니다. 이런 요구는 미국 전체의 이익에 반한다는 미국 공사 헌트의 반대 때문에 실현되지는 않았죠."

하지만 이미 직접적인 선교 사업을 수행하는 데 어느 정도의 영역을 확보하게 된 터라, 제중원이 정부의 간섭을 배제하기 위한 시도를 되풀이할 것이라는 사실은 분명했다고 한다. 제중원의 재정과 행정을 정부가 장악하고 있는 이상 제중원에서 조선인들을 상대로 선교활동을 한다는 것은 가능하지 않았기 때문이었다.

"제중원이 세워졌을 때는 기독교의 선교를 조선이 허락하지 않았기 때문에 간접적인 선교 거점이 필요했었죠. 제중원은 그런 면에서 꽤 괜찮은 역할을 했었구요. 제중원에서 미국인 의사들이 선교사업을 하는 걸 정부는 묵인해 주었고 미국인 의사들은 조선의 정부가 미국에 도움을 요청하는 과정에 다소의 힘이 되어 주었으니까요."

하지만 세월이 흘러 선교사업이 어느 정도 자리를 잡게 되면서 선교회에게는 더 이상 정부의 보호가 필요하지 않았다. 보호는 더 이상 보호가 아닌 간섭에 불과했고 병원에서 예배가 금지되자 항의의 표시로 병원의 문을 닫는 일도 있었다고 한다. 제중원은 정부를 필요치 않았고, 정부는 선교회의 의사들을 통제할 수 있는 재주가 없었다.

"지난해에 정부는 제중원을 포기했습니다. 뭐 여전히 작으나마 정부가 제중원에 재정지원을 하고 있다고는 하지만 이제 정부의 병원이라고 하기는 좀 어렵게 된 거죠."

나는 어떤 말도 할 수 없었다. 제중원은 내 새로운 인생이 시작된 결정적인 계기가 되어 준 곳이기는 했지만 이제 낯익은 것이라고는 별로 없었기 때문에 조금 멀어진 기분이 들었던 탓일 것이다.

제중원은 나만큼이나 극적으로 변했군.

닥터 헤론이 지난 1890년에 젊은 나이로 안타깝게 사망했다는 소식은 이미 전해 들었었다. 닥터 알렌이 의사가 아닌 미국의 외교관이 되어 살고 있다는 소식 또한.

7년이 이토록이나 긴 세월이었던가?

나는 일본으로 가면서 조선으로 다시 돌아와 헤론과 알렌을 만날 생각을 했었다. 다시 만나면 헤론은 나를 진정한 의사 동료로 인정해 줄 것이며, 알렌과는 지난 시절에 겪었던 일들에 대한 아쉬움이나 원망을 모두 털어내고 웃으며 마주할 수 있으리라 믿었다. 하지만 7년의 세월이 바꾸어 버린 사람들과 환경 속에서 내가 상상했던 그런 일들이 이루어지는 것이 이리도 어려운 일이 될 것을 알게 되고 나니 속이 쓰렸다.

예전에 제중원은 조선의 병원이었고 조선 백성의 병원인 것 같았는데 이제는 낯선 외국인 의사들이 언제나 그 자리를 채우고 있었던 것 같은 생소한 느낌을 주는 곳으로 보였다.

내가 잘못 알았던 건가? 사실 제중원은 언제나 서양 의학 병원이었으니 외국인들이 그곳에 있다는 것이, 그들의 영향력 아래 병원이 운영되고 있다는 것이 오히려 당연한 일이었던 건가? 언제쯤 조선인 의사들로만 가득한 서양 의학 병원이 조선에 들어서게 될까?

또 한 번 꿈꾸며 제중원에도 곧 조선인 의사들이 자리를 채우게 될 거라고 굳세 믿어 보기로 했다. 그때는 그 시작이 굳이 내가 아니어도 정말 행복할 것이다.

근데 그나저나 헐버트는 대체 나를 어떻게 알아본 거지?

을미년에 재앙이 있었나니

"합하께서 보자 하시오. 내일 이맘때 아소정으로 오시오."

상적은 그러면서 안장은 올려져 있지만 아무도 타고 있지 않은 말의 고삐를 내게로 던졌다. 나는 얼결에 고삐를 받아 쥐고는 희미한 달빛 아래에서도 반짝거리는 털을 자랑하는 혈통 좋아 보이는 말과 상적을 번갈아 보며 멀뚱히 서 있었다.

상적이라고 불리던 사내, 나는 그를 마지막으로 보았던 때를 매우 잘 기억하고 있었다. 그가 나를 스승의 집으로 데려다 주었을 때를 말이다. 그때 나는 거의 정신을 차릴 수는 없었지만 그의 거칠면서도 단호한 목소리에 딱 한 번 발작처럼 눈을 떴었다. 그는 먼저 나를 자신의 말 위에 얹고 내 뒤에 올라타 내가 반쯤 일어나 자세를 잡을 수 있도록 한 손으로 나를 힘껏 안았다. 그리고 으랴! 하는 외침에 이어졌던 울렁거림을 나는 아직도 기억하고 있었는데, 그는 축 늘어진 내 얼굴에 입을 바짝 갖다 대고는 조금은 안타깝고, 또 조금은 단호한 명령조로 속삭였다.

"정신 차려, 이 한심한 녀석아!"

나는 게슴츠레 눈을 반쯤 뜨고 뜨거운 김을 내뿜는 그의 입이 내 얼굴에서 멀어져 가는 것을 보았고 그게 8년여 전의 일이었다. 그때 그는 사십대 중반쯤 되어 보이는 나이였는데 어둠 아래에서 본 탓인지 어쩐지, 거의 10여 년이 지났어도 별로 달라져 보이지는 않았다. 그의 입술은 여전히 절대 입을 열지 않겠다는 듯 단단해 보였고, 날렵하고 민첩해 보이는 몸도 그러했다.

대원군이 나를 만나고자 한다는 말 외에 내가 고삐를 움켜쥔 것까지 보고 난 그는 손을 들어 땅이 갈라지듯 버겁게 열리는 입으로 덧붙였다.

"저기, 저것을 입고 오시오. 밤길을 막는 무리가 있을지 모르니."

상적은 뭔가 할 말이 남은 듯 잠시 멈칫거렸지만 찰나에 지나지 않았다.

그는 달빛만큼이나 눈부시게 흰 옷자락을 펄럭이며 사라졌고, 나는 푸드득거리며 머리를 흔들어대는 말에게 조금씩 가까이 다가갔다.

말이라니…….

나는 말을 별로 타 본 적이 없었다. 백정이 말 탈 일이 뭐가 있고, 설사 말을 탄다 해도 그냥 보아 넘겨줄 사람들이 어디 있었겠는가.

제중원에도 말이 있었기 때문에 일본에 가기 전에 두어 번, 그리고 조선에 돌아와서 한 번이 내가 말을 탔다 라고 말할 수 있는 경험의 전부였다.

나는 막막함을 느끼며 말에 대해서는 잊고 상적이 가리킨 '저것'을 찾아보려 했다. 자세히 보니 안장 한쪽에 푸른색 보자기로 싼 보따리 하나가 매달려 있는 것을 발견할 수 있었는데 말에게서 조심조심 떼어낸 보따리는 제법 크고 묵직했다. 입고 오라니 아마도 옷일 게 분명한 것 같았지만, 인경이 울리고 통행이 금지된 밤길을 자유롭게 해 주는 옷이란 대체 무얼까?

나는 한쪽에 보따리를 내려놓고는 고삐를 당겨 말을 집안으로 데리고 들어왔다. 문이 작아 말이 목을 숙이게 하기 위해 한참을 씨름해야 했지만 사람들이 다 볼 수 있는 밖에 문외한이 보기에도 혈통 좋아 보이는 말을 내어 두는 것만큼 위험한 일은 없는 것 같았기 때문이다.

아, 훈련대!

방으로 들어온 나는 쌀쌀한 가을밤이었는데도 말과 씨름하며 흠뻑 쏟은 땀을 닦아내며 보따리를 풀어 보았고, 이내 그것이 훈련대의 제복이라는 것을 알아차렸다. 의아한 한편 몹시 이해가 되는 일이었다.

올해 5월, 전 일본공사 이노우에 가오루에 의해 창설된 군대인 훈련대는 왕의 친위대보다 더 막강한 힘을 발휘하고 있었다. 그러니 훈련대의 제복이 통행이 금지된 한성의 거리에서 충분히 위력을 보일 것이라 예상하는 일은 조선에 도착한 지 얼마 되지 않은 나로서도 어렵지 않은 일이었던 것이다.

나는 울컥하는 씁쓸함을 느끼면서 잘 개켜진 옷을 들어 올렸고 옷 사이에서 뭔가 툭 떨어지는 소리에 정신이 퍼뜩 들었다. 그저 옷과 모자만으로는 제법 무게가 나간다 싶은 생각을 하는 중이었는데, 그 정체가 드러난 것이다.

날렵한데다 서늘한 기운까지 풍기는 리볼버 권총이었다. 나는 권총에 대해 별로 아는 바는 없었지만 회전식 탄창의 리볼버라는 것은 알아볼 수 있었다. 나는 그것이 금방이라도 살아 움직여서 나를 물어뜯기라도 할 것처럼 머뭇거리며 손가락 하나를 갖다대 보았다. 서늘한 날씨의 기운과 그 물건 자체에서 뿜어나는 기운이 더해져 그저 차갑다고만 해서는 표현이 부족한 느낌이었다.

나는 이미 얼어 버린 듯 얼얼하고 뻣뻣해진 손으로 권총을 쥐어 보았다. 그 느낌, 죽음 말고는 아무것도 갈망하지 않는 생명체란 게 있다면 아마도 그런 느낌을 주지 않을까. 나는 권총이 살아 움직여 나를 공격하기라도 할 것 같은 두려움에 탄창을 돌려 총알이 들어 있지 않다는 것을 확인했다.

아마도 이것은 밤길을 뚫는데 훈련대의 제복만으로는 충분치 않을 때 위협용으로 사용하라는 뜻일 것 같았지만 내가 과연 이것을 쥐고 누군가를 위협할 수 있을까?

대원군의 별장 아소정까지 가는 길이 얼마나 걸릴지 알 수 없어, 조금 일찍 길을 나서기로 했다. 상적이 와서 이맘때라고 말했던 시각이 자정을 조금 넘긴 때였으니 자정 즈음에 맞춰 가면 될 듯 싶었고, 그래서 일곱 시쯤 옷을 갈아입고 방을 나섰다. 해는 이미 져 있었지만 완전히 어두워지기까지는 아직 시간이 남은 듯 밖은 이른 새벽과 비슷한 풍경을 하고 있었다.

다른 이들의 눈에 띄는 것이 내키지 않았지만 주인 여자의 눈에만 띄지 않는다면 말이 퍼지는 것을 그나마 막을 수 있다는 생각이 들어 선물을 하려고 하니 젊은 여자가 좋아할 법한 것을 좀 사다 달라며 주인 여자를 집밖으로 내보냈다. 곧 저녁이라 문을 연 곳이 없을 거라고 투덜대기에 물건 값과 거기에 두 배의 돈을 얹어 주었더니 여자는 아는 곳이 있다며 이내 달려 나갔다.

오늘 새벽, 말이 주인 여자의 눈에 띄었던 것만 해도 그녀의 입을 막느라 크게 고생을 해야 했었다. 하루 맡아 둔 것뿐이라는 설명에 그녀는 미심쩍어 하면서도 수긍하는 눈치이긴 했지만 그녀가 집밖을 나서기만 하면 내 일서수일두족이 모두 일러지리란 깃은 너무 뻔한 일이었다.

대원군은 그의 손자 이준용과 자신의 별장 아소정에 유폐되어 있었다. 반란을 일으키려 했다는 죄목이었다. 말을 끌어내면서 나는 대원군이 정말 끝없이 도전하는 사람이라는 생각을 멈출 수 없었다. 그의 나이 벌써 76세였지만 그는 포기가 뭔 줄도 모르는 사람 같았다.

그는 또 무슨 생각을 하고 있는 것일까. 왜 나를 보고자 하는 걸까.

나는 두 번 만에야 말의 등에 올라타 앉을 수 있었다. 여전히 차가운 기운을 내뿜는 리볼버 권총이 왼쪽 옆구리를 들쑤셨고, 내 서툰 기마솜씨를 생각하면 차라리 걸어가는 것이 더 빠르겠지만 훈련대 제복을 잘 차려입고 걸어간다면 꽤나 눈에 띌 것 같았다.

시간이 얼마 없었다. 말을 타고도 빨리 갈 수는 없을 것이고, 공덕리의 아소정까지 가는 낯선 길에서 몇 번은 헤매게 될 테니까.

"그래, 아직 모습이 남아 있군."

대원군은 내 모습에서 마치 자신의 과거가 숨은 모습이라도 찾으려는 듯 한참을 샅샅이 훑어보았다.

"그땐 정말 작고, 마르고, 볼품이 없었는데 말이야."

대원군은 한숨 섞인 미소를 지으며 옆에 앉은 손자 이준용을 흘긋 보았다. 이준용은 대원군의 표정에 맞춰 주려 예의상 미소를 지어 보였지만 나는 그가 너무 차가운 사람이라는 생각이 들어 마음에 들지 않았다. 아마도 대원군이 제중원을 방문했을 때 나를 당장이라도 죽일 듯이 몰아댔던 또래 소년의 모습을 아직도 지울 수 없어서인 게 그가 마음에 들지 않은 가장 큰 이유일지도 몰랐지만.

"누구에게나 포기할 수 없는 꿈이라는 게 있지. 자네의 꿈은 무엇인가?"

"제 꿈은……."

내 꿈이 뭐였더라.

아무것도 생각나지 않았다. 일본에 가기 전까지는 그저 서양 의학을 배워 알렌처럼 궁을 드나들 수 있으면 좋겠다는 생각을 했었고, 스승을 만나고 나서 일본에 가서는 그저 의원으로 사는 게 어떤 것인지만 아는 의원이 되었으면 했었다. 그런데 이제는, 나는 정말 무얼 바라 조선에 돌아왔던 걸까. 그저 '그리움'이라는 이유만으로는 부족했다. 나의 고국이 낸 생채기는 깊었고, 그리움은 그 생채기를 덮기에는 모자랐다.

조선에 도착하고 나서 수없이 마주쳐야 했던 아픈 과거와, 또 아직도 과거의 일일뿐이라고 웃어넘길 수 없는 진행형의 아픔이 나를 기다리고 있었다.

"나에겐 꿈이 있네. 평생을 지녀온 꿈이. 죽기 전까지 내가 그 꿈을 포기할 수 있을지 잘 모르겠네."

나는 형형히 빛나는 눈빛과 당당한 자세만 아니라면 작고 초라한 노인으로밖에 여겨지지 않을 대원군을 물끄러미 보았다.

알고 있었다. 대원군 역시 나를 필요로 하기 때문에 부른 것이란걸.

조선에 돌아오니, 모두 나를 원하지 않고 또 모두 원하는 것 같았다. 조선인들은 나를 가리켜 입지전적인 인물이라 하고 일본인들은 내가 일본의 수혜를 가장 잘 보여 주는 인물이라 여긴다.

친일파, 조선사람, 백정, 서양 의사.

나는 사람들이 나를 보며 내 위치를 헷갈려 할 여러 이름들을 갖고 있는 모양이다. 다른 목적을 가진 다양한 사람들이 자신들의 구미에 맞게 나를 써먹을 수 있을 거라 여기는 것 같다.

대원군은 나를 어떤 식으로 보고 있기에 불러들인 걸까. 내가 의사가 된 것에는 자신의 도움도 있었으니 은혜를 갚으라고 하려는 걸까?

"나는 강한 나라를 만들고 싶었어. 내가 할 수 있다는 걸 알고 있었지. 그런데 아무도 내가 충분한 시간을 가질 수 있도록 내버려 두지 않았지. 내겐 시간이 필요하네. 아직 할 일이 너무 많아."

"그걸 어찌 제게."

"자네가 그 시간을 만들어 줄 수 있기 때문이지. 궁으로 들어가세. 내군주 옆에 있어!"

"하오나 합하."

"자네에게 궁으로 들어오라는 제의가 있었다고 들었네."

"어찌 그것을."

나는 자리를 잡고 앉은 후로 한 번도 제대로 말을 끝맺지 못할 만큼 당황스럽고 어리둥절해 있었다. 연학과 송준구가 찾아온 것이 바로 그제의 일이었다. 소문이 되어 말이 퍼지기에도 그리 긴 시간이 아니었던 것이다.

"합하, 나와보셔야 하겠습니다!"

얼마나 시간이 흘렀을까. 품에 넣어 두었던 회중시계를 꺼내고서도 빛이 없어 몇 신지 볼 수가 없었다. 내가 도착해 대원군과 마주 앉은 것이 자정을 조금 남겨 둔 시각이었고, 그들이 대원군을 찾아온 것이 자정 즈음이었다는 것만으로는 도무지 시간을 짐작할 수 없었다.

그런데 그들은 대체 누구였을까.

대원군과 이준용이 상적의 급박한 목소리에 밖으로 나가고 나서 곧이어 상적이 들어와 가만히 아무소리도 내지 말고 이 방에 있으라고 했다. 그리고는 등불을 혹 불어 끄고는 암흑 속에 나만 남겨 두고 황급히 방을 나가 버렸다.

나는 조금 기다렸다가 문에 깔끔하게 발라져 있던 종이에 구멍을 내고는 밖을 살폈다. 대원군과 이준용, 상적 중 그 누구도 보이지 않았지만 안뜰은 어수선했다. 나는 암흑 속에서 안절부절못하고 있었는데 안뜰에 진을 치고 있던 자들을 비추고 있던 횃불은 눈부시게 빛나고 있었다. 그들은 언뜻 보아도 이삽십 명은 족히 넘어 보였고, 얼마나 더 많을지는 알 수 없었지만 무척 제멋대로로 보인다는 것 하나만큼은 확실했다. 그들 중 많은 수가 술에 취한 듯 보였고, 복장에서 일관성도 찾아볼 수 없었다.

양복을 입은 사람도 있었고 들어올 때 보았던 별장의 경리들이 입었던 옷을 입은 자들, 짚신을 신은 자들도 있었다. 하지만 어수선한 그 모든 복장들을 떠나 그들 모두가 가진 일관성이 하나 있었는데, 그건 그들의 살기였다.

큰 칼을 어깨에 맨 사람, 허리에 칼을 늘어뜨린 사람, 칼집인 것이 분명해 보이는 지팡이를 쥔 사람, 총을 든 사람. 나는 나도 모르게 침을 꿀꺽 삼키고 그 소리가 그들에게 들리지나 않을까 재빨리 입을 틀어막았다.

그들은 분명 일본인들이었다. 조선인으로 보이고 싶어 하는 몇몇이 끼어 있었지만 그들을 조선인으로 볼 수는 없었다. 7년 동안 수많은 일본인들을 보아온 나였으니 그 사실을 모른다는 건 불가능에 가까웠다. 게다가 그들이 은연중에 뿜어 내고 있던 적대감과 공격성이라니. 나는 소리가 날까 염려되는 것이 아니라 덜덜 떨려 맞부딪치기 시작하는 이를 멈춰 보려 안간힘을 써야 했다.

무슨 일이 벌어지고 있는 거지? 왜 대원군의 별장에 무장한 일본인들이 진을 치고 있는 거냐고!

영원처럼 시간이 흐르고 쪼그리고 앉은 다리가 얼얼해질 무렵, 드디어 안뜰에 모습을 드러낸 대원군이 눈에 들어왔는데 그는 몹시 지쳐 있는 듯 비틀거리기까지 했다. 이준용과 상적이 그 뒤를 따르고 대원군 일행과 함께 나온 듯 보이는 몇몇의 일본인들이 대원군을 에워싸듯 걸었지만 호위를 한다기보다는 마치 죄인을 지키며 걷는 군졸들이 갖는 분위기 비슷한 것이 느껴져 나는 자세히 보려고 눈을 비벼야만 했다.

대원군 일행이 문을 나서자 안뜰에 진을 치고 있던 자들도 우르르 몰려나갔다. 그들이 떠나간 텅빈 아소정에 남은 나는 쪼그려 앉았던 다리를 펴고 털썩 주저앉았다. 나는 확실히 잊혀진 게 분명했고 고민하지 않을 수 없었다.

이대로 대원군을 기다려야 할까. 대원군은 그 일본인들과 어디로 가는 걸까, 그들을 따라가봐야 할까?

나는 저린 다리를 주무르며 저린 다리의 고통만큼 물밀듯 밀려오는 의문들에 질식할 것만 깉다.

그나저나 지금은 몇 시나 되었을까? 나는 가만히 앉아 아소정의 고요함을 헤칠 만한 무엇이 들리지는 않는지 잠시 귀를 기울이다가 용기를 내어 등잔에 불을 밝히고는 또 한 번 귀를 기울이고 나서 시계를 열어 마침내 시간을 보았다. 새벽 3시가 조금 넘은 시각.

딸깍, 살아 숨 쉬는 것은 오직 내 시계뿐인 듯 아소정은 고요하기만 했다.

말을 버려두고 달렸다. 사람이 많아서인지 모습은 보이지 않았지만 쿵쿵하는 발소리의 진동을 따라 달리자 곧 대원군 일행을 찾을 수 있었다. 멀리서 보는 내 눈에도 그들은 서두르고 싶어 하는 기색이 역력해 보였지만 가마를 탄 대원군의 속도에 맞추려니 별수 없는 듯했다.

어디로 가는 걸까?

헉헉대며 1시간을 족히 넘겨 그들의 뒤를 따르고 나서야 나는 그들이 도성 안으로 가고 있다는 것을 알았다. 묘하다고밖에 할 수 없는 행렬이 새벽 길을 밟아 다다르기에는 몹시 위험한 곳이 아닌가. 무슨 일이 벌어지고 있는 것일까. 아니 무슨 일이 벌어지려 하는 걸까.

나는 대원군이 꿈에 대해 말하며 눈을 빛내던 것을 떠올렸다. 그때의 그는 헛된 희망을 부여잡고 있는 아집 가득한 늙은이 같기도 했고 금방이라도 떨쳐 일어나 세상을 호령할 것 같은 기세를 가진 젊은 장수 같기도 했다. 그의 모습 중 그 어떤 것이 이런 묘한 행렬을 만들어 낸 것일까.

돈의문(서대문)에 이르렀을 때 보게 된 광경에 나는 가쁜 숨을 죽일 수밖에 없었다. 훈련대였다. 100명이 훨씬 넘어 보이는 머릿수의 군대가 대원군의 일행과 합류를 했던 것이다. 멀찌감치 떨어져 있어도 그들이 무슨 꿍꿍이인지 모를 수가 없었다. 군대를 동원해 새벽길을 나선 일본인들, 그리고 권력에 목말라 있던 대원군. 그들은 전쟁터로 향하고 있었던 것이다.

***

나는 내 머리와 옷을 더듬거리며 길을 걸었다. 어찌된 일인지 내가 그 옛날 봉두난발에 허름한 옷차림으로 거리를 걷고 있다는 생각이 들었던 탓에 불안해졌기 때문이었다. 사람들이 슬슬 나를 피해가고, 어떤 아이는 나를 보자마자 빽빽 울어대고 부녀자들은 기겁을 하며 소리를 내질렀다.

나는 일본에서 돌아온 그대로 짧은 머리에 아, 그래, 내가 훈련대 제복을 입고 있었지. 그래서 그런가보다. 하지만 내가 비틀거리며 집으로 들어섰을 때 주인 여자 역시 빽 소리를 내지르며 뒷걸음질을 치다가 주저앉아 버렸다. 그녀는 내가 마치 지옥에서 자신을 잡으러 온 저승사자라도 되는 양 겁에 질린 퍼런 얼굴로 덜덜 떨었는데, 내가 왜 이러냐고, 나라고 말하며 주인여자를 안심시키려 그녀에게 다가갔을 때 여자는 울음을 터뜨리기까지 했다.

그때, 주인 없는 내 방에서 문이 열리는 소리가 들리고 나는 태린의 얼굴이 빠끔히 삐져나오는 것을 보았다. 며칠 전보다 한결 좋아 보이는 얼굴에 기쁜 마음이 들어 인사를 하려 손을 들어 올렸지만 나를 본 그녀 역시 주인 여자처럼 새파랗게 질린 얼굴을 하고는 꼼짝도 하지 않았다. 나는 그제야 내 모습을 내려다볼 생각이 들었다.

내 손, 내 옷. 그제서야 내가 어떤 모습일지, 어떤 일을 겪었는지가 번갯불처럼 빠직하고 내 머리를 아프게 쳤고, 태린 아가씨가 신도 신지 못한 발로 뛰쳐나오는 것을 보면서 나는 무릎을 떨어뜨렸다.

몸을 지탱해 보려 땅을 짚은 두 손은 온통 피투성이였다. 마치 막 수술을 끝내고 난 손처럼 피로 칠갑이 된 내 손은 살아 있는 사람의 것 같지도 않았다.

"무슨 일이에요, 대체……."

아가씨는 머뭇거리다가 결심한 듯 내 손을 잡으며 물었다. 내 손을 잡은 그녀의 손이 내 얼굴을 보면서 부들부들 떨리는 것을 보니 내 얼굴 역시 내 손과 비슷해 보이리라는 것을 쉽게 짐작할 수 있었다.

나는 그 순간 말하고 싶었다. 무슨 일이 일어난 것인지 그녀에게 모두 모두 말하고 싶었다. 하지만 말은 목 끝에 걸려서 내 속을 간지럽히고 아프게만 할 뿐 터져 나올 기미를 보이지 않아서 내가 내뱉은 말이란 고작 단어 한 개에 불과했다.

"전쟁."

그것은 분명 전쟁이었다.

대원군과 일본인들, 그리고 훈련대 군사들이 도착한 경복궁은 이미 많은 군사들에 의해 포위된 상태였다. 대원군 일행이 도착한 것이 신호가 된 것인지 이내 광화문의 빗장이 열리고 총격전이 벌어졌다.

그런데 그는 누구였을까.

한 남자가 광화문 안에서 뛰쳐나와 큰소리로 군사들을 꾸짖듯 외치는 소리가 들렸다.

"이게 무슨 짓인가! 자네들은 어명을 받고 출동한 것인가! 경거망동을 삼가게!"

훈련대가 멈칫하는 모양새로 보아 그는 훈련대의 장교쯤 되는 것으로도 보였다. 하지만 그의 우렁차고 단호한 목소리는 잠시 군사들을 얼어붙게 만들었을 뿐, 군사들을 막지는 못했다. 이내 총소리가 여러 번 울렸고, 더 이상 그 사내의 목소리는 들려오지 않았다.

나는 그들이 우렁찬 목소리의 사내가 나왔던 광화문으로 우르르 들어가는 것을 보았다. 그를 보며 내 머릿속에 떠오른 것은 전쟁, 전쟁, 전쟁이라는 단어뿐이었다. 지난해 일본이 경복궁을 점령했던 것과 비슷할까, 이것이? 나는 내가 조선에 없었던 당시의 사건을 상상해 보려 애썼지만 전쟁이란 것은 상상으로 되는 것이 아니란 걸 그때는 몰랐다. 총소리는 계속 들려왔고 사람들의 함성과 고통에 찬 외침도 끊이지 않았다.

어찌해야 할까. 나는 의사였고, 궁 안에는 다쳐서 죽어가는 사람들로 그득할 터였다. 나는 내 훈련대 제복을 떨리는 손으로 쓰다듬으며 내가 궁으로 들어가면 어떤 일이 벌어질지 두려워졌다. 나는 싸울 줄 몰랐고, 무기라고는 탄환도 들어 있지 않은 리볼버 권총뿐이었다. 그리고 다친 사람을 치료할 수 있는 그 어느 것도 갖고 있지 않았다.

하지만 결국 나는 광화문 쪽으로 달리기 시작했다. 광화문 안으로 몰려들어간 군사들 때문에 밖은 오히려 조용했는데 문 근처에서 나는 죽거나 죽어가고 있는 경비 군사들과 순검들을 맞닥뜨렸다. 내가 거기서 무엇을 할 수 있을지는 알 수 없었지만 우선 내가 입고 있던 옷을 뜯어 피를 흘리고 있는 사람들의 팔이나 다리에 묶어 주었다. 이미 많은 수의 사람들이 목숨을 잃은 상태였지만 살려 달라 아우성치는 사람들도 많았다.

내 옷을 뜯어내는 걸로 부족하자 다친 사람들에게서, 혹은 시체들에게서도 옷을 뜯어내어 사람들의 출혈을 막으려 몸을 묶었고 그러는 동안 궁녀나 혹은 군사들로 보이는 자들이 울면서, 혹은 소리를 지르며 궁을 빠져나가려 달려 나오는 것을 보았다. 그들 중 몇몇은 피투성이가 되어 있었고 팔이나 다리가 잘려나간 사람들도 더러 있었다.

알렌과 함께 찾았던 궁. 그때의 궁은 그처럼 밝고 빛나고 번쩍거릴 수가 없었는데 그 눈부시던 빛이 붉고 끈적끈적한 피로 무참히 덮여 가고 있는 중이었다.

"끄으윽……."

내 목에서 끓어오르듯 울음이 조금씩 흘러나왔다. 아가씨는 가늘고 따뜻한 두 팔로 내 얼굴을 감싸 안아서는 자신의 어깨위에 놓고 피로 떡이 져 있는 내 머리를 계속 쓰다듬어 주었다.

"괜찮아요. 이제 다 괜찮아요"라고 쉴새 없이 속삭이면서.

지난 7일, 훈련대를 해산하라는 명령이 내려졌기 때문에 당초 10일로 계획을 삼았던 그들의 만행이 8일로 앞당겨진 것이라고 합니다. 훈련대 해산에 대해 일본 측에 알린 것은 군부대신 안경수와 이번 만행에 일본군과 행동을 같이 했던 훈련대 제2대대장 우범선이었다고 합니다. 3,400명의 시위대가 연대장 현흥택과 교관 다이의 지휘를 받으며 총격전을 벌였습니다. 그러나 우수한 무기를 일본에게 빼앗긴 시위대는 그들을 당할 수 없었습니다. 대원군은 강녕전 옆에서 대기하고 있었다고 하는데 정말 대원군이 일본과 뜻을 같이 했는지, 그런 만행에 대해 동의했는지 지금으로서는 알 수 없습니다.

다만 10월 6일 오카모토가 아소정으로 가서 대원군을 만났던 것은 계획이 성공했을 경우에 대원군이 정치에 간여치 않는다는 것을 서약 받기 위해서였다는 사실이라는 것은 알 수 있었습니다. 흉도들은 건천궁 동쪽 곤녕합에서 왕후 폐하를 발견했고 궁내부대신 이경직이 폐하를 두 팔 벌려 막다가 권총을 맞고 쓰러졌으며 다시

칼로 두 팔이 베어졌다고 합니다. 흉도들은 난도질당한 왕후 폐하의 시신을 문짝위에 얹어 이불을 덮고 건천궁 동쪽 숲속으로 운반하여 장작더미 위에 올려놓고 불을 질렀다고 합니다.

아아, 어찌 오늘의 이런 만행이 갑자기 충동적으로 일어난 것이겠습니까.

어찌 이것이 백 번을 죽어도 풀리는 한이겠습니까.

−1895년 10월 9일

왕후 폐하가 시해당한 지 이틀 후 친일 내각은 왕후를 서인으로 폐위시키는 조서를 대군주 폐하의 이름으로 발표했다. 왕후가 친당을 좌우에 세워 대군주의 총명을 막고 백성을 착취하여 매관매직을 일삼는 등의 죄를 지었다며 조서에는 왕후의 죽음을 감추고 옛날 임오년 때(임오군란)와 마찬가지로 궁을 떠나 피난했다고까지 주장했다.

태자 전하가 태자의 자리를 내놓겠다며 저항하자 다음날 왕후를 서인에서 빈으로 다시 올려놓긴 했지만 그들은 거짓말을 고치지 않았다.

왕후가 궁에서 도망쳤다고?

이미 왕후 폐하께서 시해당했다는 사실은 한성에 소문이 파다했다. 한성에는 창의고시문(의병을 일으키자는 문서)이 나붙었고 '왕후의 폐서인에 신하된 자로서 복수토적의 의거가 없는가' 하는 고시문이 지방에 나돌았으며 종로에는 왕후의 시해는 훈련대가 아닌 일본인의 소행임을 알리는 방이 붙기도 했다.

일본정부는 사건 일주일쯤 후에 공사 미우라 고로와 서기관 스기무라 등을 비롯한 관련자 47명을 본국으로 송환했다. 왕후의 죽음이 일본과 상관없다는 거짓말을 진실로 바꾸려 애를 쓰긴 했지만 당시 궁에 있던 아라사인 건축기술자 사바틴과 시위대의 교관 다이 등의 외국인들이 증인으로 나서 일본인들이 왕후를 시해했다고 주장하고 각국의 공사들이 압력을 행사했기 때문이었다.

그렇게 소환당한 그들은 어떻게 될까? 일본은 마치 그들이 정부의 뜻과는 상관없이 만행을 벌인 자들을 재판에 회부했다고 하지만 그것은 분명 일본 정부의 뜻이었다. 일본인들 몇몇이 그런 일을 벌이다니. 한나라의 왕비를 살해하다니. 그런 일은 있을 수 없었다.

그리고 1895년 11월 28일 춘생문 사건이 발생했다.

춘생문 사건은 경복궁의 춘생문과 북장문을 통해 궁궐을 장악하고 대군주 폐하를 미국 공사관으로 피신시키려 했던 사건이었다. 이 사건을 위해 800여 명의 군인과 정동구락부(조선 후기 정동의 공관 거리에서 구미인을 중심으로 한 사교 모임. 외교관과 선교사, 민영환, 이완용 등이 그 구성원이었다), 시종 임최수, 참령 이도철 등이 뜻을 함께 했지만 이들의 계획은 누설되어 진압되고 말았다. 연학과 홍재우 나리 역시 이 계획에 발을 들여놓았고, 송준구 또한 그 속에 있었는데, 사건 직후인 12월 1일 김홍집 내각은 춘생문 사건에 대해 발표하면서, 드디어 왕후의 죽음을 공식으로 발표했다. 조선 백성이라면 모두 알고 있는 사실을 두 달 후에야 공식적으로 인정한 셈이었다.

그리고 나서 춘생문 사건의 주모자들에 대한 처벌이 이루어졌다. 임최수와 이도철은 교수형에 처해졌고 나머지 사람들은 종신 유배형이었지만 관련자에 대한 대대적인 처벌은 아니었다. 연학은 잠시 관직을 내놓는 것으로 처벌을 대신했고, 홍재우 검서관 나리 역시 잠시 낙향하는 것으로 마무리되었으니까.

송준구는…… 아…… 송준구는…… 그를 어떻게 말해야 할까. 춘생문 사건 당시, 그는 친위대의 제3대대장이었고 궁에서 내응해 주기로 되어 있었다. 하지만 사건이 일어날 거라는 사실을 알린 것이 바로 송준구였다.

애증

8년. 여기까지 오는 데 왜 이렇게 오래 걸린 것인지 모르겠다는 생각에 나는 조금 기운이 빠졌다. 그저 조금 자신이 없었던 것도 같았다.

일본에서 의학교를 졸업하고 일본의 병원에서 환자들을 진료하고 수술하면서 임상 경험을 쌓았지만 조선에서 의술을 행하는 것과 같지는 않았다. 일본인들은 나를 단지 한 사람의 의사로 대해 주었지만, 조선에서는 나의 과거에 대해 관심이 있었다. 내가 누구의 아들인지, 어떤 신분을 가졌는지가 그들이 가진 가장 큰 화젯거리였다.

내 신분을 알고 있는 사람을 만나면 나는 자신감을 잃었다. 내가 배우고, 또 행했던 모든 의술들이 잡을 수 없는 연기가 되어 사라지는 기분이었다. 그래서 임시로 지낼 방을 얻고 일자리를 얻는답시고 돌아다니면서도 일자리가 구해지지 않는 것에 오히려 안도를 느꼈던 것이다. 진료를 하지 않으면 아무도 내게 관심이 없을 테니까.

스승은 내가 일본에 있을 때 편지를 보내어 자신의 집을 내게 남겨 주고 고향으로 떠난다고 했다. 그러니 내가 조선에 돌아왔을 때 내게는 지낼 집과 환자들을 진료할 곳이 있었던 것이다.

나는 그런 사실을 거의 6개월 동안이나 무시하며 지냈다. 주인 여자는 혐오스러웠고 귀찮았으며 방 또한 협소해 진료든 뭐든 지내는 것조차 불편했는데도 그랬다.

나는 아무 말도 않고 내 뒤에서 내가 말을 꺼낼 때까지 두말도 섞지 않고 기다리고 있는 두 사람에게로 몸을 돌렸다. 태린 아가씨와 덕이어멈이었다. 스승이 고향으로 떠난 후 나를 기다리며 집을 지키고 있던 덕이어멈은 8년의 세월보다도 더 나이가 들어 보였지만 나를 다시 보니 몹시 행복한 듯했다. 나도 그랬다. 그때는 한없이 아픈 때였다. 내 마음도 몸도 모두 그랬다. 그것은 말 그대로의 통증 때문이기도 했고 쉽게 얻을 수 없는 깨달음 때문이기도 했다.

나는 이곳에서 살 것이다. 이곳에서 의사로 살 것이다. 나는 연학의 집에서 지내며 나와 함께 이곳에서 환자들을 진료할 아기씨의 이미도 가장 믿음직하고 능력 있는 간호를 행해 줄 덕이어멈을 보며 씩 웃었다.

***

춘생문 사건 이후인 2월 11일 폐하가 아라사의 공사관으로 도망치듯 옮겨 버린 사건이 일어났다. 그 사건이 일어나기 하루 전, 연학은 나를 찾아와 혹시 자신에게 무슨 일이 생기거든 자신의 가솔들을 부탁한다는 말을 했었다. 그러면서 한창 백성들의 반일감정이 격해지고 있고, 의병 운동이 확산되고 있어 관군이 진압을 위해 지방으로 내려가 한성의 방비가 허술해졌기 때문에 지금이 의병운동의 가장 적기임을 털어놓았는데, 그 한가운데에 이

강헌이 있음도 덧붙여 주었다. 다시 이강헌의 과묵하고 단호해 보이던 얼굴이 생생히 떠올랐다.

이강헌은 제중원을 떠나 무과시험에 합격했지만 동학농민전쟁의 한가운데로 뛰어들었고 이제는 의병의 우두머리였다.

그의 정체는 무엇이었을까. 어째서 그렇게 끝없이 불의한 일에 항거하는 사람이 세상에 존재할 수 있을까.

나는 연학이 자신의 기술을 나에게 맡기는 것이 적절한 일이 될 것인지를 물었다.

"자네는 일본에서 공부했잖아. 그들은 그래서 자네가 친일파라고 생각을 하더군. 그러니 그들에게서 목숨을 구하고자 한다면 자네 만한 사람이 없을 듯 싶었네."

나는 맞다, 아니다를 말하지 못했다.

친일이라…… 나는 일본에서 공부했고, 일본에서 의사로 일했으며 그 사실에 대해 부끄러움을 느끼지 않았다. 하지만 나도 모르는 사이에 나는 내가 원치 않았던 자리에 서 있었던 것 같은 기분은 난감하기만 했다.

계획은 성공했다. 폐하와 태자전하는 궁녀가 타는 두개의 교자를 타고 건춘문을 나와 아관으로 옮기셨고 그 즉시 을미4적으로 불리던 김홍집, 유길준, 정병하, 조희연 등에 대한 체포령을 내리셨다. 김홍집, 정병하 등 친일내각의 관리들은 광화문에서 분노한 백성들에 의해 살해당했고 유길준은 일본 군인들 속으로 뛰어들어가 일본으로 탈출했으며 조희연 역시 일본으로 도망쳤다.

백성들은 이렇듯 을미4적에게 넘치는 분노를 안고 있었지만 도망치듯 궁을 버린 왕에게도 그에 못지않은 분노를 느끼는 듯했다.

부끄러움, 분노, 그리고 안쓰러움. 왕은 조선 백성의 애증의 한복판에 서 있는 사람이었다. 그를 욕하는 것도, 그렇지 않은 것도 불가능했다. 우리는 그를 사랑했고 또 미워하고 있었다.

***

고할기 상회(A Gohalki)라. 나는 제법 번듯해 보이는 상점 안으로 불쑥 발을 들여놓았다 .

외국의 공사관이 진을 치고 있는, 그래서 이제는 볏짚으로 지붕을 인 초가도 몇 채 남지 않은 그 정동에서 손님을 기다리고 있는 그 상점 안은 겉과 비슷하게 내부 또한 그럴듯했다.

나는 힐끗 자신의 가게를 찾아든 손님을 보는 주인을 보며 모르는 척 상점 내부를 구경했다. 그는 일본인인지 조선인인지 쉽게 알아챌 수 없는 애매함을 부러 가장하고 있었다.

아마도 그의 짧은 머리는 단발령이 내려지기 전에 자른 것일 테고 결코 싸구려로 보이지 않은 양복 또한 일부러 의도된 것일 거였다. 그러나 그 역시 내게서 그가 가장하고 있는 것과 비슷한 애매함을 빌견할 데니 나는 아무 말도 건네지 않고 상점 안을 어슬렁거리며 그가 다가오기만을 기다리면 될 일이었다. 종국에 무슨 말이든 해야 할 사람은 주인이 아니겠는가.

밖에서 보기보다 두 배는 넓게 느껴지는 상점 안을 서성거리며 주인이 말을 걸어 주기를 기다리면서 나는 지금의 상황에 집중하려고 무척 애쓰고 있었지만 솔직히, 쉽지 않았다.

정말 도고였을까?

이곳으로 오는 길에 땔감 시장을 질러 오다가 나는 내 바쁜 걸음을 멈춰 세우는 광경을 목격했다. 낡아빠진 지게에 무너질 듯 위태위태하게 땔감을 올려놓고 비틀걸음을 걷는 한 남자와 지게가 불안한 듯 찌푸린 얼굴로 그 곁을 걷는 아이. 나는 순간 그게 도고라고 생각했다. 하지만 한동안 서서 땔감을 살 사람을 찾아 사방을 두리번거리는 남자를 보니 도고가 아니군 하는 생각도 들었다.

사내는 너무 말랐고, 또 너무 늙어 보였다. 스물을 갓 넘겼던 도고가 지금 나이를 먹어봤자 서른 정도일텐데, 사내는 족히 마흔은 되어 보였던 것이다.

아냐. 아냐. 아냐.

나는 도리질을 치며 그냥 닮은 사람이겠거니 걸음을 재촉했지만 그때 태어난 달이의 아이가 자랐으면 꼭 그 아이의 또래와 비슷했을 거라는 생각이 떠올라 오는 내내 찜찜했다.

아이의 손을 보면 알 수 있었을 텐데.

나는 그때 아이가 뜨겁고 끈적끈적한 피투성이의 손으로 꼭 쥐었던 손가락을, 들어 올려 보았다. 손가락이 자라듯 아이가 살아남았다면 내 손가락처럼 자라 있겠지.

"무엇을 찾으시는지요?"

나는 그를 돌아보며 사람 좋게 웃었다. 재빨리 도고와 그의 아들에 대한 생각에서 벗어나는 것은 힘겨웠지만 지금 해야 할 일은 따로 있었다. 결국 이 사람이 자신과 비슷한 차림새의 나에게 조선말로 말을 건네는 것을 결정했으니, 좋은 시작이다.

"내가…… 약을 좀 찾고 있는데 말이오."

"약이오? 의사십니까?"

"뭐, 그런 셈이지."

나는 또렷하게 나에 대해 말하지 않으면서 은연중에 말을 놓았다. 그가 좋을 대로 생각하는 것이 내게는 더 좋았고 내가 그의 물건을 팔아 줄 사람의 지위에 있다는 걸 알려 주어야만 했으니까.

"금계랍을 찾으십니까?"

키니네를 찾느냐는 그자의 질문에 나는 좀 불편한 듯 얼굴을 일그러뜨렸다.

"그게 아니면 무엇을……."

"아…… 그게……."

나는 무척이나 곤란하고 은밀한 얘기를 꺼낼 듯 뜸을 들였고 그는 내게로 좀 더 가까이 다가왔다.

"아편을 좀……."

"아편……!"

그는 좀 당황한 듯했지만 예의바르게 웃으며 나를 재보는 눈빛을 했다.

"구해 줄 수 있겠소?"

그는 이내 마음을 정한 듯 다가와 속삭였다.

"조금이라면 지금이라도 드릴 수 있지요."

"조금이 아니라면… 어쩌오?"

그는 놀란 게 분명했다. 한 발 물러서며 주위에 아무도 없는지 부터 확인을 했으니까.

"아편은 나라에서 엄격이 금하고 있는 것입니다. 자칫하면 목이 달아날 수도 있는데."

"값을 두 배로 쳐준다면 어찌하겠소?"

"두 배! 흡."

그는 자기도 모르게 내지른 소리에 놀라 입을 틀어막고는 다시 주위를 둘러보았다. 그를 내려다보는 내 표정은 심각했고, 그는 장사꾼답게 얼마나 남을지 이문에 대해 고심하는 얼굴이었다.

역시.

무척 고심한 티를 내며 입을 열기 시작하는 그를 보면서 나는 그가 두 배 이상의 가격을 부를 것을 예상하고 있었고 내 예상은 들어맞았다.

"목이 달아날지도 모를 일이니, 세 배는 주셔야……."

"어허…… 이런……."

나는 한참을 고민하듯 팔짱을 끼고 눈을 감았다. 그가 잔뜩 긴장한 숨을 몰아쉬는 것이 그대로 느껴졌다.

"좋소. 귀한 분께서 구하시는 것이니 별 수 없지."

그는 뛸 듯이 기쁜 마음을 숨기지 못하는 얼굴로 손을 맞잡았다.

원래 이런 것이다. 그는 욕심으로 인해 이런 상점을 갖게 되었지만, 결국 욕심 때문에 큰 위험에 처하게 될 것이다.

정확히 닷새 후 자정에, 그와 나는 연학의 사랑방에서 마주 앉았다. 그는 작은, 그러나 그 정체를 생각하면 엄청난 양이 들었을 보따리를 무릎위에 올려놓은 채 흘끗거리며 방을 살폈다. 그는 아마도 아편을 구하면서 내가 가져오라고 했던 집에 대해서 알아볼 수 있는 모든 것을 알아보았을 것이다. 그리고 풍양 조 씨가의 집이라면 이런 물건을 구할 만하고, 구할 여력도 있을 거라고 판단했음이 분명했다.

그는 음모를 같이 꾸미는 동지에게 보내는 음흉한 눈길로 빙글거리면서 내 앞에 보따리를 놓았고, 나는 느긋한 태도로 보따리를 잡아 풀어서 내용물을 확인했다. 그리고는 어둑하게 밝혀진 등잔 옆에 또 하나 있던 등잔을 밝히며 그에게 몹시 만족스럽다는 듯 웃어 보였다. 그가 이제 돈을 받기만 하면 되는구나 싶은 생각에 손바닥을 비비는 모습은 아주 행복해 보였다.

덜컹!

"으아아아악!"

문 열리는 소리에 이은 그의 날카로운 비명이었다. 쪽문을 열고 들어선 사람은 태린 아가씨였고 그는 아가씨가 죽었다 살아 돌아온 사람이라도 되는 양 파랗게 질린 얼굴로 벌벌 떨었다.

"오랜만이네요, 아저씨."

아가씨는 꽉 잠긴 목소리를 내며 자리에 앉았다. 아버지의 가장 절친한 친구이자 태어날 때부터 매일같이 보아왔고 또 다른 아버지인 양 따르던 사내, 아가씨는 금방이라도 눈물을 쏟아낼 것처럼 혼란스럽고 난감한 얼굴이었다.

권순재는 아가씨의 아버지 오치근이 농사로 돈을 벌기 시작하기 전부터 절친한 사이였다. 그리고 오치근이 더 큰 돈을 벌어 파주에 큰 집을 지을 때부터는 아예 같이 살면서 청지기 일을 맡아 하기 시작했다. 아가씨가 기억하는 그는 항상 자상하고 따뜻한 사람이었다. 그런데 아가씨의 시부모가 파주의 집으로 쳐들어가 살기 시작하고, 아가씨의 아버지가 죽으면서 시부모가 파주의 집을 차지하게 된 배경에 바로 권순재가 있었다.

아가씨가 파주의 집을 찾아갔을 때 이미 권순재는 한성으로 자취를 옮긴 뒤였고 그때조차 아가씨는 그가 설마 아버지와 자신을 배신했을 거라고는 생각지도 않았다. 하지만 나는 그를 모르니 그 집의 소유권이 아가씨의 시댁으로 옮겨진 이유에 그가 있을 것이라 생각하는 것은 어렵지 않았다.

아가씨에게 사연 얘기를 듣고 나서 나는 한성으로 갔다는 단서 하나만으로 그를 찾았고 정동에서 외국인들을 상대로 하는 상점을 크게 열고 있었던 그를 마침내 찾아낼 수 있었다.

"내가…… 내가 어떻게 살았는데!"

권순재는 아가씨가 말을 꺼내기도 전에 항변하듯 울분을 토해냈다.

"청지기? 청지기리고? 제깟게 뭔데, 양반이라도 돼? 양반집에 딸을 시집보내면 제깟 놈이 양반이 될까? 응?!"

권순재는 친구인 척 오치근의 옆에서 속내를 죽이며 몇십 년을 살아오다가 단번에 친구를 배신했다.

"이거…… 이걸로 당신의 목을 벨 수도 있소."

나는 아편 보따리를 들어 올리며 차갑게 말했고, 그 차가움에 그의 얼굴이 얼어붙은 듯 굳어 버렸다.

"여기 이 댁이 힘이 있는 집이라는 건 당신도 잘 알 터."

그는 여전히 굳은 얼굴을 펴지 못하면서 나와 아가씨에게 번갈아 눈을 돌리고만 있었다.

"아가씨는 아버지의 집을 찾고 싶어 하시오. 당신이 그 증인이 된다면 모든 것을 그냥 덮을 수도 있소."

"나…… 나는……."

"아무것도 손대지 않겠소. 당신의 상점, 당신의 목…… 그 어느 것도. 그러니까 하나만…… 그 집 하나만 돌려받게 해 주시오."

나는 내 목소리에 적대감을 죽이고 간절함을 실었다. 아가씨는 멈추지 않는 눈물을 계속 닦아내고 있었고 권순재의 눈동자는 가야할 데, 멈춰야 할 데를 모르는 것처럼 정신없이 흔들리고 있었다.

***

나는 거칠게 눈을 비볐다. 내가 아직 잠에서 깨질 않은 건가? 무슨 꿈이 이리도 생생해?

나는 꽃을 샘내는 추위에 한껏 매워하면서 마당에 내려섰다. 춥고 신선한 아침공기가 폐를 청소해내듯 쓰릴 정도로 가슴을 휘도는 것을 느끼고 있자니 그제야 이게 꿈이 아니구나 싶었다.

나는 그들에게 문을 열어 주고 의아한 표정으로 서 있는 덕이어멈에게 어색하게 웃어 보이고는 싸구려 그림처럼 초라한 몰골로 서 있는 아버지와 아들을 보았다.

도고와 그의 아들. 얼마 전 땔감 시장에서 보았던 그 모습 그대로 그들이 우리집 마당에 서 있었다. 도고는 그때 봤던 것처럼 땔감은 없지만, 낡은 지게를 그대로 메고 짐을 실은 지게를 일으켜 세워 줄 지팡이를 들고 있었는데 잠시 내려놓을 생각도 없는 듯했고, 어찌 보면 두 손을 모아 쥐고 있는 지팡이에 힘겨운 몸을 의지하고 있는 듯 보이기도 했다. 도고는 정말 지팡이에 의지하는 게 이상하지 않을 정도로 몹시 피곤해 보였다.

"흠! 흠!"

내가 나를 빤히 바라보기만 할 뿐 아무 말도 하지 않는 부자의 무심한 시선을 견디지 못하고 헛기침을 토해내자 비로소 정신을 차린 듯 도고는 한쪽 손을 지팡이의 머리에 올리고 나서야 입을 열었다.

"이놈에게 해 줄 게 없어. 해 주고 싶은 것도 없고."

오랜만에 만나서 처음 꺼내는 얘기치고는 참 뜬금없고 모질다고 생각하면서 나는 아이를 내려다보았다. 아이는 시꺼먼 얼굴을 하고 있지만 씻지 못했을 뿐, 원래의 얼굴색은 아닌 듯했고 아직 날이 추운데도 여름에나 입을 얇은 옷을 걸치고 있었으며 세월을 계산해 보면 벌써 열 살이었을 텐데도 열 살의 아이가 흔히 가질 만한 되바라짐을 찾을 수가 없어 나는 갸웃했다.

"나는 이놈 때문에 달이가 죽었다고 아직도 생각해. 거의 매일 이놈을 패다가도 어느 때는 있는 줄도 모르고 잊어버리기도 하지. 나 같은 건 애비도 아냐."

도고는 방금 전까지도 말이 없던 그 사람이 자신이 아닌 양 술술술 이야기를 풀어냈고, 나는 도고가 무덤덤한 어조로 끊기지 않고 말을 하고 있긴 하지만 이른 아침에 여기로 오기까지 꽤 많이 할 말을 연습한 것 같다는 생각이 들었다.

"이게 내가 이놈한테 해 줄 수 있는 유일한 애비노릇일 거야. 느이 아부지가 너를 제중원에 맡길 때 그랬다지. 남는 밥 덩어리나 던져 주고 얼어 죽지만 않을 데서 재우라고. 나도 그걸 바래. 니가 그걸 해 주면 좋겠어. 너처럼 신학문을 공부해서 무엇이 되라는 바람 같은 거 하나 없이 그냥. 심부름이나 잡일 같은 거 시키면서 데리고 있어 줘."

아버지가 자기를 낯선 사람에게 맡기고 떠나려 하는데도 아이는 무표정했다.

"안 된다고는 하지 마. 네가 받아 주지 않아도 어쨌든 나는 이놈을 버릴 거야."

아이를 버리는 공범이 되고 싶지 않거든 아이를 맡으라는 그의 은근한 위협은 솔직히 위협적으로 느껴지지도 않았다. 나는 아이에게 손을 뻗어 오래 감지 않아 뻣뻣하고 때에 찌들어 끼리끼리 뭉쳐 버린 머리카락을 쓰다듬었다.

아이를 맡을 수밖에 없다는 것을 나는 아마도 이 아이가 태어나던 날부터 알고 있었는지도 모르겠다는 생각이 들었다. 아이의 어미가 죽는 것을 지켜 본 죄, 어미 없는 아이가 태어나도록 도운 죄. 아마도 그 죄를 갚아야 할 건 가 보다.

"나는……."

도고는 입을 연 후로 처음으로 말을 하는데 망설이다가 이내 돌아섰다.

"잠깐만! 이름이 뭐야?"

도고는 돌아보지도 않고 대꾸했다.

"육손이."

나는 바짝 말라버린 체구 때문에 지게가 저 혼자 걸어가는 듯한 뒷모습의 도고에게 잘 가라거나, 언제 아이를 보러 올거냐거나, 어디로 갈거냐거나 같은 말 같은 것은 하나도 하지 않았다. 그저 얼굴처럼 때가 덮혀 색깔이 변한 아이의 손을 잡아 보면서 아이에게 가장 상처가 될 말을 이름으로 붙인 도고가 가련하기 그지없다는 생각을 곱씹었을 뿐이었다.

황제의 즉위식이 새벽에 이루어졌다. 즉위식을 치른 환구단에서 돌아온 황제는 태극전(덕수궁 즉조당)에서 백관의 축하를 받았다.

백관은 황제를 향해 네 번을 절하고 세 번 만세를 외쳤다. 천년의 세월을 살기를 기원하는 제후의 천세가 아닌, 만년의 세월을 살기를 기원하는 황제 의 만세.

1897년 10월의 일이었고, 폐하가 아관에서 경운궁(덕수궁)으로 환궁하신 지 8개월 후였다.

3개월 안에 치뤄져야 했던 황후의 국장은 황제가 아관으로 옮기면서 중 단된 상태였고 2년여가 지난 후에야 마침내 이루어지게 되었다. 마지막 길을 떠나는 황후를 따르는 사람들은 대략 4800여 명이라 했고, 그 어떤 왕의 국장보다도 많은 사람들이었다고도 했다.

그 중 수천여 명이 일반 백성들이었다. 그들은 자진해서 장례에 참여해 대여(큰 상여)와 견여(좁은 길을 지날 때 임시로 쓴 간단한 상여)를 메고 만장을 들었다. 만장을 들고 줄지어 늘어선 그 속으로 나도 들어갔다. 하나의 감정으로 한곳에 모여, 공동의 목적지로 향하는 행렬이란 쉽게 상상할 수 있을 만큼 묘한 것이다.

우리는 황후를 잃은 지 3년이 지났어도 여전히 그 슬픔을 기억하며 지나온 시간을 회상하고 황후의 죽음이 마치 자신의 잘못인 양 죄책감마저 느끼고 있었다.

슬픔과 후회와 죄책감의 행렬. 황후가 안식을 위해 마지막 길을 떠나는 어두운 새벽시간. 붉은색의 등불을 든 홍등롱군과 노란색의 등불을 든 황등롱군 2천여 명이 행렬 속에 점점이 박혀 사위를 대낮처럼 밝게 비추고 있었다. 홍릉에 도착한 것은 정오쯤이 되어서였다. 궁에서 8시간이 걸리는 행구이었다.

하관식을 마친 것은 다음날 아침 8시였다. 황후는 그렇게 5천여 명의 사람들과 이별했고, 사랑하는 남편과 아들의 곁을 영영 떠나갔다. 나는 수많은 사람들과 함께 갔던 길을 되밟아 돌아왔고, 집에서 나를 기다리고 있는 아가씨를 만났다.

안식을 향해 떠나는 황후의 모습을 본 한성의 사람들은 누구랄 것도 없이 기가 죽은 모습이었다. 어머니를 잃은 아이의 얼굴이 꼭 그럴 터였다. 이제 그 누구도 아이를 그처럼 따뜻하게 안아 줄 사람은 없을 테고, 넘어졌을 때 일으켜 주며 위로해 줄 사람도, 험한 길에 힘이 되어 줄 사람도 없을 거였다.

아가씨 역시 그런 얼굴로 나를 기다리고 있었다. 나는 어느새 까칠해진 수염을 문지르며 내가 진료실로 쓰고 있는 방으로 들어가 아가씨가 따라 들어올 때를 기다려 문을 닫았다. 나는 방의 낮은 천장과는 조금 어울리지 않는 책상에 잠시 손을 짚고 섰다가 의자에 털썩 주저앉았다. 그리고 반쯤 허리를 숙여 팔꿈치를 허벅지에 대고는 환자들이 앉는 의자를 가리켜 아가씨가 자리를 잡도록 했다.

"오늘은 진료를 안 하겠다고 했었는데요. 환자도 별로 없는 게 사실이구요."

"그냥 와 봤어요. 만장을 든다시기에 걱정이 되어서."

"전 괜찮아요."

"좀 주무세요. 눈 한번 못 붙이셨을 텐데."

그녀의 말이 맞았다. 잠을 이루지 못해 눈은 따끔거렸고 요기를 했다고는 하지만 속은 쓰려왔다. 한숨 늘어지게 자고 나면 다 나을 것 같았지만, 바람대로 되지 않을 거란 것도 잘 알았다.

"그런 생각을 해봤어요."

"예?"

나는 잠시 뜸을 들였다. 나의 말에 반응하는 그녀의 얼굴을 자세히 보기 위해서였다.

조선에 돌아와 거리에서 다시 그녀를 만났을 때 그녀는 이전의 오태린이라고 하기에는 한참이나 다른 얼굴을 하고 있었다. 사람은 변하게 마련이지만, 오태린이란 사람이 가진 그것은 나이나 세월이 쉽게 침범할 수 없는 그런 성격의 것이었기에 나는 가슴이 아파서 견딜 수 없었다. 그것은 키가 크거나, 마르거나, 얼굴에 주름이 생기거나 하는 종류의 변화가 아닌 그 어떤 세월에도 그녀를 가장 빛나게 해 주었을, 그런 것이었기에 나는 혹시 그녀가 그것을 영영 잊어버리지나 않았을까 걱정이 되었던 것이다.

하지만 이제, 나는 그녀가 그저 그것을 잠시 마음 안에 잠가 두었을 뿐이란 것을 알았다. 그녀는 여전히 편견 없고, 맑았다.

"황제 폐하께서는 지금도 황후 폐하의 얘기만 나오면 눈물을 보이신다고 해요."

　내 눈을 또렷이 보면서 집중하는 아가씨를 보면서 나는 잠깐 눈을 피했다.

　"그래서 그게 뭣 때문일까 라는 생각을 좀 해봤어요."

　그래, 생각했었다. 대부분의 사람들은 황제가 나약하다고 말한다. 자신의 아내를 지켜내지 못했고, 가장 견고해야 할 궁을 침범당했으며 아내가 죽자 죽음을 겁내며 다른 나라의 공사관으로 도망쳐 버렸으니까, 아마도 그 나약함에 대한 증거는 이미 충분할 것이다.

　하지만 황제는 다시 궁으로 돌아왔고 그 자신도 알고 있을 것이다. 더 나아진 것은 아무것도 없다는 사실을. 그는 전쟁이 더 이상은 없음을 믿은 것이 아니라, 그 전쟁에 다시 맞서 싸울 용기를 갖게 된 것이다. 그렇게 되기까지 걸린 일 년의 시간에 대해 나는 그가 나약하다는 증거로 받아들이진 않을 거다. 사랑하는 사람과의 이별을 받아들이는 데에도 그 정도 시간은 절대 넉넉치 않다. 게다가 죽어서도 극복할 수 없는 기억이라는 사실을 부인할 수 없는 것임에랴.

　그는 아관에서도, 또 궁으로 돌아와서도 변함없이 혼자다. 혼자이기에 그는 또 얼마나 나약한가. 나는 처음으로 그가 불쌍했다. 그가 아내를 잃었을 때도, 수많은 치욕을 감내해야 했을 때도 한 번도 들지 않은 생각이었는데, 이제는 정말 그가 불쌍했다.

　그는 보통사람이라면 두려움에 벌벌 떨며 영영 숨어 버려도 아무도 뭐라 하지 않을 상처로 만신창이가 되었으면서도 제 발로 전장에 나아가는 것 말고는 아무것도 할 수 없는 사람이다.

　숨을 수도 도망칠 수도 없는 사람. 그게 바로 황제다.

　"처음에 아가씨를 봤을 때 저는 아가씨가 좋았지만 할 수 있는 게 없었어요. 그건 저와 아가씨의 신분이 다르기 때문이기도 했지만, 우리가 다르게 살아왔다는 걸, 다르게 생각한다는 걸 극복할 수 없다고 여겼기 때문인 것이 가장 큰 이유이기도 했지요. 하지만 이제는, 이제는……."

"나는 혼인했었던 여자예요."

가늘게 떨리는 그녀의 목소리에 아랑곳 않고 나는 천천히 책상에 달린 작은 서랍을 열었다. 그리고 가장 안쪽까지 손을 넣어 잡은 것을 빼냈다. 서랍이 탁, 하고 닫히는 소리를 들으며 나는 쑥스러운 미소를 지었다.

"서양에서는 청혼을 할 때 반지를 준다고 해요. 여자가 반지를 받아서 끼면 약혼이 이루어지는 것이고요."

"저는……."

"그래요, 아가씨는 혼인을 했었죠. 저는 백정의 아들이었구요. 아가씨는 혼인했었다는 핑계로 백정의 아들과는 혼인하지 않을 거라고 하시는 건가요?"

"아니에요, 그건. 절대로!"

나는 아가씨의 손을 잡아끌었다.

"황제 폐하가 궁으로 돌아오신 건…… 다시 맞서 싸울 채비를 갖추기로 하신 건…… 평생의 동지인 황후 폐하가 사실은 영영 자신을 떠나 버린 게 아니란 걸 깨달으셨기 때문일 거예요."

아가씨는 얼굴을 일그러뜨리며 울음을 참으려고 안간힘을 썼지만 그 노력도 보람 없이 자신의 손을 잡은 내 손위로 뜨거운 눈물을 뚝뚝 떨어뜨렸다.

"다행이죠. 당신을 만나서. 당신에게도 내가…… 그렇게 다행인 존재가 되었으면 좋겠어요."

***

대원군이 세상을 떠났다. 칠십아홉의 나이였으니 능히 호상이라 할 만한 장례는 3개월 후인 5월에 열렸고, 나는 발인날에 운현궁을 찾아갔다.

요즈음 들어 상복을 참 많이 입게 되는구나 하는 생각을 앞세우며 찾아간 운현궁에는 많은 사람들이 와글거리며 진을 치고 있었다.

그가 가는 마지막 길이 외롭지는 않으니 다행한 일이었지만 이리도 사람이 많으니 절 한 번을 올리는 것도 힘겹겠다 싶어 나는 어찌할 줄 모르고 운현궁 주변을 서성거렸다.

"왔소?"

나는 누군가 내 어깨에 묵직한 손을 올려놓기에 화들짝 놀라 펄쩍 뛰었다.

"휴우, 정말 놀랐습니다!"

상적은 웃었다. 상적이 웃었다!

나는 정말 상적이 웃는 것을 보고 있었다. 오랜 세월을 모신 주인의 마지막 걸음이 놓여질 길에 서서 구겨진 상복을 입고 며칠은 잠을 이루지 못한 푸석함과 눈 밑의 그늘까지 얼굴에 드리운 채로 상적이, 웃고 있었다.

왜 나는 그것이 하나도 이상하지 않았을까. 나는 상적의 얼굴이 딱 그렇게 굳어 버려서 그가 웃음 같은 것은 절대 지을 수 없는 것이 아닐까 하는 생각을 해본 적도 있었다. 그런데 그런 그가 하필이면 그 자리에서 편하게 웃음을 지었다는 것이 나는 왜 이상하게 느껴지지 않았을까.

"편해 보입니다."

"이제 나의 주인이 편할 테니까."

나는 상적이 이끄는 대로 안국방 근처 주막의 작은 방을 찾아 들어갔다.

"아마 나만큼 내 주인과 오래 시간을 함께 보낸 사람은 없을 거외다."

상적은 대접에 탁주를 따라서 내 앞으로 밀어주고는 말했다.

"하지만 결국 나는 내 주인이 떠나는 길의 가에 서서 잔심부름이나 하면 중요한 역할을 했다 할 종복에 불과하지요."

"그게 서글프십니까?"

"핫핫! 아니오…… 아니오……."

오늘은 나보다 더 말이 많은 상적이 쓸쓸하게 웃었다.

"가까이 지낸 만큼 주인이 얼마나 마음이 괴로운 인생을 살았는지 너무나 잘 보았지요. 그런 인생이 끝나 버렸는데…… 축하를 해야지요!"

상적은 자신의 술대접을 들어 내 것과 맞부딪치고는 벌컥벌컥 술을 들이켰다.

"제가 아이를 하나 맡아 기르고 있습니다."

"아이요?"

"예. 이제 열두 살이 되었는데 이름이 육손이라고 하지요."

"육손이? 손가락이 여섯 개라도 된다는 거요?"

"예. 맞습니다."

상적은 그것이 농담쯤 되는 얘긴 거냐는 식으로 물었다가 진지한 대답이 돌아오자 무안한 얼굴빛을 했다.

"제 아비가 그렇게 험한 이름을 지어 주었지요."

"근데 어째서……."

"제가 처음에 물었어요. 그 이름이 싫지 않으냐, 다른 이름으로 고쳐 주랴? 라구요."

"뭐라하더이까?"

"싫다고 하던데요."

상적은 이해할 수 없다는 표정을 지었다. 누구나 그럴 거였다.

"사람들은 육손이를 보면 누구나 병신이라고 하고 그의 이름을 비웃습니다. 그래서 저는 육손이가 자신의 손을 증오하고 자신의 이름도 떼어 버리고 싶어 할 거라고 여겼는데 그렇질 않더군요."

"어떻게 그럴 수가 있소?"

"제 스승은 예전에 제게 자존감부터 기르라고 충고하셨더랬지요."

"자존감이요?"

"그 자존감을 얻으려고 저는 치열한 인생을 살았는데. 참, 육손이는 아예 그 자존감을 타고난 아이처럼 보이더군요."

"자존감이라······."

상적은 자신의 속에 있을 자존감을 찾아보기라도 하는 것처럼 슬며시 눈을 감았다.

"자존감을 가진 사람이 얼마나 터무니없는 욕심을 부리지 않는지 저는 육손이를 보면서 깨닫습니다."

"터무니없는 욕심이요?"

"사실 손가락이 하나 더 있다는 것이 남들과 다를 뿐 크게 고통을 주는 일은 아니고 육손이라는 이름 또한 그저 뭐라 할 것만도 아닌데 사람들은 다른 이에게 보이는 것에만 욕심을 내면서 평생을 사니 그걸 터무니없는 욕심이라고 할 밖예요. 저는 자기 혼자 온전히 서 있지 못하니 다른 것에 의지를 하게 되는 것이 아닐까 하는 생각을 하게 되더군요."

"그래요, 그래."

"하지만 육손이를 보면서 또 깨닫게 되었습니다."

"무엇을요?"

"온전한 자존감을 가진 사람은 흔하지 않고, 자존감이 너무 온전하면 그것도 곤란하겠구나 하는 걸요."

"왜지요?"

"사람의 욕심과 허영이 얼마나 괜찮은 일들을 많이 이루어내는지 보아왔으니까요."

상적은 마침내 알았다는 듯 크게 너털웃음을 웃었다. 나의 존재 자체에 만족해 다른 아무것도 바라지 않는 삶.

"앞서거니 뒤서거니 살아가는 것이 좋지요."

나는 크게 고개를 주억거리며 나의 자존감과 허영이 얼마나 조화를 이루는 삶을 살고 있는지 되씹고 있었다. 예전에 나처럼 욕심과 허영, 자기 존재에 대한 분노만 가진 삶은 괴롭고 고통스러우며 지금의 육손이처럼 온전한 자존감만을 가진 삶은 움직임을 갖지 못한다.

"그래서 저는 육손이의 그 온전한 자존감을 조금 무너뜨릴 계획을 세우고 있답니다."

"그래요, 성공하길 빌겠소!"

우리는 동시에 술대접을 들어 서로의 눈을 바라보면서 술을 들이켰고, 나는 우리가 육손이가 아닌, 끝없이 자기 존재를 의심하며 세상을 헤쳐 나가고 있는 모든 욕심 많고 분노한 사람들을 위해 달큰한 술을 삼키고 있다는 것을 알았다.

안녕히 가십시오, 합하.

선전포고

유난히 차가운 날이었다. 어차피 늦가을에 접어드는 즈음이었으니 점점 차가워지는 날을 불평할 거리는 못 되었겠지만 어젯밤에 사납게 내린 비로 한층 더 서늘해진 공기는 햇빛이 뚜렷한 아침을 지나 오후가 되어도 데워질 기미를 보이지 않고 있었다.

"이거 원 우시장이나 땔감 시장은 이름도 못 내밀겠는걸!"

연학이 소리 높여 외치듯 말했다. 수천 명의 사람들이 모여 너나없이 입을 열어대니 외치지 않고서는 대화를 나눌 수도 없을 지경이었기 때문이다.

"어떤가! 떨리나?"

"떨릴 게 뭐가 있나! 내가 저기 나가 연설을 해야 하는 것도 아닌데!"

"그거 말고 이 사람아!"

연학은 빙글거리며 팔꿈치로 나를 슬쩍 쳤다. 그제서야 나는 그가 무엇을 말하는지 알 수 있었다.

그래, 그거…….

오늘 저녁에 나는 새신랑이 될 예정이었다. 집에서 간단하고 조촐하게 치르기로 한 예식이었으니 거창할 건 없었지만 아침에 일어날 때부터 가슴 한쪽에 인력거가 있어 거친 길을 달리듯 내내 덜커덩거리는 통에 나는 무엇을 보고, 무엇을 해도 몽롱한 기분에서 헤어 나오지 못하고 있었다. 나는 이런 기분을 말하지도 못하고, 그저 입이 찢어져라 웃으며 대답을 대신했다. 아마도 잔뜩 붉어진 내 얼굴로 연학은 내 마음을 능히 짐작할 수 있었으리라.

혼인식을 앞두고 연학의 조바심어린 재촉을 받으며 나선 길의 목적지는 종로였다. 이미 종로 네거리 광장에는 우리와 같은 목적으로 모인 사람들로 발딛을 틈이 없었고, 한쪽에는 연단과 좌석이 설치되어 있었다. 곧 그 연단과 좌석은 독립협회원과 정부의 관원들이 자리를 차지해 관민공동회의 막을 올리게 할 것이었다.

"자네는 어느 쪽인가?"

모든 사람들이 요즘 나의 위치를 궁금해하는 것 같다. 관민공동회에 왔으니 더욱 더 그런 질문을 받을 만도 하겠지만.

황제가 아라사 공사관에 머물 당시 정부의 입장을 대변할 목적으로 창간된 독립신문에 이어, 독립문을 세우는 일을 추진한다는 명분으로 독립협회가 결성되었다. 독립신문이 그랬던 것처럼 독립협회 또한 정동파가 중심이 된, 정부의 지지를 받는 단체였지만 황제가 궁으로 돌아온 이후 협회는 달라졌다. 점차 국내의 문제로 눈을 돌리기 시작했던 것인데, 그런 그들이 주최한 게 바로 이 관민공동회였고, 이곳은 다양한 이념이 치열하게 부딪치는 곳이었다.

"많은 사람들이 내가 일본유학을 했으니 친일파라고 믿더군. 그러면서도 서양 의학을 배웠으니 정동파일 거라고 생각하는 사람들도 많고, 자네나 홍재우 나리와 인연이 있으니 황제를 지키고 싶어 하는 근왕파일 거라고 생각하는 사람도 있더라고."

"그럼 어느 쪽이란 건가?"

"글쎄. 그건 자네도 확실하지 않잖아, 그렇지 않나?"

연학은 침울한 얼굴로 입을 다물었다.

두 아버지, 거의 확실한 정동파로 자리매김한 그의 아버지 조유와 정동파와는 반대의 대립각을 세우는 황국협회의 중심인물로 우뚝 선 또 다른 아버지 을만. 어느 정도 자리를 지키고 있다고는 하지만 연학은 여전히 그 사이에서 혼란스러워하고 있었다.

"스승님은 의원이 의원의 자리만 지키면 된다고 믿는 사람이었지."

일본에 있을 때에 보내준 편지에서도 스승님은 항상 그 사실을 강조했었다. 편지를 받을 때마다 마음을 다잡긴 했지만 한편으론 의아하기도 했었다.

스승님에게 나는 어떤 사람이었을까. 우리의 인연이라는 것이 참 보잘것없을 만큼 짧은 것이었는데도 왜 스승님은 나의 앞날에 그토록 많은 관심을 주는 것일까.

나는 그의 관심이 의술을 행하는 사람끼리만 느낄 수 있는 동질감이나 어린 백성을 동성하는 그런 것이라고 생각했다. 하지만 조선에 와서 보니 그게 아니었다는 생각이 든다. 스승님은 조선에서 희귀한 조선인 서양의사라는 나의 위치가 어떤 상황과 오해를 만들어 낼 수 있을지 이미 예견했던 것은 아닐까?

"조선에서 나는 확실히 눈에 띄는 존재야. 백정의 아들이고 서양 의사이니 눈에 띄지 않을 도리가 없지."

"그게 힘든가?"

나는 관민공동회에 참여하겠다며 거리로 쏟아져 나온 수 천 명의 사람들에게 이리저리 눈을 돌리며 잠시 생각에 잠겼다. 학생과 상인, 맹인에서 나 같은 백정까지.

우리는 이렇게 한자리에 있고, 같은 말을 쓰고 비슷한 얼굴을 가졌는데 대체 뭐가 달라서 제각각 다른 자리를 가지게 되는 걸까?

"선의에서든 악의에서든 내게로 쏟아지는 관심을 다루는 일은 분명 어렵다네. 선의는 선의대로 악의는 악의대로 부담스럽지. 이제서야 스승님이 나의 자리를 굳게 정하고 지켜야 한다고 했던 수많은 말들이 지금을 위해서라는 것을 알 수 있는 것 같아."

연학은 하고 싶은 말이 있지만 하지 않겠다는 결심을 굳히듯 입술에 힘을 주었다. 아마도 그는 의사는 나의 직업일 뿐이고 정동파냐 친일파냐 하는 것은 조선에서 살아가는 사람들이 꼭 갖춰 입어야 할 옷 같은 것이라고 말하고 싶은 게 분명했고 나 역시 태도를 확고히 하지 않으면 안 되는 현실을 부정할 마음이 없었지만, 아무리 해봤자 답이 나오지 않는 얘기였다.

나는 어지러웠다. 오늘의 위치가 내일 설사 바뀔지언정 오늘은 어느 쪽인지 정하지 않으면 안 되는 세월을 사는 것이 구역질났다.

그냥 의사로서의 인생만, 의사라는 직업을 가진 사람으로서 나의 삶을 살기만 하면 안 되는 걸까? 나는 백정이었고, 일본에서 유학을 했고 서양 의학을 배웠으며 제각기 다른 위치에 있는 사람들과 인연을 맺고 있었다. 그런 내가 어디에 서야 할까?

"참, 폐하께서 협회를 해산시키고 협회원들을 잡아 가두실 때까지만 해도 이렇게 다시 관민공동회가 열릴 거라고는 생각지도 못했는데 말이야."

불편한 화제를 돌려준 연학에게 고마워하며 나는 나도 그렇게 생각했다는 뜻으로 고개를 끄덕였다.

황제의 권한이 더 강화되어야 한다고 믿는 황제와 강력한 개혁을 주장하기 시작한 독립협회가 부딪치는 것은 당연한 수순이었다. 게다가 독립협회의 급진론자들이 반역의 음모를 꾸미는 사건까지 발생하자 황제의 분노는 극에 달했었다.

황제는 독립협회는 해산시키고 싶어 했지만 뜻을 이루지 못했다. 협회는 황제의 생각보다 더 강했고, 독립협회는 황제를 상대로 승리를 거두고는 첫 번째에 이어 두 번째의 관민공동회를 바로 지금 열게 되었던 것이다.

회장의 안팎에는 대한독립이라고 쓰인 수십 개의 큰 깃발이 나부끼고 있어 화려하면서도 요란했다. 마치 독립협회의 승리를 자축하기라도 하는 것처럼.

"어떻게 될까?"

연학이 한쪽 귀를 막으며 외쳤고, 나도 그처럼 뭐가? 라고 대꾸하며 귀에 손을 올렸다.

"저들 말이야!"

연학의 손가락이 가리키는 곳에는 연단으로 올라와 하나둘 자리를 잡기 시작하는 사람들이 보였다. 독립협회의 간부 이상재, 윤치호 등을 비롯한 협회원들과 의정부 참정대신 박정양, 법부대신 서정순 등의 정부 측 관리들이었다.

"결국 해산되겠지?"

"글쎄."

웅얼거리듯 뱉은 내 말은 들리라고 한 것이 아니기에 연학은 내게 더 바짝 싸싸이 다가왔다.

"휴……."

연학과 나는 한 입이 내는 소리인 양 동시에 한숨을 토해내고는 이제는 아주 조용해져 연단에서 연설을 준비하고 있는 윤치호만을 바라보고 있는 군중들처럼 그의 얘기를 들을 준비를 했다.

"이 나라가 칭제 건원(황제국을 선포하는 것)하고 국호도 대한이라 하여 세계만방에 자주독립을 선포한 것은 틀림없는 사실이다. 그러나 궁정에는 아직도 간신 소인배가 넘나들며 정부는 철도, 광산, 산림 등의 국가 권익을 외국에 양도하는 데 바빴고 증회, 수뢰와 매관, 매직은 날로 더할 뿐이다. 이같이 하고서 도탄 속에서 헤매는 국민을 그 어찌 구제할 것이며, 누란의 국운을 그 어찌 만회할 것이냐!"

그 자리에 모여선 우리들은 윤치호가 눈물을 흘리며 꼭 쥔 주먹을 격하게 흔들어 대는 것을 보았다. 그는 점점 더 감정을 주체하지 못하는 모습으로 소리를 높였고, 그의 감정은 금세 군중 사이로 스며들어 사람들을 취하게 만들었다.

사람들은 옳소! 옳소! 를 외치며 윤치호와 함께 울었다.

그의 연설이 사람들의 공감과 눈물까지 이끌어 낸 것은 그것이 있는 그대로의 사실이라 해도 지나치지 않았기 때문이었다. 하지만 정부의 관리들을 앉혀 놓고 궁정에 간신과 소인배가 있다고 얘기하며 매관매직은 더할 뿐이라는 이런 말들은 멀리 떨어져 있어도 몇몇 관리들의 얼굴에 불편한 기색이 역력하게 떠오르는 것을 보게 해 주었다. 곧 큰 문제를 불러올 수도 있겠구나 싶어 마음이 점점 무거워지고 있을 때, 연학이 내 팔을 잡고 말했다 .

"이거, 선전포고로군 그래."

그녀는 정말 언제부터였는지를 물었다. 나는 그런 건 없었어요, 라고 대답한다. 솔직히 나도 몰랐기 때문에 대꾸하지 못했다. 시작은 있었을 것이다. 분명히. 하지만 그 시작과 끝, 그리고 사이에 벌어지는 일들은 우리에게만큼은 적용되지 않는 일이었다.

언제부터 나를 보았어요?

그녀가 정확히 그렇게 물었다. 그런 말에 대한 내 대답은 그게 무엇이든 진부해질 게 분명했다. 나는 그냥 그녀의 손을 잡고 그녀의 손톱을 살살 문지르며 그녀가 크게 웃을 때까지 기다렸다.

그리고 오늘 집안 여기저기에 알록달록한 등이 매달려 밤을 밝히는 속으로 걸어 나오면서 나는 평소에 그리 작다고 여기지 않았던 안뜰을 비좁게 만드는 사람들의 탄식을 들었다. 내가 향하는 반대편에서 사뿐한 걸음으로 다가오고 있는 그녀, 태린 때문이었다.

그녀는 꽃가마를 타고 동네를 도는 떠들썩한 혼인식은 원하지 않았지만 차림만큼은 여느 새신부와 전혀 다를 바 없었다.

사락거리는 소리로 가슴을 서늘하게 만들 홍색의 스란치마에 그 누구도 선녀처럼 날게 만들 것 같은 활옷, 그리고 오색구슬과 날아갈 듯한 나비로 징식된 화관.

나는 불현듯 잔뜩 달아오른 얼굴을 어쩌지 못해 이리 저리 눈을 돌렸고, 주위에 나를 아껴주는, 많다면 많고 적다면 적은 사람들이 보였다. 연학과 그의 아내, 홍재우 나리와 역관 나리, 그리고 나의 두 번째 어머니 같은 덕이어멈과 이제는 꽤 아이다운 생기를 찾은 육손이, 거기에 아가씨, 아니 이제는 나의 신부의 이모와 이모부에 활기찬 얼굴로 웃고 있는 헐버트까지.

저 많은 사람들이 우리를 위해 쌀쌀한 가을바람을 그대로 맞고 서 있다니.

나는 아름다운 신부를 맞는 것보다 찾아 준 사람들에게 더 감격해하는 나 자신이 한없이 미안해져서 신부를 흘긋거리며 무안하게 웃었다.

***

여드레였다. 고작 여드레가 이들이 나를 교관으로, 스승으로 대우해 준 시간이었다는 말이다. 누구의 입에서 누구의 귀로 소문이 옮겨졌을까. 나는 수업에 들어가지 말라고, 시간이 필요할 거라는 교장의 말을 들었지만 분노가 치밀어 올라 견딜 수 없었다. 배워야 한다는 열망에 가득 찬 젊은 그들이 그토록 편협하고 과거에 얽매인 모습을 보이는 게 너무 싫었다.

"여러분은 환자를 거부할 겁니까?"

나는 성큼 성큼 50여 명의 학도들이 수업을 기다리고 있는 교실로 달려 들어가 소리쳤다.

"당신은 환자가 아니잖습니까?"

어리둥절해 웅성거리기 시작한 학도들 사이에서 교장에게 찾아와 내 수업을 거부하겠다고 하는 데 앞장섰던 자가 벌떡 일어나 외쳤다. 아버지가 크게 유기공장을 한다는 말로 자기소개를 했던 자였다. 그는 백정의 아들에게 한 번이라도 수업을 받았다는 게 치욕스러워 견딜 수 없다는 듯이 입을 바르르 떨며 나를 당신이라고 부르고 있었다.

"나도 환자입니다!"

나는 내 허리께에서 학생들과 나를 가르고 있는 교탁을 큰소리가 나도록 쳤다.

이런 일이 벌어질 거라고 누구나 예상할 수 있는 것이었다.

그때 왜 수락했던가, 왜 끝까지 거절하지 못했던가 하는 생각이 들고, 후회감이 물밀듯 밀려왔지만 솔직히 지금은 그게 무엇에 관한 후회인지 알 수 없었다.

"의학교에 대해 어떻게 생각하는가?"

지난해 봄, 조선에 정식으로 의학교가 생긴다는 소식이 돌았다. 7월에는 관보에 의학도를 모집한다는 광고도 실렸고 3년 연한의 학교는 훈동에 있던 김홍집의 옛 저택을 사용하기로 하면서 10월에 정식으로 입학식을 치루고 운영되고 있었다.

"어떻게…… 생각하냐니? 좋은 일이지. 제중원 학당이 유명무실해지면서 의학교는 꼭 있어야 한다고 생각했으니 더없이 잘된 일이지."

"자네가 교관으로 와주었으면 하네."

나는 어안이 벙벙해져서 연학의 말에 쉽게 대구하지 못했다. 연학이 얼마 전에 학부로 자리를 옮긴 것은 나도 아는 일이었다. 제법 높직한 자리를 떠안았으니 내게 이런 제안을 하는 것이 터무니없지는 않았다.

"하지만 나는……."

"이거…… 먹고살만은 한가?"

"무시하지 말게. 안사람이 보구녀관에 다시 나가는 데다가 나도 놀고 먹지는 않는다고. 사람들이 얼마나 후한지 자네가 알면 놀랄걸."

나는 진료소 한쪽에 얌전하게 놓여 있는 달걀 꾸러미를 가리키며 크게 웃었다. 아이의 피부병을 고쳐 주어 고맙다고 몇 번이나 허리를 숙이던 젊은 엄마가 놓고 간 것이었다.

그리고 적당한 때를 기다렸다는 듯 엊그제 종기 환자가 가져온 닭이 밖에서 크게 소리 높여 울었다.

"자네가 이러고 있을 사람이 아니야. 그건 자네도 알고 나도 아는 일이 아닌가."

"이게 뭐 어때서 그런가. 진료를 하다 보니 사람들도 찾아들고 백정이어도 상관없다는 사람들도 꽤 많다네. 나는 차라리 이게 만족스러워."

"이렇게 피부병, 소화불량이나 고치려고 일본 유학을 한 것이 아니지 않나. 자네는 학도들을 가르쳐야 해. 자네가 받은 걸 돌려줘야 한다고."

"그렇긴 하지만 나는 이제 스물아홉이야. 학교를 졸업하고 병원에서 일도 했고, 진료를 하긴 하지만 아직 배워야 할 게 많단 말일세. 서양의학의 발전이 계속 이루어지고 있으니 그걸 다 배우는 것만 해도 힘겨운 지경이라고."

"맘에 없는 소리 하지도 말게. 학도들이 어떻게 받아들일지가 걱정이 되어 그러는 거 아닌가."

나는 말문이 턱 막혔다. 관심 없다는 듯 허허대고 있기는 했지만 나는 정말 학도들을 가르치고 싶었다. 내가 알렌에게서, 스승에게서 받았던 교육을 되돌려 줘야 한다는 의무감은 항상 가지고 있었다. 그것은 은혜였고, 엄청난 행운이었다.

"자네도 알지 않은가. 일전에 자네가 나를 궁에 넣고 싶어 했지만 잘 안 되었던 거."

"그건 그저 시기가 안 맞았기 때문일세."

"자네가 어떤 의도로 내게 궁에서 일하라고 했던 것인지는 잘 알고 있었네. 물론 나도 폐하를 지키고 도울 수 있다면 좋겠어. 하지만 아직은 내 신분이 내 길을 막고 있다는 것을 잘 알고, 그에 대해 크게 불만이 없다네. 나는 많이 교육 받았고, 그건 아무에게나 주어지지 않는 것이니까 그렇게 누린 행운을 환자들에게 나누어 줄 수만 있다면 나는 행복해. 그러니 애쓰지 말게."

연학은 입맛이 쓴지 쩝 소리를 내며 눈을 내리깔았다. 연학과 홍재우 나리가 아무도 믿을 사람이 없을 때 나를 전의로 삼아 폐하를 지키고 더불어 정보를 얻는 일까지 해 주었으면 했던 것은 사실이었고, 또 그들이 전적으로 내 앞날을 생각하고 있다는 것 또한 사실이었기에 나는 그들이 무척 고마웠다.

하지만 그들의 의도가 어찌되었건 나는 아직 '백정의원'이었다. 백정이 궁으로 들어와 왕을 보살피는 의원이 된다는 것에 대해 조정의 많은 관리들과 유림들이 어떻게 생각할지는 뻔한 일이었으니, 안 되는 건 안 되는 것이었다. 조선은 대한제국의 옷을 입었지만, 아직 그 옷을 어울리게 입지는 못하는 곳이었던 것이다.

"지석영이 교장으로 있네."

"지석영?"

"일본해군병원에서 종두법을 배우고, 일본 공사관 의사에게 서양의학을 배우기도 한 자일세."

"아, 그 사람이 쓴《우두신설》을 읽어 본 적이 있네. 개화당과 당을 이루었다고 해서 유배를 갔다 오기도 했다지."

나는 근데 새삼스레 그게 무슨 중요한 일이냐고 묻듯 눈을 치켜떴다.

"지석영은 우리의 의술과 서양의술을 조금씩 배웠어. 그러면서 우리나라가 의원을 제대로 대접해 주지 않고 있다고 주장하지. 물론 나도 그 점에서는 동의하지만, 그거야 별로 관계 없는 얘기고. 내가 하고 싶은 말은 그는 배운다는 게 어떤 것인 줄 아는 사람이라는 거야. 일본 병원에서 종두법을 배우고 일본에도 갔다 온 데다가 일본 공사관 의원한테서 서양의술도 좀 배웠으니 그가 비록 양반이라고는 하지만 자네를 그저 백정으로만 보지는 않을 거라는 거지. 게다가 지금 학교에는 일본인 교관 한 명만 있을 뿐, 교관으로 임명된 김익남이 일본에서 아직 귀국을 하지 않아 사람이 부족하다네. 그래서 우리 학부의 대신께서도 교장인 지석영이 받아들여 준다면 자네를 교관으로 기용하는 데 반대하지 않을 거라 하셨어. 그러니 자네가 마음만 먹는다면 그리 어려운 일이 아니야."

"그럼 나는, 김익남이 오면 어떻게 되는 거지?"

나는 일본에서 내가 다녔던 학교의 출신이라는 김익남에 대해 알고 있었다. 내가 아베 세이지 개인의 노력으로 유학을 하고 돌아왔다면 그는 학부로부터 선발된 공식적인 일본 유학생이었다.

"걱정 말게. 자네가 자리만 잡으면 김익남이 돌아와도 자네는 계속 일할 수 있어. 교관으로 일할 사람이 없어 걱정이지 남아돌아 문제는 아니니까."

나는 그날 밤 아내와 그 일에 대해 상의했다. 아내 역시 걱정을 하긴 했지만 워낙 내속에 들어와 사는 사람이니 잘될 거라고, 그들은 미래를 사는 젊은이들이니 이미 사라진 신분에 연연해 하진 않을 거라고, 무엇보다도 당신은 뛰어난 의사가 아니냐며 나를 격려했다.

아, 나는 정말 얼마나 운이 좋은 사람인 건지.

나는 그렇게 학교에 부임했다. 교장 이하 다른 교관들도 겉으로야 모두들 나를 반갑게 맞이했지만 나는 나를 꺼려하고 불편해하는 사람은 잘 알아차릴 수 있는 눈치를 평생에 걸쳐 키워온 사람이니 그들이 나를 어떻게 생각하는지 모를 수가 없었다.

이미 그들 사이에 내가 백정의 아들이고, 굉장한 뒷배를 가지고 있다는 소문까지 돌았다. 하긴 백정의 아들 주제에 일본에서 유학을 했고 나를 교관으로 임명한 것이 위에서 내려진 명령 때문이기도 했으니 그런 소문이 돌지 않을 수도 없었을 것이다.

하지만 분명 학도들을 가르칠 교관은 부족했고 교재 또한 그러했다. 학도들이 볼 교재가 번역되고 있다고는 했지만 지지부진한 상태인 게 분명해 보였다. 과목은 동물, 식물, 화학, 물리, 해부, 진단, 내과, 외과, 종두 등 16개 과목이나 되었는데도 제대로 의학을 배운 교관은 나와 일본인 교관뿐이었던 것이다. 다른 교관들은 군부 주사로 군사들에게 약을 주고 하던 일을 해봤다거나 그저 학도들을 감독하는 일을 하는 사람들이었다. 그런 상태에서 비록 백정이지만 정식으로 의술을 배운 사람이 교관으로 왔으니 그들은 불편하고 혐오스러워도 드러낼 수 없었던 것이다. 어쨌든 그 모든 것을 떠나 나를 올려다보는 학도들의 눈을 들여다보는 것은 정말 기분 좋은 일이었다.

나는 내가 일본에서 의학교를 졸업했고, 조선에 돌아와서 개인 진료소를 열고 있음으로 내 소개를 마쳤고 유학생이 흔하지는 않던 시절에 유학을 하고 돌아왔다는 사실만으로도 그들이 내게 경외감을 갖게 되었다는 사실을 알 수 있었다.

학도, 교실, 그리고 수업을 하는 나. 제중원 의학교에서의 첫날이 떠올랐다. 처음이란 얼마나 설레고 떨리며, 기대되는 것인지.

"잘해 봅시다. 여러분."

그게 내가 첫 수업을 마치고 교실을 나오며 했던 마지막 말이었다. 하지만 오늘, 그걸 기억하는 학생은 아무도 없는 듯했다.

"여기서 뭐 하시는 겁니까?"

나는 분노를 채 가라앉히지 못하고 교실로 들어선 사람 쪽으로 휙 고개를 돌렸다. 일본인 교관의 통역을 담당하고 있던 자였다.

"교관님의 수업이 진행되어야 합니다."

통역은 차가운 태도로 나를 가르치듯 아직 들어오지도 않은 교관이 문을 넘어서는 것을 기다리며 곁눈질을 했다.

타카노 다카시. 나는 잠자코 서서 그의 무거운 구둣발 소리가 점점 더 커지는 것을 듣고 있었다.

다음날 , 또 다음날도 나는 교단에 섰다.

최소한 수업을 유지하게 해달라는 부탁과 위협 섞인 협박으로 겨우 이뤄 낸 자리였다. 처음에 나는 진단과 내과, 외과 수업을 맡고 있었는데 이제는 진단 한 과목밖에는 주어지지 않았다.

휴, 나는 한숨을 들키지 않으려 애쓰며 내 앞에 앉아 있는 4명의 학도들을 내려다보았다. 처음에는 그래도 50여 명의 학도 중 반수는 내 수업을 들어왔었는데 그 수는 점점 줄어들어 열흘쯤 지나자 4명밖에 남지 않은 것이었다. 유기공장 사장의 아들이라는 녀석의 협박 때문이었는데, 나는 그 협박을 이겨낸 학도들의 면면을 자세히 살폈다. 내 신분에 아랑곳 않고 자리를 지키고 앉아 있는 이 4명만 데리고 수업을 한 지는 3일째였다. 3일 동안 1명도 줄어들지 않았으니 다행이라 할 만했다.

3일 동안 알아낸 바에 따르면 1명은 아버지가 광산을 갖고 있었던 사람으로 스물두 살이었고 광산을 서양인에게 빼앗긴 터라 넉넉하던 가세가 단번에 기울었다고 했다.

그리고 열네 살의 가장도 있었는데, 빌써 혼인한 지 2년이나 됐다고 했다. 아버지가 시골 훈장인데 자신은 훈장으로 머물 테지만 너는 큰 세계로 나가 신학문을 배우라는 말에 아내를 놔두고 한성으로 올라온 거라 했고, 또 한 명은 경상도 어디쯤에서 약방을 했다던 마흔네 살의 남자, 마지막으로 열아홉 살의 내시의 양자라는 사람도 있었다.

나는 이들 중 열네 살의 가장은 그가 꼭 내 수업을 듣고자 앉아 있는 것은 아니란 걸 알고 있었다. 내 수업을 거부한 나머지 50여 명의 학생들이 내 수업에서 배운 것을 그가 다시 자신들에게 알려 주기를 바라 그를 수업에 집어넣었던 것이다. 나는 그런 그들이 대견하고 또 우스웠다. 끝끝내 배우고자 하는 열정은 대견했지만, 또 결국 그들은 결코 내게서 배우지 않았다고 할 테니까 우스웠다.

내가 여기서 언제까지 수업을 할 수 있을까. 아무도 내 편을 들어주지 않았다. 교장은 내편이기도 했지만 그렇지 않기도 했다. 그는 연학의 말처럼 배운다는 것이 무엇인 줄을 아는 사람인 건 확실했지만, 또한 조선 사람이기도 했다.

학도들이 수업을 거부하고 있는데도 교장은 아무런 조치도 취하지 않았다. 학도들의 잘못이 분명했으니 학도들을 혼내든지 학부에 보고를 하든지 해야 할 텐데도 말이다. 그러면서도 내가 수업을 계속해 나가는 것은 허락했다. 그는 겉으로는 그 어느 쪽 편도 들지 않았지만 학도들의 행동을 묵인하면서 그들의 편을 들고 있었던 것이다.

나는 교단에 올려 둔 교재를 펼쳐 들며, 학도들을 보았다. 학도들도 내게 맞추어 교재를 들여다보았는데, 그 교재는 내가 직접 만들어 학도들에게 나누어 준 것이었다. 교재를 만드는 일에는 나보다 아내가 더 열성적으로 도와주어서 나는 학도들이 열심히 교재를 들여다보고 있는 것을 보고 있자면 때때로 가슴이 뭉클해지곤 했다.

나는 아직 학도들이 내 수업을 거부하고 있다는 사실을 아내에게 말하지 못했다. 아내는 가슴 아파할 것이고, 연학에게 말해보라 할지도 모른다. 그러나 모두를 곤란하게 할 문제고 내가 해결하지 않으면 안 될 문제이기에 말할 수 없었다. 또 하나, 내가 학교를 지켜야 하는 이유가 더 있었기에 그랬다.

"또 술을 드신 것 같아요. 코는 빨갛고 앞에 앉은 누구는 술 냄새가 고약해서 견딜 수가 없었다고 하더라구요."

벌써 몇 번째인지 몰랐다. 열네 살 가장, 윤경주는 내 수업에 들어올 때마다 타카노 다카시가 술에 취해 있었다고 말했고, 나는 놀라지 않았다.

나는 이미 그를 알고 있었다. 동경에서 학교를 졸업하고 부속병원인 자혜병원에서 일할 때 그도 함께 근무했던 것이다. 그는 마흔을 좀 넘겼고 거대한 몸집을 자랑하는 사람이었는데, 동경에서도 항상 술에 취해 있었다. 술 때문에 실수 또한 잦을 수밖에 없었는데도 그는 내가 조선으로 돌아올 때까지도 해고되지 않았다. 그가 내각에 대단한 연줄을 쥐고 있다는 믿을 만한 소문이 있었고, 아마도 그건 소문만은 아닐 것이다.

그런 그를 다시 조선에서 만나게 되었으니 그와 별다른 인연은 없더라도 기분이 좋을 리 없었다. 처음 그가 의학교의 교관이라는 것을 알고 나서 혹시 그가 예전과는 달라졌을까 잠시 기대했지만 그는 여지없이 내 기대를 깨버렸다. 그는 나를 기억했고, 나를 기억했다면 내가 자신의 치부에 대해 잘 알고 있다는 것을 알았을 텐데도 별로 개의치 않는 것 같았다.

그는 왜 조선으로 온 것일까. 그 대단한 연줄이 끊어지기라도 한 걸까.

일본에서 조선으로 오는 사람들이라고는 공사관 사람들이나 한몫 잡으려는 장사꾼들에, 일본에서 망가진 인생을 어떻게든 풀어 보려는 사람들뿐이었다. 대체 그는 어느 쪽일까?

나는 코를 움켜쥐며 한 발 물러섰다. 나도 술을 마시지만 이 정도가 되면 더 이상 사람 노릇을 하는 건 아니라고 밀해야 맞았다. 다기노 디키시는 학교 뒤뜰에 잡다한 것들을 쌓아 두는 골방 구석에 틀어박혀 낮잠을 즐기고 있었는데, 좁은 방에는 그가 들이켰던 술들이 고약한 냄새가 되어 샐 틈 없이 들어차 있었다.

나는 꼭 그와 할 말이 있어서, 아침에 출근하자마자 그를 찾아 온 학교를 헤매고 난 후였다. 게다가 지금은 그가 수업에 들어가 있어야 할 시간이라 나는 황당하고 불쾌해서 입으로 숨을 쉬며 그를 마구 흔들어 깨웠다.

"다카시 선생, 일어나시오! 어서요!"

맙소사. 한참을 흔들어 보았지만 그는 요란하게 코만 골 뿐 눈도 움찔거리지 않았다. 대체 술을 얼마나 퍼마신 거야!

나는 방을 나가 우물이 있는 곳으로 갔다. 뒤뜰에 있는 우물은 이제 쓰이고 있지 않아 뚜껑이 닫혀 있었지만 열어 보니 조금이지만 물이 찰랑거리는 것도 보였고 간당간당한 줄에 매달려 있었지만 두레박도 달려 있었다. 나는 화가 나고 조급했지만 조심조심 박을 내려 물을 끌어올렸다. 끌어올려 보니 가히 먹기에 적합한 물 같진 않았지만 알게 뭐야! 나는 찰랑거리는 물이 담긴 박을 들고 타카노에게 향했다.

촤악!

진작 이렇게 할걸.

타카노는 지독한 악몽에서 후다닥 달아난 사람처럼 재빨리 몸을 일으켰다.

"우어어어!"

그는 발이라도 호되게 밟힌 나귀처럼 크게 소리를 내지르고는 얼굴에 묻은 물을 닦아내며 사방을 둘러보았다.

"뭐하자는 겁니까? 지금이 몇 신줄 압니까?"

나는 내 시계를 꺼내어 그의 얼굴 앞에 흔들어 댔다. 그는 나를 보고, 시계를 보며 잠시 당혹스러운 표정을 지었지만 이내 그게 뭐 어떻다는 거냐는 듯 크게 하품을 했다.

"박 선생이 대신 수업을 해 주면 될 거 아니오. 이렇게 빡빡하게 나오기요?"

"학도들이 내 수업을 듣지 않는 걸 모른다는 겁니까?"

"헷헷…… 아차 그랬지."

이제 타카노는 히죽거리며 웃기 시작했다. 이런 작자가 어떻게 남의 나라에 와서 젊은이들을 가르친다고 하는 건지 도무지 이해가 되질 않았다.

"그리고 참, 수업시간에 실수를 했다고 들었는데요?"

"실수? 그게 무슨 말이오?"

타카노는 대꾸를 하면서도 연신 하품을 해댔고 눈은 졸음에 겨운 듯 제대로 뜨기도 힘겨워했다.

"해부학 시간에 왼쪽과 오른쪽 경골도 제대로 구분하지 못했다면서요?"

"누가 그럽디까?"

"학도들이 그러지 누가 그럽니까?"

"학도들이 선생 수업을 거부한다면서 그런 건 쪼르르 가서 일러바쳤다는 겁니까?"

"선생은 지금 누가 일러바쳤는지가 중요합니까?"

그는 이제 반쯤 눈을 감고는 온몸을 긁어대기까지 하고 있었고, 나는 정말 그를 두들겨 패고 싶었다.

어젯밤, 학교에서 늦게 퇴근을 하는 길에 경주와 마주쳤다. 내 수업에서 보고 적은 서책을 바리바리 들고 있는 것을 보아하니 다른 학도들이 그것을 베껴 적도록 해 주고 가는 길인 것 같았다.

그가 머물고 있다던 친척집과 방향이 같아서 우리는 잠시 함께 걸었다. 경주는 훈장인 아버지 얘기며 한 살 많은 아내 얘기며 이런저런 얘기를 조곤조곤 해 주었다. 혼인을 해서 상투를 틀었으니 어딜 가도 어른 대접을 받을 테지만 그는 아직 열네 살의 소년이었다. 나는 이 아이가 얼마나 부모와 아내가 그리울지 감히 짐작하기 어려웠다.

그러다 경주의 입에서 타카노가 수업시간에 했던 실수에 대한 얘기가 나왔고, 그날도 타카노는 술에 취해 있었다고 했다. 내가 학도들을 가르치지 못하는 것은 괜찮았다. 하지만 타카노 다카시는 스승의 자격뿐만 아니라 의원으로서도 자격이 없었다. 사람의 생명을 다루는 직업을 가졌고, 그 직업을 가지게 될 학도들을 가르치는 사람이었다. 그의 실수는 그게 단지 한 번의 가벼운 실수를 끝나지 않을 거라는 데에 더 큰 위험이 있었다.

4월이 그 반을 넘어가고 있었다.

햇살은 따뜻했고, 바삐 망울을 피워낸 꽃들이 향기로웠다. 김홍집의 집은 그가 한때 가졌던 위세만큼이나 거대하면서도 화려했고 안뜰, 뒤뜰을 가리지 않고 보기 좋은 나무들로 그득했다. 그는 자신의 집이 학교가 될 거라고는 전혀 짐작도 못했겠지만 죽고 나서 결국 좋은 일을 하게 됐으니 좋은 게 좋은 거란 말은 정말 맞는 말이었다. 꽃잎을 날리는 속으로 학도들이 우르르 몰려 나가는 것이 보였다.

키가 작고 혹은 크고, 덩치가 있고 혹은 없고, 머리가 짧고 혹은 상투를 틀고 한 40여 명의 학도들이었다. 그들은 지금 학부로 가는 중이었다. 학도들이 얼마 전 타카노의 수업을 거부하면서 자퇴를 청하고 나섰기 때문이었다. 학부가 학도들을 부른 것은 타카노가 무엇을 잘못했는지 자세히 알아보기 위함이었고 그들은 이렇게 답했다 한다.

"타카노는 해부학 중에 골학을 강의하는데 왼쪽과 오른쪽 경골을 구별하지 못하고 오히려 교과서의 내용을 고쳐 적기까지 했으며, 두개골의 요철은 분간하지 못했습니다. 골학은 손으로 만지고 눈으로 볼 수 있는 것이기에 교사가 잘못 가르쳐도 학생이 이해해서 고칠 수 있지만, 근육학이나 내장학 같은 것은 잘못 배우게 되면 사람들의 병을 고쳐 주기는커녕 도리어 상하게 됩니다. 그렇게 잘못된 지식을 배우며 국고를 낭비하는 것보다 학교를 그만두는 것이 낫겠습니다."

이에 대해 학부의 우두머리인 대신 김규홍은 즉각적인 답변을 피하고 학교에 가서 지시를 기다리라고 하면서 교관을 해임할 것인지의 여부는 자신이 해결하겠다고 대답했는데, 학도들은 어쨌든 타카노로부터는 배우지 않겠다고 했다.

그런 학도들의 행동에 대한 타카노의 반응은 아주 의외였다. 항상 술을 퍼먹고 학도들의 교육에는 관심도 없었으니 그저 그만두고 일본으로 돌아가면 그만이다 하지 않을까 싶었는데 그가 직접 그에 대해 해명을 하고 나섰던 것이다. 물론 그의 해명은, 그것이 사소한 실수였으며 가르치는 잠시 동안 책과 뼈의 위치를 대조해 보지 않았을 뿐이고 이 모든 일은 학도들이 의학을 어려워해서 이해하지 못하고 있기 때문이라는, 어이없는 것이었다. 사소한 실수는 인정하면서도 그의 실수를 알아본 학도들이 그를 이해하지 못한 것이었다고 말하다니, 역시 그다웠다.

학부는 쉽게 납득할 수 없는 핑계를 대는 타카노의 주장을 수용하면서 사건을 마무리 지으려 했다. 아마도 교관을 쉽게 구할 수 없는 상황이니 그렇게 곤란한 상황은 좀 피해보자 싶은 생각이었을 것이다.

그러나 학도들은 학부의 결정에 반발했다.

"서경에 이르기를 '나무는 먹줄에 따라 곧아진다'고 하였으니 교사는 먹줄과 같고 학도는 목재와 같은데, 먹줄이 바르지 못하면 나무가 무엇을 따라 곧아지겠습니까. 곧지 못한 나무는 버리면 그만이지만 부정한 학문은 도리어 배우지 않는 것만 못한 것이기에 이제 일제히 퇴학하니……"

학도들은 의학이 사소한 소홀함도 용납하기 힘든 학문이며 그릇된 선생에게서 배운 학도는 그릇될 수밖에 없다는 이유를 담은 청원서를 교장에게 제출해 등교 거부를 강행했다.

강하게 나오는 학도들 때문에 학부대신과 협관의 직위에 있던 연학은 끝내 타카노에게 해고 방침을 통고하고 말았다. 그렇게 되기까지는 학도들이 직접 말하지는 않았던 타카노의 음주문제를 내가 연학에게 말해 주었던 것도 큰 이유가 되었다.

하지만 학도들과 마찬가지로 타카노도 강경한 자세를 낮추지 않았다. 그는 학도들이 그것을 꼬투리 삼아 집단 자퇴를 청하거나 자신의 해임을 요구하는 것은 월권행위라고 주장하며 자신은 조금도 개의치 않으니 학도들을 모두 퇴학시키고, 교장 지석영도 면직시키라고까지 했다 한다. 연학은 그가 왜 학교를 그만두려 하지 않는지 이해할 수 없다고 했고 나 역시 그랬다.

5월 21일, 의학교의 일본인 교관 타카노 다카시가 갑자기 아내가 오래도록 병을 앓고 있으므로 일본으로 돌아가려 교사직을 사임하겠다고 학부에 청원했습니다. 그가 애초 한 달 전 학부의 해임통고에 굴복하지 않아 학도들은 지금껏 그의 수업을 거부하고 있었기 때문에 그의 느닷없는 사임에 의학교 관계자들은 이해할 수 없다는 반응들이었지만, 알아본 바로는 타카노 다카시가 내각의 한 유력인물로부터 사주를 받아 우리 대한제국으로 왔다는 것이 밝혀졌기 때문인 것 같습니다. 그는 대한제국 정부의 인사들에게 뇌물을 풀면서 조정에 접근하려고 했다고 하는데 무슨 꿍꿍이였는지까지는 알아낼 수 없었습니다.

다만, 그의 급한 귀국은 그가 본국으로부터 받은 자금을 횡령해 광산에 투자를 하려고 했으나 사기를 당해 자금을 모두 날려 버린 사실을 본국에서 알게 되었기 때문이라고 합니다.

의학교의 수업은 5월 28일부터 재개되었고, 약 한 달간 박서양에 의해 진행되었습니다. 하지만 박서양이 일본으로 가게 되어 사임을 했기 때문에 산술 수업만 진행되고 있다고 하며, 곧 김익남이 귀국을 할 예정이라 합니다.

학도들이 타카노 다카시의 수업을 거부하고 그의 횡령사실을 본국이 알았던 일의 배후에 박서양이 있다는 소문이 돌고 있었던 중이라 박서양의 일본행은 다소의 의심을 사고 있다 합니다.

-1900년 6월 13일

제물포의 바람은 짜고 뜨거웠다.

지난 6월까지도 아직 덥다고 느끼진 못했는데 계절이 가진 발은 빠르기 그지없었다. 크고 작은 배들에서 사람들과 온갖 짐들이 부려지고 있었다. 그들은 떠나고, 혹은 돌아왔다. 나는 또 다시 떠나는 길에 서서 뜨거운 바람을 느끼지 못하는 사람처럼 다시금 옷깃을 여미고 있었다.

온전히 학도들을 가르친 것은 겨우 한 달이었다. 봄이 기지개를 펴면서 시작됐던 교관 생활은 여름이 시작되면서 끝을 맺었지만 짧다고는 생각되지 않았다. 학도들은 마지막 한 달을 내가 정말 그들의 스승이라고 느끼도록 해 주었고, 나는 그들에게 내가 아는 모든 얘기들을 들려주는 것으로 그들의 믿음에 보답했다.

그것은 내가 배운 의학에 관한 것이 아니었다. 의학을 가르쳐 주려면 시간이 없었고 그게 중요한 것이 아니라 여겼으니까. 내가 들려준 얘기들은 지금껏 내가 살아온 얘기, 스승을 만난 얘기, 일본에서 있었던 얘기들이었고, 그때 나는 다시금 '나도 환자입니다' 라고 말했다.

"내 가슴은 여전히 나를 짐승으로 보면서 이해하지 않으려 했던 사람들이 낸 상처의 흉터들로 가득하지요. 그게 아프지 않다고 말할 수 있을까요. 나는 아직도 아픕니다. 그걸 견뎌내며 내가 살아가는 것 자체만으로 나 자신이 대견할 정도로요. 여러분의 시작이 그런 것이었으면 좋겠습니다. 환자의 아픔을 내 것처럼 느끼지는 못해도 최소한 이해하려고 노력이라도 해보려는 그런 시작 말입니다."

학도들은 이제는 내게서 배울 것이라고 학교를 그만두지 말아달라고 앞다투어 말했지만 나는 곧 좋은 교관님이 일본에서 오실 거라는 말로 마지막 인사를 대신했다. 연학은 김익남과 또 다른 일본인 교관이 올 거라고 하면서도 왜 내가 더 근무할 수 없는 것인지 궁금해했다. 나는 약을 구해야 하고 학교의 은사들도 만나 뵈어야 한다는 핑계를 댔지만 연학은 미덥지 않은 얼굴을 했고, 아내도 마찬가지였다.

나는 곧 돌아올 것이다. 이제 조선은 그 옛날 나를 밀어내기만 하는 것 같은 땅이 아니라, 사랑하는 아내와 벗이 기다리는 곳이었으니, 나는 곧 돌아올 것이다.

3부
조선인으로 산다는 것

특사와 밀사

일본이 만주에 주둔해 있던 일본군을 조선수비대라는 명목으로 한성과 전국 각지에 분산 배치하려 한다고 합니다. 지난해 3월 이토 히로부미가 왔을 때 일본이 러시아에 선전포고를 한 것은 조선의 독립을 존중하고 그 영토의 보전을 위해서라는 기만을 떨었고, 한일의정서가 체결된 이상 조선은 이것을 철저히 준수하지 않으면 안 된다고 위협까지 했으니 조선수비대라는 것을 곧이곧대로 받아들일 수는 없을 것 같습니다.

이제 아무도 일본을 막아 줄 수 없습니다. 모두 일본이 조선을 지배하는 것을 당연하다고 여깁니다.

－1905년 10월 30일

"이토와 황제 폐하는 3시간 반을 얘기했네. 얘기랄 것도 없었지. 이토는 조약을 체결하라고 강요하고 폐하는 거부하는 그런 것을 어떻게 얘기라고 하겠나. 이토는 조약의 문건을 내놓으며 말했다네."

'승낙하든 거부하든 마음대로 하십시오. 그러나 만일 거부하면 일본제국 정부로서는 이미 결심한 바가 있으므로 그 결과가 어찌될지 생각하셔야 할 겁니다. 대한제국의 지위는 이 조약을 체결하는 이상으로 곤란한 지경에 이를 것이며 더욱 불리한 결과를 각오하셔야 합니다.'

"폐하는 말씀하셨지."

'이 조약의 명분은 금융재건이지만 일본 제일 은행이 모두 장악하고 국고 수입마저 관리하고 있다. 이로 인해 대한제국의 금융은 원활하지 못하여 백성은 고생하고 있다. 그런데 일본은 또 대한제국의 외교권까지 박탈하려 하고 있다. 대한제국은 일본의 진위를 의심할 수밖에 없다.'

"그때 그 돼지 같은 왜적놈이 폐하의 말씀이 끝나기도 전에 비집고 꺼낸 말이 그랬다네."

'대한제국은 어떻게 오늘까지 생존할 수 있었습니까? 또 대한제국의 독립은 어떻게 보장되었습니까? 본래 청의 속국이었던 조선을 일본이 독립국으로 만든 겁니다. 아라사와의 전쟁에서도 우리 일본은 아라사를 막고 조선의 영토를 보전시켰습니다. 일본이 싸운 것은 조선 때문입니다! 일본이 조선의 외교를 위임받지 않고서는 동양의 화란을 조정시킬 수 없단 말입니다!'

"어전회의가 열렸네. 그땐 이미 궁은 일본군이 완전히 포위하고 있었지. 회의의 결과는 조약을 체결하지 않겠다는 것이었고, 소식을 접한 하야시 일본공사는 크게 화를 냈지. 이미 대신들과 모임을 가졌었는데 그때의 말과 다르다는 거야. 하야시는 이토를 궁으로 불러들였다네. 이토는 칼을 찬 군인들의 호위를 받으며 궁으로 들어왔고 퇴궐하는 대신들을 붙잡아 회의를 재개하라며 강요했지. 이토와 하야시는 군인들과 함께 신도 벗지 않고 회의장 안으로 들어섰어.

참정대신 한규설은 끝까지 거부했지. 그러다 황제를 뵙겠다며 벌떡 일어나 황제가 계시는 어실을 향해 달려 나갔지만 그의 상태는 너무 격해 있었고 좋지 않았어. 그가 간 방향으로 궁녀들이 요란하게 떠드는 소리가 들렸는데 한규설이 귀인(고종의 후궁. 순헌황귀비 엄 씨)의 방으로 들어갔던 거였네. 그는 급히 나와서 비틀거리며 다시 회의실 앞까지 왔지만 곧 기절해 버렸어.

이토는 한규설이 그렇게 기절을 해버렸는데도 일방적으로 조약의 체결을 선언했지. 다섯 명의 대신이 찬성했기 때문에 조약은 인준되었다는 거야. 그 다섯이 이완용과 이근택, 이지용, 박제순, 권중현이라네. 11월 18일 새벽 2시경이었어."

역관 나리는 제대로 앉아 있지도 못하고 울먹이며 이 모든 얘기를 해 주었다. 그는 역관이었기에 황제 폐하의 절망을 전하고, 이토와 하야시의 오만함도 전해야 했다. 그는 얘기를 끝내고 방바닥을 치며 다시금 오열했다.

거리는 일본의 군인들로 가득했다. 이미 조약이 체결되기 전부터 보병과 포병, 기병연대가 궁 앞과 종로에서 훈련이라며 시위를 벌였고, 일본군인들은 민심이 소란하다면서 거리의 백성들을 위협했다. 그들의 말대로 민심은 정말 소란스러웠다. 한일협약조약(을사조약)이라는 이름의 조약이 체결되었다는 소식은 12월을 넘어서서야 관보에 공표되었지만 조약이 체결되자마자 백관들은 궁으로 몰려들어 조약체결을 반대했고 격분한 군중까지 조약에 찬성한 5명의 대신을 매국오적이라 이름붙이고 한 목소리로 반대를 외쳤으며, 황후 폐하의 조카 민영환과 전 좌의정 조병세가 자결하는 등 죽음으로 전하는 항의도 끊이지 않았다.

아내가 그런 소란스러운 와중에도 병원에 나가봐야 한다고 해서 나는 아내와 함께 거리로 나온 참이었다.

"점점 더 병이 퍼지는 것 같아요. 발진티푸스와 장티푸스 환자들이 하루가 다르게 늘어요."

아내는 옷깃을 여미며 몸을 움츠렸다.

"원래 그런 병들이 전쟁 때 더 많이 늘어난다는 얘기들이 있긴 하지만."

아내는 검은 제복에 금방이라도 휘두를 듯 긴 칼을 받쳐 들고 열을 맞춰

지나가는 일본 군인들을 보고는 내게로 바짝 다가서며 입을 다물었다.

"우리는 지금 전쟁 중이잖아요."

누구나 아파하고 있었다, 지금은. 단지 어디가, 어떻게 아픈가만 다를 뿐.

외국 공관들이 하나 둘 철수를 시작하고 있습니다. 올해 초 일본 공사관 대신 통감부가 설치되어 우리 대한제국의 외교사무를 보기로 할 당시만 해도 별로 영향이 없는 듯했지만 3월에 이토 히로부미가 통감으로 오면서 외교관들이 본격적으로 떠날 준비를 하기 시작했습니다. 이토가 각국에 설치된 우리 대한제국 공사관을 없애라고 요구하면서 압력이 거세어지자 각 나라들이 동조하고 있는 것입니다. 영국 공사관과 청나라 공사관이 철수를 했고, 독일 등 다른 나라들도 뒤이어 철수를 하고 있습니다.

게다가 지난해 가장 먼저 공사관을 철수했던 미국은 조약 체결 후 워싱턴에서 조선은 일본의 보호국이 되기를 스스로 동의하였다 선언했다고 하니, 배신감을 느끼지 않을 수 없습니다. 미국은 지난해 7월 조약이 체결되기 전 일본의 대한제국 침략에 대한 탄원서도 받아 주지 않았고, 일본과 조약을 체결해 일본이 우리 대한제국을 점령하는 것을 인정한다고 했습니다. 미국의 아무도 우리의 말을 들어주지 않았습니다.

−1906년 3월 15일

"한국은 산이 많고 그 산의 골짜기 하나하나가 천연요새입니다. 우리 이천만 국민은 한국을 동북아시아의 스위스로 만들 수 있었습니다. 우리는 평화를 사랑하는 민족이었고 전쟁을 원하지 않았습니다. 그런데 결과는 어떤가요? 지금 일본은 한국을 집어삼키려 하고 있습니다. 하지만 한국은 외세가 침략했다고 손쉽게 무릎을 꿇을 나라가 아닙니다."

며칠째, 잠을 이루지 못했다. 배는 잔잔한 바다를 꾸준히 나아가고 있었고 나는 곧 내 나라로 돌아갈 수 있을 텐데도 나는 내가 어디에 있는지 어디로 가고 있는지 알 수 없을 것 같았다. 한여름의 밤바다를 보고 서서도 국제 기자협회에서 이루어졌던 이위종의 연설은 끊임없이 나를 괴롭혔다.

나는 먼저 헤이그에 도착해 있던 헐버트와 재회하고 있던 참이었다. 헐버트는 일본, 러시아, 유럽을 거쳐 헤이그에 도착했고, 나는 아내와 함께 일본, 홍콩을 거쳐 미국에 있다가 헤이그로 온 것이었다. 아내는 몇 달을 떠나 있게 되자 이모님에게 맡겨 두고 온 딸아이 생각이 간절해 호텔에 머물러 있었고 나 혼자만 헐버트를 만나고 있었다.

헐버트는 7월 5일자 〈평화회의보〉라는 신문에 조선 사람이 등장했다고 흥분하며, 만나자마자 내게 신문을 건네기부터 했다. 나는 무슨 내용인지 자세히 읽기 시작했고, 헐버트는 흥분해서 안절부절못했지만 내가 신문을 다 읽을 때까지 잠자코 기다려 주었다. 기사는 스테드라는 이름의 기자와 이위종의 인터뷰 내용으로 채워져 있었다.

스테드 : 여기서 무엇을 하십니까? 왜 이 평화회의에 파문을 던지려고 하십니까?

이위종 : 저는 아주 먼 나라에서 왔습니다. 이곳에 온 목적은 법과 정의를 찾기 위해서입니다. 그런데 각국 대표단들은 무엇을 하는 겁니까?

스테드 : 그들은 세계의 평화와 정의를 구현하려는 목적으로 조약을 맺게 됩니다.

이위종 : 조약이라구요? 그렇다면 소위 1905년 조약은 조약이 아닙니다. 그것은 저희 황제의 허가를 받지 않은 채 체결된 하나의 협약일 뿐입니다. 한국 입장에서 이 조약은 무효입니다.

스테드 : 하지만 일본은 힘이 있다는 것을 잊으셨군요.

이위종 : 그렇다면 당신들의 정의는 겉치레에 불과하며 기독교 신앙은 위선일 뿐입니다. 왜 한국이 희생되어야 합니까? 일본이 힘이 있기 때문인가

요? 이곳에서 정의와 법과 권리에 대해 말해 보았자 무슨 소용이 있겠습니까. 왜 차라리 솔직하게 총칼이 당신들의 유일한 법전이며 강한 자는 처벌받지 않는다고 고백하지 못하는 겁니까.

"이 기자가 특사들에게 감명을 받아 특사들을 위한 자리를 마련했다고 합니다. 바로 오늘 저녁이에요!"

네덜란드 헤이그에서는 만국평화회의가 열리고 있었다. 세계평화를 도모하겠다며 44개 나라가 모인 회의 한가운데에 대한제국의 대표 세 명이 모습을 드러냈다. 이상설, 이준, 이위종. 이들은 헤이그에 도착해 회의 의장인 러시아 대표 넬리도프를 만나, 황제의 신임장을 제시하며 회의에 참석할 것과 강제 체결된 일본과의 조약은 마땅히 무효화되어야 한다고 주장하면서, 이 조약의 파기를 회의 의제에 상정시킬 것을 요구했다.

그러나 이 사실을 알게 된 일본은 특사들의 회의참석을 방해했고 네덜란드는 을사소약은 각국 정부도 이미 승인하였으니 한국 정부의 외교권을 승인할 수 없다는 이유로 우리 대표의 참석과 발언을 거부했다.

그런 특사들이 신문에 등장했으니 흥분할 만한 일이었지만 헐버트는 정말 유난히 크게 기뻐하고 있었고 아이처럼 좋아하는 그를 물끄러미 보며 나는 부끄러움을 느꼈다.

헐버트는 대한제국을 돕는다는 이유로 일본의 감시를 받고 있었지만 그 감시망을 뚫고 헤이그 특사들을 위해 이곳까지 왔다.

왕의 밀서를 들고 미국 대통령을 만나러 가기도 했던 미국인 헐버트. 나는 그저 아내가 미국의 은사로부터 초청을 받았기에 미국을 들렀다가 이곳으로 온, 관광객에 불과했는데……

"시간이 얼마 안 남았어요. 얼른 가서 기다려야죠. 정말 좋은 기회예요. 기자들이 우글우글할 테니 조선의 상황을 세계에 알릴 수 있어요. 어서 가요, 어서!"

헤이그의 프린세스그라트 6A번지에서 우리 대한제국 황제의 특사라는 세 사람을 처음 보았다. 그들은 제각기 다른 나이, 다른 얼굴, 다른 체구를 지니고 있었는데 이준이 가장 나이가 많아 나보다 열 살 정도 많다고 했고, 이상설이 서른두 살인 나보다 조금 나이가 많았으며, 이위종은 고작 스물한 살밖에 안 된 젊은이였다. 그들은 그렇게 다 달랐지만 엄숙하고 진지한 얼굴은 쌍둥이처럼 닮아 있었다.

가장 어린 이위종이 연설을 시작하려 연단에 올랐고, 작고 앳된 얼굴에 수염을 기른 그를 나는 불안한 마음으로 지켜보았다.

"이위종은 러시아 공사였던 이범진의 아들입니다. 프랑스 사관학교를 졸업했고 러시아어뿐만 아니라 불어, 영어도 완벽하게 구사하지요."

헐버트의 설명을 들은 나는 그제서야 아무 경력도 없고 너무나 젊은 그가 특사의 한 사람이 된 이유를 알 수 있었다.

한국을 위한 호소, 그것이 연설의 제목이었다.

"일본의 개화된 면만 보지 말고 야만적이고 배신적인 면도 보아야 합니다. 일본은 한국 정부에 대해 조약을 강요했습니다. 많은 국민들은 예속보다는 죽음을 택하려 하며, 나라를 살리려고 각자가 가진 모든 것을 바치고 있습니다!"

연설이 끝나자 그 자리에 있던 수많은 외국인들이 큰 박수로 그의 연설에 지지와 감명을 표시했다.

"이제부터 시작입니다. 다시 싸움을 시작할 수 있을 거라고요!"

몇몇 기자들은 그 자리에서 일본의 만행을 중단시키고 한국의 입장을 옹호하는 결의문을 채택하자고 주장했고 이 결의문이 박수로 통과되는 동안 헐버트는 눈물을 흘리며 외치듯 말했다.

다음날 이위종의 연설 내용이 실린 헤이그신보를 볼 수 있었지만, 황제의 특사들은 결국 만국평화회의 참석을 거부당했다. 회의에서 단 한 번 발언의 기회도 주어지지 않았던 것이다.

"이준이 죽었습니다."

이위종이 연설했던 그날 밤에서 5일 후, 헐버트가 호텔로 찾아왔다.

내가 문을 열자마자 헐버트는 이미 눈물에 퉁퉁 부은 눈을 하고는 힘없이 그렇게 말했다 .

"자결…… 한 것 같다고 합니다."

자결이라. 나는 질끈 눈을 감고는 문을 세게 움켜잡았다.

다시, 다시 또 죽음.

***

몇 달 만에 돌아온 나와 아내를 맞이한 덕이어멈과 육손이의 눈길에서 나는 순간 반가움보다 날카롭게 비치는 낭패감을 읽었다.

"빌씨 및 빈올 찾아오셨는지 몰라요. 언제 돌아오실지 모른다고 해도 끝끝내 몇시간을 기다리다가 돌아가시더라구요."

사람이 들어선 기척에 누군가가 주인 없는 나의 진료실에서 벌컥 문을 열어 내다보았고, 그가 바로 육손이와 덕이어멈을 낭패감에 젖게 만든 장본인 송준구였다.

"언제…… 돌아오신 거지요?"

나는 춘생문 사건 때 왕을 배신한 이후 아관파천이 성공하자, 그가 일본으로 도망했다는 소식만 들었다. 아무도 그가 감히 조선 땅에 다시 발을 들여놓을 거라고 생각지 못하고 있었기 때문에 나 또한 그의 얼굴을 다시 마주하게 될 거란 생각은 해본 적이 없어서 나는 언제 돌아온 거냐는 물음 말고는 더 이상 말을 이을 수가 없었다.

준구는 마치 자신이 주인이고 내가 객인 양 오랜 여정에 지쳐 있는 나의 어깨를 친근하게 잡아 이끌어 진료실로 들어가게 했다. 나는 아내에게 당황스런 표정을 보일 겨를도 없었다.

"춘생문 사건 때 모두들 내가 그토록 어리석을 수 없다 했지. 이제 보게. 누가 나더러 그런 소리를 할 수 있을지!"

준구는 예전보다 더욱 불어 있는 얼굴을 번들거리면서 큰소리를 쳤다. 언제 돌아왔는지, 대체 왜 나를 찾아왔는지, 오랜만이라는 인사조차도 일언반구 없이 한 소리가 그거였다.

아마도 일본과 한일협약조약이 체결되었기 때문에 충분히 조선으로 돌아와도 좋을 거라고 여겼던 게 확실한 것 같다고 내가 그를 보며 짐작하는 동안, 준구는 내내 자신이 얼마나 운이 좋은 사람인지, 얼마나 앞날을 잘 보는 사람인지를 거듭 말하고 있었다.

"외교권을 빼앗겼으니 이제 우리 조선은 없다고 볼 수 있습니다. 그게 기쁘십니까?"

"이 사람이 무슨 말을 그렇게 하나? 나는 다만 우리 조선의 발전에 기뻐하는 것뿐일세. 개화를 막는 건 바로 황제와 수구파 늙은이들이라고! 우리 조선의 미래를 위해 일본이 애써주겠다는 건데 나쁠 건 또 뭔가? 자네를 한번 보게. 지금의 자네를 누가 만든 거 같은가? 자네가 계속 조선에 있었다면 자네가 조선에서 이렇게 산다는 게 있을 수 있는 일이었겠는가 말이야!"

나의 냉담한 태도에 준구는 나를 꾸짖듯 말했다. 나를 만든 게 일본이라고? 이건 정말 닭이 먼저냐 계란이 먼저냐 하는 문제였다. 조선에서 나를 도와준 여러 사람들이 없었다면 나는 애초에 일본으로 가지도 못했다. 또 일본에 가지 않았다면 백정이라는 천한 신분을 타고난 내가 문신처럼 새겨 갖고 있었던 비굴함이나 케케묵은 자괴감을 없애는 것 또한 불가능했을 테니까. 일본은 분명 내게 새로운 옷을 입혀 주었다. 하지만 지금의 내가 있게 된 것이 모두 일본의 덕택이었느냐 하면 그건 또 아니었다.

"내 사람이 필요하다네!"

준구는 덥석 내 손을 잡으며 결의에 가득 찬 표정을 지었다.

"자네가 내 사람이 되어 주게."

"예?"

너무 어처구니가 없었던 내 목소리는 듣기 싫게 갈라져 버렸다.

"독립협회에서도 자네를 영입하려고 했다는 얘기는 내 이미 알고 있다네."

"독립협회는 이미 해산된 지 오래 아닙니까?"

"그게 요점이 아니잖나. 자네가 꼭 필요한 사람이라는 것이 바로 요점이지."

독립협회같이 백성들의 공감을 끌어내야 하는 단체에서는 나처럼 '자수성가' 한 사람을 끌어들여 전면에 내세우는 것이 백성들의 지지를 얻어내는 데에 좋은 효과가 있을 거라고 생각했다. 그리고 그런 생각을 했던 것이 독립협회뿐만이 아니었다. 그런 목적을 가진 여러 단체나 정치가들의 요청을 나는 수도 없이 받아왔다. 그들은 나를 입지전立志傳(뜻을 세우고 고난을 잘 참고 나아가 그 뜻을 이룬 사람의 전기) 적인 인물이라고 했다.

"제길."

나는 여전히 내 손을 잡고 있는 준구의 끈적한 손을 털어내며 중얼거렸다.

암살

　제중원 의학교의 1회 졸업식이 1908년 6월 3일 오후 4시부터 열리고 있었다.

　제중원이 정부로부터 독립하고 나서 낸 첫 졸업생들이었고, 학교의 잔디밭과 테니스장에 통감부에서 빌려 준 육군용 큰 천막이 쳐 있었다. 죽 늘어선 의자들은 700명을 수용하기 위한 것이라고 했는데 병원 입구 위에 태극기와 일본의 일장기가 걸려 있었고 제중원을 운영하는 미국의 성조기도 펄럭였다.

　나는 일찌감치 도착했으면서도 자리에 앉지 않고 멀찌감치 뒤에 서서 속속 자리를 채우는 사람들을 구경하고 있었다. 졸업생들의 가족들로 보이는 사람들과 정부의 고위관리들, 그리고 일본의 고위 관리들과 한성에 거주하는 외국인들. 다양한 인종, 다양한 위치에 있는 사람들이 이미 사람들로 빽빽한 식장으로 계속해서 발을 들여놓았다.

　교장인 에비슨(Oliver R. Avison)이 대한제국 내의 저명한 내·외국인들, 졸업생 가족, 기독교계 관계자 등 각계에 초청장을 보냈다니 이해가 될 만한 일이었다.

"졸업생을 눈여겨보십시오. 7명의 졸업생 중에 닥터 박이 보고 싶어 할 만한 학생이 하나 있습니다."

에비슨은 직접 나를 찾아와 초청장을 건네주며 그런 말을 했었다. 오십이 다 된 나이의 그는 서른여덟의 나와 거의 열 살 정도의 차이가 있었고, 그와 나 사이에 특별히 깊은 인연 같은 것은 없었지만 에비슨이 조선의 의학교육에 적극적인 관심과 행동을 보이고 있었기에 나는 그를 꽤나 친근하게 느끼고 있었다. 그리고 이렇게 직접 찾아와 초청장을 건네는 그 역시, 나와 비슷한 마음이었던 것 같아 나는 바라던 선물을 받은 것처럼 기쁜 마음을 표현하며 초청장을 받아들었었다.

"한 청년이 있습니다. 올해 스물넷이고 조선의 서양 의학을 앞서 이끌어 나갈 수 있을 만큼 재능도 많고 똑똑한 청년이지요."

나는 에비슨에게 물었다.

"그 청년이 뛰어나기 때문에 제가 눈여겨보길 바라시는 건가요, 닥터 에비슨?"

에비슨은 천천히 고개를 돌리고는 살갑게 미소 지었다.

"그 청년도 백정의 아들입니다. 닥터 박처럼요."

나는 사람들이 졸업식을 가장 잘 지켜볼 수 있는 명당 자리를 찾아 이리저리 헤매는 모습을 보면서 오늘 조선에서 백정의 아들이 의학교를 졸업하는 모습을 보게 된다는 사실에 설레는 내 마음을 알아차렸다.

백정의 아들이 제중원 의학교에 다니고 있다는 사실은 그전부터 듣고 있었다. 열심히 공부하는 학생이고 백정이라는 이유로 차별을 받는 일도 없다는 얘기를 듣고 꽤나 감격해했던 게 엊그제 같은데 벌써 졸업이라니.

나는 대부분의 의자들이 사람들로 가득 찰 때쯤 특히 그 청년의 모습을 보기를, 단번에 알아볼 수 있기를 기대하며 연단위를 느릿한 걸음으로 가로

지르는 사람을 보았다. 그는 가운데 귀빈석에 이르자 더더욱 느릿하게 자리에 앉았다. 이토 히로부미 통감이었다. 그가 자리를 잡은 것이 신호쯤 되는 것이었는지 곧바로 이토 히로부미보다는 못하지만 각각 대단한 자리들을 차지하고 있는 사람들도 이토의 옆 자리를 채워갔다.

졸업식이 시작되었고, 사람들의 시선은 연단과 졸업생들에게 모아졌다. 내가 서 있는 곳에서는 서양에서 졸업생들이 쓴다는 검은 사각모를 머리에 얹은 학생들의 머리만 멀찌감치 볼 수 있을 뿐이었다. 나는 어느 것이 그 청년의 머리를 덮은 사각모일지 추측해 보면서 몇몇 간단한 졸업식의 수순이 빠르게 끝나고 제중원 의학교에 몸담고 있는 닥터 스크랜턴이 연설을 시작했을 때에야 사각모에서 눈을 들었다.

나는 스크랜턴과 잘 알지는 못했지만 몇 번 본 적은 있었다. 스크랜턴은 제중원의 시작과 거쳐 온 역사에 대해 훑어가며 얘기를 했고 현재 진행 중인 일에 대해서도 얘기했다.

그는 그 중에 대한의원에 대해서도 말을 꺼냈는데, 대한의원이 빠르게 완성되어 가고 있으며 조만간 공식적으로 개원하게 될 거라면서 이 건물은 벽돌과 석재로 만들어진 2층 건물이며 200에서 300개의 병상을 수용할 수 있는 7개의 넓은 병동, 기숙사와 교수를 위한 관사에 의과대학도 함께 지어질 것이라는 설명까지 덧붙였다.

나는 그것이 새롭고 좋은 병원이 지어질 것이라는 것을 의사의 입장에서 기뻐하며 얘기하는 것인지, 아니면 대한의원을 세우는 데 주축이 된 이토 통감이 옆에 있기 때문에 하는 얘긴지 알 수 없었다.

스크랜턴이 연설을 마치고 나자 이토가 또 그 예의 느릿한 몸짓으로 일어나 연단으로 다가왔다. 그저 자리만 채워 주려고 온 것만은 아니었던 것이다.

그의 옆에는 그의 비서로 보이는 사람과 또 다른 일본인이 나란히 섰는데, 우스꽝스럽기까지 했던 모습을 연출한 이유는 이토가 입을 열자마자 곧 밝혀졌다. 이토가 일본어로 연설을 하면, 한 명은 한국어로 통역하고 또 다른 일본인은 영어로 통역하는 것이었다.

흠, 재밌군. 이 자리에 있었던 사람이라면 그의 연설을 못 들었다고는 할 수 없겠어.

나는 금세 조금 지루해져서 팔짱을 끼고 주위를 둘러보기 시작했다. 자리가 부족해서 나처럼 병풍마냥 연단과 자리에 앉은 사람들을 에워싸고 서 있는 사람들도 많았는데 여름과 장마가 동시에 시작될 무렵이기 때문인지 가벼운 옷차림을 하고서도 부채질을 하는 사람들이 많이 보였다.

부채가 파닥거리는 소리, 아이가 칭얼거리는 소리, 조용히 하고 연설 좀 듣자는 신경 날카로운 소리에 자기 집의 하녀가 도둑질을 하고 있는 것 같다는 어느 여자의 수군거림까지. 시장통과 별로 다를 바가 없었다.

그러나 그때쯤, 이토가 조선의학은 서양의학과 비교가 되지 않는다……는 얘기를 할 때쯤, 나는 내 눈을 순식간에 잡아끄는 한 사람을 발견했다. 양복을 입었지만, 다른 이들의 가벼운 차림과는 달리 조금 무거워 보였고 모자가 너무 커서 잘 맞지 않는 건지 눈썹을 덮을 정도였으며 뭉지하고 무성한 수염 때문에 입술은 보이지도 않은 그런 남자였다.

하지만 모자 아래 그늘진 눈과 날카롭고 가는 콧대, 보이진 않아도 단단히 조여 닫은 것이 분명하게 느껴지는 굳은 입술. 나는 허겁지겁, 하지만 눈에 띄지 않기 위해 애쓰며 그를 향해 더듬더듬 다가갔다. 잘 차려입은 중년의 여자를 지나, 대부채를 파닥거리며 눈살을 찌푸리고 있는 안경 쓴 노인을 지나, 또 앳된 얼굴을 하고서 반듯하게 자른 머리를 기름으로 맨질맨질하게 바른 젊은이까지 지나고 나서야 나는 그의 곁으로 바짝 다가설 수 있었다.

그는 내 등장을 전혀 알아차리지 못했지만, 나는 인사 따위는 건너뛰기로 마음먹었다.

"하지 마세요."

나는 그의 뒤에 서서 그의 왼쪽 얼굴이 화들짝 놀란 표정으로 나를 향하는 것을 지켜보았다.

"하지 마시라고요."

그의 무성한 수염이 움직이는 것을 보며 나는 그가 아랫입술을 깨물었거니 생각했다.

"오늘은, 안 돼요."

그는 내 나지막한 목소리에 대꾸도 한 번 하지 않고 곁눈질로 나를 찌르듯 노려보기만 하고 있었다.

"정말이요, 정말 안 됩니다."

"막아도 소용없어. 여기 나만 있는 게 아니니까."

나는 그의 왼쪽 옆구리의 옷자락을 세게 붙잡고 있는 중이었다. 양복 상의가 덮고 있긴 했지만 분명 권총의 감촉이었다. 거의 20여 년 만에 들어본 그의 목소리가 권총에서 느껴지는 차가움보다 조금도 덜하질 않아서 온몸에 소름이 돋았다.

"나 혼자 하기에는 너무 모험이지, 안 그래?"

"총은 어떻게 갖고 들어 왔죠? 저 사람들이 안 보여요?"

나는 식장 주위를 감싸듯 서 있는 군인들과 순사들을 흘깃거리며 말했다.

"머릿수만 많으면 뭐하나. 감시해야 할 사람이 많은 자리라 아무 소용이 없는데."

강헌은 이제 정확히 고개를 돌려 내눈을 똑바로 쳐다보았다.

"자네도 늙었군. 탐욕스러워졌고."

"나리, 제발."

"그따위로 부르지마. 자네가 그러는 건 더 싫어."

강헌의 눈은 경멸과 혐오로 어둡게 물들고 있었다. 동학군에 있다가 일본의 침략이 더해지자 의병이 되었고, 이제는 의병군의 맨 앞에 선 사람이 된 그. 을사년에 조약이 맺어지자 매국노의 집에 폭탄이 던져지고 공격을 당하는 등의 사건도 의병들이 개입한 바가 상당히 많다는 것은 비밀이랄 것도 없었다. 이제 이토 이로부미까지 암살하려 하다니. 이렇게 무모할 수가 있다니. 나는 손이 덜덜 떨릴 것 같아서 강헌의 총을 잡은 손에 더욱더 힘을 주었다.

"나리를 죽게 할 순 없습니다. 그러니까 그냥 가세요. 빨리요."

"나는 죽지 않아, 오늘은. 오늘 죽을 놈은 바로 저놈이지."

강헌은 눈짓으로 이토를 가리켰다. 이토는 연설에 열중했는지 달아오른 얼굴로 양손을 번갈아 들어 올리며 목소리를 높이고 있는 중이었다.

"폐하가 폐위당했어. 쫓겨났다고. 자기 나라 독립을 주장하려 특사를 보냈다는 이유로. 이제 대한제국은 군대조차 없는 나라야! 근데 저놈이 죽어야 할 이유가 더 필요해? 지금 나를 놓아주지 않으면, 다음엔 너를 찾아갈 거야."

나는 아무 말 없이 강헌의 위협이 쏟아져 나온 입에서 뜨겁게 뒤따라 나오는 숨결을 느끼며 이토를 뚫어져라 쳐다보기만 했다.

저 사람은 정말 죽어야 할까. 강헌이 정말 저 사람을 죽일 수 있을까?

이토는 졸업생들에게 의학의 발전에 앞장서는 선구자가 되라며 갈라진 목소리를 끌어올리고 있었다.

"타앙! 탕!"

나는 강헌을 감싸 안고 바닥에 납작 엎드렸다. 분명 총소리였는데 그게 어디서 난 것인지 강헌의 총에서 발사된 것은 아닌지, 의문과 걱정으로 가슴이 터질 것만 같았다. 군인들과 순사들의 군화발이 우레처럼 땅을 울리고 나는 그 진동이 우리로부터 멀어지는 것을 느낄 수 있었다.

우리는 이토를 정면으로 보고 있었는데, 다른 누군가가 이토의 왼쪽에서 총을 발사한 것이었다.

강헌의 동지일까? 나는 내게서 빠져나오려 애쓰며 사방을 잽싸게 살펴보는 강헌을 보면서 그가 무언가 알려주길 바랐지만 내 생각보다 그의 몸놀림이 서너 배는 더 빠른 것 같았다.

그는 사라졌고 나는 내 팔과 명치를 누르는 아픔 때문에 한동안 일어서지도 못했다. 총소리의 여운은 우왕좌왕하는 사람들의 발소리로 옮겨져 나는 발에 밟히지 않으려면 어떻게든 일어나지 않으면 안 되었는데 그러면서도 이토는 어떻게 되었을까 하는 생각에 연단을 슬쩍 넘겨다보았다. 연단은 어느새 사람이 있지도 않았던 것처럼 싹 비워져 있었고, 연단 앞 의자에 앉아 있던 사람들은 의자 밑으로 숨거나 정신없이 뛰어나오고 있었다.

그 많은 사람들 중에 총을 쏜 사람의 정체를 알아보는 것은 불가능한 것 같아서 나는 괜스레 의심을 사지 않으려 사람들의 물결에 휩쓸리기로 했다.

군인들과 순사들이 사람들을 정리시키고 그 중에서 혹시 위험한 인물이 있는지 잡아내려 애쓰는 것 같았지만 아무 소용이 없었다. 강헌의 말대로였다.

종현성당(현 명동성당)이었다. 12월 하고도 22일이었으니 추위는 더 극심할 수 없을 정도로 심했지만 벨기에 황제의 추도식이 있었고 초대를 받았기 때문에 오지 않을 수 없었다. 그 자리에 총리대신 이완용이 참석을 했고 그가 바로 나를 초대한 장본인이었다.

총리대신의 초청이었기에 거절할 수 없어 출근을 미루고 성당으로 온 것이었다. 이완용은 추도식 동안 나를 옆자리에 앉게 했고, 몇 번 말을 건네기도 했다.

"선생의 얘기는 많이 들어왔소이다. 실력이 상당히 좋다면서? 소문이 자자해요. 백정에서 서양 의사가 되다니. 참, 대단한 일이지. 암."

"여러 훌륭하신 분들의 은혜를 입은 덕이지요."

나는 하대와 공대를 섞어서 소곤거리는 이완용에게 공손히 대답했다. 나의 태도에 그는 만족스러운 웃음을 흘리며 허벅지에 올려져 있던 내 손등을 톡톡 두드렸다. 그가 눈을 앞으로 옮기자 웃음기는 곧 사라졌다. 지난 시월에 이토 히로부미가 안중근에게 암살을 당하고 난 후라 슬픔을 가장하지 않으면 안 되었기 때문일 터였다.

그는 내가 반촌의 백정 출신이며 일본에서 유학하고 돌아왔다는 것은 알았지만 예전에 나를 본 적이 있다는 것은 기억하지 못하는 듯했다.

알렌을 따라 미국으로 가려고 했던 그 1887년에 특명전권대사 박정양을 수행하던 참찬관 이완용을 나는 잘 기억하고 있었다. 그는 오십 줄을 넘겨 이마가 조금 더 넓어졌을 뿐 그때와 별로 달라진 것은 없었다. 작고 좁은 눈은 누가 바짝 당겨 올린 듯 보였고 코는 길었으며 툭 튀어나온 광대뼈에 납작하게 달라붙은 귀를 가진 얼굴.

나는 추도식 중간 중간 그의 옆얼굴을 힐끔거리며 이 얼굴 어디에 기회라면 절대 놓치지 않는 집념이 숨어 있는 걸까 생각하고 있었다. 그는 친미, 친러, 친일을 고루 거쳐 지금 이 자리까지 온 사람이었다.

그러면 지금 이 자리에 앉아 있는 나는 뭘까.

이토 히로부미가 세운 대한의원, 조선 백성을 치료해 준다면서 일본의 은혜에 감사한다는 감상문까지 받아 챙기는 그런 병원에서 일하는 나는, 어떤 사람일까.

나는 어린 시절 알렌과 처음 궁에 갔다 온 날부터 '대단한 사람', '높은 사람'이 되기로 결심했었다. 스승을 만난 이후로 나는 그런 내 맘이 바뀌었다고 믿었지만 변화는 한두 사람의 스승만이 만들 수 있는 게 아니란 걸 깨닫는 건 쉬운 일이었다.

세월과 가족, 그 사이에서 나는 이리 깎이고 저리 깎이듯 또 다른 모습을 갖게 되었다. 신분제가 사라진 지 벌써 10여 년이 흘렀지만, 아직도 백정을 평범한 사람 대하듯 하는 사람은 거의 없었다. 여전히 천민은 천하고 다른 존재이며, 결코 동등해질 수 없는 것이란 게 사람들의 생각이었던 거다.

그래, 나 혼자라면 만족할 수 있다. 종종 찾아드는 환자를 진료하고 그들이 나아가는 모습을 보면 충분히 행복하기도 하다. 하지만 나의 아내와 나의 딸, 그들이 있는 한 내게 선택의 여지란 애초부터 없었다. 나는 잘 살고 싶었다. 그 어느 다른 곳도 아닌 내 고국에서 멸시나 혐오 따위랑 상관없이 잘…… 이런 나를 누가 욕할 수 있을까.

'우리는 실력을 키우지 않았어. 실력이 없으니 강한 나라의 지배를 받는 것은 오히려 당연하다는 생각이 든다네. 실력을 키워서 진정한 독립을 이루어내면 돼. 하지만 지금은…… 지금은 아니야.'

이완용의 뒤에 연학이 조금 지루하다는 표정으로 등을 기대고 앉아 있었다.

우선 실력을 키우고 독립을 이루자는 그의 주장을 나는 반박하지도 동의하지도 않았다. 정동파였던 그의 아버지 조유는 이제 철저한 친일파로 돌아섰고 연학은 친일파라기보다 실력을 키우면 독립할 수 있으니 때를 기다려야 한다는 실력양성론을 굳게 믿고 있는 편이었다.

결국 애초에 많이 가진 사람들은 절대 잃으려 하지 않는다. 사람들이 백정이었던 내가 천한 신분이었기 때문에 명예와 권력에 더 집착한다고 수군거리는 것을 알고 있지만 그렇게 수군거리는 사람들은 권력의 방향이 바뀔 때마다 그 권력을 따라 자리를 옮기는 사람들인 것이 대다수였다.

나는 연학보다 더 뒤에 앉아 있는 송준구가 잔뜩 뒤틀린 얼굴로 나와 연학을 번갈아 쏘아보는 것을 힐끔 보았다. 그가 나를 찾아와 자신의 사람이 되어달라고 했던 것을 단박에 거절했던 이후로 준구와는 개인적인 왕래가 없었는데 그는 그 후로 나를 볼 때마다 예전 제중원의 의학당에서 그랬던 것처럼 노골적으로 차갑게 노려보곤 했다.

그는 항상 권력에 집착하고 망설임 없이 태도를 바꾸던 사람이었다. 거기에 꿈도 크고 추진력도 왕성했기 때문에 지금 그가 이완용의 근처에도 오지 못하는 자리에 있다는 것은 내게는 참 이해가 안 되는 일이었는데 준구 본인 자신도 그렇게 생각했던지 그는 나와 연학을 미워하면서 언제나 다음의 더 높은 자리를 바라며 어느 누구를 따를지 권력의 향배를 가늠하는 데 잠시도 긴장을 늦추지 않았다. 그래, 언젠가는 송준구가 우리 중 가장 높은 자리에 오를 것도 같다.

항상 출근할 때면 나는 일본을 위해 일하는 것이 아니라 대한제국의 병원에서 백성들을 위해 일한다, 라고 되뇌곤 했다. 하지만 그것이 곧 나조차 속이는 일이 되고 있다는 생각이 들자 곧 그만둘 수밖에 없었다.

나는 대한제국에서 가장 좋은 병원에서 일하고 있다. 일본에도 이만한 병원은 거의 없었고, 의학의 발전상을 바로바로 접하면서 환자들에게 그 의술을 적용시킬 수 있다는 것만큼 매혹적인 것은 없었다.

나는 의사야. 의술에 정치란 것은 끼어들 여지가 없어.

정말 그럴까. 나는 자리에 일어서며 내 어깨를 만지는 이완용의 손길에 문득 상념에서 헤어 나오고 내 고민이야 어쨌든 결국 내가 앉은 자리는 이곳이란 걸 깨닫는다.

여기, 이완용의 옆.

"다음에 봅시다. 선생."

이완용은 두툼한 외투깃에 한 손을 올리고는 나머지 한 손을 모자위에 올렸다 떼며 내게 인사했다. 그리고는 11시가 조금 넘은, 아직 오전 시간의 차가운 공기 속으로 성큼 건너가 그가 타기만을 기다리고 있는 인력거에 오르려 했고, 그때 나는 내 옆을 그림자처럼 스윽 지나쳐가는 누군가의 으르렁거리는 목소리를 들었다.

"드디어 만났구나. 이 매국노 새끼!"

"으악!!"

그림자는 순식간에 이완용을 덮쳤고, 그를 막으려 뛰어든 인력거꾼은 이미 거꾸러지며 소리를 내지르고 있었다. 사람들은 이완용을 구하기보다 서로 도망치기에 바빴지만 나는 넋을 잃은 채 그림자가 하는 양을 그대로 보고 서 있었다.

이완용은 엎드려 있었고 그림자는 이완용의 등을 향해 정신없이 손을 놀리고 있었는데, 번쩍하는 빛을 본 순간 나는 그것이 칼이라는 걸 깨달았다. 칼이 몇 번을 이완용에게 꽂혔을까. 순사들이 곧 달려왔고 그림자는 그들

손에 붙잡혀 더 이상 그림자일 수 없었지만 그는 이완용을 죽였다는 기쁨 때문인지, 무엇 때문인지 울먹울먹하며 '대한 만세!'를 크게 외쳤다.

대한 만세, 대한 만세, 대한 만세……

"선생, 뭐하는 거요!"

송준구의 목소리가 꿈결처럼 내 머릿속을 휘돌 때 누군가 내 팔을 잡았다. 나는 퍼뜩 정신을 차리고 엎어져 있는 이완용과 인력거꾼에게 다가갔다. 겨울의 추위를 막는 두터운 옷이 가리고 있어 정확히 어디를 어떻게 찔렀는지는 가늠이 쉽지 않았지만 이완용은 아직 살아 있었고, 인력거꾼은 이미 사망한 상태였다.

"누가 좀 인력거를 몰아요!"

나는 다른 누군가의 인력거를 몰고 왔을 인력거꾼이 죽은 자를 대신해서 그의 인력거를 잡는 것을 보고 먼저 인력거에 올라 사람들에게 이완용을 내 위로 옮기게 했다.

"대한의원으로 갑시다!"

인력거는 이내 달리기 시작했다. 나는 흔들리는 인력거 안에서 이완용을 살펴보았다. 그는 죽은 듯 정신을 잃고 있었지만 그것이 상처가 심해서는 아니란 걸 곧 알 수 있었다. 암살자는 이완용을 제대로 보지도 못하고 찔러 급소를 비켜난 것이 분명했다.

이자는 살아야 하는 건가.

"괜찮소."

스즈키 고노스케. 그가 수술실에서 나와 처음 한 말이 그거였다.

괜찮다니, 괜찮다니? 내가 이완용을 데리고 왔지만 정작 나는 그를 수술할 수 없었다. 병원에 도착해서야 정신을 차린 그가 나에게는 수술을 받지 않겠다고 했기 때문이다. 나는 수술실 밖에서 버려진 아이처럼 처참한 기분이 되어 서 있었다.

내게 수술을 받지 않겠다고? 어째서? 내가 조선인이라서? 아니면 내가 백정이라서?

머릿속에는 이완용이 했던 실력이 좋다면서, 라는 말과 암살자의 대한 만세 소리가 번갈아 왔다 갔다 하며 관자놀이를 콕콕 찌르고 있었다.

좌견갑골 내측 상부, 오른쪽 등, 심각한 폐손상은 없음.

이완용은 죽지 않았다. 등으로 공격을 받았고 공격자가 상당히 흥분했던 탓인지 치명적인 상처를 입지 않았던 것이다. 그러나 수술을 맡은 스즈키 고노스케의 보고서는 내가 본 그것과 상당히 달라 당황하지 않을 수 없었다.

"갈비뼈 사이 동맥에 심한 출혈이 있었고 이에 따른 폐 손상으로 좌측 흉부타박상과 외상성 늑막염 등이 생겼다."

그의 보고서에 따르면 이완용은 구사일생으로 살아난 것처럼 보였다. 거의 죽었다 살아났다 해도 지나치지 않았다. 아마도 이 보고서 때문에 이완용을 공격한 사람은 사형을 면할 수 없을 거였다.

이재냉, 그것이 바로 공격자의 이름이었고 그는 스무 살의 청년이었다.

1910년 8월 22일

"한국정부에 대한 모든 통치권을 완전히 또 영구히 일본 황제에게 넘긴다."(한일 병합)

아침에 나는 출근을 하려다 혼절한 듯 쓰러져 있는 남자를 발견했다.

나는 혹시 내게 진료를 받으러 온 환자인가 허겁지겁 다가가 보았고, 곧 내가 아는 얼굴이라는 사실을 깨달을 수 있었다.

"이보게, 경주!"

나는 추운 겨울에도 식은땀을 흘리며 누워 있는 경주를 어깨에 메고 집으로 들어왔다. 아내는 육손이와 파주의 집에 가 있었고 아이는 학교의 기숙사에 있었기 때문에 집안은 조용했다. 나는 경주를 방에 눕히고 방이 따뜻한가 만져보고는 두꺼운 이불을 꺼내 그를 덮었다.

"선생님, 선생…… 니임……."

경주가 나를 부르는 끈질긴 소리가 들려왔다.

"그래, 좀 정신이 드나? 이 사람아, 이게 무슨 일이야. 대체 무슨 일이기에 이 꼴이냐고."

그는 내가 잠깐 강의를 맡았던 의학교를 졸업했지만, 다시 대한의원 부속 의학교에 들어가 졸업을 한 사람이었다. 올해 나이가 서른넷이었는데 개업을 하지 않고 대한의원에서 일하면서 전의 안상호의 조수로 그를 돕기도 했다.

"전하가…… 승하하셨어요."

"자…… 잠깐, 그게 무슨 말이야?"

나는 경주를 미친 사람 보듯 쳐다보았다. 아침부터 남의 집 앞에 쓰러져 있다간 정신을 차려서 한다는 말이 그렇게 뜬금없을 수가 있다니. 나는 너무 불쾌해져서 그의 뺨이라도 올려 붙이고 싶었다. 전의의 조수로 있다는 것에 무한한 자부심이 드는지 경주는 처음 만났던 열네살 무렵의 풋풋함이나 열정 같은 것은 이미 오래전에 잊은 채로 턱을 빳빳이 들고, 아직까지 사람들이 백정을 똑같이 보질 않으니 고생이 작심하시겠습니다 같은 말을 가끔 내게 던지곤 해서 안 그래도 그를 좋지 않게 보고 있는 중이었다.

새파랗게 젊은 놈이.

나는 그런 말을 무심코 내뱉다가 깜짝깜짝 놀라곤 했었다. 이미 오십이 넘어 있긴 했지만 늙은이가 젊음을 시샘하는 사람처럼 구는 내 자신이 너무 낯설고 부끄러웠다.

"정말이에요, 선생님. 어젯밤에 승하하셨다구요. 이태왕 전하(고종)께서."

맙소사. 보자보자 하니까 이놈이 정말.

"자네 정말 제 정신이 아니군. 하긴 자네가 나를 찾아온 것부터가 그걸 증명하는 거겠지."

경주는 얼음이 뚝뚝 떨어질듯 차가운 내 말투에 움찔했다. 그래서인지 자신이 지금 무슨 말을 하고 있는지 그게 정말 사실인지 되짚어 보는 것처럼 보이기도 했다.

"제발요. 선생님. 저 미치지 않았어요. 제가 왜 선생님께 와서 그런 거짓말을 하겠어요."

경주는 급기야 울기 시작했다. 서른네 살이나 먹은 남자가 아이처럼 엉엉 소리까지 내어가며 울고 있었고, 나는 그가 다시 열네 살의 윤경주로 돌아간 것 같아 어안이 벙벙했다.

나는 벌떡 일어나 방을 뛰쳐나가려고 했다. 궁으로 가서 사실을 확인하고 싶었다. 하지만 곁에 있던 경주가 더 잘 알거라 생각하자 그가 덮고 있는 두꺼운 이불에 털썩 무릎을 내려놓고 그의 어깨를 잡아 흔들었다.

"자세히 말해 봐, 어서!"

"어젯밤에 전하께서는 수라를 드시고 나서 식혜를 드셨어요. 그리고 자리에 드셨죠. 그런네…… 그리고 나시…… 그리고 나서…… 신한 감증…… 두통과 복통에 시달리시다가 쓰러지셨어요. 모리야스 선생님과 안 선생님이 달려오셨지만 승하하셨어요. 오늘 아침예요."

"어…… 어…….

나는 말이라고는 평생 배워 보지도 못한 사람처럼 어어, 소리만 내면서 주저앉았다.

그리고는 곧 경주의 어깨를 세게 잡으며 그가 다 거짓말이었다고, 선생님을 놀려보고 싶은 고약한 마음에 한번 해본 말이라고, 이 모든 얘기를 고쳐 말해 주기를 바라며 그의 눈을 끈질기게 노려보았다.

"저는…… 저는…….

차라리 그가 나보다 나았다. 궁에서 나와 정신없이 내게 달려와 집 앞에 쓰러지긴 했지만 최소한 뭐라 말을 할 수 있는 정신이나 여력은 있었으니까. 나는 마비가 된 듯 얼얼해져 버린 입술과 혀를 간신히 움직여 그와 대화를 해보려 애썼지만 잘되지 않았다. 주책맞게 눈물이 자꾸 흘러내렸고 가슴은 답답해 터질 것 같았다.

"모르겠어요. 너무 무서웠어요. 근데 모리야스 선생과 안 선생님은 뭔가 아시는 것 같았어요. 너무 침착하고, 너무…… 안 선생님은 뇌일혈(뇌출혈) 같다고 하셨어요. 하지만 모르겠어요. 독살일까요? 설마 그럴까요? 하지만 전하는 아무 음식이나 드시지 않았는데, 어떻게 그럴 수가 있죠? 아니겠죠?"

나는 드디어 방을 나와 달렸다. 곧 터질 듯한 가슴 속으로 갑자기 많은 공기를 훅 불어넣자 차가운 공기가 제정신을 차리지 못하는 심장에 찬물이라도 끼얹은 것 같은 기분이었다.

경주가 정신없이 달려왔을 그 거리를 나는 그대로 거슬러 오르고 있었다. 평소라면 충분히 인력거에 올랐을 거리인데도 그런 생각은 하지도 못했다.

드디어 궁 앞이었다. 오랜 세월 전하가 갇혀 지내실 수밖에 없었던 덕수궁은 평소보다 더욱 더 삼엄해진 경비에 숨 막힐 듯 둘러싸여 있었다. 이게 무엇을 뜻하는 것일까. 얼어붙은 땅이 내 무릎을 끌어당기듯 무릎이 꺾였다.

"으흐흐흐흐흐."

나는 땅에 이마를 대고 문지르며 울부짖었다.

피냄새를 맡고 천둥소리 같은 총소리에 벌벌 떨었던 그 열네 살로 돌아간 것 같았다.

나는 이제 좋은 옷을 입고 존경받는 직업에, 좋은 직장까지 가진 쉰 살의 남자였다. 하지만 그 순간만큼은 봉두난발에 발가락이 튀어나오는 신을 신고 사람들의 구타에 몸을 다치고 혐오와 모욕에 마음까지 다쳐 있었던 열네 살의 박서양과 똑같았다. 아니, 그때보다 더 나빴다. 이제 내가 더 이상 아무것도 하지 못할 것 같다고 느꼈기 때문이었다.

싸우는 것도 맞는 것도 상처 입는 것도, 숨을 쉬는 것도 살아 있는 것도 모두 모두 하지 못할 것 같았다. 여기까지 온 나의 걸음은 꾸준한 것이었다.

많은 사건과 장애가 있었고 간혹 도랑에 빠져 발이 무거워질 때도 있었지만 걸음은 꾸준했다. 그 꾸준한 걸음이 젊은 날 나의 천한 신분과 온갖 나쁜 일들이 가져다주었던 분노 때문이라는 것을 나는 알고 있었다. 분노는 내 걸음을 내몰았고 그렇게 걷다 보니 주체할 수 없을 만치 허영도 커졌다.

나는 그런 길을 걸었다. 분노와 허영. 아마도 대단한 사람이 되어 세상에 복수라도 하고 싶었던 게 분명한 나의 젊은 시절을 치열하게 보내고 분노와 허영이 사그라지기 시작했을 때 그를 만났다.

갈 길을 잃고 다리에 힘을 잃었을 때 그를 만났다. 그런 그가, 그 왕이 죽었다. 그 오랜 세월 동안 내가 했던 그 모든 일들의 이유가 되어 주었던 사람이 죽었다. 1919년 1월 21일이었다.

제국의 문사

"안상수와 한창수, 시종관 한상학, 윤덕영까지 범인으로 지목되고 있다는 소문을 들었나?"

나는 차창에 눈을 고정시키고 있었다. 전차는 종로를 지나고 있었고 서대문에서 종로, 동대문, 청량리로 향하는 노선답지 않게 오후의 전차 안은 한가하기 이를 데 없었다.

"전하의 시신을 보았던 민영휘의 집에 폭탄이 터져 그가 목숨을 잃었다고 하네. 누군가 그의 입을 벌리는 걸 원치 않는다는 것이 확실한데."

육십을 바라보고 있지만 여전히 민첩한 눈을 빛내는 범석 형님의 골똘한 표정을 보면서 나는 막 튀어나오려는 한숨을 꾹꾹 눌렀다.

"솔직히 나는 장담할 수가 없네. 전하께서 정말 망명을 하실 수 있었을까. 망명정부는 가능했을까."

전하는 왕세자가 일본 여자와 결혼하면 왕실의 맥이 완전히 끊길 것이라 판단하셨다. 그 왕실의 맥을 잇고자 망명을 추진하고 계신 와중에 죽음을 맞으신 것이었기에 더욱더 공교롭고 억울해서 견딜 수가 없는 거였다.

일본은 전하의 사망 사실을 감추었지만 그 이전의 일들로 비추어 보면 감춘다고 감출 수 있는 사실은 하나도 없었다. 경성시내로 소문은 순식간에 퍼져나갔고 사람들은 반신반의하며 여기저기 진실을 캐러 돌아다녔지만 모두 아는 것은 비슷비슷했다. 전하의 승하 사실이 진짜로 밝혀지자 사람들은 차라리 반신반의했을 때가 행복했음을 토로하며 모두의 아버지를 잃은 것에 오열하고 분노했다. 봄을 코앞에 둔 지금, 우리는 전하의 국장을 기다리면서 세상을 뒤집고 땅을 요동치게 할 꿈을 다 함께 꾸고 있었다.

"드디어 내일이군."

"예. 내일입니다."

"인산(태상황, 임금, 황태자, 황태손과 그 비들의 장례)은 정말 보지 않고 가려나?"

"뭐…… 별로 좋아하실 것 같지 않군요."

"누가, 전하가?"

나는 허허, 백없는 웃음으로 내꾸하고는 생긱했다.

우습지요. 우습고 말구요.

"장관이 될 걸세."

"예. 그럴 겁니다."

"제수씨는 뭐라 하시든가?"

"뭘…… 뭐라고 해요?"

"만주로 가자고 하니 뭐라 하시드냐고."

"그냥 제가 개과천선이라도 한 것처럼 기뻐하던데요? 하하!"

"개과천선이라고? 뭐야, 자네 혹시 안사람에게도 얘길 안 한거야?"

"예. 뭐 아직."

"쯧, 오해를 많이 했겠군."

"괜찮습니다. 그래도 떠나지 않을 거란 걸 알고 있었으니까요."

"대체 무슨 자신감이었나? 자네 가족이 자네를 매국노라고 생각하는데도 떠나지 않을 거라 믿었다니."

아시잖아요, 형님.

나는 내가 왜 아내에게까지도 제대로 말하지 못하고 살았는지 범석 형님은 알고 있을 거라 여기며 붉어진 눈을 별 뜻 없이 비볐다. 눈을 뜨니 나이들어 희미해진 눈이 초점을 잃고 비틀거리며 내 몸 어딘가 꼭꼭 접어 숨겨두었던 기억 속으로 나를 잡아끌었다.

그가 보였다.

사위는 어두웠다. 내가 오랜 시간을 지체했던 것을 힐난하듯 하나밖에 없던 초가 끄트머리만 조금 남아 힘없이 흔들리고 있었을 뿐 문을 바른 종이를 뚫고 들어올 달빛도 없는 밤이었다.

걸음이 조심스러운 만큼 그를 만나러 이곳까지 오는 것은 정말 길고 어려운 여정이었다.

"나에게는 꿈이 있다."

그 순간 내 귀가 저 혼자 움직일 수 있었다면 분명 그의 목소리를 따라 쫑긋거렸을 거라고 믿어졌다. 어디선가 똑같은 말을 들은 적이 있었다. 분명히.

"내가 나 자신을 훌륭하다고 여기게 되는 꿈."

아버지와 아들은 이토록 비슷하면서도 달랐다. 대원군은 강한 나라를 꿈꾼다고 말했었지.

"왕이 훌륭해지려면 무엇을 해야 할까."

전하는 질문인지, 혼잣말인지 알 수 없는 어조로 말씀하셨다. 나와 전하사이에 비틀거리던 촛불이 끝내 하얀 연기만 남기고 꺼져 버렸을 때 나는그 연기를 흩어 버리는 전하의 상념이, 좌절감을 털어내려 머리를 흔드는것이 보이는 것 같았다.

"나는 두렵다. 나는 궁에 갇혀 사는 사람이고 세상을 잘 모르는 사람이다. 많이 공부했고 조선에서 내로라하는 학자들이 나를 가르쳤지. 하지만 그들이 세상까지는 가르쳐 주지 않았다. 세상을 공부할 수 있는 곳은 오직 세상 뿐이었는데 내 세상이 이 궁뿐이었으니까.

사람들은 나를 편협하다 하고 보수적이라 하고 우유부단하다 하고 옛것에 매달린다 하고 외국에 의지한다고도 한다. 나도 그 중 어느 것이 나와 맞는 것인지, 혹은 틀린 것인지 정확히 알지 못한다. 하지만 나는 내 자리에 앉아 내가 해야 할 일은 분명히 알고 있다고 믿는다.

왕위에 갓 올라 아버지에게 기대어 그가 세상의 전부이고 가장 옳은 사람이라고 믿었던 젊은이는 그걸 알지 못했지. 왕에게 누릴 것들만 있는 걸 알았지, 누리는 것에 빚이 붙는다는 걸 몰랐다. 그걸 알게 되었을 때는 이미 너무 늦어 버린 뒤였고…… 서양아."

처음으로 전하가 내 이름을 부르셨다.

"세상은 어떻드냐, 너를 휘감던 세상이 무슨 말을 하드냐."

어디서 빛이 들어오는 걸까. 초는 죽어 버리고 달빛도 없었는데 전하의 붉은 옷자락이 움식이는 것이 보였다.

"나는 그것이 듣고 싶다. 너처럼 온전히 홀로 서서 네 자리를 찾은 사람의 얘기를."

나는 전하가 여전히 알지 못하는 것이 있다고 여겼다. 확고한 자신의 자리 같은 건 없었다. 홀로 설 수는 있을지언정 영원히 지킬 수 있는 자리 같은 건 없었다. 연학은 자신이 나라를 팔았던 자들과 비슷한 지위를 누리며 사는 것을 받아들이게 될 거란 걸 몰랐다. 준구는 자신보다는 항상 더 높은 자리를 갖게 되는 사람이 있다는 걸 몰랐으며 강헌 역시 자신의 자리는 꼿꼿이 지킬 수 있을지언정 그 자리가 이리저리 휘둘리게 될 거라는 것까지는 알지 못했다. 그들 중 아무도 바라는 대로 이루어지지 않는 자신들의 미래를 예측하지 못했던 것이다.

우리는 변한다. 어제는 사랑하다가 오늘은 미워하고 어제는 믿었다가 오늘은 의심하고 어제는 옳았다 여겼던 일이 오늘은 틀린 것이 되어 버린다.

우리는 지금 아마도 가장 자기의 자리를 지킬 수 없는 시간을 살고 있는 듯하다. 내 신념이라는 게 뭔지도 확신할 수 없는 시간을 우리는 차곡차곡 쌓아가면서 혹시 내일은 달라질 것인가 기대한다.

전하는 그때 시종일관 당신을 '나'라고 표현하셨다. 과인과 나의 간극은 얼마나 거대한 것인지 그 순간에 그도 나도 절실히 느꼈었다.

전하는 나를 필요로 했다. 우리 모두를 필요로 하고 있었다.

"그때 내가 물었지. 의사로서 사람을 죽게 하는 일을 해야 할지도 모른다고, 근데도 할 거냐고."

그랬죠. 나는 소리나지 않는 말을 혀 위에서 굴렸다.

벚꽃이 한창이던 동경의 학교 교정에서 형님과 나는 만났었다.

"우리가 인연일까?"

"악연도 그렇게 부를 수 있다면, 그렇겠죠."

나의 대꾸에 범석 형님이 무안함이 잔뜩 배어나는 낯빛을 보이자 나는 큭큭거리며 웃었다.

"아니에요 형님, 우리는 정말 좋은 인연이에요. 시작이 나빴다고 해서 그게 끝까지 고약한 인연으로 엮여지는 건 아니잖아요?"

나는 형님의 팔에 손을 얹으며 말했다. 어머니를 죽게 만들었던 아버지의 도살, 과거급제를 축하하며 잔치를 벌였던 그 커다란 집. 범석 형님이 그 집이 자신의 집이고 과거에 급제했던 것은 바로 자기였다고 내게 고백한 것은 바로 얼마 전의 일이었다.

범석 형님이 힘들게 붙은 역과를 포기하게 된 이유에는 자신의 잔치에 소를 잡았던 백정의 아낙이 자신 때문에 죽었다는 생각이 주는 자책이 온전히 적용된 것이었다고 형님은 덧붙였었다. 그때 열두 살이었던 나를 흘깃 보았을 뿐이라고 했는데 형님은 어떻게 나를 기억해 낼 수 있었을까. 나는 형님과 나의 기막힌 인연보다도 나를 기억해 냈던 형님이 더 놀라웠다.

"고마워요, 형님. 저를 기억하시고 여기까지 오게 해 주셔서."

나는 진심을 가득 담아 말했다. 이제 다시는 이만한 진심을 담아 말할 수 있는 기회가 더 이상 없을지도 몰랐다.

"고맙네. 여기까지 기꺼이 와 줘서."

형님은 다정하게 내 손등을 톡톡 치면서 내가 한 그 이상의 진심을 담은 말을 해 주었다. 시작이 어떤 것이든 그게 무엇이 중요할까? 형님이 아니었다면 나는 내 인생을 이토록 끝내주는 것으로 만들지도 못했을 걸.

"육손이도 같이 가나?"

"이미 떠났어요."

"벌써?"

"아시잖아요. 육손이가 항상 저보다 빠르다는 걸요."

"그것참, 다행스러운 얘기군, 그래. 하하."

"빨리 가서 육손이를 만나고 싶어요. 아버지랑 영부도요."

칠십을 넘긴 늙은이가 참 여전히 기운이 좋은가 보다 생각하면서 나는 피식 웃었다. 지난해에야 비로소 아버지는 만주에 있는 자신의 생존에 대해 알려왔는데, 나는 소식이 그렇게 오래 걸린 것이 아버지가 나에 대해 확신하는 것이 그만큼 오래 걸린 것이었나 보다 조금 서운한 생각을 하지 않을 수 없었다. 하지만 아무도 보지 못하도록 편지를 아궁이에 던져 넣으면서 내가 늙어 버린 만큼 늙어 있을 아버지를 다시 보는 일이 머지않았다는 사실에 대한 설렘 때문에 뜨거운 불 앞에서도 몸을 떨었었다.

대체 그런 늙은이가 어떻게 독립운동을 한다는 거지. 훗.

나는 창을 내다보며 전차가 동대문을 지나고 있다는 것을 알아챘다. 전차가 곧 청량리에 도착하고 나면 형님과 나는 헤어질 것이다.

"준구는 아직도 자네에 대해 모른다면서?"

형님의 음성은 차분함을 바른 듯 매끄럽고 나긋했다.

"우리가 그에 대해 자주 하던 말이 있었죠, 왜. 송준구는 머리는 별로지만 눈치는 빠르다고요. 하지만 뭐 근 20여 년 동안이나 눈치를 채지 못했으니, 이제는 머리가 별로인데 눈치도 별로라고 해야 할까 봐요."

"그도 그렇지, 하하."

형님은 무릎을 탁치며 크게 웃었다. 전차 안의 옷을 잔뜩 껴입은 노부인과 학생복을 입은 두 명의 소년들이 놀란 듯 우리 쪽을 힐끔거렸다. 잘 차려입은 중년의 남자 둘이 무슨 대화를 저리 재미있게 하는지 퍽이나 궁금한 표정들이었다.

박서양이 만주로 떠났습니다. 저도 곧 간도로 떠날 것이고 다른 제국익문사(1902년 6월 고종이 설립한 국가정보기관)의 일원들도 각자의 자리에서 조선의 독립을 위해 최선을 다할 것입니다.

거기 계십니까, 폐하. 거기서 저희 보고를 듣고 계십니까?

오늘 백성들이 일어나 만세를 부르고 있습니다. 폐하께 올리는 신 김범석의 제국익문사 보고서는 여기서 끝나지만 저희의 활동은 끝나지 않을 것입니다.

저희는 죽을 때까지, 아니 죽어서도 폐하의 제국익문사 요원일 것입니다. 그리고 오늘 조선의 만백성 또한 모두 폐하의 제국익문사의 일원이라 할 것입니다.

－1919년 3월 1일

젠장, 왠지 느낌이 좋지 않아. 아프다는 핑계라도 대고 그냥 집에 누워 있을걸.

이완용은 좀처럼 구겨진 얼굴을 펼 생각이 없는 듯했다. 대체 무슨 말을 하려고 이른 아침부터 사람을 오라 가라 하는 것인지 준구 역시 이완용처럼 얼굴을 구겨 버리고 싶은 마음이 굴뚝같았다.

"자네는 참 속도 편한 모양이군."

"예?"

"만세운동이 날로 번지고 있는데 어떻게 그렇게 꿈쩍도 안 할 수가 있나?

대책을 세워야 하지 않겠어?"

첫, 결국 만세운동 때문이군.

이태왕(고종)의 인산날에 맞추어 3월 1일에 시작된 만세운동이 이미 열흘을 넘기고 있었고 잦아들 기미조차 보이지 않는 상태였다. 이완용은 '조선 독립 선동은 허설이요, 망동'이라는 내용으로 조선 백성들을 향한 경고문까지 발표했지만 아무런 소용이 없었다.

"대감! 무슨 말씀을 그리도 서운하게 하십니까? 저 한 사람의 힘으로 어찌할 수 없어 그러는 것이지 제가 속이 편해서 그러는 거겠습니까, 설마?"

송준구는 이완용의 눈길을 애써 피하며 울먹거리는 음성으로 말했지만 속으로는 이 늙은이가 백성들한테 맞아죽기라도 할까 봐 엄청 겁나는가 보다고 생각하며 비웃고 있었다.

"자네, 박서양이 어디 있는지 알고나 있나?"

"그야 뭐, 제 집에 있겠지 어디 있겠습니까?"

이완용은 준구의 말이 끝나자마자 뭐가 그리 재밌다는 건지 배를 잡고 웃어대기 시작했다. 방금 전까지 이완용을 비웃던 것도 순식간에 잊어버린 준구가 안절부절못하며 왜 그러시느냐 물어도 이완용은 좀처럼 웃음을 멈출 의사가 없어 보였다.

"박서양은 만주로 떠났어!"

준구는 또 다시 기절할 듯 놀랐다. 미친 듯이 웃다가 언제 그랬냐는 듯 굳은 얼굴로 소리를 내지르는 이완용의 모습은 정말 무시무시했다.

"그게……대체 무슨 큰……일이……라고……."

"박서양이 만주로 간 게 큰일이 아니지, 당연히! 그 놈이 제국익문사의 일원이었다는 게 큰일이지!"

"제국……익문사요?"

준구는 딸꾹질이 나오려는 듯 가슴이 울렁거리는 통에 제대로 말을 잇기가 힘들었다.

"그놈이 우리를 감쪽같이 속였다고! 무슨 말인지 모르겠나?!"

멀쩡히 깨어있는데도 꿈을 꾸는 게 가능하다니 정말 희한한 일이라고 생각하며 준구는 멍한 눈으로 왼쪽 손을 올려보았다. 그 손에는 조금 두툼하긴 하지만 한손으로 잡는 데 별로 어려움을 느낄 정도는 아닌 두께의 책이 들려 있었다.

"그놈이 1895년에 조선으로 돌아온 게 바로 미우라 공사를 쫓아오기 위해서였어. 타카노 다카시를 쫓아내고, 우리 같은 사람들의 암살을 계획했던 것도 그놈 짓이고 헤이그 특사들 뒤에도 그놈이 있었다고! 대한의원에서 일했던 건 어떻고! 놈은 거기서 일본인과 주요 대신들과의 접촉으로 계속 정보를 빼내고 있었던 거야!"

준구는 책을 쥔 손에 세게 힘을 주었다. 농담이라면 너무 지나친 것이 아니냐며 이완용에게 소리라도 내지르고 싶었다.

제국익문사라고? 어떻게 그게 가능할 수가 있나? 어떻게 감히 천한 백정 놈이 제국익문사의 일원이 될 수 있단 말인가?

"김범석도 사라졌어. 만주는 이강헌이 있는 곳이고. 놈들이 뭔가 일을 벌이려고 하는 게 확실하단 말일세!"

이완용은 이제 동동거리며 발까지 구르고 있었지만, 준구의 대꾸를 들을 수는 없었다. 준구는 이제 한손에 쥐고 있던 책을 양손으로 붙잡아 들어 올리고는 그렇게 곁에 머물고 싶어 했던 이완용의 목소리가 전혀 들리지 않는 것처럼 책만 들여다보고 있었다.

"이보게, 대체 뭘 보고 있는 건가! 내 말이 우습다는 거야, 응?!"

"아, 아니……그게……."

준구는 끝내 말을 이어붙이지 못하고 시린 눈을 깜박거리며 집에서 나오는 길에 자신에게 책을 건네주었던 늙은이의 걸쭉한 목소리만 거듭 떠올렸다.

"일본에서 돌아오고 나서부터 썼던 거랍니다. 꽤 재미있을 테니까 읽어보라고. 이제서야 빚을 갚게 되어서 얼마나 기쁘고 안심이 되는지 모르겠다고, 꼭 전해 달라고 합디다."

준구는 신경질적으로 책을 뺏듯이 받아들고는 박서양 이놈이 무슨 속셈으로 이따위 걸 보낸 건가 구시렁거렸는데, 이제야 서양의 속셈이 무엇인지 알 것 같았다.

'내가 지금 어디에 있는지 보시오. 어디까지 갈 수 있는지도!'

범석과 서양……범석과 서양이라고?!

준구는 앞에서 길길이 날뛰는 이완용과 상관없는 시간, 공간에 있는 듯한 느낌에 숨이 멎었다.

그때였나? 그때의 인연으로 그들과 내가 이렇게……된 건가?

준구는 그때 그냥 배가 아팠을 뿐이었다. 자신은 낙방하고 터덜터덜 집으로 돌아올 때, 급제를 축하하기 위해 소까지 잡아서 잔치를 벌인다는 사실이. 우연히 마주친 백정부자의 모습에서 잔칫집의 고소한 기름내와 사람들의 흥겨운 분위기가 묻어 있는 듯해서 기분이 나빴을 뿐이었다.

아마도 범석과 시양은 앞으로 고생스러운 인생을 살게 될 것이다.

독립? 그게 언제나 되겠어? 가능한 일이기나 할까? 근데 왜 난 언제나 그들보다 한 발 늦는 것 같은 느낌이 들까. 책을 잡은 준구의 손에 더욱 힘이 들어갔다.

왜 그럴까, 왜! 나는 늘 기다리는데, 늘 궁리하고 달려 나가는데, 대체 왜!

비참한 마음 같은 것은 갖지 않을 거라고, 그 때문에 눈물 같은 건 흘리지 않을 거라고 생각하며 준구는 이를 악물었다.

결국 언제나 홀로, 바로 서지 못했다는 후회 같은 것은 절대로 가지지 않겠다고. 바로 선 자들에 대한 열등감 같은 것도 절대로, 절대로 곱씹지 않을 거라고 준구는 거듭 다짐했다.

툭……준구의 손에서 서양의 책이 미끄러져 내리며 소리를 냈다. 준구는 자신의 심장이 떨어지기라도 한 것처럼 문득, 가슴에 손을 얹었다.

100여 년 전, 박서양이라는 사람이 살았다. 소설 속의 주인공이 아닌 실존인물이었던 그는 1885년 백정의 아들로 태어났고, 1894년 갑오개혁으로 신분제가 폐지될 때까지 10여 년의 세월을 백정으로 살았다. 신분제가 폐지되었다지만 여전히 백정을 무시하고 동등하게 인정해 주지 않는 사회 속에서 백정이 아니지만 백정인 그런 삶을 살던 그의 인생에 결정적 변화를 가져다준 것은 제중원 의학교의 입학이었다.

그는 1908년에 8년여의 교육을 마치고 무사히 학교를 졸업해 의사가 되어 모교에서 교편을 잡고 조선에서 의사로서의 삶을 이어간다. 백정에서 의사로 변신한 그가 또 한 번의 변신을 꾀한 것은 1917년 서른셋의 나이에 간도로 가서 병원을 열면서였다.

병원에서 환자들을 치료하고 학교를 운영하며 그는 조국의 독립을 바라는 한 사람으로서 최선을 다해 살았다. 그는 1936년 귀국했고, 4년 후에 56세의 나이로 세상을 떠났다.

그의 삶은 거의 누구라도 쉽게 영감을 받을 만큼 충분히 극적이라 할 수 있다. 그러나 그의 인생 중에서 내가 가장 영감을 크게 받은 부분은 박서양이 백정의 아들로서 서양의학 의사가 되었다는 사실이 아니라 의사가 된 후 안정된 삶을 누릴 수 있었던 자리에서 벗어나 새로운 곳으로 떠날 용기를 보였다는 사실이었다.

너무 아픈 역사라 많은 사람들이 되돌아보고 싶어 하지 않았던 시대 그 어디쯤에 이름을 빌려, 그가 살았을 법한 인생을 상상해 보고 만들어 보고 싶은 인물로 꼽기에 그는 부족함이 없었다. 그의 50년 넘는 인생에는 분명 많은 일이 있었을 것이다.

그런 실존인물 박서양과 소설 속 박서양은 같다. 그리고 다르다.

그들은 백정의 아들로서 서양의학 의사가 되었다는 공통점을 갖지만 나이나 의사가 되는 과정, 의사로 사는 과정 등에 차이를 갖는다. 그것은 물론 이 글이 박서양의 일대기가 아닌 소설이기 때문이겠지만, 나는 소설 속의 박서양이 실존인물 박서양이 실제로 살았을 법한 현실감을 가지도록 애썼다.

소설 속에서 실존인물의 이름을 빌려 현실감 있는 이야기를 하려면, 그 내용은 어떤 것이라야 좋을까? 내가 선택한 것은 인생의 이야기였다. 성공하고 승리한 인생의 이야기는 확실히 많은 사람들이 사랑하고 감동받는 이야기라 할 수 있을 것이다. 그러나 승리하고 성공했다는 것은 무엇일까의 문제가 남았다.

거의 모든 사람들이 실존인물 박서양의 인생을 성공한 것이었다고 말할 것이다. 그러나 그 성공이 단지 백정이 서양 의학 의사가 되었다는 것 때문에 붙여지는 것이라면 나는 쉽게 동의할 수 없을 것 같았다. 성공이라는 것은 다른 이들이 우러러보는 자리에 앉는 것이 아니라, 자신의 진정한 자리와 이름을 비로소 찾았다고 생각될 때 붙여질 수 있는 것이 아닐까? 자신의 이름으로 온전히 사람들에게 받아들여질 수 있을 때 말할 수 있는 것이 아닐까?

쉽게 동의를 얻을 수는 없을지라도 나는 박서양의 성공은 의사가 된 것이 아니라 의사로서의 삶을 사는 방식을 어떻게 찾아내느냐에 있을 것 같다는 생각을 접을 수 없었다.

우리는 궁금해한다. 우리가 지금 어디쯤에 서 있을까를. 1년 후에는, 3년 후에는, 10년 후에는, 마지막에는 어디에 어떤 모습으로 서 있을까를.

우리의 인생도 그렇듯 박서양의 평생 또한 자신의 자리를 찾기 위해 위태로운 한 발 한 발을 힘겹게 옮겨야 하는 그런 것이었음을 나는 의심치 않는다.

백정이 신학문을 배웠다는 사실보다 '학문' 그 자체를 배웠다는 것이 가장 비현실적인 일이었을 그 시절 나는 백정이 의사가 되는 성공스토리가 아닌, 의사가 되어 우리 역사 중 가장 험난했다 할 수 있을 시간을 살아온 이야기를 해보고 싶었다. 그리고 한 인간의 성공이란 사회와 그 사회 속에서 함께 살아가는 사람들 없이 이루어질 수 없다는 생각도 하게 됐다.

나는 주인공 박서양이 홀로 서게 되는 투쟁의 과정만큼이나 그를 둘러싼 인물들의 성격에 많은 신경을 썼다. 그들은 실존인물도 있고, 실존인물에서 모티브를 따온 가상의 인물도 있다. 그리고 실제와 가상을 떠나 그들은 꽤나 현실적이다.

욕망에 무릎 꿇고, 두려움에 뒷걸음질 치며, 그르다는 것을 알면서도 손에 쥔 것을 놓지 못하는 현실. 그런 현실은 뼈아프고, 또 너무나 일상적인 것이다. 그리고 그 뼈아픈 현실이 일상적이라는 것은 또 얼마나 가혹한가.

100년 전의 아픈 현실에서 남들보다 한참을 뒤처져 달려야 했던 박서양이란 사람이 있었다. 지금, 그런 그의 인생을 성공이라고 말할 수 있어서 다행이다.

세상을 좌지우지할 만한 권력은 얻지 못했어도, 널리 이름을 알리지는 못했어도 우리 역사의 한때에 그런 사람이 존재했다는 사실이 정말, 다행이다.

책을 쓰는 데에 있어 가야 할 방향과 알지 못했던 많은 것에 대해 알려 주시고 도움을 주신 서울대학교 의과대학 황상익 교수님, 원광대학교 한의과대학 강연석 교수님과 한국과학기술원(KAIST) 인문사회과학부 신동원 교수님께 머리 숙여 감사의 말씀을 드린다.

더불어 힘겨운 인생을 살아냈던 지난 역사 속의 수많은 승리자들에게도, 뼈아픈 현실을 살아내느라 고달픈 '현재'의 이웃들에게도 찬사와 위로를 보내고 싶다.